KB196296

마법에 걸린 집을 길들이는 법

BOOK PLAZA

KEEPER OF ENCHANTED ROOM

마법에 걸린 집을 길들이는 법

찰리 N. 홈버그 지음 | **유혜인** 옮김

BOOK PLAZA

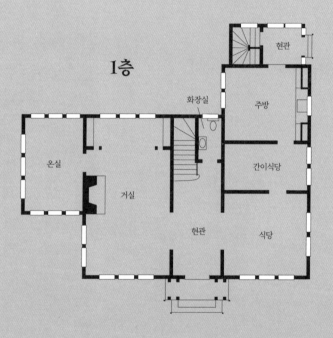

1층

온실

거실

화장실

주방

현관

간이식당

현관

식당

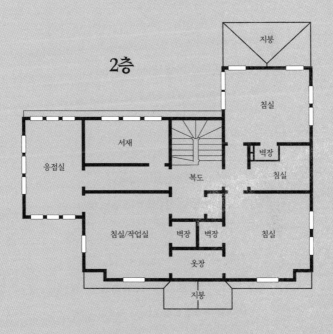

마법의 분류

1. 점조 마법 [A]ugury

능력: 예언/운세/점복/행운

부작용: 건망증

연관 광물: 자수정

2. 접촉감응 마법 [P]sychometry

능력: 독심술/환영/공감/직감

부작용: 감각의 둔화

연관 광물: 남동석

3. 소환 마법 [C]onjury

능력: 창조/자연 요소 호출

부작용: 소환한 대상과 동등한 가치를 상실

연관 광물: 황철석

4. 강령 마법 [N]ecromancy

능력: 죽음과 생명 마법/생명력/질병과 치료

부작용: 메스꺼움

연관 광물: 터키석

5. 수호 마법 [W]ardship

능력: 방어/보호/주문 반사

부작용: 신체의 쇠약

연관 광물: 전기석

6. 원소 마법 [E]lement

능력: 불, 물, 땅, 공기를 조종

부작용: 불(오한), 물(건조), 땅(현기증), 공기(호흡 곤란)

연관 광물: 백수정

7. 변이 마법 [Al]teration

능력: 둔갑/변화/변신

부작용: 일시적인 신체 변형

연관 광물: 오팔

8. 교감 마법 [Co]mmunion

능력: 통역/동식물과의 의사소통

부작용: 목소리가 나오지 않거나 이명이 들림

연관 광물: 셀레나이트

9. 광란 마법 [H]ysteria

능력: 감정의 조종/정신적 고통

부작용: 무감정, 육체의 고통

연관 광물: 홍옥

10. 동력 마법 [K]inetic

능력: 이동/역장/충격

부작용: 몸의 경직, 이동 불가

연관 광물: 혈석

11. 혼돈 마법 [Ch]aocracy

능력: 혼돈과 질서 조종/파괴/복원

부작용: 정신 혼란

연관 광물: 흑요석

프롤로그

1818년 5월 17일, 영국 런던

사일러스는 마부가 빗질을 하고 간 것을 알면서도 솔을 집어 들고 메리벨의 털을 빗기기 시작했다. 해가 진작 넘어가고 하인들도 대부분 잠자리에 든 늦은 시각이었다. 하지만 사일러스는 마구간에 나와 있기를 좋아했다. 냄새는 이미 오래전부터 익숙했다. 말들을 보고 있으면 마음이 어쩐지 평온해졌다. 비좁은 공간에 서 있는 것이 불편할 법도 한데 군말 없이 견디고 있는 처지가 그와 똑같았으니까.

옆 마방에 있는 말이 사일러스의 뒤통수에 코를 박고 목덜미에 따뜻한 바람을 불었다. 사일러스는 웃으며 뒤로 손을 뻗어 벨벳처럼 부드러운 콧구멍 사이를 쓰다듬었다. "너도 해 줄 테니까 기다려." 그는 모가 짧고 빳빳한 솔로 메리벨의 몸통을 쓸었다. 그러면서 말의 살갗과 건초의 냄새를 들이마셨다. 열여섯 살 소년에게는 힘에 부쳤지만 최대한 온몸의 긴장을 풀었다. 집 안의 불빛 몇 개가 창문 너머로 새어 나왔다. 지금쯤 종이로 머리를 말고 있을 어머니의 모습이 떠올랐다. 사일러스도 그만 자러 가야 했다. 내일 아침 일찍 수학 가정교사가 도착한다고 들었다. 옥스퍼드, 아니면 케임브리지에 입학할 수 있도록 공부를 시켜 준다나.

그때 말발굽 소리와 함께 비틀거리며 말을 끌고 오는 남자의 발소리가 귀에 들어왔다. 갑자기 속이 뒤틀렸다. 사일러스는 메리벨의 마방 뒤쪽을 힐끗 쳐다보았다. 쪼그리고 앉으면 충분히 숨을 수 있었다. 하지만 들키면 도망이고 뭐고 끝장이다. 그래서 사일러스는 솔을 내려놓고 조심스럽게 문의 걸쇠를 풀었다. 뒤로 가면 하인들이 드나드는 문으로 집에 몰래 들어갈 수 있지 않을까?

겨우 어둠 속으로 몸을 숨기려는 찰나, 아버지의 호령이 들렸다.

"거기 누구냐?"

혀가 꼬인 발음에 사일러스가 움찔했다. 술에 취한 목소리였다. 하지만 계속 걸으면 하인이라고 착각할 수도….

"사일러스!" 아버지가 버럭 외쳤다.

뱃속에 두려움이 퍼지는 것을 느끼며 사일러스는 돌아섰다. "제가 말 넣어 드릴까요?" 그의 피에는 할머니에게 물려받은 작은 행운 마법이 깃들어 있었다. 지금 그 행운이 협조해 주기를 빌었다.

말의 목줄을 끄는 사람은 아버지였지만 사실상 아버지가 쓰러지지 않게 지탱하는 역할은 말이 하고 있었다. 아버지의 손에는 술병이 들려 있었고 뺨은 노인의 턱살처럼 축 늘어졌다. 이 정도까지 만취한 모습은 처음이었다. 그래서 다행인지 아닌지는 아직 알 수 없었다.

12

아버지가 사일러스를 응시하며 손가락을 구부렸다. 바로 옆 마방의 걸쇠에서 철컹 소리가 나더니 문이 열렸다. 마법을 사용했다고 아버지를 비난할 수는 없었다. 지금 상태로는 힘으로 말을 밀어 넣기보다 마법을 쓰는 편이 더 수월할 터였다.

하지만 아버지는 말을 넣지 않았다. 보이지 않는 손이 사일러스의 등을 밀쳐 아버지 쪽으로 보냈다. 아버지와 가까워지니 위스키 냄새가 바다의 안개처럼 퍼졌다. 보이지 않는 그 손이 사일러스를 마방으로 밀어 넣자 온몸의 신경 다발이 곤두서고 피가 빠르게 흐르며 피부가 뜨거워졌다.

"제가 치, 침실까지 모셔다 드릴게요." 사일러스가 말했다.

문을 닫으며 마방 안으로 들어온 아버지는 마법을 사용한 후유증으로 뻣뻣해진 다리 때문에 쓰러지듯 문에 몸을 기댔다. "나보고 나가란다." 아버지가 씩씩거렸다. "나보고 나가래. 내가…." 이어 웃음을 터뜨렸다. "…술주정을 했다고."

사일러스는 마구간 밖을 내다보며 하인이든, 어머니든, 동생이든 누구 하나라도 와 주기를 기도했다. "누가 나가라고 했는데요?"

"마법사 연맹."

가슴이 철렁 내려앉았다. "제명되신 거예요?" 그렇다면 만취할 만도 하다. 사일러스의 부모님은 두 분 다 왕립 마법사 연맹 소속이었다. 사실상 태어날 때부터 그 자리에 오르기 위한 교육을 받으며 자랐다.

'어떡하지.' 사일러스에게도 반가운 소식은 아니었다. 사일러스는 광견을 진정시키듯 양손을 들어 손바닥을 내보였다. "제가 요기할 것 좀 가져다드릴…."

아버지가 술병을 던졌다. 병은 사일러스의 어깨에 부딪혔다. 주문(아버지가 그를 이곳으로 밀어 넣었던 바로 그 주문)이 제발 내보내 달라며 혈관에서 뜨겁게 끓어올랐지만 사일러스는 넘어가지 않았다. 마법은 아버지의 분노를 더 자극할 뿐이었다. 모계 혈통이 추가된 덕분에 아들인 사일러스가 자신보다 더 많은 마법을 쓸 수 있다는 사실을 아버지는 끔찍이도 싫어했다.

첫 주먹질도, 그다음 주먹질도 사일러스는 방어하지 않았다. 사일러스 부자에게는 익숙한 상황이다. 순순히 받아들일수록 빨리 무마할 수 있었다. 주먹이 날아오고, 또 날아왔다. 아버지의 화풀이는 금방 끝날 테니 몰래 집으로 들어가 멍을 치료할 방법을 찾으면 되는…!

발길질에 갈비뼈가 부러지고 숨이 턱 막혔다.

사일러스가 가진 마법 중 가장 힘이 약한 행운은 오늘 그의 편이 아니었다.

몸이 뒤쪽 벽으로 날아갔다. 뭔가 잘못됐다. 아버지가 뼈를 부러뜨린 적은 없었는데….

순간 현기증으로 정신이 아득해졌다. 무언가 강한 힘이 머리를 가격했다. 언제 무릎을 꿇고 쓰러졌는지 기억도 나지 않았다. 얼얼한 두개골이 고통을 호소했다. 술병으로 맞았나? 아니면 역동 마법 주문?

"아버지…." 하지만 바로 그때 입가를 강타한 주먹에 볼 안쪽 살이 찢기며 말을 잇지는 못했다. 어쩔 수 없이 머리를 감쌌다. 그래야만 했다.

"네가 나보다 우월하다고 생각해?" 아버지가 분노하며 뾰족한 구두코로 사일러스의 골반을 걷어찼다. "네가… 내 자리를 빼앗을 수 있을 것 같아?"

"그렇지 않아요!" 사일러스가 외쳤다. 등줄기로 화끈거리는 감각이 번졌다. 아버지는 비틀거리며 물러나다니 곧바로 사일러스의 온몸을 으스러뜨리기 충분한 충격파를 날렸다. 입에서 피가 터져 나왔다. 눈꺼풀 안쪽에서 별이 반짝였다. 무언가 툭 부러지더니 고통이 솟구쳤다.

아버지에게 이 정도로 맞아 본 적은 없었다. 단 한 번도.

"제발요!" 사일러스가 애원했다.

다시 날아온 충격파에 사인러스의 목으로 담즙이 왈칵 역류했다. 쓰고 신 물이 셔츠에 흘러내렸다.

'이러다 죽겠어. 죽고 말 거야.'

"내가 본때를⋯."

사일러스의 피가 뜨겁게 끓어올랐다.

그의 몸에서 역동 마법이 폭발하며 아버지를 마방 문으로 튕겨냈다. 문짝이 떨어져 나가며 잘 손질된 풀밭으로 아버지와 함께 날아갔다. 다른 마방 안의 말들이 소리에 놀라 앞발을 들며 히히힝 소리를 냈다. 사일러스의 피 묻은 손가락이 잡을 것을 찾아 더듬더듬 움직였다. 사일러스는 마법을 쓴 부작용으로 관절이 굳어 마디마다 딱딱 소리가 나는 손을 억지로 움직여 몸을 일으켰다. 그러고는 힘겹게 쌕쌕거리며 고개를 들어, 땀에 젖은 머리카락 사이로 앞을 보았다.

아버지는 움직이지 않았다.

사일러스가 옆구리를 움켜쥐고 절뚝거리며 아버지에게 다가가는 동안 몸의 경직이 서서히 풀렸다. 아버지의 가슴은 아직 들썩이고 있었다. 고요한 밤이라 숨소리가 더 크게 들렸다. 하인들 귀에는 두 사람 소리가 안 들렸던 걸까? 아니면 듣기 싫어 귀를 막았나? 자기들 힘으로는 이 집의 가장을 막을 수 없다는 걸 알고서? 지금껏 사일러스나 동생을 구하러 나서 준 사람은 한 명도 없었다.

아버지가 잔디를 움켜쥐며 고개를 들고 눈으로 사일러스를 찾았다. "내가… 네 녀석을… 죽일…."

보이지 않는 손이 사일러스의 목을 움켜쥐었다.

사일러스의 머리엔 아무 생각도 없었다. 생각이란 걸 했다면 마법의 힘을 구슬려 목을 놓게 할 수 있었을 것이다. 그대로 아버지를 잠재우고 아버지의 그늘에서 또 하루를 연명했을 수도 있었다. 하지만 그렇게 하지 않았다.

어머니 쪽에서 물려받은 강령 마법이 마치 사일러스를 지키려는 듯, 술에 취한 아버지의 살갗을 뚫고 그 영혼과 섞이려 했다. 아버지의 역동 마법이 사일러스의 목을 조르는 것을 멈출 때까지 그 영혼을 빨아내려는 것 같았다. 그러자 다른 마법들도 시샘하듯 강령 마법을 따라 나오기 시작했다. 여러 마법이 뒤섞이며 아버지와 아들 사이에 보이지 않는 선이 팽창하더니….

사일러스는 잔디밭에 얼굴을 박은 채로 깨어났다. 대체 언제…? 숨을 쉴 때마다 갈비뼈가 아팠다. 충격파로 공격을 받은 몸 왼쪽은 멍이 들어 불에 타는 듯 욱신거렸다. 입안에서 쇠 맛이 났다. 머리카락은 피에 푹 젖어 엉겨 붙었다.

옆에서는 여전히 깊은 잠에 빠진 듯 아버지가 숨을 내쉬고 있었다.

사일러스는 뼛속까지 울리는 고통에 온몸이 휘감는 것 같을 정도로 부상을 입었음에도, 자신이 뭔가 달라졌다는 것을 느꼈다.

뭔가… 더 강해진 느낌이었다. 육체적으로 강해진 것이 아닌…, 마법이 몸속에서 천 개의 초가 되어 찬란하게 불타는 듯했다. 더… 성장한 느낌?

사일러스는 아버지의 얼굴을 바라보았다. 얕은 숨결에서는 아직도 술에 찌든 냄새가 났다.

사일러스는 손을 뻗어 아버지의 숨통을 손가락으로 잡아 눌렀다. '더는 참지 않아.'

아버지의 숨이 멎었다.

사일러스의 몸 안에서 폭주하던 힘이 갑자기 잠잠해졌다. 사일러스는 헉 소리를 내며 갑자기 제정신이 들은 듯 숨을 들이마셨다. 그러고는 아버지의 시신을 멍하니 바라보았다. 설마 내가 그런 건…, 하지만 그럴 리가 없는데…. 아닌가?

관절을 조심스럽게 움직여 몸을 일으킨 사일러스는 한 가지 확신이 들었다.

다시는, 그 누구도 그를 지배할 수 없을 거라고.

1

1846년 9월 4일, 메릴랜드주 볼티모어

유언장 낭독이라고 해봐야 13년 전에 상속권을 박탈당한 사람에게는 딱히 대수롭지 않은 일이었다. 메릿 펀스비는 변호사가 왜 연락을 해 왔는지도 이해할 수 없었다.

당연히 그는 가족과 함께 오지 않았다. 10년째 서로 연락하지 않고 지내는 사이니 당연한 일일 테다. 연락 자체를 할 수가 없었다. 가족과의 교류라고 할 만한 게 있다면 초반에 메릿 쪽에서 일방적으로 보낸 편지가 전부였다. 조금 우울한 사연이기는 해도 그때 그 편지들이 있어 그는 작가 생활을 시작할 수 있었다. 원래 위대한 소설이란 우울을 바탕으로 탄생하는 법이니까. 사랑이 넘치는 가정에서 마냥 행복하게 자란 사람은 좋은 이야기를 쓰지 못한다. 메릿은 지난 3월에 서른한 살이 됐지만 아직 가정을 꾸리지 않았다. 결혼할 기회가 없었던 건 아니지만 여러 가지 이유로 결국 하지 못했다.

그래서 외할머니의 유산 상속을 담당하는 앨런 변호사의 전보를 받고 굉장한 흥미를 느꼈다. 흥미로우면서도 혼란스러웠기에 메릿은 호기심을 충족하러 볼티모어로 향했다. 집필 중인 작품의 소재라거나 그럴싸한 기삿감이라도 하나 건질지도 모른다는 마음이었다.

"본론부터 말씀드리죠, 메릿 펀스비 씨." 앨런 변호사가 서류를 들고 책상에 무심히 기댔다. 낡은 의자에 앉은 메릿을 위압적으로 내려다보는 모습이 꼭 쿵쿵거리며 신선한 시체 냄새를 맡는 독수리 같았다. 정중하고 프로다운 태도로 일관하는 사람을 그런 데 비유하는 건 좀 심했나?

메릿은 앨런 변호사가 부모님과 형제들도 이 사무실로 불렀을지 궁금했다. 아니면 뉴욕으로 가서 유언장을 읽어 주었을까? 생각만으로도 거북했지만 솔직히 인정하자면 가족이 이 자리에 와 있기를 바랐다. 죽음을 계기로 화해하는 사람들도 많지 않은가. 또….

메릿은 침을 삼켰다. 그러고는 익숙한 실망감이 가슴 속에서 완전히 타들어가 재가 될 때까지 입을 꾹 다물고 있었다.

더 객관적으로 생각해 보기로 했다. 온 가족이 볼티모어로 와서 할머니의 임종을 지켰을지도 모른다. 하지만 메릿은 어린 시절 외할머니를 기껏해야 1년에 한 번 뵀다. 어머니와 외할머니 사이가 어느 정도로 친밀한지 기억이 잘 나지 않았다.

지금쯤 어머니는 어떤 모습으로 변해 있을까? 눈가에 주름살이 생겼을까? 머리 스타일이 달라지고 흰머리가 나기 시작했을까? 살이 쪘거나 빠졌을 수도 있다. 메릿은 움찔하며 상상을 일찌감

치 차단했다. 상상은 그나마 남은 기억까지 지워 버리는 힘을 갖고 있으니까.

정신을 차리고 보니 앨런 변호사가 아직도 설명을 계속하고 있었다.

"…는 나머지에 포함되지 않았습니다." 변호사가 말을 이어 갔다. "하지만 전에 추가된 내용이 있었어요."

상황이 어떻게 돌아가고 있는지 이제 이해됐다. "언제요?"

메릿의 물음에 변호사가 서류를 확인했다. "약 25년 전에요."

그렇다면 가족에게 의절 당하기 전이다. 유언장에서 메릿의 이름을 빼는 걸 할머니가 깜박하셨나? 하긴, 그를 쫓아낸 사람은 아버지였으니까. 연락 한번 없어도 할머니에게는 외손자를 아끼는 마음이 남아 있었을지도 모른다. 그런 이유로 이해하고 넘어갈 수 있다면 좋을 것 같았다. 할머니가 죄책감 때문에 그의 이름을 차마 빼지 못했다는 세 번째 가능성도 배제할 수는 없었지만.

"손자 메릿 펀스비에게는 내부에 있는 모든 것을 포함한 윔브렐 하우스와 그 대지를 남긴다."

메릿이 의자에서 자세를 똑바로 고쳐 앉았다. "윔브렐 하우스?" 변호사가 곧바로 답을 하지 않아 한 번 더 되물었다. "그게 다예요?"

앨런 변호사가 고개를 끄덕였다.

애초에 무엇을 기대했는지도 모르겠지만, 어쨌든 '집'이라는 말에 메릿은 머리가 빙빙 돌았다. "처음 들어요. 실제로 존재하는 집이에요?"

"존재하지 않는 집은 상속 대상이 될 수 없지요." 앨런 변호사가 서류를 내려놓았다. "하지만 제가 조사한 바로는 아무 문제도 발견되지 않았습니다."

"할머니가 어떻게 집을 한 채 더 가지고 계셨던 거죠?"

앨런 변호사가 뒤편의 열려 있는 책상 서랍으로 몸을 젖혔다. 몇 가지 물건을 뒤적거리더니 커다란 봉투 하나를 집어 들었다. 봉투 안에서 새로운 서류를 꺼낸 그가 말했다. "그 집은 꽤 오래전에 메릿 씨의 외가인 니콜스 가문의 소유가 되었습니다. 그 전에는… 음, 사람이 살지 않은 지 굉장히 오래되었네요."

"얼마나 오래됐길래요?"

변호사가 서류 한 장을 넘겼다. "거주자가 있었다고 마지막으로 기록된 연도가 1737년입니다."

메릿이 눈을 깜박였다. 100년도 넘었다고?

"그럴 만도 하죠." 앨런 변호사가 말을 이었다. "벽지에 위치한 집이니까요. 내러갠섯만의 블라우던섬이요." 그러면서 고개를 들었다. "로드아일랜드주에 있죠."

습지라는 소리였다. "알아요." 습지로 이루어진 섬 한복판에 100년 동안 방치된 집이라…. 대대적으로 수리를 해야 할 게 뻔했다.

"출퇴근은 힘들 겁니다. 마법 배를 가지고 계신다면 모를까."

메릿이 고개를 저었다. "다행히 저는 출퇴근할 필요가 없어서요." 기자로 이름을 알렸지만, 첫 번째 소설이 그럭저럭 성공했고 최근에는 두 번째 소설의 원고도 출판사에 팔렸다. 잉크와 종이만 있으면 소설은 어디에서든 쓸 수 있었다.

메릿은 턱을 문지르며 아침에 면도를 깜박했다는 사실을 떠올렸다. 열여덟 살 때부터 혼자 살면서 지붕널을 얹는 법, 바닥 마루를 까는 법, 경첩에 기름칠을 하는 법 등등을 다 익혔다. 해야 할 일이 산더미셌시만 집수리가 불가능하지는 않을 것이다.

'이웃이 없으면 좋을 거야. 집세도 안 내고. 드디어 컬드웰 부부에게서 벗어날 수 있어.'

컬드웰 씨는 메릿의 집주인으로, 덩치가 크고 괴팍한 데다 기분이 화창한 날에도 인상이 더러운 남자였다. 매월 메릿에게서 꼬박꼬박 집세를 받고 있었지만 최근 손자가 학교 때문에 도시로 왔다고 한다. 당연히 컬드웰은 손자가 메릿의 집에 살기를 원했다. 한 달 치 월세를 돌려줄 테니 이사를 나가 달라는 제안을 메릿이 단칼에 거절했을 때, 컬드웰은 다가오는 10월에 임대차계약을 갱신하지 않겠다고 선언했다. 즉, 메릿의 처지만 난감하게 되었다.

게다가 컬드웰에게는 브로콜리나 뭐 그 비슷한 냄새가 나는 참견쟁이 부인도 있었다.

그렇다면 이제 따져 볼 문제는 윔브렐 하우스의 상태가 얼마나 심각한가, 그리고 자신이 그 집에 얼마나 진심인가였다.

"그…, 여기 적힌 내용을 한 가지 더 말씀드려야 할 것 같군요." 앨런 변호사가 찜찜하다는 듯 한쪽 입꼬리를 올렸다. 미간에는 깊은 주름이 잡혔다.

"뭔데요?"

변호사가 어깨를 으쓱했다. "저도 딱히 미신을 믿는 사람은 아닙니다만, 여기 적혀 있기로는 전에 살던 사람이 이런 주장을 했다고 합니다. 그 집에 유령이 있다고요."

메릿이 웃음을 터뜨렸다. "유령? 독일이라면 몰라도 로드아일랜드에요?"

"그러게 말입니다." 마법이 무생물에 뿌리를 내리는 일이 불가능한 것은 아니지만 매우 드물었다. 더구나 미국처럼 역사가 짧은

22

땅이라면 더욱 믿기 어려운 일이었다. "유령이 있든 없든, 이제 그 땅의 주인은 메릿 씨입니다."

메릿이 깍지를 꼈다. "땅 면적이 얼마나 되죠?"

앨런 변호사가 서류를 힐끗 확인했다. "섬 전체로 알고 있습니다. 대략 2만 2천 평이죠."

"2만 2천 평이요?" 메릿이 탄식하듯 말했다.

"습지라는 걸 잊지 마세요."

"네, 네." 메릿이 손을 내저었다. "하지만 제임스타운도 습지를 개발해 만들지 않았나요? 인구는 계속 폭발적으로 늘어나고 있고요. 집이 구제 불능이라 해도 땅이 있잖아요. 땅을 팔면 되죠."

"예, 살 사람이 있다면 말이죠." 앨런 변호사는 회의적인 태도를 숨길 생각도 하지 않고 서류를 건넸다. "축하합니다, 메릿 펀스비 씨. 이제 자가 소유자가 되셨어요."

✦

호기심이 점점 커졌지만 메릿은 로드아일랜드까지 마법 열차를 타는 사치를 부리지 않았다. 기차에서 마차로, 마차에서 배로 갈아탔다. 내러갠섯만을 쭉 건너 블라우던섬에 도착하고 보니 왜 이곳에 사람이 살지 않는지 이해가 됐다. 오지도 이런 오지가 없었다. 그래도 불편한 한편으로는 사람의 마음을 굉장히 동하게 하는 그런 동네였다.

짐가방 하나만 덜렁 들고 배에서 내리자마자 메릿의 귀를 간질였던 아름다운 소리가 그 이유였다.

고요 말이다.

메릿도 소음을 싫어하지는 않았나. 제법 큰 도시 출신이고 번잡한 대도시에서 10년 넘게 살았으니까. 소음은 일상이었고 익숙했다. 도시의 고요는 폭설이 내릴 때나 찾아왔다. 그러니 따뜻하면서도 고요한 곳의 존재가 낯설게 느껴질 수밖에. 이곳에 깔린 침묵은 메릿 말고는 사람이 아무도 없다는 뜻이었다. 이 섬에 인간의 발길이 끊긴 지… 얼마나 됐을까. 몇 년? 몇십 년? 아니 백 년이 넘었다고 해도 신경 쓰이거나 하지는 않았다. 어차피 오래전부터 혼자였으니.

새 한 마리가 침묵을 깨며 다른 새들에게 메릿의 도착을 알렸다. 메릿은 손으로 햇빛을 가리고 소리 나는 쪽을 쳐다보았다. 나무 사이 높게 자란 풀밭에 왜가리로 추정되는 새가 있었다. 섬 곳곳에 서 있는 느릅나무와 참나무 잎사귀는 아직 색이 그대로였지만 조만간 단풍이 들 낌새였다. 숲 바로 뒤편에는 어둑한 덩어리 하나가 놓여 있었다. 저기가 바로 그 집인 모양이었다. 메릿은 집을 향해 걷기 시작했고 왜가리는 긴 다리를 뻗으며 날아갔다.

신발에 밟히는 땅은 축축했고 사람의 손을 타지 않은 토착 식물은 제멋대로 자라있었다. 수양벚나무, 솔리다스터, 보리수나무처럼 메릿이 아는 식물도 보였다. 어디선가 풍겨 오는 듯한 국화 향기에 어깨의 긴장이 풀렸다. 긴장하고 있었던 것도 그때야 알았다. 메릿은 쪼그려 앉은 채 손가락으로 흙을 집어 올렸다. 비옥한 토양이었다. 지금 텃밭을 가꾸기 시작하면 첫서리가 내리기 전에 마늘, 양파, 당근을 수확할 수 있겠다는 생각이 들었다.

길가 풀숲에서 솜꼬리토끼 한 마리가 갑자기 뛰쳐나와 메릿 앞을 가로질렀고 느릅나무 위에서는 제비 떼가 그를 내려다보고 있었다. 집에 가까워지자 점점 색이 보이기 시작했다. 저게 지금 파란색 지붕인가? 이 집의 나이를 생각하면 선명한 파란색 지붕은 의외였다. 색은 시간이 흐르며 바래기 마련인 데다가 미국의 초창기 주택들은 대부분 초가지붕으로 지어졌다.

서서히 아래층까지 시야에 들어오면서 벽면이 노란색으로 칠해져 있다는 것도 알 수 있었다. 메릿이 걸음을 재촉하자 물웅덩이에서 물을 마시던 도요새 한 마리가 놀라 퍼드덕거렸다. 사실 집이 기울지는 않았을까, 비바람에 나무판자가 다 벌어진 건 아닐까, 쥐가 득시글대지는 않을까 하는 우려도 없지는 않았다. 가방 하나만 들고 온 것도 그래서였다. 당장 이곳에 머물 계획은 없었다. 그저 답사 차원에서 한번 와 봤을 뿐이었다.

메릿은 동향으로 지어진 집을 북쪽에서 다가가고 있었다. 집 앞으로 돌아 나온 그는 짭짤한 바닷바람에 머리카락을 뒤로 날리며 입을 떡 벌렸다.

집은… 멀쩡했다.

멀쩡한 것을 넘어 완벽했다. 내부는 몰라도 바깥의 상태는 환상적이었다. 풍화의 흔적은 눈을 씻고 봐도 찾아볼 수 없었고, 빠진 지붕널이나 깨진 창문도 보이지 않았다. 주변 자연환경은 야생 그대로이긴 하지만 누군가 여기 살았던 것이 분명하다. 그렇지 않고서는 집이 이 정도로 깨끗할 리 없었다. 식민지 시대 양식이긴 해도 거의 새집이나 마찬가지였다.

"여기 살아도 되겠는데?" 메릿은 한마디 하고는 휘파람을 불었다. 왠지 그래야 할 것 같았다. 눈을 창문에 대고 가늘게 떠봤지만 안이 들여다보이지는 않았다. 메릿은 묘한 기분으로 현관문에 다가가 노크를 했다. 아무도 응답하지 않았을 때는 난감함을 느꼈다. 내심 누가 문을 열어 주길 기대했었나 보다.

"분명 누가 관리를 하고 있는데…" 메릿이 집을 상속받은 후 관리인이 떠났나? 하지만 앨런 변호사는 최근에 거주한 사람이 없었다고 했다. 손재주가 뛰어난 노숙자라도 몰래 들어와 살았던 걸까?

가방 속 변호사 사무실 봉투에 열쇠가 있었지만 손잡이를 건드리니 경첩 소리도 없이 문이 열렸다. 집 안에는 빗방울 얼룩만 조금 묻어 있는 창문을 통해 이른 오후의 햇살이 비추고 있었다. 적당한 크기의 현관 복도는 외관만큼이나 깔끔하게 정돈된 모습이었다. 복도 끝에는 온전한 계단과 문 하나가 있었다. 메릿은 현관문을 열어 둔 채 감탄하며 집 안으로 들어왔다. 원래는 계단 옆에 있는 문을 열어 볼 생각이었지만 현관 양쪽의 공간들에 시선을 빼앗기고 말았다. 오른쪽은 8인용으로 세팅이 완료된 식탁이 놓인 식당, 왼쪽은 진홍색과 진녹색 가구를 갖춘 거실이었다.

메릿은 입을 다물지 못했다. 썩게 놔두든, 알아서 처분하든 하라고 불필요한 짐을 메릿에게 떠넘기는 게 할머니 유언의 의도라고 생각했다. 하지만 이 집은 이대로도… 훌륭했다. 그가 가진 돈으로는 살 수도 없는 곳이었다. 알렉상드르 뒤마처럼 출판사에서 거금을 받는 작가가 된다면 모를까.

"감사합니다, 할머니." 메릿이 중얼거리며 벽을 만졌다. 영국 여인의 초상화가 걸려 있었지만 그 여자가 누구인지 알려 주는 단서는 보이지 않았다. 그림 속 여인은 마치 메릿을 쳐다보는 것 같았다. 주인이 바뀐 이 상황을 메릿만큼이나 의아해하는 표정으로.

메릿은 거실로 방향을 틀고 경건하게 걸어 들어갔다. 그를 위해 준비된 선물처럼 정리 정돈이 잘된 공간이었다. 물론 눈에 보이는 표면에는 두껍게 먼지가 쌓였고 가구는 조금 낡은 티가 났다. 하지만 쥐가 갉아 먹은 흔적은 없었다. 파리 한 마리 보이지 않았다. 메릿은 긴 소파의 뒷면을 손으로 쓸다 옆방인 온실로 이어지는 문을 들여다보았다. 이 집을 관리하던 사람이 원예에는 젬병이었는지 식물들은 시들어 죽었거나 제멋대로 자랐거나 둘 중 하나였다. 하지만 이 온실의 주인은 이제 메릿이었다. 그 생각을 하자 왠지 모르게 막막해졌다.

뒤로 돌아 거실을 4분의 1쯤 지났을 때, 무언가가 시야에 포착되었다. 창문 쪽으로 돌아선 메릿은 진홍색 벨벳 천을 씌우고 나무로 된 팔걸이와 다리에 단풍잎을 새긴 안락의자를 바라봤다.

의자가 녹아내리고 있었다.

메릿은 눈을 찌푸렸다. 눈을 비비며 조금 더 가까이 다가갔다.

정말… 녹아내리고 있었다. 지나치게 뜨거운 불을 켠 양초처럼. 앉는 부분의 쿠션이 녹아 카펫으로 뚝뚝 떨어졌다. 하지만 카펫에 묻거나 흡수되지 않고 그대로 사라졌다. 나무로 된 부분은 탱탱한 젤리같이 변해서 살짝만 건드려도 터질 것처럼 부들거렸다.

"맙소사." 메릿이 중얼거리며 뒤로 물러났다. 손으로 소파를 짚자 질척한 표면으로 손이 쑥 빨려 들어갔다.

메릿은 비명을 지르며 황급히 물러나려다 카펫으로 넘어졌지만 얼른 다시 몸을 일으켰다. 녹아서 손가락에 들러붙었던 소파 방울이 언제 그랬냐는 듯 증발해 버렸다. 벽이 휘어지기 시작하자 메릿은 현관 복도까지 전속력으로 달렸다. 가쁜 숨을 몰아쉬며 조금 전까지만 해도 찐득했던 손을 가슴에 댔다.

"이게 대체 뭐야?" 메릿이 중얼거리며 주위를 돌아봤다.

초상화의 눈이 그를 좇았다.

위층에서는 쿵 소리가 났다.

메릿은 침을 삼키고 현관문으로 달려갔다.

하지만 도착하기도 전에 문이 닫히고 자물쇠가 걸렸다.

2

1846년 9월 6일, 매사추세츠주 보스턴

헐다 라킨은 브라이트베이 호텔 뒷문 쪽의 자그마한 로비에 앉아 있었다. 이곳은 보스턴 마법 부동산 관리국(the Boston Institute for the Keeping of Enchanted Rooms), 앞 글자를 따 일명 바이커(BIKER)가 전용으로 사용하는 공간이었다. 등받이가 없지만 기댈 수 있도록 벽에 붙여 놓은 벤치의 한쪽에는 인조 장미 덤불이, 반대쪽에는 진짜 관엽식물 화분이 놓여 있었다. 헐다는 최근에 구입한 해산물 요리책을 훑으며 직접 만들 수 있을 만한 메뉴들에 색인 표시를 하는 중이었다. 수호 마법으로 지키고 있는 온타리오호 호숫가 롱하우스의 보존 상태를 점검하기 위해 6주간 캐나다 출장을 갔다가 어제 막 보스턴에 돌아왔다. 사무실로 호출을 받은 것도 불과 1시간 전이었다.

대기 시간은 길지 않았다. 세 번째 색인을 붙이고 있을 때 안

내 데스크의 새디 스티버러스가 경쾌한 걸음으로 들어와 알렸다. "마이라 국장님께서 들어오시랍니다."

헐다는 요리책을 덮어 가방에 넣고 의자에서 일어났다. 치마의 주름을 정리한 뒤 정중하게 고개를 끄덕이고 사무실로 들어갔다. 꽤 넓은 사무실에는 큼지막한 창문이 여러 개였고, 창문으로 쏟아지는 빛을 등지고 아담한 체구의 기품 있는 여자가 커다란 책상에 앉아 있었다. 도서관처럼 책장이 전면을 차지한 벽 하나를 제외하고 나머지 벽에는 아무것도 없었다.

"안녕하세요, 국장님." 헐다가 꾸벅 인사하고 웃으며 말했다.

"딱 맞춰 왔군." 마이라 헤이그 국장이 자리에서 일어나 헐다에게 다가오며 책상 모서리에 놓여 있던 서류를 발레리나처럼 우아하게 집어 들었다. 구불거리는 검은 머리카락을 한 올도 빠짐없이 말아 올렸고, 그 아래로 보이는 가무잡잡한 얼굴이 스페인 혈통을 드러내고 있었다. 쉰 살이 다 돼 가지만 그보다는 젊어 보였다. 언제나 완벽한 준비성, 행동력, 경각심 때문일까. 마이라의 사전에 휴가나 병가는 없었다. 1841년 열병을 앓았을 때 빨리 회복해 달라는 회사의 간청을 듣고 겨우 쉬었을 뿐이었다. 자료실이나 사무실 같은 게 아니라 마이라 헤이그가 없으면 바이커는 돌아가지 않았다.

"자네에게 새로운 임무를 맡기려고." 마이라가 알렸다.

헐다는 눈을 깜박였다. "벌써요? 해외 출장인가요?" 트렁크도 오늘 아침에야 도착했는데. 바이커는 보스턴이 거점이지만 간간이 국제적인 업무도 담당했다. 특히 본사인 라이커(LIKER), 즉 런던 마법 부동산 관리국(the London Institute for the Keeping of Enchanted Rooms)이 인력 부족으로 지원을 요청하는 경우가 많았다. 마법 부동산 자체가 미국보다 유럽에 훨씬 많이 분포돼 있었다.

"그건 아니야. 새로운 인물이 윔브렐 하우스를 상속받았어." 마이라가 파일을 펼쳐 헐다에게 건넸다. "소식통에 따르면 어제 입주했다네."

평면도와 한 장짜리 보고서가 헐다를 올려다보았다. "윔브렐 하우스? 처음 들어요." 문서를 읽어 보았다. "로드아일랜드요?"

"맞아. 그러니 오래 방치되었을 만도 하지. 세일럼 사태 때 강령술사들이 은신처로 삼았던 집이래." 마이라가 씁쓸한 듯 혀를 찼다. "나도 어제 밤늦게 전보를 받았어. 새 주인 이름은 메릿 펀스비라는군."

헐다가 보고서 내용을 훑었다. 그 집은 아니타 니콜스의 유산이라고 했다.

"개인 간에 거래가 성사된 것 같아." 마이라가 덧붙였다.

헐다가 한숨을 폭 쉬었다. "저런. 뭐 이런 사례들이 재미는 있죠." 일반인이 마법에 걸린 집에 이사해 들어오는 상황은 다루기가 무척 까다로웠다. 헐다는 보고서를 다시 앞으로 넘겼다. "파일이 굉장히 얇네요."

"내 전임자 소행이야." 마이라가 미안하다는 투로 말했다. "벽지에 있는 외딴집인 데다 오랫동안 사람이 거의 살질 않아서 말이야. 거주했던 사람들도 명패를 새긴다거나 하지 않았고." 그러면서 깍지를 꼈다. "이제 막 출장에서 돌아온 거 아는데 혹시 오늘 출발할 수 있어? 마법 열차와 배로 2시간이면 돼. 손 놓고 있기가 영 찜찜해서 말이야."

손 놓고 있다가는 사람이 집을 망가뜨리거나, 집이 사람을 해치는 일이 생길 게 뻔했다. 헐다는 고개를 끄덕였다. "괜찮아요. 마침 짐도 아직 안 풀었고요." 하지만 지금은 이야기만 들으러 온 거라 손에 검은색 손가방뿐이었다. 이 가방만큼은 늘 몸에 지니고 다녔다.

마이라가 손뼉을 쳤다. "다행이야. 다른 사람을 보내려니 마음이 놓여야 말이지. 헐다 자네가 우리 중에서 제일 유능하잖아."

헐다는 별말을 다 듣는다는 표정을 지었지만 상사의 칭찬에 마음이 훈훈해졌다. "손턴 선배가 아직 덴마크에 있기 때문이죠."

"에이." 마이라가 헐다의 어깨에 손을 올렸다. "집이 좀 외진 데 있어. 프로비던스(옮긴이 주-로드아일랜드의 주도)까지 마법 열차를 타도록 해. 비용은 바이커에서 처리해 줄 거야."

헐다는 고개를 끄덕이고 얇은 파일을 계속 들여다보며 문으로 돌아섰다.

"참, 헐다."

헐다가 걸음을 멈췄다.

마이라가 두 손을 움켜쥐었다. "조심해."

헐다는 콧대 위로 안경을 올리며 대답했다. "저야 늘 조심하죠."

✦

윔브렐 하우스는 아주 매력적인 집이었다. 마법에 걸린 건물이 대체로 그렇듯 자연에 둘러싸여 있어 매력이 배가되었다. 오후의 햇살이 풀밭을 물들였고 멀리 보이지 않는 곳에서 왜가리가 울었다. 모든 풍경에 바다 냄새가 묻어 있었다. 시원하게 불어오는 바닷바람은 한여름에 가뭄의 단비가 되어 줄 터였다. 지금은 이미

9월이고 헐다가 내년 여름까지 이 집에 머물 일은 없겠지만 생각만으로도 기분이 상쾌해졌다.

가파른 박공지붕과 각양각색의 창문도 이 집의 특징이었다. 크고 작은 창문이 원형, 반원형, 직사각형 등 다양한 형태로 나 있었다. 참나무 차양은 깊은 색으로 물들었고 파란 지붕은 직사광선 아래 청록색으로 반짝였다. 아주 큰 집은 아니었다. 일할 사람이 그리 많이 필요하지는 않다는 뜻이었다. 이러면 의외로 문제가 쉽게 해결된다. 사람을 뽑는 수고를 덜 수 있을 뿐만 아니라 새 주인의 재정에도 부담을 주지 않을 것이다. 안 그래도 요새 바이커는 일을 똑바로 하는 사람은 고사하고 마법에 익숙한 사람도 찾기 힘들어 골머리를 앓고 있었다.

헐다는 무거운 공구 가방을 어깨에 메고 현관문으로 다가가 놋쇠 고리를 들고 네 번 노크했다. 큰 소리로. 문을 두 번 두드리고 싶지는 않았기 때문이다.

잠시간은 사방에 정적만 흘렀다. 그러다 부피 있는 물건 여러 개가 바닥으로 떨어지는 소리가 들리더니 짧은 비명이 뒤따랐다. 헐다는 파일을 꺼내 집주인의 정보를 한 번 더 확인했다. '메릿 펀스비.'

"밖에 누구 있어요?" 문 반대쪽에서 째진 목소리가 들렸다. 절박한 심정이 나무의 섬유 사이로 흘러나왔다.

헐다는 안경을 올려 쓰며 말했다. "메릿 펀스비 씨?"

"제발 도와주세요!" 안쪽에서 메릿이 외쳤다. "날 안 내보내 줘요!"

'이런.' 헐다는 가방을 열었다. "집에 얼마나 계셨어요?"

문고리가 들썩였다. "누구시죠? 창문을 깨 보려고도 했는데…

맙소사, 또 나를 보고 있어요."

"집을 훼손하지는 말아 주세요." 헐다가 쇠 지렛대를 꺼내며 말했다. "뭐가 보고 있다는 건가요?"

"초상화에 있는 여자가요!"

한숨이 나왔다. 이래서 이런 집은 일반 시민에게 넘기기 전에 바이커의 점검을 거쳐야 하는데. "물러나세요, 메릿 씨." 헐다가 문과 문설주 사이에 쇠 지렛대를 끼우고 중얼거렸다. "왜 이러니, 집아. 네가 어린애처럼 굴면 저분이 너를 어떻게 보살펴 주겠어?"

몇 번 당기자 걸쇠가 풀리며 문이 안쪽으로 열렸다.

헐다는 쇠 지렛대를 가방에 도로 넣고 문을 열어젖혔다.

안에 있는 건 키 180센티미터가 조금 안 되는 남자였다. 서류에는 서른한 살이라고 적혀 있었지만(헐다보다 세 살 연하다.) 눈 밑 지방 때문에 더 나이 들어 보였다. 어깨까지 늘어진 볼품없는 연갈색 머리카락은 빗질이 시급해 보였다. 콧대 중앙이 살짝 넓기는 해도 코는 오뚝했다. 옷은 고급품처럼 보였지만 애스콧 타이 대신 버릴 시기가 한참 지난 것 같은 화려한 색상의 스카프를 매고 있었다. 연한 노란색 셔츠의 위쪽 단추 두 개는 풀린 상태였다. 아니, 단추가 다 하나씩 어긋나 있었다. 제대로 바로잡아야 한다는 충동이 헐다의 머릿속을 건드렸다. 하지만 헐다는 가정부지 하인이 아니었다. 맨발에 양말도 한쪽 발에만 신은 안쓰러운 몰골의 남자는, 몇 년 만에 사람을 처음 보는 듯 겁에 질린 푸른색 눈으로 헐다를 간절히 바라보았다.

예상하지 못한 광경은 아니었다.

"안녕하세요, 메릿 펀스비 씨." 헐다가 악수를 청하며 말했다. "저는 헐다 라킨이라고 해요. 보스턴 마법 부동산 관리국, 바이커

34

에서 나왔습니다. 최근 마법에 걸린 집을 상속받으신…"

"오, 하느님 감사합니다." 메릿도 악수를 하려고 손을 내밀었지
만 손가락이 문가에 다다르자마자 문설주 일부가 구부러지더니
앞을 가로막았다. 메릿은 눈을 감고 축 처진 몸을 나무에 기댔다.
"나를 내보내 주질 않아요."

"그러네요." 헐다는 집 안으로 들어가려는 듯 손을 뻗으며 말했
다.

"집에 돌아가고 싶다면 그러지 말아요." 안으로 들어오려는 헐
다에게 메릿이 경고했다.

헐다는 자신감 넘치는 미소를 지어 보였다. "저는 전문가라 괜
찮습니다. 들어가도 될까요?"

"들어오고 싶다고요? 그럼요, 얼마든지요! 나를 내보내 주기만
한다면요."

"죄송하지만 집이 어떤 상태인지 판단하기 전까지는 그럴 수 없
습니다."

메릿은 이해가 안 간다는 듯 눈을 껌뻑였다. "집 상태를 판단해
요? 그냥…" 그가 헐다에게 손을 내밀며 말했다. "…나만 좀 빨리
꺼내 줘요!"

헐다는 얼굴을 찌푸렸다. "학교 수업을 제대로 들으셨다면 마법
이 그렇게 작용하지 않는다는 걸 아실 텐데요."

메릿이 그녀에게 눈을 깜박이며 물었다. "학교 수업이요?"

헐다는 다시 얼굴을 찌푸렸다. 실제로 미국의 교육 위원회는 마
법의 기술은 가르치지 않고 마법의 역사적 의미 정도만 교과 내
용에 포함시키고 있다. 악명 높은 보스턴 차 사건 때 영국 마법선
을 장악했던 일처럼 말이다. 헐다는 수년 동안 영국에서 유학 생

활을 했다. 영국의 경우 학교는 물론 생활 전반에서 미국에 비해 마법을 더 적극적으로 분류해 활용했다.

메릿이 눈을 문질렀다. "여긴 유령이 나오는 집…."

"그럴 수도 있고, 아닐 수도 있습니다." 헐다가 말을 잘랐다. "그건 마법에 걸린 집이 가진 가능성 중 하나…."

"미치겠네." 메릿이 코를 만지며 중얼거렸다. "알았어요! 들어와요. 그쪽은 어떤 취급을 받는지 봅시다." 헐다가 들어갈 수 있게 옆으로 비켜서면서도 메릿은 북쪽 벽에 있는 초상화를 경계하는 눈으로 쳐다보았다.

헐다의 구두가 단단한 나무 바닥에 부딪혀 또각또각 소리를 냈다. 헐다가 들어오자 집이 신음 소리를 냈다. 이 집이 그녀를 가둘지 말지는 아직은 알 수 없었다. 헐다는 주위를 둘러보았다. 바깥의 밝은 햇빛이 좀처럼 창문을 통과하지 못했다. 계단과 벽에 드리워진 그림자가 공간을 불완전한 어둠으로 덮었다. 적어도 눈에 보이는 데까지는 그랬다. 자신을 눈으로 좇는 오른쪽 초상화를 발견하고 헐다가 고개를 끄덕여 인사했다. "건축 시기를 고려하면 관리가 아주 잘됐네요. 물론 강한 주문이 걸린 건축물이라면 대부분 그렇지만요."

메릿이 한 손으로 얼굴을 닦았다. "그, 그런데 이 집에 대해서 어떻게 알았죠?"

"그게 저희가 하는 일이니까요." 헐다가 주머니에서 명함을 꺼내 메릿에게 내밀었다. 기밀인 주소를 제외한 바이커의 정보와 헐다의 이름이 찍혀 있었다.

"집이 선생님께 말을 걸던가요?" 헐다가 물었다.

메릿은 놀라서 입을 벌린 채 물었다. "말을 걸어요?"

헐다가 장갑을 벗었다. "왜 놀라세요, 메릿 씨. 마법이 드문 시대지만 아주 생소한 것도 아니잖아요. 저도 마법 열차를 타고 여기까지 왔는걸요." 마법 열차란 마법의 열한 가지 유파 중 하나인 역동 마법으로 움직이는 열차를 말한다.

"네, 네." 메릿이 졸린 눈을 비비며 대답했다. 밤새 이곳에 있었다면 간밤에 제대로 잠을 자지는 못했을 것이다. "그건 저도 알죠. 하지만 이 집은 그게 유독…." 그러고는 적당한 말을 찾으려는 듯 손을 내저었다. "맞아, 마법 밀도가 높은 것 같아요."

"이런 주택의 경우에는 흔한 일입니다. 주문을 아무리 걸어도 인간의 육체와 달리 부작용이 없으니까요."

메릿이 자세를 고쳐 바르게 섰다. "그래요?"

"집에 대해 진단받길 원하시면 제가 한번 둘러보겠습니다." 헐다가 말을 이었다. "마법에 걸린 집을 관리하려면 철저한 진단이 선행되어야 해요."

메릿이 헝클어진 머리카락을 손으로 쓸어올리며 물었다.

"마법의 종류를 진단한다는 건가요?"

"여러 가지로요. 마법 부동산이 존재하는 이유는 다양하거든요." 헐다는 안경을 올려 썼다. "주문에 걸렸을 수도 있고, 비정상적으로 많은 마력이 방출된 터에 집을 지었을 수도 있죠. 처음부터 마법을 걸 생각으로 계획해 짓는 경우도 많고요. 그 외에도 대여섯 가지 추측이 가능합니다. 마법 자재를 사용했다거나, 소유자가 마법사였다거나, 너무 오래되어서 스스로 의식이 생겼다거나. 이 집은 식민지 시대 양식이니 그럴 가능성은 적지만요. 자기 구조에 만족하지 못하는 집이 스스로 마법을 걸어서 고치려고 하기도…."

위에서 쿵 소리가 났다. 메릿은 놀라서 펄쩍 뛰었다.

헐다는 고개를 들고 귀를 기울였지만 다른 소리는 들려 오지 않았다. "집에 또 누가 있나요?"

메릿이 고개를 저었다.

헐다는 헛기침을 하고 하던 말을 마무리했다. "제가 집을 둘러 보고 마법의 원천을 확인하는 게 가장 좋은 방법으로 보입니다. 메릿 씨만 허락하신다면요."

메릿이 집에 공포를 느끼는 듯 주위를 둘러보았다. 당연한 반응 이었다. 현관 입구의 벽이 녹아내리고 있었기 때문이다. 마법의 열 한 번째 유파인 혼돈 마법일 것이다.

"날 내보내 준다면 뭐가 됐든 좋아요." 메릿이 중얼거렸다.

"제 목표는 메릿 씨께서 이 집에 무사히 정착하도록 돕는 겁니 다. 마법에 걸린 집은 길들일 수 있어요." 말도 안 된다는 듯 핏발 선 눈으로 쳐다보는 메릿에게 헐다가 오른쪽을 가리켰다. "식당에 서 시작할까요?"

메릿이 자세를 고쳐 섰다. "황당무계한 소리 같겠지만…. 시, 식 당이 내 지갑을 먹었어요."

"전혀요."

"나도 먹힐 뻔했어요."

헐다가 가방을 뒤지더니 빨간 자수를 놓은 주머니가 달린 끈 목걸이를 꺼내 메릿에게 건넸다. "수호 부적이에요." 헐다는 자신 을 위한 목걸이도 꺼냈다. "착용하세요. 집을 돌아다니는 동안 어 느 정도 보호를 해 줄…."

"어느 정도라고요?"

"완벽한 건 없습니다." 헐다가 수호 부적을 목에 걸고 메릿과

38

눈을 맞췄다. "너무 오래 소지하고 있으면 해롭죠. 이런 휴대용 주문은 인체에 기묘한 영향을 미칠 수 있거든요. 하지만 집 안에서는 안전하니 안심하세요."

메릿이 주머니를 들고 이리저리 살펴보았다. "어떤 식으로 작용하는 거예요?"

"1급 마법이에요. 굉장히 비싸고요." 헐다가 '절대 망가뜨리면 안 돼요'라는 표정으로 메릿을 보았다. "이건 혼돈 마법으로 만든 부적이에요. 정확히는 질서와 복원 주문이죠. 보통 이렇게까지 질서의 힘을 가진 인간은 없기 때문에. 집이 우리를 침입자로 생각하고 공격하지는 않을 거예요." 내용물은 흑요석 가루인데 각각의 주머니를 만든 마법사의 피와 손톱도 소량 들어 있었다. 하지만 심약해 보이는 메릿에게는 그 사실을 굳이 언급하지 않았다.

"봐도 될까요?" 헐다가 식당을 가리키며 물었다.

메릿은 고개를 끄덕이고 헐다의 뒤를 따랐다. 식당에 들어서자 그림자들이 눈에 띄게 짙어지며 동쪽 벽의 커다란 창문에서 들어오는 빛을 차단하려 했다. 결과는 제법 성공적이었다.

"처음 왔을 때는 이렇지 않았어요." 식탁 쪽으로 가는 헐다에게 메릿이 말했다.

"어땠는데요?"

"평범한 집 같았죠."

"흠." 세팅이 완료된 식탁은 먼지를 뒤집어쓰고 있었다. 의자는 총 여덟 개였다. 헐다는 의자 등받이에 손을 올렸다. 식당이 넓은 편은 아니었지만 조금 무리하면 열두 명 정도는 앉을 수 있을 것 같았다.

헐다가 식탁을 손등으로 두드리며 말했다. "그러지 말고 돌려

줘. 무슨 의미가 있다고. 그래? 이분 지갑으로 네가 뭘 할 수 있는데?"

바닥이 삐걱거렸다. 거센 파도가 치는 바다로 나가는 배의 갑판에 서 있는 기분이었다.

헐다가 가방에서 청진기를 꺼내 식탁 위에다 댔다. 몇 군데 옮겨가며 반대쪽 손으로 식탁을 두드리자 나무 소리가 단단하게 들리는 지점이 있었다. 작은 수호 부적을 꺼내 식탁 위에 내려놓자 식탁이 낡은 가죽 지갑을 토해 냈다.

"당신은 천사예요." 메릿은 식탁에 다시 먹힐세라 얼른 지갑을 들었다.

헐다가 서쪽 문을 가리키며 물었다. "저기는 어때요?"

메릿이 지갑을 들지 않은 손으로 수호 부적 목걸이를 움켜쥐었다. "사실 그쪽은 안 가 봤어요."

그럴 만도 했다. 문가에 빛 하나 없이 캄캄했으니까.

헐다는 식탁에서 수호 부적을 주워 다시 주머니에 챙기고 작은 램프를 꺼냈다. 다이얼을 돌리자 램프에 불이 들어왔다.

"뭐죠?" 메릿이 물었다.

"마법 램프예요. 소환 마법으로 불을 불러와 원소 마법으로 조종하는 거죠." 헐다가 램프를 들고 앞장섰다.

"성냥이 없어도 돼요? 왜 이런 걸 가로등으로 쓰지 않죠?"

"비싸거든요, 메릿 씨."

"뭔들 안 비싸겠어요."

헐다가 램프를 더 높이 들고 문으로 다가갔다. 평면도에 따르면 저 뒤에 간이 식당이….

문이 벌컥 열렸다. 헐다가 놀라서 뒷걸음질 치는 것보다도 빠르게 두 개의 손이 헐다의 허리를 잡고 뒤로 끌어당겼고, 겨우 램프가 문에 부딪히는 걸 피할 수 있었다. 자칫 램프가 박살 나고 주문도 다 깨질 뻔한 상황이었다.

메릿이 바로 잡고 있던 허리를 놓았지만 헐다는 부끄러움에 뺨이 달아올랐다. 홍조를 감추려 불빛을 얼굴에서 멀찍이 떼고 치마를 정돈했다. "감사합니다, 메릿 씨."

메릿은 고개를 끄덕이고 문을 노려보았다. "나도 위층에서 코가 작살날 뻔했어요."

헐다의 예상보다 호락호락하지 않은 집이었다. 헐다는 문 앞 바닥에 작은 수호 부적을 놓았다. 가져온 부적은 여덟 개가 전부였다. 짐을 쌀 때만 해도 쓸데없이 많이 넣었다고 생각했는데.

이번에는 걸어 들어가는 헐다를 문이 거부하지 않았다. 그럴 새도 없이 발을 들였고 메릿도 뒤를 따랐다. 간이 식당은 식당의 절반 크기였고 4인용 식탁이 하나 놓여 있었다. 헐다가 가장자리로 움직이며 말했다. "손님을 더 초대하고 싶으면 저 벽을 허물어도 되겠어요."

집이 꾸르륵 소리를 냈다. 집이 위장이고 두 사람이 음식물이라도 되는 것처럼.

"내 밥 차려 먹을 생각도 없는걸요." 메릿이 몸을 홱 돌리고 무언가를 찾는 듯 그림자를 살폈다. "여긴 사람 살 곳이 못 돼요."

"그렇게 빨리 포기하시기엔 너무 아까운 집이에요." 헐다가 충고했다. "윔브렐 하우스는 한동안 사람이 살지 않았잖아요. 그래서 이상 행동을 하는 것 아닐까요? 이 상태로는 매매하실 수도 없어요. 다른 것보다 금전적으로 손해죠."

메릿은 그 말을 따져 보는 듯했다.

헐다가 다음 문 앞에 멈춰 섰다. "여기는 주방이겠군요." 이 문은 헐다를 막지 않았다. 머리 위에서 깜박이는 철제 샹들리에 덕분에 앞의 두 공간보다는 조금 밝았다. 화덕과 장작 난로를 다 갖춘 주방이었고 널찍한 카운터와 펌프로 작동하는 싱크대도 있었다. "아주 좋은데요. 여기 스툴 있나요?"

"이게 좋다고요?" 메릿이 되물었다. "우리 같은 집에 있는 거 맞아요?" 그러면서도 메릿은 주방 안을 살펴 화덕 반대쪽에서 다리 세 개짜리 스툴을 찾아냈다. 하지만 스툴을 들고 절반도 못 와 비명을 지르기 시작했다.

"이거 떼, 떼 줘요!" 메릿이 양손을 마구 휘저었지만 그의 손을 빨아들인 스툴의 좌석 부분이 녹은 것처럼 흐물거리며 팔을 타고 올라가고 있었다. 다만 팔꿈치 이상으로는 나아가지 못하는 듯했다. 메릿이 착용한 수호 부적이 작동하고 있다는 뜻이다.

"이런다고 네가 얻는 게 뭐야?" 헐다가 천장에 대고 물었다.

샹들리에의 불이 깜박거렸다.

헐다는 한숨을 쉬며 메릿에게 다가가 어깨를 붙잡았다. "진정하세요."

"나를 먹고 있잖아요!"

"그냥 떼를 쓰는 거예요." 헐다가 밀랍처럼 흐물거리는 다리 하나를 붙잡아 당겼다. 스툴 덩어리가 메릿의 팔에서 조금씩 떨어져 나왔다. 헐다가 손을 놓았을 때는 진흙 파이처럼 바닥에 철퍼덕 떨어졌다. 헐다가 부적을 꺼내려 가방에 손을 넣자 스툴이 알아서 원래 형태로 돌아갔다.

헐다는 집이 마음을 바꾸기 전에 스툴을 샹들리에 아래에 놓았다. "저 좀 받쳐 주세요, 메릿 씨." 밟고 올라가 있는 동안 스툴

42

이 흐물흐물해지면 곤란했다.

메릿이 스툴을 의심스럽게 쳐다보며 옆으로 다가왔다. "굉장히 대범하시네요, 헐다 씨."

"헐다 부인이라고 불러 주세요." 헐다가 스툴을 밟고 섰다.

메릿의 시선이 반지를 끼지 않은 왼쪽 손에 머물렀다. "결혼하셨어요?"

헐다는 샹들리에에 정신을 집중했다. "가정부는 결혼 여부와 관계없이 부인으로 불리는 게 원칙입니다." 다음으로는 돋보기를 꺼내 테두리를 살폈다. 돋보기도 마법 도구라 헐다의 요구에 맞춰 초점을 자동 조정했다. 가까이서 보려고 헐다의 뒤로 다가왔던 메릿이 작게 휘파람을 불었다.

헐다는 그를 무시하고 불꽃에 집중했다. "마법 때문에 깜빡이는 건 아니네요. 아마도 이 집에는 원소 마법은 없는 것 같아요." 헐다는 이 정보를 머리에 새기고 스툴에서 내려왔다. 주방 바로 뒤편에 통창으로 된 테라스가 있었지만 바닥이 타르처럼 부글부글 끓고 있어서 그 공간은 다음에 살펴보기로 했다.

두 사람이 현관 복도로 돌아오니 집이 큰소리로 삐걱거렸다. 헐다는 램프를 앞으로 내밀고 계단 옆의 화장실 문을 열었다. 안으로 들어가 거울을 조사했지만 특이 사항은 없었다.

뒤따라 들어온 메릿과 함께 화장실 문이 쾅 하고 닫혔다. 더 안쪽을 살피러 들어가던 헐다가 놀랄 시간도 없이 바닥과 천장을 포함해 여섯 면 모두가 안으로 좁혀오기 시작했고 변기와 세면대는 찰흙처럼 구겨졌다. 헐다가 배관에 밀려 메릿 쪽으로 쓰러지자 메릿이 헐다의 어깨를 잡아 부축했다. 그 순간 점점 가까워지는 뒤쪽 벽에서 날카로운 가시가 돋아났다.

헐다는 이 집에 도착한 후 처음으로 두려움을 느꼈다.

"당장 그만둬!" 헐다가 외쳤지만, 말이 통하지 않는다는 건 이 집이 하는 행동만 봐도 알 수 있었다. 세면대가 두 사람을 더 가깝게 몰아붙이자 헐다는 몸을 뒤로 빼려 했지만 이미 좁아진 화장실에는 그럴 공간이 없었다. 계속 줄어들고 있는 천장이 머리에 닿기 직전이라 메릿은 허리를 굽혀야 했다.

뒤쪽 벽에서 돋아난 가시는 헐다의 가방 끝을 찌를 정도로 가까워졌다.

가시 하나에 등을 찔린 메릿이 잇새로 신음을 내뱉었다. 필사적으로 문을 열어 보려 했지만 손잡이는 꿈쩍도 하지 않았다. 메릿이 어깨로 문을 들이받았다. 한 번, 두 번….

그때 문에도 바늘 같은 가시들이 돋아났다.

"조심해요!" 헐다가 외쳤다.

자칫하면 자기 몸에 구멍을 낼 뻔한 메릿은 뒤로 물러서려다 헐다에게 부딪혔다. 밀린 헐다의 목이 뒤쪽 가시 앞에서 겨우 멈췄다.

'생각하자, 생각!' 헐다는 심호흡하며 마음을 진정시켰다. 메릿에게서 잉크와 정향, 그리고 가벼운 꽃향기가 섞인 페티그레인 오일 냄새가 은은하게 풍겼다.

바닥이 솟아오르는 바람에 가방을 뒤지던 헐다의 몸이 휘청거렸다. 가시에 팔꿈치를 찔렀을 때, 헐다는 가방에 챙긴 그 물건이 떠올랐다.

헐다가 손을 꺼내며 외쳤다. "조금만 참으세요, 메릿 씨!"

그러고는 가시가 돋은 벽 중 하나에 폭탄을 던졌다.

폭발과 함께 화장실 내부가 연기로 가득 찼다. 순식간에 벽과 바닥, 천장이 제자리로 돌아가며 헐다와 메릿을 밖으로 튕겨냈다. 헐다는 현관 복도에 떨어지면서 무릎에 멍이 들기는 했지만 다행히 다른 부상은 없었다. 그녀는 콜록대며 가방을 내려놓고 머리를 매만졌다. 아무리 힘든 상황이라도 일을 하는 동안에는 몸을 단정히 해야 했다.

메릿은 조금 더 늦게 몸을 일으켰다. 눈을 빠르게 깜박이며 얼굴로 쏟아진 머리카락을 입바람으로 후 불었다. "무슨 짓을 한 겁니까?"

상황이 상황이니만큼 말투를 문제 삼지는 않기로 했다. "혼돈 폭약이에요. 굉장히…."

"비싼 거라고요?" 대신 말을 끝맺은 메릿이 셔츠의 먼지를 털며 일어났다. 그는 일어서는 헐다의 손을 잡아주면서 화장실 쪽을 돌아보았다. 문 앞에 떨어진 램프가 비추는 화장실 안은 지극히 평범한 공간으로 보였다.

메릿이 고개를 저었다. "혼돈 마법이라면… 쑥대밭이 됐어야 하잖아요."

"그렇게 생각하기 쉽지만 오해예요." 헐다가 가볍게 떨리는 목소리를 헛기침으로 가다듬었다. "혼돈은 무질서를 뜻하지만, 이미 혼돈이 발생한 상태라면 반대로 질서가 되죠."

메릿이 그녀를 보며 물었다. "아까 어디서 나왔다고 했죠?"

"바이커요. 명함에 나와 있습니다."

메릿이 주머니에서 명함을 꺼내는 동안 헐다는 마음을 진정시키며 떨어진 램프를 주웠다. 보스턴으로 돌아가 지원을 요청할까…. 아니, 혼자 해결할 수 있다. 마법에 걸린 집에 악의가 있는 경우는 드물었다. 헐다는 이보다 심각한 집도 다뤄 본 적이 있었다.

또 하나의 도전 과제일 뿐이다. 포기한다면 이 집에 기회를 달라고 메릿 씨를 무슨 수로 설득할 수 있겠는가?

헐다는 청진기를 꺼내 화장실 외벽의 소리를 주의 깊게 들었다.

"용도가 뭐예요?" 메릿이 물었다. "벽과 교감하기?"

"교감 마법은 동식물한테만 통해요, 메릿 씨." 교감 마법은 여덟 번째 유파에 해당하는 마법이었다. "이 청진기 안에는 접촉감응 마법이 들어 있어요. 생물에 쓰는 것이 일반적이지만, 한두 가지 조건만 맞으면 마법에 걸린 집에도 쓸 수 있죠."

실제로 심장 뛰는 소리가 희미하게 들렸다. 헐다는 청진기를 집어넣고 메릿을 지나쳐 현관 복도에서 거실로 들어갔다.

윔브렐 하우스는 그림자와 삐걱거리는 소리를 포기하지 않았고 거기에 거미줄까지 더해졌다.

"어제는 가구들이 녹아내리고 있었어요." 메릿은 소파를 쿡 찌르고는 주방의 스툴처럼 공격할까 봐 황급히 물러났다.

헐다가 램프를 들어 올렸다.

"저는 배색이 더 문제로 보여요." 헐다가 내부를 둘러보며 혀를 찼다. 우울한 크리스마스도 아니고 사방이 짙은 빨간색 아니면 녹색이었다. 의뢰인의 예산이 충분하다면 조금은 손을 봐야 할 것 같았다. 시야 가장자리로 메릿이 피식 웃는 모습이 보였지만 굳이 반응하지는 않았다.

다음 문으로 이동하려던 헐다가 멈춰 섰다. 천장에서 무언가 내려왔기 때문이었다.

거미줄로 된 밧줄이었다. 정확히 말하면…

"교수형 올가미!" 메릿이 숨넘어가는 소리를 내더니 아무렇지 않은 척 농담을 덧붙였다. "그래도 사람이 매달려 있지는 않네요."

"앞으로는 또 모르죠." 그 말에 눈이 커진 메릿을 보자 헐다는 자기도 모르게 웃어 버렸다. 그러다 속으로 자책했다. 빈정거리는 태도는 헐다 자신이나 바이커의 이미지에 도움이 되지 않으니까.

거미줄로 된 밧줄은 헐다가 손으로 건드리자 푸르르 끊어졌다. "사람 죽이는 집이 있다는 얘기는 못 들어 봤으니 걱정하지 마세요."

"불구로 만드는 집은요?" 헐다의 말에 메릿이 받아쳤다.

헐다는 다음 문으로 성큼성큼 다가가 또 기습 공격이 있을지 소리를 들어보았다. "그 안은 온실이에요." 메릿이 말했다.

문은 잠겨 있었다.

"제가 잠근 거 아니에요." 메릿이 덧붙였다.

헐다가 한숨을 쉬었다. "열쇠 가지고 계세요?"

메릿은 조끼를 입지 않았다는 사실을 깜박한 듯 배 부분을 만지다가 바지를 더듬어 오른쪽 주머니에서 단순하게 생긴 열쇠고리를 꺼냈다. 그러고는 문에 다가가 작은 열쇠를 꽂았다.

자물쇠가 열쇠를 토해 냈다.

"왜 이래." 헐다가 집을 나무랐다.

메릿이 다시 시도했다. 이번에는 열쇠가 전혀 들어가지 않았다. 집이 자물쇠를 교체하고 있었다.

헐다가 문을 두드리며 말했다. "하루 종일 이럴 거니?"

집은 아무런 반응이 없었다.

헐다는 고개를 절레절레 젓더니 원칙에 어긋나는 행동이지만 가방에서 쇠 지렛대를 꺼냈다.

"거기에는 어떤 주문이 있어요?" 메릿은 이 상황을 거의 즐기는 목소리였다.

"그냥 평범한 쇠 지렛대예요, 메릿 씨." 헐다가 문과 문설주 사이에 지렛대의 머리를 끼워 넣고 몸의 옆면으로 세게 힘을 줘서 문을 강제로 열었다. 집이 창문을 가리지 않아 환한 빛이 안을 비추었고 비좁은 공간은 죽은 식물과 난잡하게 자란 식물로 가득했다. 헐다는 공격을 대비했다가 아무 일도 일어나지 않자 안도의 한숨을 쉬었다.

"식물들이 공격하지는 않네요. 좋은 신호예요." 헐다가 말을 건넸다.

"아, 다행이네요. 수선화에 목 졸려 죽을까 걱정하며 잠들고 싶지는 않거든요." 메릿이 머리카락을 다시 헝클어뜨렸다. "사실 아무 걱정도 하고 싶지 않아요, 헐다 양…, 아니 부인. 그런데 이 집이 나를 내보내 주지 않으니…."

헐다는 다시 거실로 나와 메릿이 그녀의 눈을 바라볼 때까지 잠자코 기다렸다. "제가 못 고친 집은 없었습니다. 투자하실 가치가 있는 집이 될 테니 저를 믿으세요."

메릿이 한숨을 쉬며 말했다. "가능하겠어요?"

진심으로 절망에 빠진 모습을 보자 헐다는 그의 사연이 궁금해졌다.

"가능해요." 헐다가 대답하며 반대쪽 팔로 가방을 옮겨 들었다. "이제 위층을…."

그때 나무가 갈라지고 가벼운 물체가 툭툭 떨어지는 소리가 들렸다. 재빨리 불빛을 비추고 무슨 일인지 확인한 헐다는 등줄기에 소름이 돋았다. 메릿은 헛구역질을 했다.

48

집이 죽은 쥐들을 바닥으로 쏟아낸 것이다.

헐다의 무의식이 쥐 사체들 사이의 패턴을 연결하자 작은 마법이 저절로 발동되며 그녀의 몸이 부르르 떨렸다. 점조 마법은 가끔 그녀의 의지와 상관없이 발동되곤 했다. 달빛에 비친 거대한 짐승의 그림자가 눈앞에서 어른거렸다. 개? 아니면 늑대인가?

헐다가 기절했다고 생각했는지 메릿이 헐다의 팔꿈치를 잡고 쥐 사체 무더기에서 멀찍이 끌어냈다. 쥐들은 죽은 지 얼마 안 된 것처럼 보였다. 마치 이 순간을 위해 쥐를 모아 두었다가 죽인 것 같았다.

모아 둔…, 시체…. 무언가 떠올라 속이 뒤틀렸다.

지금은 끔찍한 과거를 떠올릴 때가 아니었다. 그 기억을 지울 수만 있다면 이런 쥐 사체 정도는 매일 넘어 다닐 수 있다.

"헐다 부인?"

메릿이 미간을 찌푸린 채 헐다를 지켜보고 있었다. 헐다는 그에게서 몸을 떼고는 괜찮다는 의미로 고개를 끄덕이며 힘차게 계단을 향해 걸어갔다.

첫 번째 계단의 코 부분이 마치 입을 벌리는 것처럼 열리더니 헐다를 깨물 기세로 달려들었다.

헐다가 수호 부적을 하나 더 꺼내 난간 기둥 머리에 걸자 갑자기 생겨난 입이 꾹 닫혔다. 뒤를 돌아보니 메릿이 휘둥그레진 눈으로 입으로 변했던 나무 계단을 응시하고 있었다. 두 사람 모두에게 용기를 불어넣으려는 듯 헐다가 등을 꼿꼿하게 세우며 말했다. "빨리 가죠."

둘은 서둘러 위로 올라갔지만, 이층에 닿자마자 메릿은 계단 아래로 굴러떨어질 뻔했다. 마법 램프의 불빛에 비친 메릿의 얼굴이 창백했다.

복도 천장에서 피가 뚝뚝 떨어지고 있었다.

"또 시작이네." 헐다가 한숨을 내쉬었다. 익숙한 광경이라 감사하다고 해야 할지. "뻔한 수법이에요."

"어떻게 이런 걸 보고도 그렇게 태연할 수 있죠?" 메릿이 놀라며 말했다.

"말씀드렸잖아요, 메릿 씨." 헐다는 램프를 들고 쪼그려 앉아 카펫에 떨어진 '피'가 치이익 소리를 내며 사라지는 모습을 관찰했다. "저는 전문가예요."

메릿은 헐다가 알아들을 수 없게 뭐라고 웅얼거렸다. 몸을 일으킨 헐다가 램프를 더 높이 들었다. "페인트 같아요. 집이 진짜 피를 만들려면 소환 마법이 필요한데 쥐가 있긴 해도 그럴 가능성은 낮아 보여요. 아니라면 제가 지금까지 발을 들여 본 집 중에서 가장 놀라운 집이고요."

집이 낮게 신음하며 딸깍거리는 소리를 냈다. 화장실이 두 사람을 짓뭉개려 하기 전에 냈던 소리와 왠지 비슷했다. 헐다는 소름이 팔을 타고 올라오는 걸 애써 무시했다.

"그래요?" 메릿이 손을 뻗어 페인트 몇 방울을 받으며 말했다.

"이 집에 빨간색으로 칠한 가구가 있나요? 거기서 옮겨진 페인트가 녹아내린 걸 수 있어요. 가구가 녹았던 것처럼요."

메릿은 낯선 사람을 보듯 헐다를 쳐다보았다. "저는… 잘 모르겠어요. 너무… 어두웠거든요."

헐다가 소위 '영업용 미소'를 지어 보이자, 메릿은 긴장이 풀렸는지 어깨가 내려갔다. "점검이 끝나면 확실히 알 수 있겠죠. 침실은 몇 개죠?" 헐다는 가방에서 우산을 꺼내 두 사람의 머리 위로 펼친 후 왼쪽으로 움직였다.

"네, 네 개였던 것 같아요."

첫 번째 방문은 다행히 열려 있었다. 왜 다행인가 하면 그 방에는 바닥이 없었기 때문이다.

헐다가 램프를 들어 올렸지만 바닥도 보이지 않는 구멍이 램프의 불빛을 삼켜버렸다.

메릿이 주춤거리며 뒤로 물러서자 헐다가 우산을 접으며 말했다. "바닥은 다시 생길 겁니다. 이런 집들은 불완전한 상태를 싫어하거든요."

"아, 그러시군요?" 메릿이 비꼬듯 말했지만, 헐다는 신경쓰지 않았다.

두 사람이 다음 방으로 이동하려고 문을 나서자 다시 집이 문을 쾅 닫았지만 그건 이미 예상한 바였다. 헐다는 신경 쓰지 않고 다음 방으로 향했다. 복도 끝에는 안방으로 추정되는 침실이 있었다.

헐다는 문이 자기 머리를 날려버리지 않을지 조심하면서 안을 들여다보았다. 언뜻 보면 지극히 평범한 침실이었다. 그림자도 없고, 거미줄도 없고, 쥐도 없었다. 하지만 분명 무언가가 느껴졌다. 냄새까지 느껴지는 걸 보면 단순한 환영이 아니라 이 방에 남겨진 흔적일 것이다. 아마도 마법의 두 번째 유파인 접촉감응 마법의 영향인 것 같다. 침실은 정말로 좋아 보였다. 빗방울 얼룩이 진 창문으로 햇빛이 들어왔고, 침대는 깨끗하게 정리되어 있고, 바닥도 제법 깨끗하고….

순간 터져 나온 메릿의 욕설에 헐다는 흠칫했다.

"왜 그러세요?"

메릿은 헐다에게 현관문을 열어 주던 모습과는 다르게 거침없이 방 안으로 걸어 들어갔다. "내 노트들을 분명 여기에 뒀는데!" 메릿이 협탁 위를 손으로 훑으며 말했다. 메릿이 협탁 서랍을 열자 그 안에 권총이 하나 들어 있었다. 침대 밑에서는 기다란 머스킷 총이 나왔다. 세상에, 총을 몇 개나 가지고 있는 거지? 아직 정식으로 이사한 것도 아니면서! "정말이에요. 당신이 오기 전까지 거기다 글을 쓰고 있었단 말이에요."

헐다는 가방에서 수맥 탐지봉을 꺼내 양손에 조심스럽게 들고 봉이 흔들리지 않도록 손가락에 힘을 주었다. 처음에는 메릿을 향해, 다음에는 방의 반대쪽을 향해 일자로 걸었다. 봉이 서서히 벌어졌다.

헐다가 불룩 튀어나온 카펫을 발로 툭툭 건드렸다. "여기 있는 것 같아요."

메릿은 안경을 잃어버린 사람처럼 불룩한 부분을 빤히 보고 있다가 성큼성큼 다가갔다. "하지만… 어떻게요? 카펫에 못질을 해 놨잖아요! 이걸 어떻게 꺼내죠?"

"세 가지 방법이 있습니다. 카펫을 뜯어낸다. 카펫을 자른다. 집이 돌려주기를 기다린다."

메릿이 황당하다는 표정으로 헐다를 쳐다보았다. 하지만 뭐라 반응하기도 전에 헐다가 덧붙였다. "집을 비난하는 표현은 삼가 주세요. 저희가 할 일은 집을 우리 편으로 만드는 것이니까요."

"그렇죠. 우리 편." 메릿이 손바닥으로 눈을 비볐다. 그러고는 무거운 한숨을 내쉬었다.

잠시 생각을 정리할 시간을 준 후 헐다가 물었다. "또 뭐가 있나요? 네 번째 침실 말고요."

메릿이 천천히 책을 피해 물러났다. "음. 침실 그리고… 응접실하고 서재요. 서재는 조심해요."

"서재에서 무슨 일이 있었어요?"

"나한테 책을 던지더라고요."

헐다는 새어 나오려는 웃음을 참았다. 메릿도 그 모습을 보고 웃었다. 딱한 처지였지만 이 남자에겐 아직 유머 감각이 조금은 남아 있었다.

"당신을 겨냥해 던진 건가요?" 헐다가 어둡고 음산한 복도로 나오며 말했다. "아니면 책을 던지는 중에 들어가신 건가요?"

메릿은 대답하지 않았다.

우산을 쓰고 피 흘리는 복도를 다시 통과한 두 사람은 곧장 서재로 향했다. 정말 이 책장에서 저 책장으로 책들이 날아다니고 있었다. 유심히 보니 속도가 점점 빨라지는 것 같았다. 서재 벽에는 그림 액자가 더 많이 걸려 있었다. 바다 위의 범선을 그린 그림에서는 바닷물이 출렁였고, 양귀비밭을 그린 그림 속 꽃들은 바람에 살랑살랑 흔들리고 있었다. 하지만 진짜 '바람'이 부는 것은 아니었다. 이 집에 원소 마법 계열 주문이 걸려 있지 않다는 또 하나의 증거였다.

헐다가 마지막으로 한 번 더 설득을 시도했다. "이러지 마." 서재의 안쪽 벽을 쓰다듬었다. "진정해. 손님 대접을 이렇게 하면 어떡해."

책들이 계속 날아다녔다.

헐다가 까치발을 하고 방으로 들어갔다. "이분은 네 마음에 안 들 수 있지만 나는 괜찮잖아. 아니야?"

잠시 책의 비행 속도가 느려지는 듯했다. 찰나의 순간이었지만 헐다에게는 그것만으로도 성공이었다.

메릿도 그 현상을 알아차렸다. "모욕당한 기분인데요."

네 번째 침실은 문이 열려 있어서 안이 보였다. 카펫이 부글부글 끓고 있었다. "이 방은 작업실로 딱이겠어요."

"긍정적인 마음가짐 부럽네요."

"조금만 기다려 보세요." 헐다가 마지막 문 쪽으로 다가가며 말했다. "그렇다면 이 방이 응접실이겠죠?"

"대충 본 게 다예요."

"대충 봤다고요?" 헐다가 문고리를 살짝 건드렸다.

"기억하는지 모르겠지만 코가 작살날 뻔했다고…."

몇 개 남은 수호 부적을 다 써야 했지만 헐다는 문을 여는 데 성공했다. 응접실도 나머지 공간들과 똑같이 어둡긴 했어도 그림자 때문은 아니었다.

"창문이 없어졌어요." 메릿이 예리하게 지적했다.

"그러네요." 헐다는 메릿에게 램프를 건네고 청진기와 작은 망치를 꺼내 벽 이곳저곳을 두드리며 탐색했다. 유리를 때리는 소리는 들리지 않았다. 환영이 아니라는 뜻이었다. 그보다는 마법의 일곱 번째 유파인 변이 마법일 것이다. 그렇게 생각하면 이 집의 다른… 기이한 점들도 설명이 된다.

헐다는 문을 열 때 사용한 수호 부적을 회수한 다음 메릿을 보며 응접실에 있는 의자 두 개를 가리켰다. 두 사람이 의자에 앉자 문이 불만스럽다는 듯 쾅 닫혔다. 헐다는 회수한 수호 부적을 옆에 내려놓고 목에 걸고 있던 수호 부적도 풀어 발밑에 두었다. 주저하던 메릿도 자신의 수호 부적을 풀어서 내려놓았다.

"당분간 이 구역은 안전할 거예요." 헐다가 메릿에게서 램프를 받아 들고 불빛을 최대한 밝게 했다. 그러자 단순하게 꾸며진 방의 모습이 드러났다. 벽면과 창의 덧문은 똑같이 참나무 소재였고 인도식 양탄자, 진분홍색 소파 주변으로 안락의자들도 몇 개 놓여 있었다. 맞은편 벽에는 하얗게 칠한 벽난로가 있었고 그 위에 따분한 표정을 한 아이의 흉상이 놓여 있었다. 원래 저런 표정으로 조각된 걸까, 아니면 집이 무슨 말을 전하고 싶은 것일까.

헐다는 가방을 내려놓고 그 안에서 메릿의 파일과 종이 묶음, 연필 한 자루를 꺼냈다.

"좋아요, 메릿 씨. 이제 이 집에 대해 이야기를 나눠 볼까요?"

3

1820년 12월 2일, 영국 런던

"편지가 도착했습니다, 호그우드 경."

사일러스 호그우드는 눈을 깜박이며 창밖으로 보이는 회색 눈밭에서 시선을 뗐다. 대체 언제 의자에서 일어나 창가로 걸어왔는지 들고 온 차가 미지근하게 식어 있었다. 돌아보니 한때 아버지의 집사였고 지금은 그의 집사인 남자가 은쟁반에 크림색 편지 봉투를 올려 두고 대답을 기다리고 있었다. 사일러스가 인장을 볼 수 있도록 봉투도 뒤집어 놓았다. 왕실의 인장이었다.

사일러스는 편지를 집어 들고 찻잔을 쟁반에 내려놓은 후 고맙다는 의미로 고개를 끄덕였다. 집사는 말없이 서재에서 나갔다. 혼자 남은 사일러스는 봉투를 앞뒤로 두 번 뒤집어 살펴보고는 인장을 뜯고 편지를 읽기 시작했다. 역시 예상한 대로였다.

섭정의 친필 편지였다. 현재 영국의 실질적인 통치자이자 왕립 마법사 연맹을 이끄는 수장 말이다. 사일러스의 어머니도 병환으로 은퇴하기 전까지는 그 연맹에 속해 있었다. 그 운명적인 사건이 있던 날, 아버지를 제명했던 바로 그곳이었다.

"개인적으로 초대한다." 사일러스가 소리 내어 편지 내용을 읽었다. 그는 이제 열여덟 살이었다. 사실 열여덟 살 생일에 초대를 받으리라 생각했는데 놀랍게도 아니었다. 사일러스의 가문은 섭정 못지않게 대단한 혈통을 자랑했다. 그의 혈관에는 혼돈, 변이, 강령, 점조, 역동 마법의 주문들이 흐르고 있었다. 잠깐이지만 더 많은 마법을 소유한 적도 있었다. 분명 그랬었다. 하지만 빌린 힘은 아버지의 죽음과 함께 사라져 버렸다.

그런 현상을 다룬 연구는 존재하지 않았다. 사일러스도 은밀하게 조사를 해보았다. 괜한 주목을 받고 싶지는 않았기 때문이다. 아버지인 헨리 호그우드가 제명 처분을 받고 아들을 구타하다 알코올 중독으로 사망했다고 가족, 친구, 경찰이 믿게 놔두는 쪽이 더 편했다. 하지만 사일러스의 남동생 크리스천은 뭔가 낌새를 챈 것 같았다. 사일러스가 쓸데없이 의심하는 걸까? 하지만 방심보다는 의심이 나았다.

초대에 응할까 아주 잠깐 생각했다. 마법사 연맹에는 이 세상에 없는 문헌이 있을지도 모른다. 그곳에서라면 원하는 답을 찾을 수 있을지도 몰랐다.

그럼에도 사일러스는 활활 타고 있는 벽난로로 걸어가 편지를 봉투째 던져 넣었다. 밀랍으로 된 인장이 녹아서 지글지글 끓다가 잿더미와 한데 뒤섞이는 모습을 그 앞에 서서 끝까지 지켜보았다.

"나는 당신들 뜻대로 되지 않아." 그가 불길에 대고 속삭였다.

그의 몸과 마음에는 여전히 아버지가 남긴 흉터가 있었다. 흉터는 다시는 반복되지 않을 과거의 일들을 떠올리게 했다.

그 누구도, 설령 왕(옮긴이 주-조지 3세. 1760년부터 1820년까지 영국의 왕으로 재임했다.)이라 해도 사일러스를 권위로 찍어 누를 수 없을 것이다. 다시는 누구에게도 지배당하지 않을 것이다.

사일러스는 그 다짐을 진실로 만들기 위해 무엇이든 할 작정이었다.

4

1846년 9월 6일, 로드아일랜드주 블라우던섬

메릿은 헐다 라킨 양, 아니 헐다 부인에게 호기심을 느끼며 맞
은편 안락의자에 털썩 앉았다. 이틀 전만 해도 낯선 사람이 뜬금
없이 내 집에 나타나 집안을 안내해 주겠다고 하면 아마 미쳤다
고 생각했을 것이다. 하지만 그건 가짜 피와 진짜 쥐를 쏟아내고,
화장실에서 내 몸을 구멍투성이로 만들려고 했던 악마 같은 집
이 그를 삼켜버리기 전까지의 얘기였다.

지금은 상황이 진정된 듯했다. 적어도 메릿은 진정된 것처럼 연
기할 수 있었다. 주위에 수호 부적을 두고 유능해 보이는 마법사
와 마주 앉아 있으니 바닥이 없는 방과 거미줄 올가미도 자연스
럽게 느껴졌다. 이 여자는 명함도 가지고 있었다. 메릿이 뭐라고
그런 사람을 의심할까? 지금은 도움이 절실했다. 게다가 지갑도
찾아 주지 않았던가.

노트를 빼앗기지만 않았어도 전부 훌륭한 이야깃거리가 됐을 것이다.

화장실은 또 어쩌지. 맙소사, 다시는 용변을 못 보게 생겼다.

헐다 라킨이 램프를 비추며 무언가를 적는 동안 메릿은 주변을 관찰할 수 있었다. 주변을 다 살피고 나서 헐다를 훑어봤다. 그녀는 30대 중반쯤 되어 보였고, 높은 옷깃과 회녹색 원피스가 여교사 분위기를 풍겼다. 가장 눈에 띄는 특징인 매부리코도 그런 분위기에 한몫했다. 콧대에는 가느다란 은테 안경이 얹혀 있었다. 메릿은 이렇게 가느다란 안경테를 태어나 처음 보았다. 최대한 눈에 띄지 않는 디자인을 고른 것 같았다. 단정하게 묶은 짙은 갈색 머리는 촌스러워 보이지 않았고, 구불거리는 머리카락 몇 가닥이 광대뼈 옆으로 흘러내려 있었다. 볼록 나온 광대뼈는 살짝 치켜 올라간 눈매와 잘 어울렸고 각진 턱을 돋보이게 했다.

헐다가 그를 올려다보았다. 눈동자는 갈색 아니면 녹색이었다. 거리가 있어 구분이 되지 않았다. 화장실에서는 모험을 하느라 남의 홍채에 신경 쓸 겨를이 없었고.

"이 집에는 변이 마법과 혼돈 마법의 주문들이 걸려 있다는 판단이 듭니다. 그렇게 생각하면…." 헐다는 허공을 가리켰다. "…위험한 마법들도 이해가 돼요."

"둔갑과 파괴 주문이겠군요. 아주 신나는 소식이네요." 지금껏 마법과 동떨어진 삶을 산 메릿이지만 학창 시절 배운 내용 정도는 기억했다. 변이 마법은 사물이나 인체 혹은 다른 주문 같은 어떤 대상을 바꾸는 것이었다. 혼돈 마법은 한마디로 난장판이었다.

"비슷해요." 헐다가 동의했다. "자, 이제 직원을 뽑는 문제로 넘어갈까요."

메릿이 손을 들어 헐다의 말을 막고, 다시 명함을 꺼내 단조롭고 사무적인 검은색 글씨를 확인했다. "그러니까 '바이커'라는 데는…." 메릿은 희한한 약칭이라고 생각했다. "마법을 조련하는 곳인가요?"

헐다의 미간에 작게 주름이 잡혔다. "바이커는 마법에 걸린 건물을 관리하고 운영할 수 있도록 특별히 허가받은 전문가들을 관리하는 기관입니다."

메릿의 입술이 실룩였다. "꼭 사전처럼 말씀하시네요, 헐다 부인. 그것도 영국 사전처럼요. 억양은 다르지만요."

그 말에 헐다가 턱을 치켜들었다. "교육을 잘 받은 게 잘못은 아니라고 생각합니다."

"런던에서요?"

"아마도요."

솔직히 주제가 뭐든 다른 사람과 대화를 하고 있으니 마음이 한결 가벼워졌다. 이 집에 계속 살 궁리를 하는 건 미친 짓이겠지. 그래도 메릿은 현재 상황이 해결되기를 원했다. 이 집을 소재로 끝내주는 소설을 구상할 수 있을 것 같았다. 무엇보다도 돌아갈 곳이 없었다. 뉴욕 아파트에서는 곧 쫓겨날 처지였고 다른 집을 구하려면 있는 시간, 없는 시간 다 쏟아부어야 했다. 그 시간에 차라리 글을 쓰고 싶었다. "어떻게 해서 '전문가'로 불리게 된 거죠? 아, 당신이 전문적이지 않았다는 말은 아니에요." 메릿이 명함을 도로 넣었다. "뭐 마법사라도 되나요?"

헐다가 길게 콧김을 뿜었다. "꼭 아셔야겠다면, 저는 점조 마법사입니다."

메릿이 눈을 깜박였다. 반쯤 농담으로 던진 질문이었다. 마법은 세월이 흐르는 동안 한없이 희석되어 이제는 특별한 능력을 가진 사람을 찾기가 드물었다. 역사학계에서는 예수 그리스도의 생애와 연관 지어 '세계의 전환기'에 마법이 생겨났다는 가설이 가장 우세했다. 유다를 제외한 열한 명의 사도와 수가 일치하는 열한 개의 마법 유파가 그 근거였다. 마법은 피를 통해 전해졌지만 후대로 내려갈 때마다 주문과 능력이 분산되며 마법의 힘도 점점 약해졌고 결국에는 거의 남지 않게 되었다. 중세 시대에는 귀족 사회 내에서 정략결혼을 했기에 그나마 마법의 힘을 유지할 수 있었다. 실제로 영국의 군주들은 세계적으로 가장 강력한 마법사들이었다.

마법은 마법으로만 이어지기 때문에 마법사 어머니나 마법사 아버지는 마법사 자녀로 마법 혈통을 확장할 수 있었다. 하지만 그만큼 마법의 힘이 희석되어, 대부분의 마법사들은 정략결혼으로 마법을 계승하거나 순전히 운에 의해 마법 능력을 얻었다. 요즘 같은 시대에는 어느 쪽이든 능력에 한계가 있었다.

메릿의 기억이 정확하다면 점조 마법은 마법의 첫 번째 유파였다.

"그럼 내 운세라도 봐줄 건가요?" 메릿이 물었다.

헐다는 피곤한 가정교사처럼 그를 쳐다볼 뿐이었다. "이 집 말인데요, 메릿 씨. 저는 꼭 사람을 써야 한다고 말씀드리고 싶습니다. 이런 집을 제대로 관리하려면 하녀와 요리사가 한 명씩은 필요해요."

메릿이 의자에 기대어 앉았다. "요리할 줄 몰라요?"

헐다가 파일에 두 손을 올리고 대꾸했다. "메릿 씨, 여기가 영국이었다면 그런 무례한 언사에 깜짝 놀랐을 거예요."

메릿은 그 말에 슬쩍 미소 지었지만 헐다의 얼굴에는 웃음기가 없었다.

"사용인들은 이 집에 맞춰 특별 교육을 받을 겁니다." 헐다가 말을 이었다. "마법을 관리하는 직원이 많을수록 더욱 살기 좋은 집이 될 거예요."

메릿이 얼굴을 찌푸렸다.

"받아들이기 어려우신가요?" 헐다가 물었다.

메릿은 대답할 말을 골랐다. "솔직히 말하면…." 그는 혼자서 움직이는 그림자가 지나갈 때마다 삐걱거리는 소리가 나는 저쪽 나무 벽을 가리켰다. "…저것들을 어떻게 관리해야 할지 모르는 건 사실이에요. 하지만… 전 10년 넘게 혼자 잘 살아왔어요. 빨래도 할 줄 알고, 밥도 차려 먹을 수 있어요. 그런 일을 낯선 사람이 대신해 준다면… 이상할 것 같아요. 그럴 형편이 될지도 모르겠지만요."

헐다가 은테 안경 너머로 그를 주시했다. "도착하신 후로 그런 집안일이 가능했던 순간이 있었나요?"

메릿은 멈칫했다. "음…, 없었죠." 심지어 잠도 한숨 못 잤다.

"이 집을 관리하는 게 바이커의 최우선 과제가 될 겁니다. 금전적인 보상을 포함해서요." 헐다가 설명을 계속했다. "이 집이 미래에도 번창하는 모습을 보는 것이 저희의 바람입니다. 마법에 걸린 집은 멸종 위기거든요."

'집이 멸종 위기지 이 집에 사는 사람은 아니잖습니까.' 메릿은 그렇게 말하고 싶었지만 입을 다물었다. 한숨이 나왔다. "좋아요. 당신 말대로 사람을 쓴다고 칩시다. 혼자서는 그럭저럭 먹고 살지만 돈이 넘쳐나지는 않아요."

힐다가 다시 파일을 열었다. "직업이 이렇게 되시죠?"

"작가예요."

힐다는 고개를 끄덕이고 정보를 적었다. 메릿은 기분이 묘했다. 직업을 밝히면 늘, '어떤 글을 쓰세요? 책 낸 거 있어요? 정치 칼럼니스트는 아니죠?' 같은 질문들이 꼬리를 물곤 했었다.

"저희 바이커는 마법 부동산을 관리하고 보호하는 일을 최우선으로 생각합니다." 힐다가 다시 말했다. "당신이 제 도움을 필요로 한다면 바이커에서 비용을 지원해 드립니다. 제가 있으면 마법을 길들이는 데 도움이 될 겁니다. 집의 크기를 봤을 때 사람이 많이 필요하지는 않아 보이네요."

아래층에서 삐걱거리는 소리가 들리자 메릿은 얼른 정신을 차렸다. 그가 그림자를 애써 외면하며 물었다. "작은 집도 많이 담당하세요?"

"제가 관리한 건물 중에는 이 집에 두 번째로 작아요." 힐다가 고개를 들었다. 하지만 메릿이 아니라 카펫의 한 지점, 혹은 그 너머를 보고 있었다. 잠시 뭔가를 그리워하는 표정이 얼굴에 떠올랐다가 금세 사라졌다. 무엇을 떠올린 걸까? 메릿은 궁금해졌다.

"가장 컸던 집은요?"

잠시 그의 존재를 잊었던 듯 힐다는 자세를 고쳐 앉으며 대답했다. "리버풀 근처에 있는 저택이요." 힐다는 짧게 대답한 후 파일에서 종이 한 장을 꺼내 메릿에게 건넸다.

메릿이 몸을 기울여 종이를 받았다. "뭐예요?"

"제 이력서입니다. 홀로서기가 가능하실 때까지 이 집을 제가 관리하고 싶어요. 팔방미인인 하녀라도 구하지 않는 이상 가정부도 고용하시는 걸 추천합니다."

작은 글씨로 빽빽하게 적힌 이력서는 길기도 엄청 길었다.

"제 급료는 바이커에서 지불하니 숙식만 제공해 주시면 됩니다."

메릿이 이력서를 내렸다. "이 집에 들어와 산다고요?"

"메릿 씨의 의사가 중요하지만요. 개인적으로는 강력히 추천합니다."

메릿은 헐다와 이력서를 번갈아 쳐다보았다. "죄송한데, 아직은 이 집이 살 만한 곳이라는 생각이 안 들어요."

헐다가 한쪽 눈썹을 세웠다. "제 능력을 의심하시는 건가요?"

메릿이 고개를 저었다. "설마요. 하지만 집이 내보내 주지 않을 텐데 짐을 어떻게 가져올 생각인지 모르겠군요."

"그 문제는 해결해야죠."

메릿이 고개를 끄덕였다. "그래요, 당신이 이 괴물을 길들일 수 있다고 쳐요. 나야 도와주면 감사하죠. 조만간… 살 곳이 없어질 처지니까요. 맙소사, 정말 살 곳이 없네요." 메릿은 팔에 돋아나는 닭살을 무시하며 집안을 둘러봤다. "그리고… 음, 이 집과 땅을 썩혀 두고 싶지는 않아요."

솔직히 그를 가둔 주문만 아니었어도 집을 태워 버리고 뉴욕으로 달아났을지도 모른다. 하지만 헐다가 집을 다루는 능력을 눈으로 확인하지 않았던가. 일을 처리하는 내내 차분했던 태도를 보면 미래에 대한 희망이 번뜩였다. 이 집은 축복일 수도 있다. 굉장한 무언가가 될 가능성이 있었다.

메릿도 이제 집주인이 되는 것이다. 토지를 소유하게 된다. 재산을 불리고 풍족한 삶을 누릴 수 있었다. 차기작을 쓰고 또 다음 작품을 쓸 수 있다.

비닥이 흔들렸다. 메릿이 팔걸이를 움켜쥐었다.

"훌륭하신 선택이에요." 헐다가 수호 부적을 집어 들고 일어나 하나를 목에 걸고 나머지 두 개를 메릿에게 건넸다. "가지고 계세요. 조심하시고요. 비싼 거라서요."

메릿이 고개를 끄덕였다.

헐다가 자신 있게 문으로 걸어갔다. 하지만 문을 열기 위해 다시 한번 쇠 지렛대를 써야 했고, 그런 다음에는 우산을 꺼내 들고 떨어지는… 페인트를 통과해야 했다. 계단에 수호 부적을 둔 덕분에 난간이 움직이지는 않았다. 메릿은 그를 감시하는 현관 복도의 초상화를 보지 않으려 헐다의 뒤통수에 시선을 집중했다.

놀랍게도 집은 헐다가 현관문을 열게 허락해 주었고 늦은 오후의 태양…, 아름다운 태양이 모습을 드러냈다. 햇빛이 현관 복도를 채우자 그림자가 사라졌고 메릿은 이 집에 온 이후 거의 처음으로 편하게 숨을 내쉬었다.

헐다는 우산을 먼저 현관문 밖으로 내밀어 보고 수호 부적을 손에 쥔 채 밖으로 나갔다.

아무 일도 일어나지 않았다.

메릿이 깊은숨을 내쉬었다. "휴, 다행이다." 하지만 헐다를 따라 문을 나가려는 순간, 갑자기 문이 사람 몸통만 한 크기로 쪼그라들었다.

목구멍 깊은 곳에서 울음이 터져 나올 뻔했다. "이 자식이!" 수호 부적을 가져다 대봤지만 문은 꿈쩍도 하지 않았다.

"집을 자극하지 마세요, 메릿 씨." 헐다가 쪼그라든 문을 어루만지며 경고했다. "이 벽 안에는 강력한 마법이 깃들어 있어요. 왜인지는 몰라도 이 집은 메릿 씨가 나가는 걸 원하지 않아요." 헐다가 뒤틀린 문을 톡톡 두드렸다. "이 사이로 기어 나오는 방법도 추천하지 않습니다."

메릿은 몸이 중간에 끼이는 섬뜩한 상상에 몸을 떨었다.

"지금 문제는요." 헐다가 말을 이었다. "저는 오늘 이 집을 한번 둘러만 보려고 온 거라 작은 가방 말고는 짐을 가져오지 않았어요." 헐다가 턱을 톡톡 쳤다. "파일에 지금 사시는 뉴욕 집 주소가 나와 있던데, 메릿 씨 짐도 제가 가져오도록 하겠습니다. 그 준비를 하고 제 짐도 싸려면 이틀은 걸릴 거예요."

이틀이나? "그렇게 오래 버틸 수는 없어요."

"집에 친절을 베풀어 주세요." 헐다가 말했다. "수호 부적 잘 챙기시고요." 그러고는 잠시 곰곰이 생각한 그녀가 덧붙였다. "하루면 충분할 수도 있겠네요. 먹을 것은 충분한가요?"

가져온 음식을 떠올리자 몸의 긴장이 조금 풀렸다. "치즈랑 생강 쿠키가 좀 있어요." 적어도 굶어 죽지는 않겠지. 메릿이 멈칫했다. "잠깐, 편지 하나 대신 부쳐 줄 수 있어요?" 보스턴에 사는 친구 플레처에게 편지를 쓰기 시작한 참이었다. 하지만 편지를 쓴 노트는 지금 카펫 아래에 있었고….

"그럼요."

메릿이 움직이지 않자 헐다는 자기 가방에서 노트를 꺼내 빈 페이지를 펼쳐 그에게 건넸다. 그는 헐다가 노트에 뭘 적었는지 읽고 싶은 마음도 있었지만… 지금은 그게 중요한 게 아니었다.

메릿은 문간에 기댄 채 친구에게 곤경을 알리는 편지를 급하게 써 내려갔다. 다만 친구가 심각하게 받아들이지 않도록 일부러 가벼운 어투로 썼다. 이것도 메릿의 안 좋은 습관이었다. 서명을 마친 편지를 접어 노트와 함께 헐다에게 돌려주었다.

"서둘러 줘요." 메릿이 애원했다.

"저는 꾸물대지 않아요." 힐다가 말하며 턱을 치켜들었다. 하지만 눈빛은 따스했다. "걱정하지 마세요. 내일 저녁까지는 돌아오겠습니다."

힐다가 떠나려 돌아섰다가 다시 뒤를 돌더니 가방에서 도시락 통을 꺼냈다. 그러고는 쪼그라든 문 사이로 아무 말 없이 도시락을 건네고 해안 쪽으로 출발했다.

도시락 안에는 사과 한 알과 햄 샌드위치가 있었다.

메릿이 앉아서 도시락을 먹기 시작하자 현관문이 쾅 닫혔다.

5

1827년 4월 7일, 영국 런던

사일러스의 어머니는 죽어가고 있었다.

이틀째 눈도 뜨지 않았다. 호흡은 얕고 거칠었고 해골처럼 푹 꺼진 얼굴은 창백했다.

놀랍지는 않았다. 어머니는 지난 몇 년 사이 조금씩 쇠약해지고 있었다. 그녀의 빛은 너무도 희미해진 상태라 사일러스는 그게 완전히 꺼졌을 때 그 사실을 눈치챌 수 있을지 궁금할 정도였다.

가슴 깊은 곳에서는 그러리라는 것을 알았다.

주먹을 쥐었다 폈다 하며 어머니의 방문을 힐끗 쳐다보았다. 조금 전 동생 크리스천이 방에서 나갔다. 사일러스는 하인들도 미리 내보내고 문을 잠가 두었다. 어머니는 이번 주를 넘기지 못할 것이다. 어쩌면 오늘이 고비일 지도 모른다.

어떤 의미에서 이 시험은 어머니에게 베푸는 자비였다.

지난 1월, 사일러스는 코츠월드에서 마법에 걸린 오두막을 발견했다. 소박한 형태의 집에는 물을 제어하는 원소 마법 주문이 있었고, 나이 든 주인은 사일러스가 주변을 기웃거리는데도 딱히 신경 쓰지 않았다. 아예 눈치채지 못한 것일지도 모른다. 사일러스는 그날 밤 아버지와의 기억을 떠올리며 몸 안에 있는 주문들을 써 보았다. 그가 배운 주문들은 마침 딱 알맞은 조합이었다. 생명력과 연결하는 강령 마법…. 집은 생물이 아니지만 마법은 살아 있지 않은가. 마법을 해체하고 재정렬하는 혼돈 마법. 마법을 이 그릇에서 저 그릇으로, 그러니까 집에서 사일러스의 몸으로 옮기는 역동 마법까지. 아버지 때는 분노에 휩싸여 모든 과정이 신속히 이루어졌다. 하지만 집에서 마법을 뽑아낼 때는 신중하게 계산해 행동했다.

그리고 성공했다.

집은 생물이 아니기에 죽을 수 없다. 코츠월드의 오두막은 지금도 그 자리에 서 있었고, 앞으로도 그럴 것이다. 아버지가 죽으며 아버지의 주문이 사라져 버렸던 그때와 달리, 지금 그의 몸에 있는 원소 마법의 물 주문은 절대로 빼앗길 일이 없었다. 관리는… 배관을 현대식으로 바꾸거나 집에 하녀를 두면 될 테고.

지금 사일러스의 눈앞에서 영국 최강의 강령술사가 죽어가고 있었다. 어머니가 죽는 순간, 오랫동안 공들여 다듬어진 어머니의 마법도 함께 죽고 만다.

하지만 사일러스의 새로운 이론이 옳다면 어떨까.

사일러스는 부계를 통해 변이 마법 계열의 주문을 하나 물려받아 대상을 압축하고 축소할 수 있었다. 오두막을 통해서는 물을 제어하는 능력을 얻었다. 혼자 몇 번이고 시험했기 때문에 지금

이 자리에서도 자신 있게 사용할 수 있었다.

마법은 사람의 몸에 묶여 있다. 그러니 몸을 보존할 수 있다면 마법도 죽지 않는다. 어머니의 생명도 계속되는 셈이다. 사일러스의 몸 안에서.

다시 문 쪽을 살폈다. 귀를 기울였다. 다가오거나 멀어지는 소리는 없었다. 벽난로 선반에 놓인 낡은 시계를 보았다. 초침 소리가 지나치게 크게 들렸다.

장갑을 벗은 사일러스는 어머니를 마지막으로 한 번 더 한참 응시한 뒤 어머니의 몸에 손을 올렸다. 한 손은 이마에, 반대쪽 손은 가슴에 댔다. 먼저 강령 마법을 사용했다. 조심스럽게 주문을 풀어 어머니의 마법을 찾아 모은 후 붙잡았다. 아버지 때보다는 훨씬 오래 걸렸다. 가져가야 할 마법의 양이 더 많기 때문일 수도 있지만, 오두막으로 실험해 보고서 사일러스는 그날 밤 마구간 앞에서 아버지의 마법을 극히 일부만 훔쳤다는 사실을 깨달았다. 어머니의 능력을 전부 끌어모으려면 시간이 걸리는 것이 당연했다.

문을 힐끔거리는데 속이 메스껍게 뒤틀렸다. 강령 마법의 부작용이었다. 명령을 거역하고 들어오려는 사람이 있을까? 자물쇠를 따면 어쩌지? 크리스천이라면 뭐라고 설명해야 하나?

'집중하자.' 초침이 째깍, 째깍, 째깍 움직였다. 사일러스는 혼돈 마법으로 전환해 어머니의 주문들을 해체했다. 대부분 조금씩 물려받은 주문들이라 어렵지 않았다. 이제부터는 정말로 집중해야 했다. 혼돈 마법은 말 그대로 혼돈을 일으키는 마법이라 방심했다가는 어머니의 마법을 영원히 잃을 수 있었다. 아주 오랜 시간이 흐른 후에야 사일러스는 이제 역동 마법으로 전환해 마법을 옮겨도 되겠다고 판단했다. 주문을 계속 밀어내고 있으니 관절이 점점 뻣뻣해졌다. 힘에 부쳐 이마에 땀방울이 맺혔다. 하지만….

'좋아.' 안에서 새로운 마법이 타오르며 온몸이 떨렸다. 새로운 마법은 기존의 주문들을 강화하고 부모님에게 물려받지 못했던 새로운 주문들을 넣어 주고 있었다. 아까보다 더 메스꺼워졌다. 어디까지 했더라? '집중해.' 제대로 마무리를 해야 했다. 반드시….

'어머니.' 하지만 어차피 죽을 목숨이었다. 사일러스는 어머니가 이미 죽은 것과 다름없었다는 생각으로 마음을 달랬다.

'물. 축소. 압축.' 계속 힘을 쏟는 동안 입이 바짝 말랐다. 물을 제어하는 원소 마법의 부작용이었다. 어머니의 목에서 힘겨운 신음이 새어 나왔다. 어머니의 몸이 서서히 일그러지고 쪼그라들며 진녹색으로 변했고, 사일러스는 변이 마법의 부작용으로 어깨가 변형되는 것을 느꼈다. 어머니의 몸은 주문이 더 이상 뽑아낼 것이 없을 때까지 시들어갔다.

사일러스는 메마른 눈을 깜박이며 현실로 돌아왔다. 지금 어디 있는지, 무엇을 하고 있었는지 떠올렸다. 벽난로 선반의 시계가 가리키는 시간은… 설마 두 시간이나 지났을 리가…?

어머니는 형체를 알아볼 수 없게 변해 있었다. 사람의 몰골이 아니었다. 검고 섬뜩한 몸은 사일러스의 팔뚝 크기 정도였고 몇 시간 욕탕에 담근 손가락처럼 쭈글쭈글했다. 팔다리는 몸통에 빨려 들어가 작은 흔적만 남았고 얼굴은 안쪽으로 함몰되어 더 이상 얼굴이라고 할 수 없었다.

새로운 주문들, 어머니의 마법은 사일러스의 안에서 뜨겁게 불타올랐다.

해냈다. 사일러스의 목에서 날카로운 웃음이 터져 나왔다. '내

가 해냈어.'

복도에서 들리는 발소리에 사일러스가 퍼뜩 정신을 차렸다. 어머니를 집어 들고 침대 옆에 놓인 깨끗한 수건 하나로 감쌌다. 변형된 어깨를 감추기 위해 코트 단추를 풀었다. 시간이 지나면 사라질 부작용이지만 누가 보면 그가 무슨 짓을 했는지 알아챌 것이다. 사일러스는 신중히 기회를 엿보다 방에서 빠져나와 와인 저장고로 향했다. 이곳이라면 어머니를 더 쉽게 감추고 보존할 수 있었다.

돌아와서는 시신이 사라졌다는 사실에 충격을 받고 혼란스러워하는 아들을 연기해야 한다. 그가 한 짓을 절대로 설명할 수는 없었다.

아무도 이해하지 못할 테니까.

6

1846년 9월 7일, 로드아일랜드주 블라우던섬

기다리는 동안 메릿은 수호 부적을 사방에 놓아두고(속이 메스꺼워져 직접 착용하지는 않았다), 블라우던섬에 남을 때의 이점들을 전부 떠올려 보았다.

월세를 내지 않아도 된다. 집주인을 상대할 필요가 없다. 성가신 이웃과도 안녕이다. 글을 쓸 작업실이 생긴다. 수많은 공간을 활용할 수 있다. 책들이 날아다니는 현상을 해결한다면 독서도 실컷 할 수 있다. 섬 자체도 아름다웠다. 마법에 걸린 윔브렐 하우스가 풍경을 즐길 여유를 주지 않는 게 문제지만.

확실히 지겹지는 않겠다.

생각해 보면, 이 집은 도전이었다. 도전해 이겨 내는 자는 발전한다. 메릿에게 발전이란 곧 성공을 뜻했다. 발전은 스스로 이뤄 낼 수 있는 성과였다. 그 과정에서 무엇을 잃었든, 누구를 버렸든

간에 말이다.

위층에서 무언가가 움직였다. 혹시 간이 식당이 아래로 떨어진 걸까? 간이 식당은 간밤에 첫 번째 침실의 끝이 보이지 않는 구덩이로 위치를 옮겼었다.

메릿은 현관 복도에서 밤을 보냈다.

지금은 수호 부적을 몸에 지닌 채 칼을 찾아 주방을 뒤지며 집이 그에게 칼을 휘두르지 않기를 간절히 기도했다. 놀랍게도 집은 고요했다. 아직도 구석에 도사린 그림자가 창문으로 들어온 빛을 차단했지만 그 외엔… 평온하다고는 할 수 없어도 나쁘지 않았다.

하지만 메릿은 위층으로 조심스럽게 올라가는 동안에도 집이 그를 감시하고 있다는 느낌을 떨치지 못했다.

'심호흡해. 오늘은 그녀가 돌아올 거야.' 그래도 다른 사람과 함께 이 집에 맞서고 있으면 두려움이 덜해졌다. 이 집에 대한 이해도가 메릿보다 훨씬 높은 사람이라 더 안심이었다. 하지만… 헐다라킨과 사실상 동거를 해야 한다고 생각하니 기분이 묘했다.

물론 그런 말을 그녀에게 할 생각은 없었다. 잔소리만 듣겠지.

메릿은 가장 큰 침실에 들어가 잠시 멈춰서서 창문으로 쏟아지는 햇살, 희미한 먼지 냄새, 전반적으로 편안한 분위기에 감각을 맡겼다.

"저기." 다시 쾅 닫힐 경우를 대비해 문과 멀찍이 떨어져 선 채로 메릿이 천장에 대고 말했다. "네가 이렇게만 하면 우린 잘 지낼 수 있을 거야. 내가 집 앞 잡초도 뽑을게."

집은 반응하지 않았다.

메릿은 침을 꿀꺽 삼키며 카펫의 불룩한 지점으로 다가갔다. "내 노트랑 책 돌려줘." 그도 헐다처럼 집과 대화하지 말라는 법

은 없지 않나?" "정말 중요한 거라서 그래. 그 안에 원고와 메모가
다 있단 말이야." 메릿이 무릎을 꿇었다. "깨끗하게 자를게, 알았
지? 깔끔하게 싹."

카펫에 칼끝을 댔다. 잠시 숨을 참고 기다렸다. 반대쪽 손으로
는 목에 건 수호 부적을 움켜쥐었다. 헐다는 오래 착용하지 말라
고 경고했지만 생존이 우선이었다.

시작하자.

카펫에 칼을 밀어 넣은 메릿은 책을 꺼낼 수 있을 만큼만 칼집
을 냈다. 잘 나오지 않는 물건을 꺼내고 있으니 소의 출산을 돕는
사람이 된 느낌이었다. 부적절한 비유는 아니었다. 실제로도 송아
지를 받아 본 적이 있었으니까. 캐틀콘에 있는 플레처네 집에 들
어가 살 때의 이야기다.

마지막 책까지 다 꺼내고 카펫을 평평하게 펴자 입에서 안도의
한숨이 새어 나왔다. 칼로 자른 흔적은 눈에 보이지도 않았다.

그느라 서랍장의 서랍이 그를 향해 조금씩 다가오는 건 눈치
채지 못했다. 정신을 차리고 보니 어느새 턱 아래까지 와 있었다.

메릿이 비명을 지르며 몸을 뒤로 뺀 순간, 서랍이 입을 콱 다물
었다. 얼굴을 물리지는 않았지만 목에 두른 스카프가 잡히고 말
았다. 느슨하게 묶여 있던 스카프는 목을 조르는 대신 깨끗이 풀
렸다.

메릿의 피가 끓었다.

'그 스카프는 안 돼.'

"돌려줘!" 갑자기 받침대에 움직이는 발이 생긴 서랍장이 돌진
하는 메릿을 요리조리 피했다. 메릿은 책도 잊고 달려나가 추격
을 시작했다. 저 크기의 서랍장이라면 문을 지날 수 없을 테니 그

가…!

입구가 뱀의 입처럼 벌어지며 서랍장을 통과시켰다.

"안 돼!" 메릿이 외치며 서랍장의 윗부분을 붙잡았다. 서랍장이 메릿을 복도로 끌고 나갔다. "제발, 멈춰! 차라리 다른 걸 가져가! 노트 다시 줄게! 스카프만 돌려줘!"

스카프를 훔친 서랍이 뿅 튀어나왔다. 순간 메릿은 빌어먹을 집이 말을 들으려나 보다 하는 희망찬 생각을 했다.

하지만 서랍은 서랍장이 메릿을 막아 세우는 동안 손잡이를 조개의 혀처럼 사용하며 계단으로 달려갔다.

"야, 집!" 메릿이 뜀틀 넘듯 서랍장 위를 넘었다. "나 진심이야! 돌려 달라고!"

서랍은 수호 부적 덕분에 움직이지 않는 계단 아래로 몸을 던졌다.

메릿은 눈물이 차오르는 것을 느끼며 계단 난간을 붙잡고 뒤를 쫓았다. 발을 헛디뎌 넘어질 뻔도 했다.

서랍은 빠르게 현관 복도를 지나 식당으로 들어갔다.

공포감에 숨을 쉴 수 없었다. '스카프는안돼스카프는안돼스카프는안돼.'

"제발!" 그가 외치며 식당으로 뛰어갔을 때는 이미 서랍이 미끄러지듯 간이 식당으로 들어간 후였다. "그녀의 물건은 그게 마지막이야. 뭐든 할게! 집에서 나가면 되잖아! 뉴욕으로 돌아갈게!"

이제는 빛이 잘 들어오는 간이 식당으로 몸을 날린 메릿은 바닥에 갈비뼈를 쿵 찧었다. 손가락 끝이 서랍을 스쳤지만 금세 빠져나가 잡을 수는 없었다. 메릿은 식탁에 어깨를 부딪쳐 가며 일어나 서랍을 쫓아 주방으로 달려갔다.

"집아, 제발 그만…."

창턱이 벽에서 떨어져 나왔고 서랍은 그 틈으로 화려한 니트 스카프를 던졌다. 그 틈은 마치 입처럼 스카프를 삼켜버렸다.

메릿은 한동안 멍하니 서 있었다. 세 발 달린 의자 옆에 서서 숨을 몰아쉬며 눈을 크게 뜨고 가만히 쳐다만 보고 있었다.

그러다 갑자기 바이킹처럼 포효하며 창문으로 돌진했다.

"내놔! 돌려줘!

창턱을 들어 올리려 해봤지만 집은 꿈쩍도 하지 않았다. 목에 걸려 있던 수호 부적을 창에 가져다 댔는데도 집은 아무런 반응도 없었다. 주문은 이미 끝났다. 되돌릴 방법은 없었다.

눈앞이 깜깜해진 메릿은 찬장 문을 열어젖히고 안을 뒤졌다. 유리병이 바닥으로 떨어져 산산조각이 났다. 빈 밀가루 자루, 숟가락들이 허공으로 날아갔다. 성냥, 황산이 든 병, 낡은 램프, 그리고 또… 고기 망치!

메릿은 고기 망치를 집어 들고 창턱을 세게 내리쳤다. 고기 망치가 나무를 부수려고 만든 물건은 아니지만 나름대로 효과가 있었다.

벽이 부르르 떨더니 메릿을 뒤로 튕겨냈다. 그는 바닥에 세게 엉덩방아를 찧으며 떨어졌고, 놓친 고기 망치는 난로 쪽으로 날아갔다.

메릿은 인상을 쓰며 몸을 일으켰다. 거의 비어 있는 황산 병에 시선이 닿았다.

황산은 성냥 끝에 달린 염소산칼륨에 불을 붙일 때 쓰였다.

메릿은 성냥과 병을 손에 들고 빈 밀가루 자루도 집어 들었다. "나랑 해보겠다는 거지?" 그는 이를 악물며 말했다. "좋아."

78

성냥을 병에 담가 불을 붙였다. 불은 금세 밀가루 자루에 옮겨 붙었다.

메릿은 불붙은 자루를 빈 찬장 속으로 던져 넣었다.

불길이 찬장 벽을 핥았다. 처음에는 불이 붙지 않을 것처럼 보였다.

하지만 아니었다.

집 전체가 마구 흔들렸다. 유리가 깨지고 금속이 휘는 날카로운 소리가 메릿의 귀를 찔렀다. 바닥이 흔들리더니 쩍 갈라졌고, 갈라진 틈에서 솟구친 진흙탕물이 불이 붙은 찬장을 덮쳤다. 하지만 집은 거기서 멈추지 않았다. 멈출 이유가 없었다.

주방 바닥에 생긴 거대한 틈이 더 크게 벌어지더니 메릿을 통째로 삼켜버렸다.

◆⁺

메릿이 신음 소리를 냈다. 한기가 옷을 뚫고 피부에 스며들었다. 머리가 아프고, 등도 아프고… 그래도 아직 숨은 쉬고 있었다. 숨을 쉬고 있다는 사실을 떠올리는 데 조금 시간이 걸리긴 했지만.

손에 검고 축축한 흙이 닿았다. 반대쪽 손에는 목에 걸린 수호 부적이 만져졌다. 메릿은 반듯이 누워 주방 바닥에 난 구멍을 올려다보았다. 왜 아직도 뚫려 있는 걸까. 집이 그를 묻지 못하게 수호 부적이 막아 준 걸까? 아니면 집이 아직 부상에서 회복하지 못한 것일지도 모른다.

어느 쪽이든 상관없었다.

메릿은 끙 소리를 내며 일어나 앉았다. 두개골 아래에서 맥박이 고통스럽게 고동쳤다. 머리카락과 목을 더듬으며 다친 데는 없는지 확인했다. 멍만 든 것 같았다. 심하기는 해도 멍 때문에 죽지는 않는다.

죽을 정도의 일을 당했다면 이미 죽었을 테니까.

팔꿈치를 무릎에 대고 손바닥으로 얼굴을 감쌌다. 호흡에 집중했다. 들이마시고, 내쉬고. 들이마시고, 내쉬고. 한참을 가만히 앉아 분노와 상처를 억눌렀다. 드디어 끝났다고, 마침내 치유되었다고 생각하는 순간 그 감정들은 다시 끓어올랐다. 꼭 새로운 계기가 나타났다. 메릿은 그게 끔찍이도 싫었다. 오랜 세월이 지나도 똑같이 아팠기 때문이다.

목의 긴장이 풀릴 때까지 호흡을 가다듬었다. 폐가 조금은 가벼워졌다. 천천히 일어나며 다른 부상은 없는지 확인해 보았다. 다행히 타박상으로 끝이었다. 거의… 3.5미터 높이에서 추락했는데.

좋은 소식은 이 집에 지하 저장고가 있었다는 것이다.

그 사실을 깨달은 메릿은 주위에 사체 같은 건 없는지 둘러보았다. 인간이나 쥐 같은 것의 사체 말이다. 하지만 이곳에는 흙과 뿌리, 똑똑 떨어지는 물이 전부였다.

"좋아, 그럼." 메릿이 혼잣말로 중얼거렸다. "1단계, 집으로 돌아간다."

올라가다 죽지 않는다면.

안타깝게도 기어오르기 위한 도구가 많지 않았다. 위로 보이는 집 토대에는 나무판자가 조금 있었지만 구멍 아래에는 보이지 않았다. 돌도 위로 올라갈 만한 탑을 쌓기에는 수가 부족했다. 저

정도의 높이를 메릿이 단숨에 뛰어오를 수도 없었다. 그는 작가지 운동선수가 아니었다.

메릿은 한숨을 쉬며 머리카락을 쓸어 넘기다 이마에 묻은 진흙의 미끈거리는 감촉에 얼굴을 구겼다. 해가 지면 더 캄캄해질 이 어두운 공간의 가장자리를 따라 걸으며 도움이 될 만한 물건을 찾았다. 고기 망치와 성냥 두 개비를 발견했지만 황산이 없으면 있으나 마나였다.

기어오르려고도 해봤다. 진심으로 노력했다. 어떻게든 벽에 튀어나온 부분과 균열을 이용해 위로 올라가 보려다 보기 좋게 아래로 떨어졌다. 다시 시도했지만 더 세게 떨어져 새로운 멍만 얻었다. 네 번째로 실패한 후에는 다시 올라가지 않았다. 무릎에 팔꿈치를 대고 앉아 숨을 헉헉 내쉬었다.

"잡을 것 좀 내려 줄래?" 메릿이 긴장된 목소리로 집에 물었다. "네 몸에 불을 질러서 미안해. 그냥 돌려받고 싶어서 그랬어. 꼭 받아야 하는 거라서."

집은 반응하지 않았다.

감정이 북받쳐 올랐다. "날 계속 여기 둘 작정이라면 스카프라도 돌려줄 수 없을까?"

조금 전 불을 지르려 했던 집과 협상을 하려 하다니 어리석은 짓이었다. 메릿도 자신이 얼마나 바보 같은지 알았다. 너덜거리기 시작한 낡은 스카프 하나 가지고. 하지만 그게 마지막 남은 스칼렛 누나와 관련된 물건이었다. 그…, 그 일이 일어나기 전에 누나가 크리스마스 선물로 떠 준 거였다. 그 일 이후로는 누나를 볼 수 없었다. 다시는 볼 수 없을 거라는 현실도 받아들였다.

작별 인사도 하지 못했다. 모두에게.

메릿은 진흙이 묻은 것도 아랑곳하지 않고 주먹으로 눈을 꾹 눌렀다. 내쉬고, 들이마시고, 내쉬고. 스칼렛 누나는 그런 물건이라도 있었지만, 동생인 비어트리스는 추억할 물건마저 없었다. 만나면 알아볼 수나 있을까? 지금쯤 결혼해 아이를 낳았겠지. 조카들은 삼촌이 있는지도 모를 것이다. 메릿도 조카들의 존재를 모르기는 마찬가지였다. 안 되겠다, 찾아봐야지. 이러니저러니 해도 그의 가족 아닌가?

하지만 만약… 만약 비어트리스도 그를 미워하면 어쩌지?

메릿은 웃음을 터뜨렸다. 주먹으로 눈을 더 세게 누르며 크게 웃었다. 웃겨서 웃는 게 아니었다. 절망적이고 혼란스러웠다. 하지만 메릿은 울기보다는 웃음을 선택했다. 늘 그랬다.

절망적인 순간이었다. 메릿도 알았다. 하지만 인생에서 가장 절망적인 순간은 아니라고 생각하니 기분이 조금 나아졌다. 아주 조금일 뿐이지만 그 정도로도 충분했다.

메릿은 한동안 가만히 앉아 생각하지 않으려 노력하면서 동시에 생각해 내려 했다. 스카프는 잊고 탈출할 방법을 찾아내야 했다. 다시 위로 기어올라 봤지만 결과는 여전히 실패였다.

이곳에 해골이 없는 이유는 그가 첫 번째 해골이 될 운명이기 때문일지도 모른다.

✦

메릿은 용케 눈을 붙였다. 깊이 잠든 것이 아니라 잠깐 졸았을 뿐이지만. 자느라 의식이 없었다면 삐걱거리는 소리가 들렸을 리 없었다.

82

몸을 일으켜보니 태양이 위쪽 주방에 짙은 주황색 빛을 뿌리고 있었다. 날이 저물고 있다는 뜻이었다. 메릿은 귀를 쫑긋 세웠다가 실망감으로 어깨를 축 늘어뜨렸다. 집이 또 그림자를 움직이며 벽에서 삐걱거리는 소리를 내고 있는 듯했다. 그러다 어느 순간 삐걱거리는 소리가 점차 발소리로 변했다. 메릿이 벌떡 일어난 것과 동시에 위에서 놀란 여자 목소리가 들렸다.

"어떻게 된 일이에요?"

이루 말할 수 없는 안도감에 눈을 질끈 감았다. "헐다 부인, 목소리가 마치 천사 같군요."

삐걱거리는 마찰음과 발소리가 아까보다는 천천히 다가오더니 멈췄다. 머리 위로 헐다의 마법 램프로 추정되는 불빛이 보였다. 두 개의 손이 쪼개진 마룻널 하나를 감싸 쥐더니 헐다의 얼굴이 빼꼼 나타났다.

헐다가 눈을 휘둥그레 떴다. "메릿 씨! 거기서 뭐 하시는 거예요?"

메릿은 안도의 한숨을 쉬며 지저분한 손을 지저분한 주머니에 찔러 넣었다. "집이랑 살짝 다퉜거든요. 징계를 받고 있는 것 같아요."

헐다가 눈을 깜박이고는 안경을 올려 썼다. "어떻게 된 일인지 설명해 주시겠어요?"

자세히 설명하고 싶지 않아서 최대한 간단히 얘기했다.

헐다가 혀를 찼다. "서랍이 보이네요. 정말, 메릿 씨. 집을 적으로 만들지 말라고 말씀드렸잖아요."

집이 동감한다는 듯 신음했다.

"변명 가능합니다." 메릿은 최대한 가볍게 대답했다. "저게 먼저 나를 적대시했어요."

"끌어 올릴 수 있을지 한번 볼게요." 헐다는 바닥을 손톱으로 두드리며 말하더니 곧 사라졌다.

메릿이 양손을 입가에 모으고 외쳤다. "수호 부적 같은 걸로 해결이 안 되는 거예요?"

저 멀리서 헐다가 말했다. "메릿 씨는 지금 집 아래에 계세요. 그쪽은 마법에 걸려 있지 않아서 집에게 손을 뻗으라고 강요할 수 없어요. 아니…, 손이 아니라 마룻널이겠죠."

목소리가 점점 작아지더니 나중에는 아무것도 들리지 않았다. 메릿은 15분을 더 기다려야 했다.

돌아온 헐다가 구멍 근처에 앉았다. "안타깝게도 제가 밧줄을 미처 안 챙겨 왔네요." 말투만 들어서는 이 상황을 재밌어하는 건지 아니면 진지하게 받아들이는 건지 알 수 없었다. "밧줄이 있었다 해도 제가 메릿 씨를 끌어 올릴 수 있었을지는 모르겠지만요. 기어오르실 방법이 있기를 바라요."

아까 혹사당한 어깨와 팔꿈치가 쑤셨다. "당연히 시도해 봤죠."

줄줄이 엮인 시트가 구멍 아래로 내려왔다. 위층 침대 시트들을 벗겨 온 모양이었다. 그러는데도 집이 가만히 뒀다니 놀라웠다. 왜 똑같이 지하실로 빠뜨리지 않고?

시트가 메릿이 있는 곳까지 닿았다. 메릿은 헐다가 반대쪽 끝을 묶을 곳을 찾을 동안 잠자코 기다렸다. 하지만 시트를 잡고 올라가기가 보통 어려운 일이 아니라는 것을 시작하자마자 알 수 있었다. 밧줄처럼 아래로 길게 늘어뜨릴 순 있어도 시트는 매듭 말고는 붙잡을 것이 없었다. 헉헉거리며 간신히 첫 번째 시트를 다 올라온 순간 매듭이 풀렸고 메릿은 다시 진흙탕으로 떨어졌다.

84

"애먹이네." 헐다가 중얼거렸다.

"다시 해볼게요." 메릿이 말했다.

헐다가 두 번째 시트를 잡을 수 있을 만큼 내려 주자 메릿은 풀린 시트를 더 단단한 매듭으로 묶었다. 아까보다는 훨씬 탄탄해졌지만 아무리 발버둥 쳐도 빌어먹을 시트를 타고 올라갈 수는 없었다. 헐다도 노력했지만 그를 끌어올리기에는 역부족이었다.

메릿은 허리춤에 손을 얹고 서서 점점 커져가는 절망을 얕은 구덩이에 파묻어 대충 억누르고 있었다. "그래도 좋은 시도였어요."

헐다가 한숨을 쉬었다. "제 잘못이에요. 자리를 비울 게 아니라 그냥 전보를 보냈어야 하는데."

"그랬다면 우리 둘 다 여기 내려와 있었겠죠."

헐다가 코웃음을 쳤다. "제가 지켜보고 있었다면 메릿 씨를 성냥 곁에도 가지 못하게 했겠죠. 아!" 그녀는 다시 사라졌다가 이번에는 금방 돌아왔다. "여기요."

헐다가 천으로 싼 무언가를 내려보냈다. 메릿은 그 안에 든 샌드위치를 보고 나서야 지금 얼마나 배가 고픈 상태인지 실감했다.

샌드위치를 집어 든 그는 단숨에 허겁지겁 먹어 치웠다. "고마워요."

"장을 봐 왔어요. 메릿 씨 짐을 싸서 부친 다음 영수증도 받아 왔고요. 집주인이 굉장히 협조적이더군요. 제 짐은 내일 도착할 거예요. 트렁크 같은 것들요." 헐다는 고민하며 말을 이었다. "일단 수호 부적들을 치우고…."

"그건 안 돼요."

헐다가 얼굴을 찌푸렸다. "지금 당신을 구할 수 있는 건 마법뿐

일지도 몰라요. 말씀드렸다시피 집은 집안에서만 마법을 쓸 수 있어요. 메릿 씨는 지금 집 밖에 계시니까 집은 아무것도 할 수 없을 거예요."

"기둥 하나를 내 머리 위로 떨어뜨려 나를 끝장낼지도 모르죠." 메릿이 맞받아쳤다.

헐다가 그렇지 않다는 듯 고개를 저으며 말했다. "집에 유능한 사용인을 두는 게 얼마나 중요한지 이제 아시겠죠?"

"네." 메릿의 딱딱하게 말했다. "구덩이에 주기적으로 빠질 예정이니까 나를 꺼내 줄 말 잘 듣는 마법사를 고용해두는 게 좋겠네요."

"그런 식으로 말씀하실 필요는 없잖아요." 헐다가 불평했다. "사용인으로 일하는 건 불운한 사람들이 자신과 가족의 생계를 꾸리고 삶을 개선하기 위한 돈을 벌 수 있는 최선의 수단이에요."

메릿은 샌드위치를 쌌던 천을 흙바닥에 던졌다. "꼭 정치인처럼 말하는군요."

"메릿 씨는 저를 비꼬는 걸 즐기시는 것 같고요." 헐다가 공구 가방을 끌고 와 뒤졌지만 그 안에 도움이 될 물건이 없다는 사실을 메릿은 안 봐도 알 수 있었다. "지금은 난관에 부딪혔지만 반드시 꺼내 드릴게요." 헐다가 말을 이었다. "그동안은 담요와 음식을 내려보낼게요. 제 이삿짐이 내일 도착하니 인부들에게 도움을 청해보죠."

"그 사람들이 현관문도 부술 수 있어요?"

헐다가 가방을 닫았다. "이 집은 교육만 확실히 하면 돼요. 처음에는 시간과 노력이 들겠지만 기다려 보시면 충분히 살기 좋은…"

"헐다 부인."

헐다가 그를 쳐다보았다.

메릿이 머리카락을 쥐어뜯으며 물었다. "왜 그렇게 중요하게 생각해요?"

헐다는 잠시 망설였다. "뭘요?"

"이 집이요. 내가 여기 계속 사는 것도요. 이….." 메릿이 사방을 가리켰다. "…모든 것 말이에요."

반박을 하려는 듯 입을 열었던 헐다가 입을 다물고 생각에 잠겼다. 해가 지면서 주황빛이 어두워졌고 마법 램프는 벽에 그림자를 드리웠다. 적어도 메릿의 눈에 보이는 부분은 그랬다.

"마법은요." 헐다가 조심스럽게 말을 꺼냈다. "사라져 가는 기술이에요. 마법 부동산은 더욱 그렇고요. 마법이 깃든 집은 우리 역사에서 대단히 중요한 역할을 하죠. 보존하는 역할이요. 혈통은 변덕스러워서 수많은 주문들이 사라지고 말았어요. 하지만 집은 사라진 주문들처럼 인간이 보존할 수 없는 것들을 보존해 주죠. 나약한 인간의 몸에 깃들어 있지 않은 마법은 시들거나 소멸하지 않으니까요. 현대 세계에서 마법 부동산은 학자, 마법사, 역사가 모두에게 무한한 연구 대상이에요. 마법 기술의 박물관인 셈이죠."

메릿이 팔짱을 꼈다. "마법에 걸린 집이 중요한 이유는 알겠어요, 네. 하지만 이 집이 왜 특별히 당신에게 중요하냐고요."

헐다가 망설이며 몸을 조금 움직였다. 자리를 피하려나 보다 생각했지만 메릿의 예상은 빗나갔다. 헐다는 치마를 매만지고 안경을 고쳐 썼다. 머리카락도 정돈했다.

"이 일이 제 삶이니까요, 메릿 씨." 헐다가 누그러진 목소리로 말했다. "저에게는 이 일 말고는 아무것도 없고, 앞으로도 그럴 테니까요."

메릿이 팔짱을 풀었다. "참 우울한 말이네요."

"아니요. 현실적이죠."

메릿의 입술이 씰룩였다. "마법 능력을 가진 사람이, 뭐랄까, 현실주의자라고 하면 이상하지 않아요?

"마법이 희귀하다고 해서 현실이 아닌 건 아닌걸요." 헐다가 받아쳤다.

둘은 잠시 말이 없었다.

"저는 이 신비한 것들을 관리하는 직업을 선택했어요." 헐다가 주방을 가리켰다. "신비한 것들이 사라지면 제 직업도 사라지겠죠. 메릿씨, 저는 제 일을 좋아해요. 또 잘하고요. 그렇지 않다면 당신에게 아무런 보장도 하지 않았을 겁니다."

"당신 능력을 의심하지는 않아요."

"그런가요?" 헐다의 반문에 메릿이 불편한 듯 자세를 바꿨다. "제가 이 집을 왜 중요하게 생각하는지 알고 싶으세요? 기회가 보이거든요. 붙잡아서 길들이고 발전시킬 수 있는 기회요."

마지막 말이 그의 귀에 박혔다. 메릿도 분명 그런 생각을 했다.

헐다가 잠시 생각하더니 물었다. "메릿 씨, 이 집을 떠나면 다음은 어떻게 하실 거예요?"

메릿이 어깨를 으쓱했다. "바이커에 기부할 수도 있죠."

"그럴 수도 있겠네요. 저희 쪽에서 좋은 관리인을 찾을 수 있을 거예요. 그런 다음에는요?"

지하에 있어 쉽지 않았지만 메릿은 최대한 헐다의 눈을 똑바로 쳐다보았다. "글쎄요. 다른 집을 찾아야겠죠. 이번에는 보스턴으로 갈 수도 있고요. 출판사가 보스턴에 있거든요. 책을 쓸 만한 조용한 집을 찾을 거예요." 전처럼 평범하게 살아갈 것이다. 그런데 왜 마음이 불편해지는 걸까?

"집을 사실 건가요?"

"모르겠어요." 사실 생각하고 싶지 않았다. 이렇게 춥고 몸도 엉망일 때는 더더욱. "그러려면 조금 더 돈을 모아야 해요. 더 싼값으로 집을 지을 수도 있지만 그러려면 서부로 가야 하는데, 시골 생활은 나와 잘 맞지 않더라고요. 그쪽으로 가는 마법 철도도 없고요. 왔다 갔다 하기 힘들겠죠." 한 마디를 뱉을 때마다 아까의 열정은 조금씩 날아갔다.

"저희에게 기회를 주세요, 메릿 씨." 헐다가 입꼬리를 보일 듯 말 듯 올리며 말했다. "마법으로 가득한 집을 소유하는 미래를 상상해 보세요. 생명력으로 넘쳐나는 섬에서요. 그런 미래를…"

헐다가 갑자기 말을 멈추자 메릿이 고개를 빼고 쳐다보았다.

"죄송해요. 방금 잔해에서 뭘 봐서요."

메릿이 멈칫했다. "거미요?"

헐다는 한심하다는 듯 눈을 굴렸다. "미래를 예견했다고요, 메릿 씨. 혹시 머리가 짧고 옷을 잘 입는 흑인 남성을 아세요? 이 섬에 올 이유가 있을 만한 사람."

강한 안도감이 솟아올라 몸의 긴장이 풀렸다. "네, 알아요, 헐다 부인. 그 친구가 오고 있다니 신께 감사할 일이네요."

7

1833년 6월 13일, 영국 런던

"이게 0인가, 6인가?" 사일러스가 집사 쪽으로 장부를 기울이며 물었다.

집사 스텐리가 안경을 바로 쓰며 말했다. "0입니다, 주인님. 죄송합니다. 급히 적느라."

사일러스는 고개를 끄덕이고 다음 장으로 넘겼다. "그리고…."

갑자기 서재 문이 벌컥 열리더니 사일러스의 남동생이 흐트러진 매무새로 나타났다. 목에 크라바트(옮긴이 주-넥타이처럼 매는 남성용 스카프)도 없었다. 쳐들어오기 전에 무엇을 하고 있었기에? 사실 사일러스는 벌써 며칠 전부터 동생이 따지러 오기를 기다리고 있었다.

"사실이야?" 크리스천이 물었다.

사일러스가 장부를 덮고 손짓하자 집사는 냉큼 자신의 물건을 챙겨 고개 숙여 절을 한 후 방에서 나갔다. 하지만 크리스천이 막고 있어 나가기가 쉽지는 않았다.

사일러스는 동생의 뜻대로 대화에 응하며 의자에 등을 기대고 물었다. "뭐가 말이야?"

"형이 집을 판다는 거!" 크리스천이 성난 발걸음으로 금세 문에서 책상까지 다가왔다.

사일러스는 잉크 병을 치웠다. "행동을 보니 답을 알고 온 것 같은데."

동생의 이마에 핏발이 섰다. "원래 가격보다 더 싸게 내놨잖아! 가문의 재산을! 미래의 형 아들들은 어떡하고? 내 아들들은? 그리고 왜 나 모르게 했어?"

사일러스는 침착한 태도를 고수했다. "지금 이 대화를 보고도 이유를 모르겠어?"

크리스천이 이를 악물었다. "말도 안 돼. 내가 나섰어야 했어. 형 자리에 내가 앉았어야 했다고. 내게 기회도 주지 않았지."

사일러스는 깃펜에 다시 잉크를 묻히고 아까 보고 있던 장부의 빈 페이지를 펼쳐 아직 머리에 남아 있는 숫자들을 써넣었다. "우리가 살 집이 없어지는 게 아니야. 우리에게 더 맞는 집을 구매할 생각이다."

"더 맞는 집?" 크리스천이 기가 찬 듯 양손을 들어 올렸다. "어떻게? 어디서?"

"고스 엔드라는 저택이야. 리버풀에 있어."

"리버풀?" 크리스천이 책장으로 걸어갔다. "거기는… 아예 다른 세상이잖아!"

사일러스는 숫자의 잉크가 마르기를 기다렸다가 책상 뒤편의 책꽂이로 몸을 돌려 백과사전 사이에 안전하게 보관해 둔 새집의 도면을 꺼냈다. "내가 직접 알아봤고…."

크리스천이 발을 쿵쿵거리며 다가와 도면을 낚아채더니 자기가 있는 쪽 책상에 펼쳤다. 그는 눈에 흘러내린 머리카락을 후 불고 도면을 뜯어보았다. 서재 안에 고통스러운 침묵이 1분가량 흘렀다.

"더 좁잖아." 크리스천이 고개를 저었다. "더 낡았고. 이게 제대로 된 거래가 맞아?"

사일러스는 차분히 손을 뻗어 도면을 가져와 원래 접힌 자국대로 다시 고이 접었다. "마법의 집이야."

"그래서?"

'그래서?' 참 단순한 질문이었다. 고스 엔드라는 마법의 집에는 사일러스가 감히 꿈꿀 수도 없었던 주문들이 있었다. 그 주문들을 그냥 훔치는 것은 위험했다. 왕립 마법사 연맹 소유는 아니었지만 런던 마법 부동산 관리국에 등록된 집이었기 때문이다. 이전 세입자는 그 기관과 우호적인 관계를 맺고 있었다. 사일러스가 그 주문들을 원한다면 그 집에 직접 거주하는 게 최선의 방법이었다. 그래야 혹시라도 관리국에서 확인차 방문했을 때 집에 마법 능력이 있는 것처럼 가장할 수 있다. 어차피 거주할 집은 필요하다. 리버풀에는 사냥개처럼 쿵쿵거리는 군인들도 없을 것이고, 외진 곳에 위치한 집은 사일러스가 미래를 정리하고 보이지 않는 벽을 쌓을 은신처로 완벽했다. 그가 '안전하다'고 느낄 수 있을 집이었다. 과거를 잊고 새 출발을 할 수 있을 집. 이곳에는 여전히 아버지의 존재감이 느껴졌다. 때로는 어머니도.

사일러스는 동생을 쳐다보았다. 마법사 연맹은 크리스천도 영입

하려 노력하고 있었다. 공부도 마친 터라 크리스천의 가입은 시간 문제였다. 동생은 자기도 모르는 사이에 사일러스가 잘라내야 하는 또 다른 족쇄가 되고 있었다.

크리스천은 사일러스가 대답하지 않자 답답한 마음에 책상을 퍽 걷어찼다.

"진정해, 크리스천." 사일러스가 한숨을 쉬었다.

"이 집의 일부는 내 몫이야." 동생의 목소리가 다소 위협적으로 변했다. "아버지 유언장에도 그렇게 나와 있어. 변호사 구해서 거래를 막을 거야."

사일러스는 속이 뒤틀렸다. "그러기만 해."

"나한테 이래라저래라하지 마, 호그우드 경." 그러고는 역겨운 냄새를 맡은 것처럼 코를 찡그렸다. "형만 권리가 있는 게 아니야. 혼자…."

사일러스가 갑자기 벌떡 일어나자 단단한 나무 바닥에 의자가 시끄럽게 미끄러졌다. 그는 장부를 챙겨 문으로 향하며 말했다. "네 몫은 가져, 그럼. 남쪽에 있는 작고 소중한 오두막에 쭈그리고 앉아서 마법사 연맹에 알랑거리며 살아 보라고."

문에 거의 다 이르렀을 때 충격파가 사일러스의 어깨를 스치고 문을 닫았다.

'아버지가 그를 벽으로 밀치고 소리를 지르며 발음이 뭉개져 무슨 말인지 알아들을 수도 없는 욕설을 퍼부었다. 배를 강타한 다음 공격에 입에서 구토가 쏟아졌다.'

사일러스가 뒤로 홱 돌았다.

크리스천이 뻣뻣하게 굳은 손을 내렸다. "내 말 아직 안 끝났 어."

"아니, 끝났어." 사일러스가 으름장을 놓았다. "감히 내게 아버 지의 마법을 써? 이 고통도 15년 만에 느껴 보는군."

"그럴 생각은…." 크리스천이 손을 휘저어 하려던 말을 취소했 다. 그러고는 잠시 생각하더니 물었다. "아버지에게 무슨 일이 있 었던 거야, 형?" 크리스천의 얼굴에 어두운 그림자가 드리웠다. "어머니는 또 어떻게 되신 거고?"

"왜, 자꾸, 나한테, 묻는 거야." 사일러스가 이를 악물고 대답했 다. "왜 내가 알 거라고 생각하지? 나도 거기 없었어. 어머니 시신 은 찾지도 못했잖아. 그리고 그게 무슨 상관이야. 어차피…."

"곧 돌아가실 거였지. 형은 늘 그렇게 말했어."

"그러니까 왜 자꾸 묻냐고!" 사일러스가 발끈했다. "어머니가 사라진 건 네가 처음 발견했잖아. 어떻게 됐는지 네가 말해 보지 그래? 어떻게 네 코앞에서 하인이 어머니를 몰래 빼돌릴 수 있었 지?"

"언제나 나한테 책임을 돌리지."

"네가 먼저 날 의심했잖아!"

"어머니를 마지막으로 본 사람은 형이야!" 크리스천이 외쳤다.

"하인만 일흔여덟 명 있는 집에서? 말이 되는 소릴 해!" 사일러 스가 언성을 높이는 일은 드물었다. 하지만 지금은 그의 목소리 가 참나무 벽에 쩌렁쩌렁 울렸다. "그리고 지금 와서 그게 왜 중 요해? 어머니는 영면하셨어. 죽은 사람 얘기는 그만하고…."

"영면?" 크리스천이 성큼성큼 다가왔다. "영면하셨다고? 형이 어떻게 알아?"

사일러스는 이가 부러질 정도로 힘을 주며 턱을 꽉 다물었다. 동생의 코앞에 대고 그는 말했다. "나는, 몰라." 그러고는 문으로 돌아섰다.

"아니, 알아."

사일러스는 비난을 무시했다. 그러고는 문을 열어젖혔다.

"알고 있잖아!" 크리스천이 악을 썼다. 또 한 방의 충격파가 사일러스의 손에서 문을 쳐낸 뒤 쾅 닫혔다.

"모른다고 했지!" 사일러스도 버럭 외치며 뒤를 돌아 충격파를 날렸다. 가슴을 맞은 크리스천은 뒤에 있는 벽난로로 날아갔다.

사일러스는 자신이 실수했다는 걸 깨달았지만 아무리 빨리 움직인다 해도 다음 사태를 막기에는 역부족이었다.

동생이 벽난로 선반에 부딪히며 대리석에 머리를 박았다. 그러다 잉걸불 위로 핏자국을 남기며 바닥에 쓰러졌다.

사일러스는 잠시 제자리에 서서 보고만 있었다.

그러다 동생에게로 달려갔다. "크리스천. 크리스천!"

반응이 없었다. 숨은 쉬고 있었지만 눈을 뜨진 않았다. 사일러스는 크리스천의 뺨을 톡톡 건드리다 급기야는 따귀를 때려 댔다. 눈꺼풀을 들춰 보니 동공이 풀린 채 눈이 뒤집혀 있었다.

"젠장." 동생을 흔들어 봤지만 반응이 없었다. 사람들에게 어떻게 설명하지….

사일러스는 책상 위를 바라보았다. 고스 엔드. 오랜 시간 끝에 겨우 찾은 집이었다. 그런데 이렇게 동생이….

아니야….

사일러스는 망설였다. 입은 바짝 말랐지만 손바닥은 땀으로 축축해졌다. 등줄기를 타고 전율이 흘렀다.

만약.

언제 결심을 했는지 사일러스는 기억하지 못했다. 역동 마법으로 문을 잠근 것도 기억에 없었다. 머리에 떠오른 아이디어가 곧바로 실행되었다. 어머니 때처럼. 강령 마법, 혼돈 마법, 역동 마법, 변이 마법, 원소 마법. 시간은 무의미해졌다. 동생의 몸은 뒤틀린 땅콩 모양으로 쪼그라들었고 동생의 능력은 사일러스의 안에서 다시 태어났다. 동생과 같이 가지고 있던 능력은 더욱 강해졌고 그에게 없던 능력까지 새롭게 더해졌다. 사일러스는 할머니에게서 점조 마법의 행운 주문을 물려받았고, 크리스천은 종조부에게서 수호 마법의 주문 반사 능력을 이어받아 태어났기 때문이었다.

이럴 생각은 없었다…. 하지만 이제는 너무 늦었다….

해가 지며 방이 어두워졌다. 사일러스는 동생을 내려다보았다. 아니, 그의 동생이었던 것을. 혼돈 마법의 부작용으로 생긴 머릿속 혼란이 연기처럼 흩어지며 아주 천천히 머리가 맑아졌다.

힘도 조금씩 돌아왔다.

사일러스는 벽난로에 불을 지피고 옷을 태웠다. 혀로 마른 입술을 축이며 책상에 있는 물잔을 소환해 피를 닦았다. 동생을… 바로 그의 동생을 셔츠에 숨기고 서재에서 뛰쳐나와 하인들의 눈을 피해 집 안을 빠르게 달렸다. 눈에 제대로 보이는 것도 없이 아래로, 아래로, 아래로 내려가 와인 저장고로 들어갔다. 그런 다음 새로 파서 만든 두 번째 저장고의 작은 비밀의 문으로 향했다. 그 안에서는 벌레와 쥐 그리고 사람들을 피해 철제 상자에 담긴 어머니가 안전하게 모셔져 있었다.

사일러스는 허둥대며 열쇠를 더듬어 찾았다. 열쇠는 늘 몸에 지니고 다녔다. 아무도 찾지 못하고 사용하지 못하도록. 마침내 열쇠를 찾았지만 떨어뜨리고 말았다. 얼른 다시 집어 상자 문을 열고 동생을 밀어 넣었다.

내 동생.

내 동생.

사일러스는 머리카락을 한 움큼 쥐어뜯으며 무릎을 꿇고 꽉 다물린 잇새로 숨이 막힐 때까지 비명을 질렀다. 맥박이 요동치고 피부에 땀이 맺히고 팔다리가 후들거렸다. 온몸이 땀에 젖고, 사지가 떨렸다. '내 동생이 저 상자 안에 있어.'

일어난 사일러스가 회반죽을 바른 차가운 돌바닥에 먹은 것을 게워 냈다. 얼굴로 눈물과 콧물이 줄줄 흘러내렸다. 소리를 내지 않으려 입술을 꽉 깨물었다. 절망, 분노를 느꼈다. 현실을 믿을 수 없었다. 그러는 와중에도 몸속에서 용솟음치는 힘은 그를 반갑게 맞이했다. 곧 시체가 될 몸 안에서 부글부글 끓는 것이 아닌, 방금 전까지 동생이 그랬듯 생명력으로 가득한 마법이었다.

'살인자.'

사일러스는 다시 구토를 했다. 그리고 또 한 번. 그러고는 바지와 머리카락에 토사물을 묻는 것도 신경 쓰지 않고 웅크리고 누웠다.

✦

'해야만 하는 일이었어.'

그래, 해야만 하는 일이었다.

자신을 보호하기 위해서였다. 아버지의 폭행에 맞서 스스로를 보호했듯이. 사일러스는 이번에도 자신을 지켜 냈다. 나머지는 전부 우연이있다. 아니, 운명이었다. 크리스천을 벽난로로 떠민 것은 사일러스가 아니었다. 운명이었을 뿐.

크리스천에게는 사일러스를 압도할 힘이 있었다. 방에서 나가지 못하게 막았고, 심지어 리버풀로 도망치는 것을 막으려 했다. 어머니가 사라진 이후로 그의 일거수일투족을 주시했다. 그렇게 크리스천은 사일러스를 지배하려다. 아버지가 그랬던 것처럼. 언젠가는 사일러스를 해치려 했을 것이다.

사일러스가 먼저 선수를 쳤을 뿐이다.

이제 고스 엔드는 문제없이 그의 소유가 될 것이다. 아니 그들의 소유다. 이제는 크리스천도 사일러스의 일부이니까. 어머니와 같았다. 함께 결합해 서로를 보호해 주고 있는 것이다. 안전하게. 사일러스는 어머니와 동생을 안전하게 지켰다. 자신을 안전하게 지켰다.

이제 사일러스를 막을 사람은 없었다. 조금만 더, 몇 걸음만 더 가면… 다시는 누구도 그를 해치지 못할 것이다.

다시는. 절대로.

아침이 오면 동생의 실종 신고를 해야겠다.

8

1846년 9월 7일, 로드아일랜드주 블라우던섬

신이 정말로 은총을 내렸는지 헐다가 예견한 남자('플레처'라는 이름 정도만 알고 있었다.)가 마지막 햇살 한 줄기마저 서쪽 수평선으로 넘어갈 즈음 윔브렐 하우스에 도착했다.

당장은 집사도 없었고 메릿이 나올 수 있는 상태도 아니라 헐다가 손님을 맞이해야 했다. 경첩에 새 수호 부적을 걸었다. 갑자기 문이 쾅 닫히며 손님의 손가락을 몇 개 부러뜨린다면 체면이 말이 아닐 테니까.

플레처가 랜턴을 들어 올렸다. "안녕하세요…. 혹시 헐다 부인?"

"맞습니다. 플레처 씨로군요. 이름만 들었는데 성을 여쭤봐도…?"

"포텐도퍼입니다." 랜턴 불빛에 미소 짓는 얼굴이 드러났다. "발음하기 힘들죠? 늦은 시간에 죄송합니다. 하지만 제가 받은 편지가… 메릿의 상태가 별로 좋지 않은 것 같아서요. 그게… 뭐랄까, 평소보다 더 형편없는 말장난들로 가득하더라고요."

아닌 게 아니라, 플레처는 다른 손에 여행 가방을 들고 있었다. 이 집에서 하룻밤 묵을 작정이었다. 헐다는 속으로 한숨을 쉬었다. 지금으로서는 손님 방을 제대로 준비할 방법이 없었기 때문이다. 헐다 자신의 방도 마련하지 못한 판국이었다. 하지만 이런 경우라도 융통성을 발휘해 최소한의 예법은 지켜야만 했다.

"친구분이 계시면 도움이 될 겁니다. 들어오세요." 헐다가 문틀을 경계하며 말했다. "얼른요."

그러고는 손님이 들어올 수 있게 옆으로 비켜섰다. 플레처는 어깨가 조금 더 넓을 뿐 키는 메릿과 거의 같았다.

현관 안으로 두 걸음 들어오자마자 플레처가 멈칫하고 랜턴을 높이 들었다.

"정말… 마법에 걸린 건가요?" 그는 초상화를 유심히 보고 있었다. 초상화 속 여인이 윙크라도 한 모양이었다.

"네, 그래요." 헐다가 수호 부적 목걸이를 하나 더 꺼냈다. "이걸 착용해 주시겠어요? 너무 오래는 말고요. 한 사람이 장시간 이런 수호 부적을 착용할 경우에는 부작용이 나타나서요. 그래도 쓸모가 있을 겁니다." 그러고는 식당으로 몸을 돌렸다. "그리고 부디 조심히 다뤄 주세요, 플레처 씨. 이런 수호 부적은 굉장히 비싸거든요."

플레처는 '수호 부적이라니!'라고 입 모양으로 말하고는 목걸이를 걸었다.

"자, 이제 주방에 있는 구덩이에서 메릿 씨를 끌어 올리는 걸 도와주신다면 저희 둘 다 정말 감사할 거예요."

시간이 늦었지만 해결해야 할 일이 있었다. 세 사람에게는 긴 밤이 될 오늘이었다.

헐다는 주방에서 대화하는 메릿과 플레처를 뒤로 하고 집안을 돌아다니며 바이커에서 빌릴 수 있을 만큼 다 빌려 온 수호 부적들을 곳곳에 두었다. 이 집을 잘 이해할 수 있을 때까지 약으로 복종시키는 셈이었다. 모든 공간에 일일이 다 놓기에는 수량이 부족해 식당, 불의의 사고로 쪼개진 주방, 화장실, 현관, 위층 복도, 침실 두 개에만 수호 부적을 두었다. 헐다는 그중 첫 번째 침실을 쓰기로 했다. 메릿은 플레처와 같은 방을 쓰기를 원했고 헐다도 그 점에 이의는 없었다. 일단은.

작업이 끝난 후에는 가방 두 개를 위층으로 들고 와 짐을 풀기 시작했다. "주방 일은 정말 미안해." 옷을 꺼내 옷장에 걸며 헐다가 집에 말했다. "다시는 그런 만행을 저지르지 못하게 할 거야. 협조해 줘서 진심으로 고마워."

집은 대답하지 않았다. 수호 부적이 효과를 발휘하고 있다는 뜻이었다.

헐다가 첫 번째 여행 가방을 다 풀었을 때 메릿이 방문을 두드렸다. "저기…, 고맙다는 인사를 하고 싶어서요. 서둘러 와 준 거."

헐다가 고개를 끄덕였다. "금방 돌아오겠다고 했잖아요. 저는 약속을 지키는 여자예요." 그러고는 메릿을 힐끗 돌아보며 물었다. "플레처 씨와는 어떻게 아는 사이예요?"

"플레처는 가장 오래된 친구예요." 메릿이 피곤한 듯 문틀에 몸을 기댔다. "뉴욕에서 함께 자랐죠."

헐다는 그를 관찰했다. 그야말로 엉망진창이었다. 손, 얼굴, 머리카락, 옷에 진흙이 덕지덕지 묻어 있었다. 완전히 녹초가 된 얼굴이라 촛불에 비친 파란색 눈이 평소보다 더 푸르게 보였다. "목욕하고 옷 갈아입으시겠어요, 메릿 씨? 갈아입을 옷은 가져오셨어요? 짐은 내일에나 도착할 예정이에요."

메릿이 등을 구부린 자세로 무겁게 고개를 끄덕였다. 그는 하품하는 입을 주먹으로 가리고서 이렇게 말했다. "주방에서 욕조를 본 것 같아요."

"또 굴러떨어지지 않기를 기도하세요." 헐다가 두 번째 여행 가방을 열고 두툼한 서류 뭉치를 꺼내 메릿에게 건넸다. "바이커에서 보증한 사람들의 이력서예요. 하녀, 셰프, 집사 지원서가 들어 있을 거예요."

"집사라고요?" 메릿이 서류들을 휘리릭 넘겼다. 하나씩 훑을 때마다 이마의 주름이 깊어졌다.

"네, 집과 토지의 재정을 감독해 줄 사람…."

"집사는 필요 없어요." 메릿이 하품을 참으며 말했다.

"그렇다면 하녀 지원자들부터 살펴보세요. 저는 그만 자야겠어요. 집을 길들이기 위한 것들을 가져왔는데, 아침에 일어나자마자 진단 직업을 시작할 계획입니다."

메릿이 파일을 덮었다. "마법의 원천을 찾는다는 거죠."

"맞아요." 그리 어려운 작업은 아니었다. 힘의 원천을 숨기는 집은 많지 않았다. 고스 엔드는 이례적으로 까다로웠다. 헐다가 가정부로 근무하는 동안 옛 마법이 바뀌었기 때문이다. 하지만 그건 사일러스 씨가….

헐다는 눈을 감고 생각의 방향을 돌렸다. 이미 오랜 시간이 흘렀지만 고스 엔드에서의 일은 떠올리지 않는 게 헐다의 정신에 이로웠다.

메릿이 혼잣말로 중얼거리며(아니면 파일에 대고 하는 말이려나?) 방을 나갔다. 헐다는 두 번째 가방을 금세 다 풀었다. 짐을 푸는 데는 이골이 나 있었다. 방에서 먼지 냄새가 나기 시작해 창문을 열려는데 꽉 잠겨 꿈쩍도 하지 않았다. 창문 문제는 아니고 집의 장난 같았다. 수호 부적을 뒀다고 해서 집의 힘을 전부 억누를 수는 없었다.

"퀴퀴한 냄새 맡고 싶어?" 헐다가 창문을 두드리며 물었다. "바보처럼 굴지 마. 열어 줘."

다시 시도하니 창문이 위로 스르르 열렸다. 헐다가 미소를 지었다. 윔브렐 하우스는 끔찍한 집이 아니었다. 조금 유치할 뿐이지. "그 나이에 대단하다." 헐다가 중얼거렸다. 집이 유리창을 갑자기 내리지 않을 거라 믿고 창틀에 팔꿈치를 댄 채 섬의 풍경을 바라보았다. 내일이면 짐이 다 도착할 것이다. 팬트리를 채우고 집을 정상으로 돌려놓는 작업을 본격적으로 시작해야지.

날벌레 떼가 창문으로 날아와 자그마한 몸으로 기이한 형태를 그리고 있었다. 바람 때문인지 점조 마법 때문인지 모르겠지만 헐다는 등골이 오싹해졌다. 날벌레 떼 너머로 두 개의 동그란 금빛이 멀리서 보이는 듯했다. 마치 빛나는 눈 같았다. 눈을 가늘게 뜨니 옅어지는 황혼을 배경으로 늑대의 실루엣이 나타났다. 주변의 숲과 그림자에 섞여 선명하게 보이지는 않았다.

헐다가 이맛살을 찌푸렸다. 이 지역에 늑대는 없지 않나? 울음소리 한 번 못 들었는데. 헐다는 안경을 벗고 소매로 닦은 후 다시 썼다. 어떤 징조였을까? 아니면 움직이는 그림자에 불과한 걸까? 어느 쪽인지 확인할 방법이 없었다.

✦

다음 날 아침, 헐다는 쪼개진 주방을 조심스럽게 돌아다니며 아침 식사를 준비했다. 두 남자가 일어나기도 전에 식탁을 다 차릴 수 있었다. 식당에 잡아먹힐까 두려운 듯 뒤꿈치를 들고 살금살금 들어오던 메릿이 식탁을 보고 멈칫했다. "요리 못 하는 거 아니었어요?"

헐다가 팔짱을 꼈다. "저도 요리 정도는 할 수는 있어요. 다만 제 직무가 아니라는 거죠. 어젯밤 일도 있으니 완두콩을 넣은 채소죽으로 영양 보충을 해 드려야겠다고 생각했어요."

메릿의 입술이 실룩였다.

그 모습에 헐다가 눈을 찌푸렸다. "뭐가 그렇게 웃기죠?"

"영양 보충이라니." 메릿이 따라 말하며 의자를 빼고 있을 때 뒤에서 플레처가 들어왔다.

"감사합니다, 헐다 부인." 플레처가 말했다. "어젯밤에 급하게 오느라 저녁도 못 먹었는데 맛있는 냄새가 나네요."

"마음껏 드세요."

플레처가 감사 인사를 하고 두 남자는 식사를 시작했다. 메릿의 눈썹이 놀라서 올라가는 모습을 봤을 때는 솔직히 조금 뿌듯했다. "맛있는데요. 정말 우리 집 셰프 하고 싶은 마음 없어요?"

"아주 조금은요." 헐다가 재치 있게 받았다.

메릿이 식사를 하던 손을 멈췄다. "식사 안 해요?"

"말씀은 감사하지만 이미 먹었어요. 가정부가 가족과 함께 식사하는 것은 부적절한 행위랍니다."

메릿이 어깨를 으쓱했다. "여긴 가족이라고 할 사람도 없잖아요."

"그래도 규칙은 규칙이에요, 메릿 씨."

다시 한입 가득 음식을 삼킨 그가 이렇게 말했다. "그냥 메릿이라고 불러요."

"저는 격식 있는 호칭을 선호합니다."

플레처가 피식 웃으며 말했다. "말씀대로 하는 게 좋겠다. 이분은 진지하다고. 너 싫다고 나가 버리면 어쩌냐. 굴러 들어온 복한테 괜한 꼬투리 잡지 마."

"굴러 들어온 복? 급료는 내 돈이야."

"저는 바이커에서 돈을 받습니다, 메릿 씨." 헐다가 정정했다. "메릿 씨는 채용하신 셰프와 하녀의 급료를 지불하게 되실 거고요."

"바이커라고요?" 플레처가 되물었다.

"내가 말한 보스턴 어쩌고 하는 거기." 메릿이 말했다.

헐다는 두 사람이 편히 식사를 하게 둔 채 현관 입구와 화장실에서 수맥 탐지봉을 들고 움직였다. 거실과 그 옆의 온실에는 수호 부적을 두지 않아서 안에 검은 그림자가 휘몰아쳤다. 질서를 강요당한 집이 불만을 터뜨리는 것만 같았다. 문가에 다가가자 예상대로 수맥 탐지봉이 벌어졌다. 지금은 마법은 이 부분에 집중되어 있었다. 수호 부적을 둔 방에서 마법의 원천을 찾지 못한다면 수호 부적을 이리저리 움직이며 더 철저히 조사를 해야 했다.

식당으로 돌아오니 두 남자는 한창 대화하는 중이었다.

"…잘 지내고 있어. 아주 잘." 힐다가 조용히 식기를 정리하는데 플레처가 말했다. "곧 결혼할 것 같아."

"결혼?" 메릿이 앞으로 몸을 기울였다. "뭐야, 한 열다섯쯤 되지 않았어?"

플레처가 웃음을 터뜨렸다. "진심이야, 메릿? 그 앤 스물세 살이야!"

메릿이 평소 습관대로 휘파람을 불었다. "스물세 살이라. 내 머릿속에서는 영원히 열두 살인데."

"사실을 수집하는 걸 인생에서 제일 중요하게 생각하는 사람치고 간단한 사실들을 쉽게 잊는단 말이지." 플레처가 힐다 쪽을 힐끗 쳐다보며 말했다. "그거 아세요? 이 친구가 리스 브라더스 철강회사에 취업했던 거. 그 회사에서 하는 불법 영업 행위를 정확히 캐내 기사를 쓰려고요."

힐다가 문틀에 손을 올리며 대답했다. "몰랐어요."

플레처가 손뼉을 쳤다. "거기서 4개월 일했나?"

"3개월. 끔찍했지."

"그래도 팔은 확실히 두꺼워졌잖아."

"오늘 오후에 장 볼 목록을 한 번 더 정리하려고 해요, 메릿 씨. 고기가 필요한데, 선호하는 고기 있으신가요?" 힐다가 끼어들었다.

메릿이 숨을 천천히 내뱉었다. 안도감에 나오는 행동 같았다. "가격이 적당하면 뭐든 좋아요. 고마워요."

힐다가 고개를 끄덕였다. "선호하는 술도 따로 있으세요?"

메릿이 미소를 지었다. 하지만 입이 얼굴과 따로 노는 느낌이었다. "나는, 음, 없어요. 그러니까, 나 때문에 준비해 둘 필요는 없다고요."

"아직 금주 중이야?" 플레처가 물었다.

메릿이 어깨를 으쓱했다. "문제에 휘말릴 수 있는 요소는 피하려고."

헐다는 진지한 말투를 놓치지 않았다. 플레처의 표정도 진지했다. 두 친구는 마법의 벽 사이에서는 감히 입 밖으로 꺼내지 못할 비밀을 공유하는 듯했다.

아무리 예법에 융통성을 발휘하고 있는 중이라고 해도 헐다가 넘지 말아야 할 선은 있었다.

✦

윔브렐 하우스를 상속받고 나흘이 지났다. 생전 처음 들어 본 보스턴의 한 기관에서 메릿의 뉴욕 아파트를 대신 비우고 내려갠 섯만에 있는 외딴 섬으로 짐을 보내 줬을 때, 메릿은 지난 13년 동안 수집한 도구들을 꺼내 들고 그를 죽이려 했던 주방에 주춤주춤 들어갔다.

헐다는 집 곳곳에 작은 빨간색 주머니를 두었다. 바이커에서 얻은 수호 부적들이라고 했다. 그 이후로 집은… 평범한 집 같아졌다. 수호 부적의 효과 범위 안에 있는 동안에는 그림자와 삐걱거리는 소리도 별로 들리지 않았다. 메릿은 며칠 만에 처음으로 밤새 푹 잘 수 있었다. 거의 정상으로 돌아온 듯했다.

하지만 주방은 난장판이었다. 메릿의 생각을 읽고 대신 표현하려는 듯 옆에서 플레처가 휘파람을 불었다.

수호 부적을 치워주면 집이 스스로 주방을 원래대로 돌려놓을

수 있지 않을까? 메릿도 확신하지는 못했다. 아니면 다시 바닥이
벌어져 메릿만이 아니라 플레처까지 빨아들이고는 영원히 가둬
지하 저장고를 무덤으로 만들지도 모를 일이다. 그 구덩이에 다시
들어가고 싶지는 않았다. 여러 가지 이유로. 그리고 플레처는 근
무하는 농산물 도매시장으로 돌아가야 했다. 회사에 가지 못하고
"집에 잡아먹혔다"라는 결근 사유를 대면 사장님이 뭐라고 생각
하겠는가.

바닥은 여전히 쩍 벌어진 상태였다. 가장 넓은 부분은 두 걸음
쯤 되는 길이였고 가장 좁은 부분은 메릿의 한쪽 발만 했다. 마룻
널의 가장자리는 다 쪼개졌고 메릿이 서 있는 곳에서 두 번째로
보이는 찬장은 검게 그을려 있었다. 문은 경첩에 불안정하게 매달
려 덜렁거렸는데 물에 잠겨 나무가 뒤틀린 모양이었다.

그래도 다행히 오븐은 무사했다.

"바닥 먼저?" 플레처가 물었다.

메릿은 고개를 끄덕이고 조심스럽게 다가가 가장 좁은 틈을 넘
었다. 바닥이 흔들리며 그를 또다시 쓰러뜨리는 건 아닌지 잠시
기다려 보았다. 집이 살짝 움직였다. 메릿이 여기 있다는 것을 알
고 있었다.

"그래." 목소리에 자신감은 없었다. "시도만 하는 거야, 알았지?"

"바닥 해본 적 있어." 플레처가 말했다.

"집한테 한 얘기야."

메릿은 카운터에 공구를 내려놓고 찬장으로 고개를 들었다. 경
첩을 살펴보았다. 교체하려면 시내로 나가야겠지만 나사를 조이
고 기름칠을 한 다음, 아래쪽을 조금 깎아내면 문이 잘 닫히도록
할 수 있었다.

그리고 마침 이사 업체에서 메릿의 짐을 두 개의 거대한 나무 상자에 넣어 가지고 왔다. 나무를 재료 삼아 바닥을 막기에 양도 딱 적당했다.

"상자 좀 가져다줄래?" 메릿이 주방의 구멍에서 한순간도 눈을 떼지 않고 물었다. 플레처가 고개를 끄덕인 것 같았다. 주방에서 나가는 발소리가 들렸고 잠시 후 현관문이 열렸다 닫혔다. 플레처도 헐다처럼 자유자재로 집을 드나들 수 있었다. 밖으로 나가지 못하는 사람은 메릿뿐이었다.

메릿은 얼굴을 찌푸리며 벽난로가 황소처럼 돌진할 것에 대비라도 하는 것처럼 조심스럽게 무릎을 꿇었다. 숨을 참고 쪼개진 마룻널 하나에 손을 올렸다.

집이 용의 배처럼 우르르 소리를 냈다. 하지만 흔들리거나 뒤틀리지 않았고, 머리 위로 쥐들을 떨어뜨리지도 않았다.

그래서 메릿은 아주 신중하게 작은 톱을 꺼내 작업을 시작했다.

✦

헐다의 점조 마법은 사실상 거의 쓸모가 없었다.

물론 어느 정도는 통제할 수 있다. 하지만 '어느 정도'가 어느 정도인지 본인도 가늠하기 어려웠다. 가능한 마법도 점술 주문 하나가 전부였다. 누군가 무의식적으로 만들어낸 패턴을 통해 미래의 어떤 순간만을 볼 수 있었다. 헐다는 자신이 집의 비밀을 발견하는 정확한 순간을 보길 원했다. 그렇게 비밀을 미리 알아낼 수 있기를 바랐다. 하지만 그랬다가는 미래가 바뀔 것이고, 헐다의 점조 마법은 그렇게 대단한 발견을 할 기회를 주지 않았다. 아니라면 벌써 능력를 활용하고도 남았다. 지금까지는 플레처가 곧 도착한다는 것을 미리 알려 준 게 전부였다. 어차피 알게 될 일이었지만. 늑대를 보여준 것도 좀 특이하긴 해도 딱히 중요한 것 같지는 않았다.

수맥 탐사봉도 집에 관해 별다른 정보를 알아내지 못했다. 그래서 헐다는 침실의 수호 부적을 조심스럽게 모아 서재에 두고 그곳을 조사하기 시작했다. 수호 부적을 많이 사용하지는 않았다. 만약 책이 다시 날아다니기 시작하고 그것이 어떤 패턴을 형성한다면 마법의 원천과 관련한 정보가 보이지 않을까 하는 기대 때문이었다. 헐다는 여기서 자신의 능력을 증명해야 했다. 집의 안녕과 메릿을 위해서.

하지만 45분 후, 헐다가 발견한 것은 낡은 책등에 적힌 흥미로운 제목 몇 개뿐이었다. 나중을 위해 위치를 기억해 두었다. 하지만 헐다가 시간이 나서 책을 펼쳐보기도 전에 집이 책의 위치를 옮기리라는 사실은 마법의 도움이 없어도 예측할 수 있었다.

헐다가 막 물건을 다 챙겼을 때 문가에 플레처가 나타났다. "제가 도와 드릴까요, 헐다 부인? 메릿은 아래층에서 톱밥에 파묻혀 있는데 공구가 부족해서 저는 방해만 되는 것 같아요."

헐다가 동작을 멈췄다. "수리하고 계세요?" 지금껏 들린 갈고 두드리는 소리가 집이 불만을 표시하는 소리라고만 생각했다.

플레처는 고개를 끄덕이며 혹시라도 날아올 물건을 막으려고 두 손으로 방어 자세를 취하며 서재로 들어왔다.

헐다가 어깨에 가방을 걸치고 수호 부적들을 쳐다보며 말했다. "당분간은 안전하니 안심하세요. 적어도 위험한 건 던지지 않을 거예요."

안심한 플레처가 뒤로 돌아 책장 가득 꽂힌 책들을 바라보았다. "다 읽으려면 평생이 걸리겠네요."

"읽는 속도와 얼마나 오래 사는지에 따라 달라지겠죠."

플레처가 헐다를 손가락으로 가리켰다. "재미있는 분이네요."

그런가? "의도한 말은 아니었어요."

플레처가 책장에서 책 한 권을 꺼내 헐다의 랜턴에 비춰 보았다. 다음 책, 또 다음 책도 똑같이 했다. "이런 책들은 처음 봐요."

"저도 아직 다 보지는 못했지만, 표지와 발행일이 없는 책이 많더라고요. 상당히 오래된 것 같아요."

"포츠머스에 있는 사서라면 알지 않을까요?"

"그럴지도요." 다른 곳에서 단서를 찾지 못하면, 이런 책들을 조사해보는 것도 나쁘지 않다는 생각이 들었다.

플레처가 더 환하게 웃었다. "저기, 캐틀콘에서는요, 메릿과 같이 살 때 얘기인데 겨울에는 진짜 심심하거든요. 날씨가 심하게 나쁘지만 않으면 지역에서 운영하는 작은 도서관에 몰래 들어가곤 했어요. 7킬로미터도 넘게 가야 하는 곳이었지만 집에서 벗어날 수만 있다면 그 정도 걷는 건 일도 아니었죠. 우리는 책장을 보면서 별의별 상상을 했어요. 괴물, 산, 영국군… 뭐든지요." 그가 웃음을 터뜨렸다. "정작 책은 별로 안 읽었지만요."

재미있는 대목이었다. 하지만 헐다의 관심은 다른 데 있었다. "메릿 씨와 같이 살 때라고요?"

플레처의 웃음기가 조금 사라졌다. "아, 그게…."

메릿은 왜 다른 가족과 살아야 했던 걸까? 친척이 없었나? "어디… 기숙 학교에 계셨어요?"

플레처가 책을 다시 책장에 꽂으며 말했다. "비슷해요."

점조 마법은 접촉감응 마법과 달리 사람의 마음을 읽지는 못했다. 하지만 헐다는 마법이 없어도 거짓말을 포착할 수 있었다. "비슷하다라…" 헐다는 무표정한 얼굴로 중얼거렸다.

플레처가 한숨을 쉬었다. "그러니까, 우리가 학교에서 만난 사이는 맞아요. 메릿은… 자기 아버지와…." 그러더니 말을 흐리고 항복의 의미로 양손을 들었다. "저기, 헐다 부인, 이건 제가 할 얘기가 아닙니다. 메릿은 제 절친이에요. 본인도 아닌데 그 친구의 과거에 관해 떠드는 건 몹쓸 짓 같군요. 하지만…" 손을 내리고 말을 이었다. "메릿 보다 좋은 사람은 별로 없을 거라고 장담합니다. 마음씨가 따뜻한 애예요. 누가 또 오게 될지 모르겠지만 잘 지낼 거라 믿어요."

헐다가 고개를 끄덕였다. 플레처는 복도로 나가 메릿의 방으로 향했다. 헐다는 문가에 남아 머릿속으로 의문을 품었다. 다른 가족 집에 머문다는 게 아주 이상한 일은 아니었다. 나이도 어리다면 더더욱. 헐다도 가능한 이유를 십수 개는 떠올릴 수 있었다. 하지만 과거에 무슨 일이 있었던 것 같은 플레처의 말이 신경 쓰였다.

메릿이 아버지와 갈등이라도 있었던 걸까? 왜 술을 마시지 않지? 그리고 내려갠섯만 한복판에 있는 섬에 버려진 이 집을 상속받은 이유는 뭘까?

꼭 알아야 할 이야기는 아니었다. 하지만 헐다는 과거에 고객의 일에 관여하지 않으려고 거리를 두다가 상처를 받은 적이 있었다. 이 집에서 고스 엔드 같은 비극이 일어나지는 않겠지만, 그래도 알고 싶었다.

헐다가 밝혀야 할 비밀은 이 집에 있는 마법의 원천만이 아닌 듯했다.

✦✧

메릿은 목공 풀과 못이 더 필요했다. 하지만 재료 수급에 제약이 있는 것치고는 결과가 아주 잘 나오고 있었다.

식사를 하는 것도 잊고 하루의 절반을 주방에서 보내며, 치수를 재고 나무를 자르고 마룻널에 사포질을 했다. 허리가 아프면 일어나 찬장 문을 고치고, 그을린 자국을 최대한 닦아 냈다. 그때 집이 메릿을 막았던 탓에 문은 대부분 살짝 그을음이 묻은 정도였다. 한 번, 딱 한 번 하던 일을 멈추고 스칼렛이 준 스카프를 삼켜버린 창틀을 쳐다보았지만 더는 생각하고 싶지 않았다. 지금은 어쩔 수 없는 문제였다.

헐다가 몇 번 확인하러 왔지만 주방 안을 들여다볼 뿐 아무 말도 하지 않았다. 플레처도 와서 메릿이 일을 하는 동안 대화 상대가 되어 주고 먹을 것을 입에 넣어 주었다. 메릿은 그를 돕기 위해 먼 길을 와 준 친구에게 감사했다. 두 사람에게는 번갈아 가며 이런 상황이 생겼다. 피차 언급하지는 않았지만.

시간이 흐르면서 메릿은 조금씩 마음속 어둠을 떨쳐냈다. 마치 자라난 큐티클을 밀어내듯이. 그러다 마침내 자신을 되찾은 기분이 들었다. 내일 아침이면 플레처는 회계 업무를 보러 보스턴으로 돌아간다. 하지만 메릿은…, 메릿은 할 수 있었다. 이 삶에, 이 집에, 이 변화에 적응할 수 있다. 적응력 빼면 시체인 그가 아니던가.

해가 반쯤 져서야 메릿은 일어나 등을 펴며 기지개를 켰다. 수리가 완벽하지는 않았다. 나무의 색도 맞지 않았고, 틈새는 아직도 남아 있었다. 하지만 찬장은 멀쩡해졌고 걸어 다니다 다리가 부러질 일도 없을 테니 이 정도면 성공이었다.

'발전한 거야.'

식당에서 헐다와 플레처의 목소리가 작게 들렸다. 주방에는 수호 부적이 총 세 개였고 하나는 메릿의 목에 걸려 있었다. 몇 시간 전 헐다가 빼는 게 좋겠다고 권유한 목걸이였다.

'부작용이 뭔데요?'라고 메릿이 묻자 '소화가 잘 안되고 고집이 세져요. 그건 익숙하시겠지만요.'라고 헐다가 대꾸했었다.

메릿이 피식 웃으며 한 걸음 물러서서 뭐 빠뜨린 것은 없는지 확인했다. 구부러진 못을 주워 주머니에 넣었다. 미처 가리지 못한 팔뚝 길이의 틈 아래로 캄캄한 지하 저장고가 내려다보였다.

이 집을 이해하고 싶었지만 전문가인 헐다조차 파악하지 못하는 중이었다. 메릿은 집이 그를 이해해 주기를 바랐다. 그게 가능하기는 할까? 헐다는 그렇게 생각하는 것 같았다. 아니라면 집에 말을 걸지도 않았겠지.

메릿이 바닥 저편에 놓인 공구 상자로 다가가 뚜껑을 덮었다.

아주 오래된 집이었다. 변호사도 그렇게 말하지 않았던가. 100년 동안 사람이 살지 않았다고. 빈집으로 있기에는 너무도 긴 시간이었다.

메릿은 바닥의 틈을 다시 쳐다보며 생각에 잠겼다. 지하에 갇혀 있을 때 헐다가 했던 제안 하나가 떠올랐다. 그는 잠시 벽, 천장, 유리창의 소리에 귀를 기울였다.

작게 삐걱거리는 소리가 났다. 밖에 바람도 불지 않고, 위층에 사람이 없는데도.

사람이 없다.

메릿의 생각이 구체화되어 셔츠에 붙은 들장미 가시처럼 그의 머리에 들러붙었다. 입술을 깨물며 가시를 떼어내려 했지만, 그 옆에 들장미 가시가 또 하나 들러붙었다.

메릿은 늘 스스로를 은유의 천재라고 생각했다.

갑자기 문이 닫히지는 않을까 하는 걱정 없이 주방에서 슬그머니 나와, 어둑해지고 있는 간이 식당을 지나 식당으로 향했다. 식탁 중앙에서 헐다의 마법 램프가 빛을 내고 있었다. 플레처는 창문을 마주한 채 의자에 기대앉아 보랏빛 석양에 비친 느릅나무 숲을 감상하느라 메릿을 보지 못했다. 헐다는 옆구리에 영수증철을 낀 채 찬장에 머리를 넣고 있었다.

메릿은 두 사람을 지나쳐 복도로 나가 수호 부적이 걸린 계단을 올랐다. 왼쪽은 수호 부적이 지키고 있어 안전했다. 오른쪽은….

복도에는 탁한 그림자가 몇 줄기 피어올랐다. 서재는 고요했다. 헐다가 길들인 걸까. 아니면 또다시 책을 날릴 다음 표적을 기다리고 있는 걸까.

메릿은 마음을 다잡고 앞으로 나아갔다. 침실과 서재를 지나 응접실 문에 이르렀다. 문을 열었다.

창문이 다시 제자리로 돌아왔다. 보랏빛, 주황빛, 붉은 석양의 햇살이 들어와 의자와 소파, 검은 벽난로, 벽에 걸린 풍경화, 한때 피아노나 하프가 있었을 법한 빈구석에 골고루 빛을 흩뿌렸다. 메릿이 지켜보는 가운데 연기처럼 구불거리는 그림자들이 구석에서 다시 나타나 석양을 가렸다. 천장은 마치 폭우의 무게를 이기지

못하는 깃처럼 휘어졌다. 카펫은 위협하는 고양이의 털처럼 쭈뼛
섰다.

메릿의 팔에 소름이 돋았다. 그는 손가락을 하나씩 문고리에서
뗐다.

그리고 방 안으로 들어갔다.

방문이 쾅 닫히지는 않았다. 하지만 중앙으로 걸어가자 경첩에
서 소리가 나더니 문과 문틀이 오래되어 익숙한 연인처럼 슬며시
만났다. 마루가 삐걱거리고 널빤지가 튀어나왔다. 집이 화를 내고
있었다. 메릿은 느낄 수 있었다. 꼭… 소리가 들리는 것 같았다.

메릿이 차가운 손으로 목에서 수호 부적을 빼서 뒤로 던졌다.

멀리 있던 벽이 떨어져나와 가구를 쓰러뜨리고 카펫을 뒤집으
며 메릿을 으스러뜨릴 것처럼 돌진해왔다.

메릿은 눈을 감고 두 주먹을 꽉 쥐었다.

갑자기 멈춘 벽이 일으킨 바람이 메릿의 머리카락을 뒤로 날렸
다. 눈을 떠보니 벽이 메릿의 코앞에 와 있었다.

메릿은 집이 다음 행동을 하기를 기다렸다. 그를 가시로 찌르
고, 마구 날뛰고, 뭉개기를.

하지만 집은 가만히 기다렸다. 마치 살아있는 것 같았다.

"외로운 거지?" 메릿이 속삭였다.

앞에 있는 벽이 일렁였다. 메릿은 물러나지 않았다. 집도 마찬가
지였다.

"맞지? 너는 집이잖아." 메릿은 주먹을 꽉 쥐었다. "사람이 사는
곳이잖아. 마지막으로 사람이 살았던 게 1730년대였나? 그래서
외로운 거지?"

벽에 빛과 어둠으로 이뤄진 무늬가 춤을 추었고 그림자가 창문

으로 미끄러지듯 움직였다.

"나는 그래." 거의 들리지 않는 목소리였지만 메릿의 말은 분명 집에게도 들렸을 것이다. "나는 오랫동안 외로웠어. 물론 친구도 있고, 동료도 있으니 고립되지는 않았지. 하지만 지금도 느껴. 사라지지 않는 깊은 외로움을. 뼛속까지 스며드는 공허한 외로움을."

얼마나 긴장했는지 팔을 드니 경련이 일었다. 메릿은 조심스럽게 손끝을, 이어 손가락을, 그리고 손바닥을 벽에 가져다 댔다. 주먹을 세게 쥐고 있던 탓에 손등이 아팠다.

"네가 잘하면 나도 잘할게." 메릿이 약속했다. "어쩌면… 어쩌면 우리 둘 다 서로를 새 출발의 기회로 삼을 수 있어."

방은 가만히 있었다.

메릿은 기다렸다. 침을 삼키고 조금 더 기다렸다.

"인정할게." 그의 목에서 웃음소리가 쿡쿡 터져 나왔다. "쥐들은 꽤 센스 있었어."

방이 삐걱거렸다. 메릿은 다시 긴장했지만, 벽은 메릿의 손을 떠나 뒤로 물러났다. 뒤로, 뒤로, 뒤로 가더니 '덜컥' 제자리에 맞춰 들어갔다. 가구들은 흐느적거리며 원위치로 돌아갔지만 카펫은 여전히 뒤집힌 채였다. 메릿이 조심스럽게 카펫 끝을 들고 펼쳤다. 고개를 들었을 때, 바닥에는 화려한 니트 스카프가 놓여 있었다.

그림자는 사라졌다.

9

1833년 10월 29일, 영국 리버풀

사일러스는 이제야 숨통이 트이는 기분이었다.

모든 것을 뒤로하고 왔다. 집, 하인들, 런던, 추억까지 전부 다. 소유권은 별다른 갈등 없이 순조롭게 이전되었다. 이 저택에는 옛 주인이나 망자의 초상화가 걸려 있지 않았다. 그림 속에서 그를 쫓는 눈이 없었고, 벽은 곧 그의 몸에 들어올 마법으로 가득했다. 사일러스는 모든 것을 뒤로했지만 시신들은 그럴 수 없었다. 그것들은 지금 아무도 찾을 수 없는 곳에 안전하게 보관해 놓았다.

이 집에는 런던 마법 부동산 관리국, '라이커'에서 고집스럽게 붙여 준 직원들도 있었다. 사일러스는 최소한의 인력만을 받아들이기로 했다. 도움을 아예 거부하면 이상하게 볼 테니까. 고스 엔드는 라이커가 중요하게 관리하는 저택이라서 일단은 규칙을 따르는 편이 이로울 것이다.

사일러스는 동쪽으로 창문이 난 복도를 걸으며 쾌적한 가을 아침의 눈부신 하늘을 감상했다. 뒷짐을 지고 미소를 지으며 열린 창문으로 들어온 시원한 공기를 들이마셨다.

이곳은 그의 집이었다.

다가오는 발소리에 사일러스가 멈춰 섰다. 돌아보니 집사인 스탠리 리젯이 다가오고 있었다. 스탠리는 스피크에서 데려온 유일한 사용인이었다. 그 외에는 전부 런던으로 떠나보냈다. 이 집에는 최소한의 인원, 없어서는 안 될 사람들만 두고 싶었다. 스탠리는… 스탠리만큼은 무슨 일이 있어도 믿을 수 있었다. 그 누구보다 사일러스를 잘 이해하는 사람이었으니까.

집사가 다가와 허리를 굽혀 인사했다. "휴식 중이신데 죄송합니다 다만 보스턴에서 보낸 가정부가 예정보다 일찍 도착했습니다."

"그래?" 사일러스는 스탠리에게 안내하라고 손짓했다. 라이커가 미국에 지사를 두고 있다는 사실은 알고 있었다. 보스턴에서 사람을 데려왔을 정도면 인력이 어지간히도 부족한 모양이었다. 사일러스는 새어 나오려는 웃음을 참았다. 영국인이 아닌 가정부라, 그의 계획에는 더 반가운 소식이었다. 이 집에 있는 마법의 특성을 완벽하게 이해한 다음, 라이커가 규정으로 정한 거주 기간을 채우면 라이커 쪽 사람들은 조용히 내보낼 생각이었다. 괜히 마법사 같지도 않은 것들이 참견하고 다니다 이 집의 마법이 갑자기 사라져 사일러스의 몸에 깃들었다는 사실을 알아차리면 안 되니까.

두 사람은 계단을 내려가 응접실로 향했다. 기다렸다가 문을 열어 주는 하인이 없는 것에 사일러스는 내심 미소를 지었다. 흰색과 녹색 가구로 꾸민 공간에 들어서자 소파에 앉아 있는 젊은 여자가 사일러스의 눈에 들어왔다.

여자가 얼른 일어났지만 스텐리가 소개도 하기 전에 사일러스가 먼저 말을 건넸다. "가정부를 하기에는 나이가 조금 어리지 않나요?" 20대 초반, 많아야 중반으로 보였다. 이 또한 축복이었다. 풋내기 가정부라니.

여자가 느긋한 미소를 지어 보였다. "저는 살림을 관리하는 임무와 마법에 관해 모두 철저한 교육을 받았으니 걱정하지 않으셔도 됩니다, 호그우드 경."

스텐리가 헛기침을 했다. "말씀드린 가정부 헐다 라킨 부인입니다, 호그우드 경."

사일러스는 고개를 끄덕이고 여자를 관찰했다. 키가 큰 편이고 머리카락을 뒤로 넘겨 빈틈없이 말아 올렸다. 눈매는 날카롭고 턱은 각졌으며 지나치게 큰 코에 안경을 쓰고 있었다.

평범하기 짝이 없었다.

"실례인 건 알지만 하나 묻겠소." 사일러스가 말했다. "그 회사 소속이라면 당신도 마법을 사용한다는 거겠지요?"

여자의 뺨이 장밋빛으로 물들었다. 그녀가 어깨를 더 쫙 폈다. "앞으로 제가 모시게 될 분으로서 당연한 질문이라 생각합니다, 호그우드 경. 저는 점조 마법사입니다."

사일러스는 표정을 관리하려 굉장히 애를 써야 했다. 점조 마법사는 까다로울 수 있는 상대였다. 그처럼 단순한 행운 주문만 가지고 있다면 몰라도. "흥미롭군! 특기는 무엇이오?"

여자는 여전히 얼굴을 붉히며 대답했다. "괜히 기대하실까 우려되네요. 제 능력은 얼마 되지 않고, 그나마도 점술만 가능합니다."

잠시 생각해 보았다. 점술은 찻잎, 주사위, 심지어는 갈라진 손톱 같은 패턴과 관련이 있었다. 힘이 약할 수는 있지만, 만약 이 여자가 사일러스에게서 무언가를 발견하고 미래를 엿본다면 모든 것을 망칠 위험이 있었다.

하지만 여자를 돌려보내면 의심을 살 터였다. 어머니와 동생이 모두 실종된 상태이기에 의심받을 행위는 피해야만 했다.

그리고… 이 여자를 고용하면 반대의 효과가 나타나지 않을까? 결백하지 않고서는 누가 집에 점조 마법사를 두겠는가. 은근슬쩍 새로운 직원에 대한 소문을 흘리면 사일러스의 평판은 한층 올라 갈 것이다.

접촉감응 마법사가 아닌 게 얼마나 다행인지. 그랬다면 이미 들키고도 남았다.

"환영하오, 헐다 부인." 사일러스가 미소를 지어 보였다. "집사가 집을 안내해 줄 거요." 그는 돌아서서 스텐리의 어깨에 손을 올리고 귓가로 몸을 기울였다. "하녀들에게 서재에서 보자고 전해 주게. 최대한 빨리."

집사가 고개를 끄덕였고 사일러스는 방에서 나갔다. 그래, 하녀들이 방패가 되어 줄 것이다. 고스 엔드는 깨끗하게 관리되어야 했다. 바닥에 떨어진 머리카락 한 올, 흩날리는 먼지 한 톨 보이지 않도록. 허술한 점쟁이에게 그의 미래를 엿볼 기회 따위는 주지 않을 것이다.

그의 미래는 오직 그의 것이었다.

10

1846년 9월 9일, 로드아일랜드주 블라우던섬

다음 날 아침, 메릿은 집 밖으로 나왔다.

따뜻한 날씨에도 스카프를 목에 단단히 두른 건 설마 하는 마음에서였다. 하지만 현관문을 열고 밖으로 나왔을 때 메릿을 막아 세우는 것은 없었다.

메릿은 웃었다. 영혼 깊은 곳에서 무언가 끓어 올라 목구멍으로 솟구치는 듯한 묘한 웃음소리가 터져 나왔다. 거칠지만 안도감으로 가득했다. 메릿은 한 발, 이어서 한 발 더 걸음을 내디뎠고 그 행동을 계속 반복했다.

"정말 잘하셨어요, 메릿 씨." 헐다가 한 손에는 연필을, 다른 손에는 노트를 들고 문가에 서서 말했다. "솔직히 정말 될까 싶었는데…."

메릿이 빙글 돌아섰다. "현관을 지나서 이쪽으로 걷는 건 처음이에요."

헐다는 그를 보고 눈만 깜박였고 메릿은 다시 웃으며 이번에는 발레를 하듯 빙그르르 돌았다. "밖에 나와 있으니 정말 상쾌한데요!"

메릿이 테라스에서 잡초가 무성한 풀밭으로 뛰어내렸다. "이걸 뽑아야겠네!" 그가 헐다와 집에 대고 외쳤다. "전체적으로 잡초를 제거해야겠군. 저기도. 정원을 가꾸기에 완벽한 장소잖아!" 껑충껑충 뛰다시피 하며 마당을 둘러보았다. 여름의 마지막을 속삭이듯 국화 향기를 실은 바람이 불었고 메릿은 황홀한 한숨을 쉬었다. "바깥이 이렇게 아름다운지 미처 몰랐어요." 천천히 몸을 돌리고 수양벚나무부터 국화까지 섬의 풍경을 눈에 담았다. 갈대에 반쯤 몸을 가린 도요새 몇 마리가 멀리서 깃털을 단장했다. 메릿은 새들 너머에 있는 바다를 바라보았다.

저 집에 갇혀 있는 동안 너무 많은 것을 놓친 기분이었다. 이제는 간절히 그 시간을 되찾고 싶었다.

뺨이 아플 때까지 환하게 웃으며 메릿이 다시 헐다를 돌아보았다. "함께 산책하지 않을래요, 헐다 부인?"

가정부는 웃으면서도 말이 안 된다는 표정을 지어 보였다. "초대는 감사합니다. 하지만 이 집과 새롭게 유대 관계를 맺으셨다고는 해도 아직 정리할 문제가 많아요. 예를 들면 직원 채용 같은 거요, 메릿 씨."

"그냥 메릿이라고 부르라니까요."

"감사하지만 싫어요."

메릿이 어깨를 으쓱했다. "대신 맡아 달라고 하면 무리한 부탁일까요? 나는 하녀와 요리사에 관해 정말 아무것도 몰라서요. 잘 맞는 사람을 직접 선택하면 어때요? 난 당신의 선택을 믿어요. 엄밀히 말하면 당신이 부리는 직원이기도 하잖아요?"

고개를 옆으로 기울이는 것으로 보아 그 말을 진지하게 생각하는 듯했다.

"이력서는 내 서랍장 위에 있어요." 어젯밤 다시 가져다 놓았다.

헐다가 고개를 끄덕였다. "좋아요. 제가 할게요."

메릿이 고맙다고 꾸벅 인사했다. "그리고요, 나 바보처럼 달릴 겁니다, 헐다 부인."

돌아선 메릿은 섬 저편으로 뛰어나갔고 헐다가 외치는 소리는 귀를 빠르게 스치는 바람에 잘 들리지 않았다. "길 잃어버리지 마세요!"

언제 마지막으로 뛰어 봤더라?

그래, 편집자와의 약속에 늦었을 때다. 하지만 도시에서 달리는 것과는 완전히 달랐다. 지금은… 열 살로 돌아간 기분이었다.

메릿은 달렸다. 갈대를 뛰어넘고 명아주를 밟고 미끌거리는 느릅나무 가지를 피하며 달리고 있으니 토끼와 쥐가 놀라서 달아났다. 풀에 가려 보이지 않는 좁은 개울에서 한 번 넘어지고, 땅 위로 솟은 나무뿌리에 또 한 번 걸려 넘어졌지만 개의치 않았다. 메릿은 웃고 또 소리쳤다. 그리고 스스로도 똑같다고 자부하는 갈매기 성대모사를 했다. 십대 시절 발견한 개인기였다.

폐가 터지려 할 때까지, 집이 저 멀리 흐릿한 덩어리로만 보일 때까지 달렸다. 본토가 있는 서쪽을 보며 생각했다. 메릿은 집에서 벗어났다. 자유를 찾았다. 원하면 도시로 돌아갈 수도 있었다. 물론 그의 짐은 이곳에 있지만 집이 눈치채기 전에 배에 실어 보내면 된다.

하지만 약속 따위 하지 않았는데도 신뢰를 깨뜨리는 것 같은 기분이 들었다. 윔브렐 하우스만이 아니라 헐다와 바이커의 신뢰도. 그리고 또… 돌아가야 할 이유가 뭐지?

'내가 집주인이 됐어.' 메릿은 그 사실을 다시 떠올렸다. '발전한 거야.'

할 수 있다. 끝을 보자. 게다가 이곳은 정말 아름다웠다. 책에 대한 영감을 얻기에 이보다 좋은 환경이 또 있을까?

'본격적으로 일을 시작해야겠다.' 메릿은 입술을 잘근거리며 길을 거닐었다. 이제는 걸음을 잘 살피며 걷고 있었다. 물론 발목이 부러져야 한다면 플레처가 아직 있는 동안 그러는 편이 나을 것이다. 그 생각을 하다 보니 친구를 배웅하려면 여유를 부리고 있을 때가 아니라는 사실이 떠올랐다.

메릿은 북쪽 해안까지 걸어갔다. 높낮이가 다른 바위들이 울퉁불퉁하고 험해 보였다. 조개껍데기보다는 돌이 더 많았다. 메릿은 납작한 돌을 몇 개를 집어 들고 만으로 던져 물수제비를 떴다. 그러고는 미소를 지으며 바닷바람에 무성한 관목 잎사귀가 바스락거리는 소리를 들었다. 꼭 노래를 부르는 것 같았다.

메릿은 커다란 바위를 둘러보다 멈춰 섰다. 앞에서 검은 형체를 발견했기 때문이었다. 가까이 다가가 보니 녹슨 못에 묶여 있는 낡은 2인용 보트였다. 묶어 둔 밧줄은 더럽고 낡은 데다 올이 다 풀려서 겨우 매달려 있었다. 보트도 비바람을 맞아 상태가 좋지 않았지만 밧줄을 풀고 자세히 살펴보니 구멍은 없었다. 아니, 무엇보다도 선체엔 흐릿해지기는 했어도 두 개의 나선이 느슨하게 교차되는 표식이 찍혀 있었다. 메릿이 지금까지 탔던 모든 마법 열차에 찍혀 있는 표식과 같았다.

호기심이 일어 메릿은 노도 없이 보트를 물가로 밀고 마법 표식을 눌렀다. 보트가 혼자 움직이자 메릿이 놀라서 웃음을 터뜨렸다. 얼른 마법을 끄고 조금은 낑낑거리며 보트를 해안으로 다시 끌고 왔다. "이거 환상적이다." 메릿이 혼잣말로 중얼거렸다. "포츠머스에 왔다 갔다 하는 데 좋겠는데."

블라우던섬과 본토를 오가는 대중교통이 없어 장보기가 쉽지 않았다. 메릿과 헐다, 플레처는 개인 보트를 빌려 섬에 들어왔다. 섬에서 나갈 때도 플레처처럼 출발 시각을 미리 예약해야 했다. 교감석, 신호탄, 마법 전서구 같은 수단으로 부른다면 모를까. 아니면 근처의 등대에 도움이 필요하다고 알리거나. 블라우던섬과 본토 사이에는 등대가 두 개 있었다. 가서 인사하고 등대지기와 친분을 다져 놓아야겠다는 생각이 들었다.

메릿은 철썩이는 밀물을 피해 더 멀리 떨어진 해안으로 보트를 끌고 오다 문득 궁금해졌다. 장을 보는 건 사용인들이 할 일인가? 그렇다면 월급을 얼마나 줘야 하지? 사실 메릿이 직접 하는 편이 더 쉬운데. 하지만 윔브렐 하우스는 제멋대로 굴었고 마법을 아는 직원은 확실히 도움이 되었다. 게다가 책 마감이 다가오고 있는데 이 집에 온 후로 한 글자도 못 쓰지 않았던가.

메릿은 보트에게 작별 인사를 하고는 집으로 돌아가는 길에 머릿속으로 먼저 두 개의 장을 구상했고, 플레처가 타고 돌아갈 배를 함께 기다리는 동안에는 세 번째 장에 쓸 환상적인 아이디어를 몇 가지 떠올렸다.

✦

플레처가 떠나고 이틀 뒤, 헐다는 새 의뢰인의 무시무시한 점을 발견했다.

그는… 정리를 못 했다.

메릿은 윔브렐 하우스로 오기 전 작은 아파트에 살았기 때문에 이 집을 가득 채울 만큼 물건이 많지 않았다.

그런데.

헐다는 수맥 탐지봉, 청진기를 비롯한 도구들을 바꿔 가며 마법의 원천을 찾아 돌아다니고 있었다. 그 김에 청소도 할 겸 깃털 먼지떨이도 같이 가져왔다. 일은 효율적으로 하는 것이 중요하니까.

메릿은 작업실에 다양한 펜과 연필을 아무 데나 던져 놓았다. 필기구를 한 번 내려놓을 때마다 새로운 필기구를 집는 걸 반복하는 게 아닌가 싶었다. 바닥에는 반쯤 쓰다만 종이가 널브러져 있었는데, 일부는 멀쩡했고, 일부는 완전히 구겨졌고, 일부는 조금 구겨져 있었다. 최악은 저녁 식사 접시가 노트 옆에 놓여 있었다는 점이다. 심지어 아직 음식이 남아 있는 상태로.

헐다는 얼굴을 찌푸리며 접시를 들고 아래층으로 내려왔다. 아침을 먹은 접시도 아직 싱크대에 가져다 놓지 않아 그대로 놓여 있었고, 포크는 바닥에 떨어져 있었으며 달걀도 치우지 않았다.

나중에 알게 된 사실이지만 그중에서도 가장 끔찍한 사실은 메릿이 침대를 정리하지 않는다는 것이었다.

헐다는 침실에 놓인 지저분한 괴물을 쳐다보았다. 이불은 꼬이고 뒤집혔고 베개는 납작해진 데다 하나는 바닥에 떨어져 있었다. 맙소사, 집이 집이니만큼 서재가 엉망인 건 이해할 수 있었다. 하지만 이건 너무했다. 그래, 귀족이라면 이럴 수도 있다. 하지만 이곳은 미국이고 메릿은 원래 집에 사람을 두고 살지 않았다. 변명의 여지가 없었다.

헐다의 얼굴이 창백해졌다. '이불을 빨지 않으면 어쩌지?'

도구를 가방에 넣고 아래층으로 내려가 바깥으로 나갔다. 신선한 공기를 마시고 이성을 붙잡아야 했다. 수맥 탐지봉을 들고 집 주변을 걸었지만 딱히 흥미로운 발견을 하지는 못했다. 집의 토대와 모서리 기둥에 귀를 기울였다. "네가 마법 자재로 지어진 집은 아닌 것 같아." 집에 말을 걸었지만 대답은 들리지 않았다. 그녀는 장부에 메모를 남기고 밖에 나와 있는 동안 외관을 철저히 점검하기로 결심했다. 집 주위를 돌아다니며 헐다는 벽판과 지지대를 유심히 살피고, 멀찍이 떨어져 구조물을 관찰하며 지붕널과 창 덧문의 특징을 기록했다. 이 집에 풍향계가 있는 것도 처음 알았다.

풍향계도 한번 조사해야 하나⋯. 하지만 지붕 위로 기어오르는 것부터 난관이었다. 헐다의 옷은 그런 모험을 하기에 적절하지 않았고 가지고 있는 바지도 없었다.

다음은 창문을 점검할 차례였다. 청진기로 소리를 듣고 수맥 탐지봉으로 시험을 해보았다. 이 짓을 두 번 하고 싶지는 않아서 시간과 공을 들였다. 그래서인지 점검을 마치고 보니 해가 지고 있었다.

집으로 돌아오니 메릿은 작업실에서 촛불을 켜고 글을 쓰고 있었다. 욕조에 몸을 푹 담그고 싶었지만 예법을 지키기 위해서는 메릿이 잠자리에 들 때까지 기다려야 했다.

문은 열려 있어서 헐다의 소리를 들었는지 메릿이 글을 쓰다 말고 의자에서 몸을 틀었다. "아! 헐다, 안 그래도 질문 있어요."

헐다가 얼굴을 찌푸리며 작업실로 들어가 말했다. "헐다 부인이라 불러 주세요."

"맞다! 죄송해요." 그의 얼굴에 당황한 기색이 스쳤지만 금세 태연함을 되찾았다. "내가 쓰고 있는 글이 어떤지 의견을 물어보고 싶어요."

헐다가 양손을 허리에 얹고 대꾸했다. "저는 잘 모르는 분야라…"

"책은 누구나 읽잖아요?" 메릿이 말을 잘랐다. "저기, 내가 뉴욕을 배경으로 모험 이야기를 쓰고 있거든요. 주인공은 엘리스 다운스라는 젊은 여성인데, 스코틀랜드 이민자예요. 그 설정은 바꿀 수도 있지만요. 아무튼, 유언장 낭독을 위해 도시에 막 도착했는데 알고 있는 주소로 가 보니 자기 집이 아닌 거예요. 그러다 근처 골목에서 살인 사건을 목격해요."

헐다의 몸이 굳어졌다. "세상에나."

"반응 좋네요." 메릿이 씩 웃었다. 그래서인지 아니면 촛불 불빛 때문인지 눈이 녹색으로 보였다. "문제는 여기서 막혔다는 거예요. 상식적인 여성이라면 도망칠 것 같거든요. 엘리스도 독자의 호감을 사려면 상식적이어야 하고요. 하지만 살인범 중 하나가 차고 있는 시계를 봐야 한단 말이죠. 그렇게 생각하면 가서 남자를 구하려고 해야 할 것 같은데… 어때요?"

헐다가 얼굴을 찌푸렸다. "저라면 어두울 때 골목으로 들어가지 않을 거예요. 그 상황이 밤이라고 한다면요."

"살인자들이 낮에 활동하지는 않겠죠."

헐다는 안경을 올려 쓰며 말했다. "사실 저는 소설을 많이 안 읽어요. 제 의견은 별로 도움이 되지 않을 거예요."

메릿이 놀라서 뒤로 물러났다. "뭐라고요? 소설을 안 읽는 사람도 있어요? 그러면 뭘 읽어요?"

"요리책, 역사책, 신문⋯."

"방금 그게 제일 엉터리예요."

헐다가 팔짱을 꼈다. "신문 기자로 일하지 않으셨나요, 메릿 씨?"

메릿은 미소를 지었다. "그러니까 잘 알죠. 아무튼, 엘리스가⋯."

헐다가 눈을 굴렸다. "저는 몰라요. 꼭 살인을 넣어야 하나요?"

"살인이 왜요?"

"무섭잖아요."

"흥미진진하죠. 물론 소설 속에서요. 첫 번째 작품에도 살인이 두 건 들어갔는데 잘 팔렸어요."

헐다가 콧대를 문질렀다. "강도는 어때요. 흥미진진하지만 아주 위험하지는 않으니까요. 그 정도면 용감한 여성이 뛰어들어서 도둑을 놀라 도망치게 할 수 있을 거예요. 아니면 용기를 낼 수 있게 다른 목격자가 옆에 있거나요."

메릿은 검지로 아랫입술을 톡톡 치며 잠시 생각해 보았다. "아니면 그들이 조금 더 일찍 만나게 할 수도⋯."

"그들이요?"

메릿이 손가락을 튕겼다. "그거면 되겠네요. 고마워요, 헐다 부인. 정말 큰 도움이 됐어요."

다시 노트로 고개를 돌리고 작업 중이던 페이지를 북 찢은 후 메릿은 처음부터 다시 글을 쓰기 시작했다. 글씨를 써 내려가는 속도가 얼마나 빠른지 헐다도 감탄하지 않을 수 없었다.

조용히 글을 쓰라고 작업실에서 나와 요기할 것과 욕조를 찾아 아래층으로 내려왔다. "어디 보자, 내가 절인 오리고기를 어디 뒀더라?"

제일 끝에 있는 찬장이 저절로 열렸다.

헐다가 미소를 지었다. "고마워." 고기의 포장을 벗기고 뒤를 돌아 주방을 둘러보았다. 바닥은 집이 완벽하게 구멍을 메우고 깨끗하게 닦아 놓았다. "욕조가 어디 있는지는 모르는 거지?"

벽난로에서 커다란 기침 소리가 들리더니 공기 중에 새까만 그을음이 뿌옇게 날렸다. 헐다는 재빨리 눈을 가렸다. 그때 굴뚝에서 때가 잔뜩 묻은 욕조가 쿵 떨어졌다.

헐다는 콜록거리며 자욱한 그을음에 손부채질을 했다. "웜브렐하우스, 너!"

그러자 바로 창문이 열렸다.

"고마워." 나오려는 기침을 참으며 그녀는 욕조로 다가갔다. 세상에, 이걸 닦으려면 1시간도 더 걸리겠네!

하지만 청소 시간은 문제가 되지 않았다. 메릿은 아주 오랫동안 잠들지 않았기 때문이다.

11

1835년 10월 16일, 영국 리버풀

사일러스는 비를 피해 저택으로 황급히 들어왔다. 마차에서 문까지 뛰었을 뿐인데 억수 같이 쏟아지는 비 때문에 코트와 모자에서 벌써 빗물이 뚝뚝 떨어졌다. 물기를 날려버릴 주문을 가지고 있었지만(대가로 겪게 될 탈수 증상은 참아낼 만했다.) 원래는 그 주문을 소유하면 안 되는 몸이기에 누가 볼 수 있는 장소에서는 함부로 주문을 사용하지 않았다. 이를테면, 젖은 코트를 받으러 달려오는 하녀라든가.

사일러스는 하녀에게 코트와 모자를 건넨 후 젖은 장화 자국을 남기며 복도를 지났다. 그가 구불거리는 머리카락에서 빗물을 털었다. 오늘의 외출은 예상외로 성공적이었다. 사실은 두려워하며 기다렸던 저녁이었다. 이웃이 주최한 무도회에 참석해야 했는데, 부유한 미혼 남성인 그는 원치 않는 관심을 받을 게 뻔했기 때문이다. 하지만 그는 그 자리에서 뜻밖의 사실을 알게 되었다. 애들레이드 워커 양의 의붓어머니가 그 위험성 때문에 왕립 마법사 연맹에서 사용을 제재한 광란 마법을 가지고 있다는 것이다. 생각만으로도 다른 사람에게 고통을 안길 수 있는 매우 희귀한 마법이었다.

그 주문만 손에 넣으면 이 역겨운 짓거리도 그만할 수 있었다.

사일러스는 인간과 집을 가리지 않고 다양한 주문들을 그의 몸으로 이전하고 수집한 덕분에 힘과 방어 능력을 키워 자유와 안녕을 누릴 수 있게 되었다. 여기에 광란 마법까지 추가한다면 그를 위협하는 것들보다 우위에 설 수 있을 것이다. 그는 많은 것을 바라지 않았다. 사일러스의 소망은 왕좌나 정치적 명예 같은 것이 아니었다. 토지나 명성도 바라지 않았다. 그가 원하는 것은 오직 하나, 자신이 자유롭고 안전하다는 확신이었다.

워커 부인을 마지막으로 손을 뗄 것이다. 더는 사람을 죽이고 숨어 지내지 않아도 된다. 목표를 위해 애들레이드 워커를 이용하는 것쯤이야 대수롭지 않았다. 게다가 집에 여자를 들이면 계약서에 적힌 날짜보다 1년 먼저 라이커의 가정부를 내보낼 완벽한 명분이 생긴다. 그런 다음에는 고스 엔드의 나머지 주문들을 마음껏 흡수할 수 있었다. 이미 불의 원소 주문을 빼앗았다. 하인들이 눈치채지 못하도록 집이 그 마법을 구현하는 것처럼 가끔씩 연출해야 하는 일이 조금 귀찮긴 했지만.

어쨌든, 끝이 보이기 시작했다.

지하실로 향하는데 옆 복도를 지나는 가정부를 발견했다. "헐다 부인!" 사일러스가 외쳤다. "이번 주말에 워커 가족을 초대할까 합니다. 손님맞이 준비를 부탁해도 되겠습니까?"

헐다가 급하게 멈춰 섰다. "저는…, 네. 알겠습니다."

그의 말을 듣고 당황한 듯했다. 언제나 자신감이 넘치고, 뻣뻣하고 단호한 헐다가 말이다. 사일러스는 웃으며 가던 길을 마저 걸었다. 갑작스러운 제안에 놀랐나 보지. 사일러스는 좀처럼 집에 손님을 초대하지 않았다. 초대하는 일이 있다면 그저 체면치레를 위해서였다.

사일러스는 집 뒤편에 이르러 걸음을 늦추고 보는 사람이 없는지 다시 주위를 살폈다. 지하실의 존재를 숨기지는 않았다. 어차피 직원들의 출입은 금지돼 있지만 그래도 곁에 사람이 없어야 마음이 편했다. 아무도 없는 것을 확인하고 사일러스는 계단을 내려갔다. 벽에서 등불을 떼고 손가락을 가볍게 움직여 불을 붙였다. 얼음 같은 감각이 손에 퍼졌지만 계단을 다 내려갔을 즈음에는 사라지고 없었다.

이곳에서는 굳이 벽에 있는 촛대에 불을 밝히지 않았다. 대신 양탄자 아래 감춰진 문을 지나, 그의 손과 마법으로 직접 만든 두 번째 지하실로 내려갔다. 그곳에 이르러 등불과 초를 켜자 주황색 불빛이 작은 공간을 비췄다.

사일러스가 그들을 보관하는 장소를.

온도며 습도를 관리하고, 그에게 힘을 준 '기증자'에게 곰팡이가 생기거나 이상한 현상이 나타나지 않는지 확인하기 위해 자주 들여다보았다. 잘 보존돼 있었지만 사일러스는 그게 영원할 거라고 섣불리 믿지 않았다. 가장 최근의 작품은 수분이 다 빠지거나 멍이 들지 않도록 절인 고기처럼 묶어 선반에 놓았다. 나머지는 보이지 않는 금고 안에 보관해 두었다. 사일러스가 알려주지 않으면 누구도 발견할 수 없었다.

134

"한 명 남았어." 사일러스가 속삭이며 바로 옆에 있는 기증자에게 속삭였다. 그를 통해 예지력을 얻었다. "한 명만 더하면 완성이야."

첫 번째 줄을 자르고 조심스럽게 포장을 푼 다음, 도자기보다 깨지기 쉬운 것을 다루듯 품에 안았다. 그런데 두 번째 줄을 끊기 시작했을 때, 무슨 소리가 들렸다.

사일러스는 동작을 멈추고 숨을 참았다. 귀를 기울였다.

저 소리는….

사일러스는 몸에서 피가 다 빠져나간 것처럼 창백해졌다.

누군가 숨겨진 지하실 문을 열었다.

갑자기 덮친 공포에 사일러스는 순간 지금 이곳이 어디인지도 잊었다.

쿵쿵거리는 발소리가 계단을 내려왔다. 내려오는 발이 너무 많았다.

사일러스는 정신을 차리고 줄을 마저 풀어 두 번째와 세 번째 기증자를 손에 들었다. 금고로 갈 시간이 없었다. 숨겨야….

경찰들이 들이닥쳤다. 입구로 다 들어오지도 못할 만큼 사람이 많았다. 적어도 열 명 이상이었다. 기증자들을 숨길 수 있는 상황이 아니었다.

" 경! 당신은 체포되었습니다!"

'안 돼.'

한 명이 그를 붙잡아 양손을 결박하려 했다.

"하지 마!" 사일러스가 외치며 충격파를 쏘자, 경관은 뒤에 있는 다른 경관에게로 날아가 부딪혔다. "나에게 손대지 마!"

그는 몸을 돌려 다른 경관을 공격하려 했지만 보이지 않는 벽에 부딪히고 말았다. 수호 마법이었다. 맥박이 고동치며 머리가 지끈거렸다. '마법사 연맹?' 경찰이 마법사 연맹 사람들을 대동하고 온 것이다.

하지만… 어떻게 알았지? 대체 무슨 수로 알아낸 거야?

기증자들을 바닥에 떨어뜨리고 벽으로 물러난 사일러스는 경관들이 멀찍이 떨어져 다가오지 못하게 불길을 쏘아 보냈다. 탈출구는 계단뿐이었다. 하지만 어떻게 도망친다? 전부 죽여야….

또 하나의 수호 마법이 그를 강하게 때렸다. 이가 빠질 정도로 강력한 주문이었다. 그 짧은 찰나 그는 멍해진 머리로 최악의 공포가 현실이 되었음을 실감했다. 사일러스는 혼돈 마법을 손으로 날렸지만 또 다른 마법사 연맹 사람이 수호 마법으로 주문을 반사했다.

경관들이 그를 덮치고 팔을 뒤로 꺾어 손목과 무릎, 입, 발목을 결박했다. 보이지 않는 관처럼 수호 주문들이 그를 짓눌렀다. 그를 압도했다. 아버지가 그랬던 것처럼.

사일러스는 입에 재갈을 문 채로 비명을 지르고 욕설을 퍼부었다. 놈들이 그의 머리에 자루를 씌우고 그의 집 계단으로 끌고 올라갔다. '대체 누가 부른 거지?' 마법을 쓰려 했지만 연맹의 마법사가 뒤에 붙어 사일러스를 마법 결계 안에 가두고 있었다. 결계의 힘이 얼마나 강한지 사용한 자는 보름은 기력을 회복하지 못하고 시름시름 앓을 게 분명했다.

그래도 사일러스는 포기하지 않았다. 피부가 벗겨지고 피가 날 때까지 밧줄을 잡아당겼다. 마법을 밖으로 분출했다. 메마르고 차가워진 몸이 움직이지 않고 힘이 빠져 파들파들 떨릴 때까지. 그렇게 몸부림을 치고 손을 휘저어 겨우 머리에서 자루를 벗자….

136

현관문 옆에 그 여자가 서 있었다. 화강암처럼 꼿꼿한 자세로 서서 입을 굳게 다물고, 결연한 눈빛으로 경관들이 그를 집에서 끌어내는 모습을 지켜보고 있었다.

집의 모든 열쇠를 가진 여자. 그 자리에 완벽하게 들어맞는다고 생각했던 여자.

몸에서 마법이 빠져나가며 얼음에 싸인 단검에 찔리기라도 한 듯한 충격이 뒤따랐다. 그의 기증자들이 파괴되고 있었다. 헐다 라킨은 그의 비밀 금고를 알아냈다. 그리고 마법사 연맹에 알렸다. 이 여자가 놈들에게 문을 열어 주었다. 사일러스가 평온한 미래를 바로 코앞에 뒀을 때.

절대로 용서할 수 없었다.

12

1846년 9월 13일, 로드아일랜드주 블라우던섬

일요일, 메릿은 힐다가 왜 그렇게 화가 나 있는지 알 수 없었다. 하루 종일 경직돼 있었다. 원래도 그랬지만 더 심했다. 대답도 퉁명스러웠다. 이것도 평소보다 더 심했다. 메릿이 교회에 가지 않아서인가? 교회가 얼마나 멀리 있는지 모르나? 아무리 마법 보트가 있다고 해도? 더구나 이제 곧 있으면 소설의 다음 막으로 넘어가는 상황이었다.

진실은 메릿이 간식을 먹으러 주방 식탁에 앉았을 때 밝혀졌다.

힐다가 주방에서 씩씩거리며 다가왔다. "주방에 양말 뭐예요, 메릿 씨? 꼭 이렇게… 이렇게… 산사람처럼 살아야겠어요?"

메릿이 사과를 입에 가져가다 말고 멈칫했다. "산사람 집에도 주방이 있나요?"

그 질문은 온몸으로 내뿜던 불길에 기름을 부은 듯했다. 헐다가 메릿의 양말을 걸레라도 되는 듯 들어 올렸다. 그가 싱크대 끝에 걸어 둔 양말이었다. "이것들이 왜 여기 있어요?"

솔직히 말하면 잊고 있었다. 누군가와 생활 공간을 공유한 지 너무 오래된 탓이다. "더러워졌으니까요. 말리는 중이에요."

헐다는 당장이라도 토할 것 같은 표정이었다. 메릿은 간신히 웃음을 참았다. 아니, 그냥 양말이잖아. 깨끗한 양말.

"품위 있는 사람들은 설거지하는 곳에서 양말을 빨지 않아요! 그리고 밖에 빨랫줄 걸어 놨잖아요. 못 보셨어요?"

"봤어요." 사실 모르고 지나가다 빨랫줄에 걸린 적이 있었다. 하마터면 눈을 하나 잃을 뻔했지. "하지만 시간이 늦어서 어쩔 수 없었어요."

"그래서 양말을 널기 위해 밖으로 나갈 수 없으셨다…."

좋은 변명이었다. 메릿은 사과를 한 입 베어 물고 입안에서 씹으며 덧붙였다. "어둡잖아요?"

헐다의 눈이 점점 뾰족하게 치켜 올라갔고, 거의 흰자만 보이기 직전에 그녀는 자제심을 발휘했다. "제발요, 메릿 씨!"

머리 위의 천장이 흰색에서 파란색으로 변했다. 집의 의도는 모르겠지만 색깔은 메릿의 마음에 들었다. 그가 다시 헐다를 돌아보았다. "오늘 하녀 오기로 했죠? 앞으로 빨랫감 모으는 건 하녀가 해요?"

"천만다행이죠." 헐다가 창문으로 달려가 밖을 내다보았다. "그리고 네, 세탁은 하녀 담당이에요. 물론 하녀가 찾을 수 있도록 빨랫감은 침실에 있는 바구니에 잘 넣어 두셔야 합니다."

"그냥 양말이에요, 헐다 부인."

"코트는 거실에 있더군요. 구두는 현관 복도에 있고요."

속에서 죄책감과 반항심이 싸움을 벌였다. 메릿은 어린애가 아니었다. 아니, 내 집에서 그 정도도 내 마음대로 못 하나? "왜 구두를 현관 복도에 두면 안 돼요? 온 집안에 흙을 묻히고 다니는 것보다는 낫죠."

"맞는 말씀이에요." 헐다가 창가에서 돌아보았다. "하지만 그런 목적이라면 구두는 벽에 가지런히 세워 두셔야 해요. 개에 물어뜯긴 것처럼 바닥에 마구 널브러지게 하지 말고요."

메릿이 고개를 끄덕였다. "전부터 개를 한 마리 키워 보고 싶었죠."

헐다의 입에서 숨이 막히는 듯한 묘한 소리가 흘러나왔다. 헐다가 문으로 다가가 손을 뻗자 문이 오른쪽으로 옮겨갔다.

메릿이 웃음을 참으며 말했다. "하녀 이름이 뭐라고 했죠?" 아직도 하녀를 두는 게 옳은지 확신이 들지 않았다. 또 한 명의 이상한 여자와 한집에서 살아야 할지 누가 알겠는가. 메릿은 아무렇지 않은 척 행동할수록 이 감정도 자연스러워지기를 바랐다.

"이번이 세 번째예요. 베스 테일러라니까요."

"저기, 이래 봬도 내가 고용주인데…." 메릿의 눈가에 장난스러운 주름이 잡혔다. "…조금 더 다정하게 말해야 하지 않을까요?"

헐다가 어리둥절한 표정을 지었다. "제가 다정하게 말하는 상대는 아기 고양이와 레몬 사탕뿐이에요, 메릿 씨. 그리고 전에도 말씀드렸지만 메릿 씨는 제 고용주가 아니라 바이커의 의뢰인이에요. 나중에 정식으로 가정부를 고용하시면 그때는 그 사람의 인격과 성격을 마음껏 폄하하셔도 됩니다."

메릿이 사과를 내려놓고 의자에서 몸을 돌렸다. "무슨 말이에요? 정식 가정부라니? 당신이 계속 있는 게 아니에요?"

"저는 집 문제가 해결될 때까지만 머물 예정입니다. 그런 다음에는 바이커가 정한 절 필요로 하는 곳으로 갈 거고요."

메릿은 이 직설적인 발언에 두 가지 감정을 느꼈다. 아쉽고 또 놀라웠다. 헐다가 떠난다니 아쉬웠고, 아쉬움을 느낀다는 사실이 놀라웠다. 모든 것이 아주… 순조롭게 흘러가고 있었다. 집도 진정해서 가끔 장난을 치고 관심을 요구할 뿐 목숨을 위협하거나 죽은 쥐를 뿌리지 않았다.

"하지만 새 가정부가 내 마음에 안 들면 어떡해요?" 메릿이 항의했다.

헐다가 입술을 실룩이며 웃었다. "뭐, 본래의 절차대로 직접 이력서를 검토하셨다면 메릿 씨가 원하는 가정부를 택하실 수 있었겠죠. 하지만 제게 떠넘기셨기 때문에 제가 아는 가장 고약하고 몸값이 비싼 여자들에게 관심 있냐고 연락해 뒀어요."

메릿이 눈을 가늘게 떴다. "농담이죠?"

헐다는 우쭐한 표정을 지을 뿐 대답하지 않았다. 그녀는 문고리를 확 잡고 문이 다시 움직이지 못하게 문틀에 발을 끼우고 얼른 밖으로 나갔다.

메릿은 먹다 만 사과를 쳐다보았다. 깨문 자국이 꼭 프랑스 지도 같다는 생각이 들었다.

✦

베스는 오후 4시 정각에 도착했다. 그녀가 문을 두드린 순간 메릿이 손목시계를 확인했으므로 틀림없었다. 그녀가 온다는 걸 예상하고 있지 않았다면 노크 소리를 못 들을 뻔했다. 헐다처럼 강하고 단호한 노크가 아니라 소심하게 톡톡 두드리는 노크였다.

"부탁인데 친절하게 대해 줘." 메릿이 거실 벽에 대고 속삭였다. "우린 같은 식구잖아. 맞지?"

집은 대답으로 소파를 바닥에 반쯤 가라앉혔다. 메릿은 갑자기 생긴 구멍에 잡아먹히기 전에 황급히 거실에서 나갔다.

역시나 헐다가 현관문에 먼저 나와 있었다. "베스 양! 만나서 정말 반가워요. 오는 데 힘들지는 않았어요?"

"길을 잘 안내해 주셔서 편하게 왔어요, 헐다 부인. 감사합니다."

헐다가 옆으로 비켜서자 검은 피부의 아담한 여자가 집으로 들어왔다. 검은 머리카락을 하나로 묶어 정수리에 단단히 말아 올리고 있었다. 둥근 얼굴에 커다란 눈이 매력적이었다. 헐다처럼 턱에서 발끝까지 다 가리는 원피스를 입었지만, 헐다의 옷은 회색인 반면 베스의 옷은 하늘색이라 더 편해 보였다. 그녀의 암갈색 눈이 단번에 메릿을 찾았고 메릿이 인사를 건네기도 전에 먼저 물었다. "메릿 씨는 작가시죠?"

메릿이 멈칫했다. "아, 난… 맞아요." 파일에 나와 있는 정보겠지. 하지만 그랬다면 이런 질문을 하지 않았으려나?

베스가 고개를 끄덕였다. "흥미롭네요. 작가님 댁에서는 처음 일해 봐요. 저는 스스로 일해서 돈을 버는 분들이 좋더라고요."

"음, 고마워요." 집을 유산으로 물려받았다는 말은 하지 말아야겠다.

위에서 '쿵' 소리가 났다. 메릿이 돌아보며 중얼거렸다. "제발 내 모형선만 아니어라."

"그냥 집이 내는 소리예요." 헐다가 설명했다. "처음에 비해서는 많이 얌전해졌죠. 방까지 안내해 줄게요. 그러고 나서 같이 집을 둘러봐요."

메릿이 앞으로 나와 손을 내밀었다. "들어 줄게요."

베스는 잠시 자기 여행 가방을 보다 망설이는 손길로 메릿에게 건넸다. 메릿이 생각보다 가벼운 가방을 받아 들자 베스가 말했다. "이 집 마음에 들어요."

"당신도 바이커 직원이에요?" 메릿이 계단으로 앞장서며 물었다. 헐다는 맨 뒤였다.

베스가 고개를 끄덕였다. "계약직이에요."

"바이커에서 일하려면 마법 능력이 있어야 하죠?"

"그럼요." 계단이 새빨간 빛을 쏘며 번쩍였지만 베스는 눈도 깜짝하지 않았다. "타고난 능력은 미미하지만요. 8퍼센트밖에 되지 않아요."

"8…? 뭐가요?" 메릿이 물었다.

"베스 양, 고용주에게 조상 구성을 밝히는 행위는 불쾌감을 유발할 수 있어요." 헐다가 지적했다.

메릿은 천장에서 무언가 떨어질까 봐 계단 끝에 일단 멈춰 섰다. 아직까지는 젖어 있지 않았다. "조상 구성이라고요?"

"정말이지, 메릿 씨." 헐다가 두 사람을 지나쳐 앞으로 나갔다. "이제 마법을 일상으로 접하게 됐으면 마법에 관해 공부를 해 두셔야죠."

"그 주제로 책을 쓰기로 하면 그때 공부할게요." 메릿이 대꾸했다. "하지만 딱히 불쾌감은 없으니…." 그러면서 베스에게 미소를 지어 보였다. "…8퍼센트가 무슨 뜻인지 물어봐도 돼요?"

베스는 힐다의 눈치를 살폈다.

힐다가 한숨을 쉬었다. "계보를 근거로 조상 중 몇 퍼센트가 마법사였는지 추정한 수치예요. 퍼센트가 높을수록 더 많은 마법을 가졌거나 아니면 더 강한 마법을 가지고 있을 가능성이 크죠."

메릿이 짝다리를 짚고 섰다. "둘의 차이가 뭔데요?"

"예를 들자면 이런 거예요, 메릿 씨." 베스가 끼어들었다. "어떤 사람이 하나의 주문만 가지고 있더라도 그 힘이 강하면 그 한 가지를 아주 잘 쓸 수 있어요. 반대로 주문을 많이 가진 사람이라도 주문들이 가진 힘이 약하면 제대로 된 힘을 발휘하지 못하고요. 조상 중에 마법사가 있는 집에서는 보통 자녀가 태어나면 테스트를 치르게 해요."

메릿이 고개를 끄덕였다. "그냥 수학처럼 간단명료한 문제가 아니군요?"

힐다가 고개를 저었다. "유전학은 복잡해요, 메릿 씨. 게다가 마법은 열성 인자고요. 제 동생만 해도 마법을 조금도 가지고 있지 않아요."

메릿은 그 말을 머릿속으로 곱씹었다. "흥미롭네요. 힐다 부인은 몇 퍼센트예요?"

힐다가 얼굴을 찌푸렸다. "말씀드렸다시피 불쾌감을 유발하는 주제라니까요. 베스 양, 이쪽으로 와요. 여기 있는 두 번째 방이고, 옆은 내 방이에요. 궁금한 게 있으면 언제든지 노크해요. 하지만 윔브렐 하우스에 거주하는 사람은 메릿 씨뿐이니 일이 어렵지는 않을 거예요."

"이력서에 적혀 있어요?" 메릿은 끈질기게 힐다를 쫓아갔다. "내가 봐도 돼요?"

헐다는 그를 무시했다. "침대에 잠자리 준비해 뒀어요. 메릿 씨는 대체로 늦게 주무시니 메릿 씨 방에는 늦은 아침에 들어가도록 해요."

"내가 먼저 알려 줄게요." 메릿이 말을 이었다. "저는 0퍼센트요. 이제 당신 차례예요."

베스가 키득키득 웃었다. 메릿은 집에 다른 사람이 있는 것도 이런 점에서는 나쁘지 않다는 생각이 들었다.

헐다가 두 사람을 눈빛으로 압도했다. "그렇게 중요한 문제라면 말씀드리죠, 메릿 씨. 바이커에서는 저를 12퍼센트로 계산했어요. 평범한 사람이 높은 퍼센트인 경우는 극히 드물어요."

메릿이 고개를 끄덕였다. "그렇다면 여왕님은 얼마나 될까요? 50?"

헐다가 눈을 굴리고는 여행 가방을 들어 침대 위에 올렸다. "베스 양, 서재부터 시작합시다."

메릿은 복도로 두 사람을 따라 나갔다. "60? 맙소사, 70까지는 아니죠?"

헐다는 또 메릿을 무시하고 서재 문을 열었다. 안에서는 책들이 날아다니고 있었다. 지금은 하늘을 나는 책이 메릿의 옆통수를 가격하지 못하게 헐다가 막아 줄 것 같지 않았다. 메릿은 두 여자가 볼일을 보게 두고 마지못해 서재에서 나왔다.

다시 노트 앞에 앉고 나서야(다행히 전부 온전한 상태였다.) 베스가 가진 마법이 어떤 종류인지 물어보는 걸 깜빡했다는 사실이 떠올랐다.

메릿은 새 종이를 꺼내 다음에 섬을 떠날 일이 있으면 가까운 공립도서관에 들러야겠다고 메모했다. 마법에 관한 책을 몇 권 읽어 봐야겠다.

✦⁺

베스는 집을 둘러보며 이것저것 질문을 하더니 안내가 끝나자마자 바로 일을 시작했다. "깨끗하게 청소를 해 놓아야만 짐을 풀 수 있거든요."

헐다가 실로 오랜만에 듣는 아름다운 말이었다.

다행히 베스는 기본적으로 요리도 할 줄 알았다. 헐다가 특별히 베스를 뽑은 이유이기도 했다. 물론 마이라의 추천도 있었지만. 그날 저녁, 베스는 별다른 도움 없이 저녁 식사를 차렸고, 아침에는 떨어진 물건들을 보충할 겸 포츠머스에 가서 새로 장을 봐 오겠다고 했다. 모든 것이 차츰 원활하게 돌아가기 시작했다.

식탁을 치우고 베스와 메릿이 각자의 방으로 돌아간 후, 헐다는 집을 한 번 더 돌아보기로 했다. 이번에는 평소와 다른 동선으로 집 안을 돌아다닐 생각이었다. 가방에 수맥 탐지봉을 챙기고 청진기를 목에 걸었다. 작은 변화라도 있는지 수호 부적을 하나하나 확인했지만 아무런 변화도 없었다. 점조 마법이 힌트를 주지 않을까 싶어 물건 몇 개를 일부러 떨어뜨려 보기도 했다. 하지만 변덕스러운 마법에게 그런 방법이 먹힐 리는 없었다. 기껏해야 헐다 자신의 미래를 살짝 엿보는 정도였다.

이제는 촛불이 필요할 것 같아 침실에서 복도 쪽으로 되돌아가기 시작했다. 이번에는 회색 페인트가 뚝뚝 떨어지고 있었다. 헐다는 우산을 펴고 천천히 걸으며 벽을 꿰뚫기라도 할 것처럼 구석구석 살폈다. 서재에 발을 들이자마자 예상대로 책들이 날아

146

들었다. 오늘은 책등이 검은색인 책들을 날아다녔는데 하필 제일 많은 게 검은색 책이었다.

헐다는 먼저 한쪽 발만 살짝 밀어 넣었다. 지금까지 집이 신체적으로 해를 가한 적은 없었지만, 책에 맞을 위험을 감수하고 싶지는 않았다. 고개를 돌린 채 조심히 다른 발도 서재에 들이려는 순간, 복도가 시야에 들어왔다.

페인트 비가 멎어 있었다.

헐다는 그대로 멈춘 채 서재 안을 힐끗 본 뒤, 문을 열어둔 채로 먼저 내디딘 발을 다시 뺐다. 곧바로 페인트 비가 다시 내리기 시작했다. 떨어진 비는 지금까지 그랬던 것처럼 마치 카펫으로 스며들 듯 사라졌다.

"흐음." 이번에는 헐다가 서재로 쑥 들어갔다. 다시 책들이 날기 시작했다. 복도를 힐끗 보니 비가 멎어 있었다.

다시 밖으로 나가니 페인트 비가 떨어졌다.

헐다는 복도를 바라보며 응접실로 들어갈 때까지 뒷걸음질을 쳤다. 한 걸음, 두 걸음, 세….

가구가 살아 움직이듯 덜컹거리기 시작했고, 페인트 비가 멈췄다.

기쁨에 헐다의 입꼬리가 올라갔다. '그래, 그렇게 된 거로군.'

"헐다 부인." 메릿이 반대쪽 끝에 있는 방에서 종이를 손에 들고나왔다. "이런 말 하면 무식하게 들리겠지만 특권(privilege)의 철자가 어떻게 되는지 알아요? d는 안 들어가죠? 분명히…." 메릿이 고개를 들어 헐다의 표정을 살피더니 눈치챈 듯 물었다. "지금 뭘한 거예요?"

"철자는 p-r-i-v-i-l-e-g-e예요., 메릿 씨." 헐다가 양손을 허리에 올렸다. "저는 이 윔브렐 하우스의 비밀을 찾아냈고요."

가구가 덜컹거리는 소리가 멎었다.

메릿이 미소를 지었다. "설마 제 변호사 말대로 이 집에서 유령이 나오는 건 아니겠죠?"

"바로 그거예요, 메릿 씨." 대답하는 헐다의 목소리가 진지했다. 전부 들어맞았다. 유령 하나가 한 번에 할 수 있는 행동에는 한계가 있다. 마법은 마치 헐다의 관심을 끌려는 듯 방과 방을 옮겨 다니고 있었다. "아무래도 집에 마법사의 영혼이 깃든 것 같아요."

13

1846년 9월 13일, 매사추세츠주 보스턴

사일러스는 미국이 마음에 들었다. 물론 낙후되고 촌스러운 면이 없지 않았지만, 미국에는 그가 좋아하는 자유가 있었다. 투표할 자유, 숭배할 자유, 서부로 가서 땅을 차지할 자유 같은 그런 걸 말하는 게 아니었다. 그런 것들에는 관심 없었다. 사일러스가 느낀 자유는 이 나라의 밑바탕에서 나온 것이었다. 미국에는 왕족이 없었다. 명성, 권력, 계급의 사다리에서 떨어지지 않으려 대대손손 아들딸들을 동종 번식시켜 온 귀족 가문들도 없었다. 마법의 유대를 깨뜨리지 않으려 혈연에 혈연에 혈연을 쌓아온 역사도 없었다. 미국 사람들은 근본부터 대단치 않았다. 다른 나라들에서 쏟아져 들어온 별 볼 일 없는 찌꺼기들이 더 나은 삶을 이루겠다고 다 같이 아우성치고 있었다. 이곳에서 그보다 강한 자는 없을 가능성이 컸다.

사일러스는 그 누구도 자신을 억압할 수 없다는 그 느낌을 만 끽했다. 마법으로도 감옥으로도 말이다. 이 상태를 유지하기 위해 서라면 무엇이든 할 작정이었다. 가장 먼저 해야 할 일은 영국에 서 잃은 힘을 되찾는 것이었다. 귀중한 인형들이 파괴되면서 그들 에게 빌린 주문도 함께 사라져 버렸기 때문이다.

그런 맥락에서 사일러스는 미국의 장점을 하나 더 발견했다. 이 곳에는 성이 없었다.

영국에서는 중요한 물건이 있으면 성 안에 보관했고, 성은 마법 으로도 침입하기 매우 까다로운 곳이었다.

바이커가 자료를 보관하고 있는 호텔에 침입하는 건 훨씬 더 간 단했다. 사일러스의 혈관에 흐르는 행운 주문은 미약했지만, 웬일 인지 오늘은 말을 잘 들어서 한 번의 실수도 없이 사일러스를 원 하는 방으로 안내했다.

파일을 훑을 때 초나 랜턴은 사용하지 않았다. 눈이 어둠에 적 응해 좁은 창문 두 곳으로 들어오는 빛으로도 충분했다. 파일 하 나당 마법의 집 하나의 정보가 들어 있었다.

집은 사일러스가 마법을 쌓아 올리는 근간이었다. 집은 죽을 일 이 없기 때문에 따로 보존할 필요가 없었다. 그래서 법의 영역 안 에서 행동할 수 있을뿐더러, 그가 판 작은 동굴로 불쌍한 영혼들 을 끌고 오지 않아도 되었다. 그리고 앞으로 새로 만나게 될 협력 자들과 교섭할 때 유용한 것들을 손에 넣을 수도 있다.

뉴욕에 있는 초가집 윌로우 크리크의 파일을 펼치고 주소와 그 집이 가진 마법을 유성 색연필로 팔 안쪽에 적었다. 그는 파일을 넣고 다음 파일을 펼쳤다. 허드슨 근방의 저택은… 퇴마되었다고 한다. 빌어먹을. 아깝게…. 다음은 코네티컷에 있는 집으로 거주자

가 여러 명이었다. 작업하기가 쉽지 않을 터였다. 어쨌든 사일러스
는 그 집 주소도 팔에 옮겨 적었다.

옆으로 움직여 이 선반에 있는 마지막 파일을 꺼냈다. 로드아일
랜드에 있는 윔브렐 하우스. 새로 추가된 마법 목록을 보자 사일
러스의 눈썹이 꿈틀거렸다. '아주 좋은걸….'

사일러스가 동작을 멈추고 파일을 빤히 들여다보았다. 담당자
가… 정말인가? '헐다 라킨. 이렇게 다시 만나는군.'

랭커스터에 갇혀 있는 동안 자주 그녀를 생각했다. 다시 만나
면 재미있지 않겠는가. 전에는 관심조차 두지 않았던 여자지만….

사일러스가 파일을 탁 덮고 미소를 지었다. 운명이 다시 그의
편에 섰나?

틀림없다.

14

1846년 9월 13일, 로드아일랜드주 블라우던섬

"아무래도 집에 마법사의 영혼이 깃든 것 같아요."

헐다의 말에 메릿이 정지했다. 말 그대로 정지했다. 눈의 깜박임
도, 호흡도, 생각도.

메릿은 억지로 웃음을 지으며 이를 악물고 말했다. "헐다 부인,
잠깐 밖에서 얘기 좀 할까요?"

그러고는 대답을 기다리지도 않고 헐다를 지나쳐 밖으로 나갔
다. 복도 천장이 이번에는 빨간색 비를 뿌리기 시작했다. 저게 페
인트라니 여전히 메릿은 믿기 힘들었다. 메릿은 문제의 구역을 빠
르게 벗어나 계단을 내려간 다음 현관을 가로질러 사실상 몸을
날리다시피 밖으로 나갔다. 혹시나 집이 그의 생각을 읽고 현관
문을 열어 주지 않을까 봐 두려웠지만 무사히 탈출할 수 있었다.
메릿은 헐다의 보고서에 접촉감응 마법은 없었다는 사실이 떠올

랐다.

그는 집이 그의 말을 듣지 못하도록 멀찍이 떨어진 곳에 이르러서야 걸음을 멈췄다. 뒤에서 헐다가 우산을 접으며 걸어왔다.

"무슨 문제가 있나요, 메릿 씨?" 메릿을 따라잡은 헐다가 물었다.

"문제요?" 메릿이 목소리를 낮추고 말했다. "내 집에 유령이 살고 있다면서요!"

헐다는 곧바로 반응하지 않았다. 추가 설명을 기다리는 눈치였다. "그래서요?"

"그래서요?" 메릿이 물러났다가 다시 돌아왔다. "왜 그렇게 침착한 거예요?"

"메릿 씨…." 헐다가 양손을 허리에 얹었다. "…저는 유령이 깃든 집을 처음 본 게 아니라서요. 이번이 마지막도 아닐 거고요. 다른 사람은 몰라도 메릿 씨는 소설이 소설일 뿐이라는 사실을 아셔야 하지 않나요. 어린 시절 읽은 유령 이야기만 생각하지 마세요."

"유령 이야기에도 기원이 있어요." 메릿이 따졌다.

"미신에 사로잡힌 마녀 사냥꾼들의 입에서 나왔겠죠." 헐다가 미간을 찌푸리며 반박했다. "이 집은 전과 똑같아요. 달라진 점이 있다면 이제는 마법의 원천을 알게 됐다는 것뿐이죠."

"폴터가이스트(옮긴이 주-인지할 수 없는 대상이 시끄러운 소음을 내거나 물건을 던지는 현상. 보통 유령이나 악마의 소행으로 여겨진다.)요."

헐다가 얼굴을 찡그렸다. "죽은 사람은 다 산 사람의 살을 뜯어 먹으려고 대기 중인 악귀라고 생각하시는 거예요?"

메릿이 멈칫했다. 곰곰이 생각했다. "그 대사 좋은데요, 헐다 부인. 책 써도 되겠어요."

헐다가 어이가 없다는 듯 눈을 굴렸다.

"저기요." 손동작을 섞으면 설명이 더 잘될 것 같은지 메릿이 두 손을 들어 올렸다. "약간의 지각이 있는 주방이나 장식장이라고 생각할 때는 귀여웠어요. 하지만 무덤에서 나온 실제 영혼이 둥둥 떠다니면서 내가 옷 갈아입는 걸 지켜보고 내 목덜미에 대고 숨을 뱉고 날 구덩이에 빠뜨리는 건 완전히 공포라고요!"

헐다가 숨을 깊이 들이쉬었지만 그러면서도 고개를 끄덕였다. 그 모습을 보자 메릿의 긴장이 조금이나마 풀렸다. "간혹 마법사들 중에 저세상으로 넘어가고 싶지 않아서 새 몸을 찾는 경우가 있어요. 집은 크고 자연 재료로 만들어졌고 대개 사람이 살죠. 기존에 존재하는 영혼도 없고요. 합리적인 선택이에요."

메릿이 천천히 숨을 길게 내뱉고는 머리를 쥐어뜯었다. 다시 집을 돌아보니 너무나 평범해 보였다. 하지만 처음 도착할 때도 그렇게 생각했었다. 저 집이 그를 안에 가두고 화장실에서 죽이려 하기 전까지는.

그래도 지금은 휴전 상태인가?

하지만 오래된 영혼을 얼마나 신뢰할 수 있을까?

"이 집에 있는 유령이 뭐든 중요하지 않아요." 메릿은 거의 속삭이는 목소리로 말했다. 유령이 이 대화를 엿들으면 윔브렐 하우스와 쌓은 유대감이 사라질 수도 있었기 때문이다. "하지만 여기서 살아도 너무 오래 살았다고요. 문제가 없을 리 없어요."

"글쎄요." 헐다가 신중하게 말을 골랐다. "저는 그냥 예의범절을 잊었을 뿐이라고 생각해요."

"예의범절이라고요?" 메릿이 머리카락을 또 움켜쥐었다. "미안하지만 '예의범절'을 어겼다는 말로 이걸… 덮을 수는 없어요." 그러면서 집이 있는 방향을 가리켰다. "아니…, 우리 그냥… 쫓아내면 안 돼요?"

헐다의 낯빛이 어두워졌다. 아주 잠깐이었지만 메릿의 눈에는 똑똑히 보였다. 주방에 난 구멍에 빠져 있을 때로 돌아간 것 같았다. 왜 이 집을 보존하려 하는지 고백하던 헐다의 말이 떠올랐다.

"잘은 모르겠지만," 메릿은 포기할 수 없었다. "영면에 들게 해야 하지 않아요? 집은 죽을 수 없잖아요? 알고 보면 그 남자도 여기를 떠나고 싶어 할 수도 있지 않냐고요."

"여자일지도 모르죠." 헐다가 지적했다.

"내 정신 건강을 위해 일단 성별 구분은 하지 맙시다. 어떻게 해야 내보낼 수 있어요?"

헐다가 한숨을 쉬며 팔짱을 꼈다. 하지만 마치 자기 몸을 끌어안는 것처럼 보였다. "그 길을 택하신다면 제가 법적으로 막을 도리는 없어요. 하지만 그렇게 하신다면 마법이 제거됩니다. 사라질 거예요."

가슴 속에서 불편하게 꿈틀거리는 죄책감에 메릿이 얼굴을 찌푸렸다. "당신은 직장을 잃을 거고요."

"누누이 말씀드리지만 메릿 씨, 저는 바이커의 직원이에요. 만약 퇴마를 진행하실 경우, 제 진로는 바이커에서 책임질 겁니다. 베스 양도 마찬가지고요." 헐다의 딱딱한 태도가 완전히 부활했다. "어쨌든 마법사를 쫓아내려면 해야 할 일이 있어요."

무심히 주머니의 보푸라기를 뜯으며 메릿이 물었다. "예를 들어서요?"

"안에 있는 영혼의 신원을 파악해야 하죠." 헐다가 몸을 돌리고 생전 처음 보는 것처럼 집을 눈에 담았다. "이름을 모르면 밖으로 불러낼 수 없으니까요."

"그렇군요. 방법은요?"

"조사죠, 메릿 씨." 힐다가 팔을 내리고 우산 손잡이를 쥐었다. "철저한 조사가 필요해요."

✦

베스가 한 손에는 먼지떨이를, 다른 손에는 우편물을 들고 메릿의 작업실로 들어왔다. 베스는 오늘 아침 메릿의 작은 마법 보트를 타고 포츠머스로 건너가 편지를 부치고(대부분 힐다의 편지였다.) 장을 봐 왔다.

"우체국으로 편지가 왔어요, 메릿 씨." 베스가 편지 세 통을 건네며 말했다.

메릿은 주저하며 베스의 손에서 편지를 집어 들었다. 집의 마법을 둘러싼 진실을 알게 된 후로 이 집에 사는 마법사가 그를 감시라도 하는 것처럼 무엇을 하든 주변을 경계하고 있었다. 한 번에 하나의 방에만 존재한다고 하지만 숨어 있을지 또 누가 아는가. 그 사실을 떠올리면 불안감에 몸을 가만히 두기 힘들었다. 수호 부적을 다시 사용할까 생각했지만 유령의 분노를 자극하고 싶지 않았다. "나는 포츠머스 우체국에 사서함이 없는데요."

베스가 어깨를 으쓱했다. "있던데요. 집에 기본적으로 딸려 있나 봐요. 반송은 바이커에서 처리하고 있었고요."

봉투를 뒤집어 보니 첫 번째 편지에는 우아한 필체로 그의 이름과 주소가 적혀 있고 발신 주소는 없었다. 다시 뒷면으로 뒤집어 불을 비춘 메릿은 올해 초 세 편의 기사를 썼던 〈올버니 선라이즈 저널〉의 우표를 알아보고 봉투를 개봉했다. 코트 버튼을 여미는 방법으로 민주당원과 휘그당원을 구분할 수 있다는 풍자 기사의 채택 소식과 함께 그의 재정 상태에 도움이 될 만한 원고료가 들어 있었다. 담당 편집자 맥팔런드 씨가 보낸 두 번째 편지를 뜯자 기분이 더 좋아졌다. 내용물은 선인세 일부에 해당하는 상당한 금액의 수표였다.

"신께서 축복을 내리시네." 메릿이 두 통의 편지를 옆으로 치우며 중얼거렸다.

베스는 벌써 먼지를 털고 있었다. "좋은 소식인가 봐요?"

"좋은 소식이고 말고요! 일이 순조롭게 잘 풀리고 있는 것 같네요." 메릿이 웃으며 마지막 편지로 고개를 돌렸다. 호기심에 엄지로 봉투를 찢고 편지지 한 장을 꺼냈다. 편지 하단에는 모리스 왓슨이라는 사람의 서명이 있었다.

"처음 듣는 이름인데." 메릿이 중얼거렸다. 그러다 편지를 읽고 내용이 파악되자 자세를 고쳐 앉았다.

오늘 무슨 날인가? 그래서 나쁘다는 말은 아니었다. 하지만 마지막 편지에 적힌 내용대로라면 이 유령의 집 문제를 완벽하게 해결할 수 있었다. 그뿐만 아니라 금전적으로도…. 그런데 제안을 받아들인다고 생각하니 묘하게 배가 아팠다. 벌써 그 정도의 애착이 생긴 건가? 솔직히 이 감정을 어떻게 받아들여야 할지 모르겠다. 경험상으로는 무심한 태도를 취하고 감정이 더 강해지지 않도록 가볍게 두는 편이 좋았다. 앞으로는 신중하게 행동해야 했다.

"헐다 부인!" 메릿이 외쳤다. 대답이 들리지 않았을 때는 목소리를 더 높였다. "헐다 부인!"

복도에서 발을 끄는 소리가 들렸다. 헐다가 처음 왔을 때 입고 있었던 녹색 원피스를 입고 나타났다. 방향을 꺾어 서재로 들어오면서 치맛자락이 다리에 휘감겼다. "저는 개가 아니에요, 메릿 씨." 헐다가 편지를 쳐다보았다. "뭐예요?"

"왓슨이라는 친구가 집을 사고 싶대요."

헐다의 눈이 커졌다. "네?" 다가와 편지를 낚아챈 헐다가 안경을 고쳐 쓰며 편지 내용을 직접 읽었다.

편지의 내용은 간단했다. 메릿에게 집을 팔 의향이 있는지, 있다면 값을 얼마로 부를 것인지 물을 뿐이었다.

얼마나 받을 수 있을까?

"이상하네요." 헐다가 중얼거렸다. "이 집은 저도 못 들어 봤을 만큼 아무 정보도 없었고, 어디에도 등록돼 있지 않았어요. 이 사람은 여길 어떻게 알았을까요?"

메릿이 팔짱을 꼈다. 이 집에서 계속 살 생각이었지만… "어쩌면 그 사람은 이 상태 그대로 유지하길 바랄지도 모르죠."

헐다가 입술을 꾹 다물었다. "그럴지도요. 하지만 윔브렐 하우스는…" 그러면서 마법사 유령을 찾기라도 하듯 벽을 쳐다보았다. "이런 위치에 마법까지 걸려 있어서 일반 사람이 원할 만한 집이 아니잖아요. 오랜 세월 구매자도 없었고요. 그런데 왜 하필 지금일까요?"

"메릿 씨!"

뒤에서 갑자기 들린 베스의 목소리에 메릿은 의자에서 거의 펄쩍 뛰었다. 그는 요동치는 심장을 진정시키려 손으로 가슴을 눌렀다. "맙소사, 베스. 다음부터는 소리를 더 내면서 걸어요."

베스가 미소를 지으며 물었다. "제가 한번 봐도 될까요?"

헐다가 편지를 건넸다. 베스는 눈을 감고 조심스럽게 편지지를 만졌다.

헐다가 베스에게 속삭였다. "읽어지나요?"

메릿은 얼굴을 찌푸렸다. "저게 어떻게 봐서 읽는 거예요."

헐다가 조용히 하라고 손짓하자 메릿은 심술 난 어린애가 된 기분으로 팔짱을 꼈다.

베스가 눈을 떴다. "이 편지는 느낌이 이상해요. 뭐라 설명할 순 없지만… 감이 좋지 않아요."

헐다가 인상을 썼다. "점점 더 이상해지네요."

메릿은 주저하며 베스의 손에서 편지를 빼냈다. "방금 뭘 한 거예요?"

베스가 흘러내린 머리카락을 쓸어 넘겼다. "저는 접촉감응 마법사예요, 메릿 씨. 약간의 예지 능력이 있어요. 대단하지는 않고요. 가끔 제 것이 아닌 생각이나 감정을 느낄 수 있어요. 처음부터 저 편지가 이상했지만 주제넘게 나서고 싶지 않았답니다."

"아. 헐다처럼…, 아니 헐다 부인처럼요?"

헐다가 혀를 차며 말했다. "예지는 접촉감응 마법에 속해요, 메릿 씨. 예견은 점조 마법이고요. 그 둘은 많이 달라요."

메릿은 잘 이해가 가지 않았다. "뭐가 다른 거죠?"

헐다가 한숨을 내쉬었다.

"헐다 부인 말씀은 이런 뜻이에요." 베스가 조심스럽게 설명했다. "점조 마법은 미래를 예측하거나 하는 운명과 관련된 것을 다루고, 접촉감응 마법은 정신과 관련된 것을 다뤄요. 독심술이나 환영, 공감 능력 같은 것들요. 저는 특별히 간파 능력을 가지고 있어요." 그러면서 메릿에게 참을성 있는 미소를 지어 보였다. "만약 메릿 씨가 제 뒤로 몰래 다가오려고 할 때 아무리 발소리를 죽이셔도 저는 알 수 있을 거예요. 터키 사람인 척 연기하셔도 아니라는 걸 알 수 있고요."

"아, 이런! 그 방법은 못 써먹겠네요." 메릿이 단정한 필체를 쳐다보았다. 이 모리스 왓슨은 많이 배운 사람에 돈도 많을 것이다. 하지만 베스가 불길한 예감이 든다고 한다면, 그것도 마법으로 그렇게 감지했다면 이 남자는 문제를 간단히 해결할 방법이 아닐지도 모르겠다.

메릿은 생각했다. 수양벚나무와 도요새와 베스와 헐다를…. 그러고는 서랍을 열어 편지를 넣었다. "여기 온 지 얼마 안 됐잖아요. 일단 확인은 해 봐야죠. 그…." 메릿이 침을 꿀꺽 삼키고 말을 이었다. "…유령 미스터리요." 그가 무의식적으로 어깨를 으쓱했다.

헐다의 입에 은은한 미소가 걸렸다. 그녀는 깐깐하고 단호한 인상 때문에 평소에는 잘 느끼기 어려웠지만, 웃을 때는 정말 아름다웠다. "훌륭하신 선택이에요, 메릿 씨."

진심으로 그러기를 바랐다.

✦

바이커가 가지고 있던 윔브렐 하우스 파일은 정말 부실했다. 메릿의 외할머니에게 이 집을 넘긴 서트클리프 씨는 아버지에게 유산으로 집을 물려받았고, 서트클리프 씨의 아버지는 형에게 집을 물려받은 것이었다. 이 정보가 전부였고, 여기에 기록된 소유주들

160

가운데 누구도 윔브렐 하우스나 로드아일랜드에서 실제로 거주하지 않았다. 따라서 이들은 이 집에 사는 유령일 수 없었다. 건축 양식도 그렇고, 기록이 없는 것을 보면 식민지 시대 초기에 지었다 버려진 집이 분명해 보였다. 그러다 미국 법이 완성되기 전에 다시 거래된 것이다. 정말로 사정이 복잡했다.

그러니 파일에 추가할 내용과 마법사의 정체에 관한 정보를 얻기 위해서는 가장 먼저 서재를 뒤져봐야 했다.

귀족의 집에 있는 서재만큼 크지는 않았지만, 바닥부터 천장까지 닿는 책장이 방 벽면에 가득 차 있어서 굉장히 많은 책이 꽂혀 있었다. 게다가 책을 던져 대는 이 집의 버릇 때문에 대부분 뒤죽박죽 섞인 상태였다.

헐다는 제일 끝에 있는 남쪽 벽의 책장에서 시작했고 메릿은 북쪽 벽을 맡았다. 두 사람은 베스가 주방 일을 하는 동안 조사를 이어 나갔다. 헐다는 바이커에 연락해 볼까도 생각했지만 마이라에게 처음 받은 파일에 없었다면 바이커도 이 집의 역사를 더 알 것 같지는 않았다.

"일기, 자서전, 사이에 끼워진 신문 같은 걸 찾아보세요." 헐다가 중얼거리며 양장본을 책장에 다시 꽂고 다른 책을 집어 들었다. "뭐든지요. 표지 안쪽에 찍힌 이름도 좋아요."

"《갈라파고스 바다거북의 해부》." 메릿이 제목을 읽었다. "우리 유령이 거북이는 아니겠죠?"

헐다가 코웃음을 쳤다. "그렇다면 아주 지능이 높은 거북이죠." 헐다가 집어 든 요리책에는 도움이 될 만한 표시가 없었다.

다음 책은 미술에 별 재능이 없는 사람이 쓰던 스케치북이었는데 그마저도 8분의 1만 사용했다. 이름이나 날짜는 없었다. 새, 나무, 괴물 그림이 전부였다. 다음으로 뽑은 책은 토머스 모어의 《유토피아》와 《셰익스피어 전집》 중 3권이었다. 이 책들을 수집한 책벌레는 대체 누구일까? 아니면 인쇄기가 발명된 후부터 세월의 흐름에 따라 한 권씩 늘어난 걸까? 영혼의 주인인 마법사는 독서를 즐길 사람으로는 보이지 않았다. 그랬다면 책을 지금처럼 함부로 대하지 않았을 것이다.

어깨 근처에 있는 책 한 권이 나오겠다고 꿈틀거렸다. 헐다가 제자리에 밀어 넣으며 말했다. "지금은 안 돼. 우리가 도와주려는 건데 싫어?"

마법사가 이 집에서 떠나고 싶어 하는지 아닌지와는 별개로, 헐다는 영혼이 말을 들을 수 있는 곳에서는 아직 목적을 분명히 이야기하지 않았다. 어쨌든 책은 얌전해졌다.

메릿이 작게 웃었다.

헐다가 안경테 너머로 시선을 보냈다. 안경을 벗어난 가장자리가 뿌옇게 보였다. "왜요?"

자그마한 책을 넘겨 보던 메릿이 책장을 덮고 들어 보였다. "《헤더의 언덕》이라는 책이에요. 아일랜드 로맨스 소설 같아요." 그가 손에 들린 책을 뒤집었다. "동생이 이런 책 좋아했는데."

동생 이야기에 헐다의 가슴에서 불편한 감정이 솟았다. 마치 긴 풀잎에 붙은 꺼끌꺼끌한 씨앗을 삼킨 느낌이었다. "메릿 씨, 사적인 질문 하나 해도 될까요?"

메릿이 헐다의 눈을 바라보았다. 헐다가 말을 잇지 않고 가만히 있자 메릿은 괜찮다는 뜻으로 고개를 끄덕였다.

"왜 플레처 씨 댁에 계셨던 거예요? 혹시… 가족과 의절하셨어요?"

"음. 그게." 메릿이 책을 다시 꽂고 앞에 있는 책장을 정면으로 바라보았다. "맞아요, 예. 가족 간의 갈등이죠, 뭐. 왜 있잖아요. 흔히 보는 시시한 사연이에요." 그가 문으로 몸을 틀었다. "저, 베스 양은 어디 있죠? 의견을 묻고 싶은 게 있어서요. 잠깐 갔다가…." 메릿이 손을 크게 휘저었다. "…다시 와서 할게요."

그러고는 대화를 피해 복도로 슬그머니 나가 버렸다.

차라리 묻지 말았어야 했던 걸까?

15

1846년 9월 15일, 로드아일랜드주 블라우던섬

다음 날 아침, 메릿과 헐다는 마법 보트를 타고 빠른 속도로 내러갠섯만을 건넜다. 둘이 타기에는 비좁았지만 안전하게 해안에 도착했다. 그런 다음에는 평범한 마차를 타고 포츠머스로 향했다. 거기서 불청객 유령 문제를 해결할 방법을 조사할 계획이었다. 포츠머스까지 다 합쳐 약 1시간이 걸렸다.

메릿이 마차에서 내리는 헐다의 손을 잡아 주고 번잡한 거리 끝으로 이끌었다. "그 섬 밖의 세상이 존재한다는 걸 거의 잊고 있었어요." 말 냄새, 빵 굽는 달콤한 냄새가 났다. 메릿은 바지 주머니에 손을 찔러 넣고 높은 건물과 무수한 행인의 얼굴, 자갈길의 모습을 눈에 담았다.

"포츠머스 밖으로 나가면 훨씬 더 큰 세상이 있죠." 헐다가 손에 낀 장갑을 단단히 잡아당겼다. 그러니 더더욱 영국 여자를 흥내 내는 것처럼 보였다. "시청 건물에서 시작해 공립도서관으로 넘어가는 순서가 좋겠어요. 시청까지는 제가 바래다 드릴게요."

메릿이 얼굴을 찌푸리며 헐다와 발을 맞췄다. "들어가지는 않겠다는 말로 들리네요."

헐다가 안경테 너머로 그를 힐끗 쳐다보았다. "오늘 바이커에 간다고 말씀드렸잖아요."

"끝나고 가는 줄 알았죠."

헐다가 혀를 찼다. "두 마리 토끼를 동시에 잡는다는 말이 있죠, 메릿 씨. 집에 관한 정보를 조사하는 동안 제가 손을 잡아 드릴 필요가 있는 것도 아니고요."

메릿이 씩 웃었다. "헐다 부인, 지금 나한테 추파 던지는 거예요?" 헐다의 경악하는 표정에 메릿이 큰소리로 웃음을 터뜨렸다. "공공장소에서 내 손을 잡아 주겠다니⋯."

헐다가 팔에 걸고 있던 우산으로 메릿을 후려쳤다. "부적절한 언행은 삼가세요, 메릿 씨!!" 그녀는 못마땅한 듯 숨을 훅 불었다. "난봉꾼 기질이 있다고 미래의 후임자에게 꼭 경고해야겠어요."

메릿이 자기 발에 걸려 비틀거렸다. "후임자요? 벌써요?"

두 사람은 길모퉁이에 멈춰 섰다. 마차 한 대가 옆을 지났다. "당연하죠, 메릿 씨. 저는 정식 직원으로 온 게 아닌걸요. 제 전문 분야는 마법에 걸린 집의 마법을 밝히고 길들이는 것과 직원 교육입니다. 그리고 나서는 바이커가 저를 필요로 하는 다음 프로젝트로 넘어가야죠. 이 마법사 문제가 마무리된 후에 집안일을 관리할 정식 가정부를 고용하실지 여부는 메릿 씨가 결정하셔야 하고요. 마법이 진정되면 바이커의 개입은 거기서 끝이에요." 작아진 목소리에 실망감이 묻어났다. "제가 드린 문서에 관련 이력서들이 있어요." 헐다가 한쪽 눈썹을 치켜올리고 길을 건넜다.

메릿은 가슴이 철렁 내려앉는 것을 느끼며 서둘러 헐다를 따라 갔다. "하, 하지만 나는 새 가정부든 하녀든 구하고 싶지 않아요. 이제 겨우 당신과 지내는 데 적응했단 말입니다. 손뼉 맞추기를 처음부터 다시 하라고요?"

"손뼉을 맞췄던 기억은 없는데요." 하지만 입꼬리가 올라갔다. 저 표정은 절대 안 좋은 의미가 아니었다.

"왜 그래요, 헐다 부인." 다음 모퉁이에서 메릿이 헐다의 양손 을 쥐고 무릎을 꿇었다. 헐다의 눈이 접시만큼 커졌다. "제발 떠 나지 말아 줘요!"

헐다가 억지로 손을 뺐다. "메릿 씨! 사람들이 봐요!"

말 그대로 공포에 찬 표정을 보자마자 메릿이 인도 위에서 벌 떡 일어섰다. "부끄럽게 하는 방법으로는 더 붙잡아 둘 수 없다는 거죠?"

헐다는 엄격한 눈빛으로 쏘아보았다. "부디 사교성을 적당히 자 제해 주세요." 그러고는 그녀의 입이 실룩거렸다. "기간을 임시로 연장해 달라고 바이커에 말해 볼 수는 있어요."

메릿이 싱긋 웃었다. "그러니까 사실은 제일 고약하고 몸값 비 싼 동료가 우리 집을 습격하도록 요청한 일이 없다는 말이죠?"

미소가 선뜻 떠오르지는 않았지만 그래도 살짝 입꼬리가 휘어 지는 것이 보였다. "당연히 그건 과장이었죠."

헐다가 걷기 시작하자 메릿은 얼른 뒤따라가며 걸음을 맞췄다. "즉, 우리가 좋은 친구라는 뜻이니," 그녀를 웃게 하려고 장난스럽 게 말했다. "어쩔 수 없이…"

헐다가 걷다 말고 멈춰 서는 바람에 메릿은 헐다의 어깨와 부딪

166

했다. 돌아서서 화를 내려는 건가 생각했지만 헐다의 시선은 길 건너 시계방 쪽에 고정되어 있었다. 몸이 뻣뻣하게 굳었고 금방이라도 토할 것처럼 얼굴이 창백했다.

메릿이 조심스럽게 헐다의 팔을 만졌다. "헐다?"

헐다가 뒤로 물러나 메릿과 충돌할 뻔했다. 그녀는 시선을 떼지 않은 채 건물들 사이의 좁은 골목으로 들어갔다.

메릿으로선 무슨 일인지 알 수 없었다. 눈을 찡그리며 그쪽을 보았다. 가게, 그 옆에 있는 사람, 지나가는 사람….

헐다가 긴 한숨을 내쉬었다.

"괜찮아요?" 메릿이 캐물었다.

헐다가 몸을 떨며 치마의 주름을 정리했다. "저는… 괜찮아요, 아무 문제 없어요."

"뭘 보고 있었던 거예요?"

"별것 아니에요, 메릿 씨."

"별것 아니긴요." 메릿이 헐다 앞에 서서 시야와 퇴로를 가로막았다. 몸싸움을 준비하듯 팔과 가슴 근육이 움찔거렸다.

하지만 헐다는 고개를 저을 뿐이었다. "걱정해 주지 않으셔도 돼요."

불쾌감이 가시처럼 가슴을 찔렀다. "당신 일인데 어떻게 걱정을 안 해요?"

헐다가 멈칫했다. 그녀는 메릿을 올려다보더니 시선을 피해 안경을 고쳐 쓰고는 심호흡을 했다.

"헐다…."

"누군가를 봤다고 생각했을 뿐이에요." 헐다가 골목 벽을 응시하며 마침내 대답을 들려주었다. "옛 고용주요. 놀라서 그랬어요."

메릿은 그 말의 의미를 생각해 보았다. "왜… 못된 사람이었어요?"

헐다가 입술 안쪽 살을 잘근거렸다. "사실 감옥에 있어야 할 사람이에요."

"아." 메릿이 뒤를 돌아 다시 거리를 훑어보았다. "어쩌면 도플갱어일지도…."

"네, 어쩌면요." 하지만 그렇게 생각하는 목소리는 아니었다. 헐다는 충격을 받은 게 분명했다. 빌어먹을 마법의 집에 같이 살면서도 헐다가 이 정도로 불안해하는 모습은 처음 보았다.

헐다가 숨을 크게 들이마셨다. "저는 보스턴에 가 봐야 할 것 같아요, 메릿 씨. 시청 건물은 저쪽으로 세 블록만 가시면 돼요." 그쪽을 손가락으로 가리키며 그녀가 말했다.

"역까지 같이 가 줄게요." 메릿이 거리로 나갔다.

"감사하지만 그럴 필요까지는…."

"부탁이에요." 낮고 단호한 목소리였다. 메릿이 팔꿈치를 내밀었다. "열차 타는 데까지 같이 가게 해 줘요."

헐다는 순간 망설였지만 이내 고개를 끄덕였다. "그렇게 해요. 금방 끝나지 않을 수도 있으니 기다리지는 마시고요."

들릴 듯 말 듯하게 '고마워요'라고 하는 소리가 들린 것 같았지만, 지나가는 마차의 소리였을지도 모르겠다.

✦

사일러스 .

헐다가 본 사람은 그였다.

헐다가 그 사람 생각에 빠져 있는 동안, 북쪽으로 가는 철도 위의 마법 열차는 미국이 탄생할 때부터 있었던 마법을 연료로 움직였다. 넓은 버스와 비슷했지만 좌석은 없었다. 남쪽 벽에 의자 몇 개가 놓여 있을 뿐이었다. 다들 기둥과 난간을 붙잡았다. 헐다는 가방을 옆구리에 낀 채 문가에 섰다. 열차가 부드럽게 앞뒤로 흔들리는 동안 반대쪽 팔로는 기둥을 꽉 감쌌다.

사일러스는 영국 리버풀 근처에 있는 마법 저택 고스 엔드의 주인이었다. 헐다는 바이커에 입사하고 얼마 안 되어 그 집에서 일했다. 사일러스는 카리스마 넘치고 공정한 고용주였다.

살인자이자 도둑이기도 했다.

헐다는 눈을 감고 10년 전의 기억이 떠오르려는 것을 억지로 밀어냈다. 사라지는 손님들, 광기 어린 눈동자, 건포도처럼 바짝 마르고 쪼그라들어 변형된 시체들.

속이 뒤집히고 어깨에 소름이 확 끼쳤다. 사일러스 는 헐다가 아는 가장 강력한 마법사였다. 다른 사람의 마법을 뽑아내는 방법을 익힌 덕분이었다. 어떻게 했는지 '방법'은 알 수 없었지만 그 사실만큼은 확실했다. 헐다의 능력에는 필요 이상으로 관심을 보이지 않았다. 하기야, 워낙 변변찮으니까.

사일러스 는 감옥에 있어야 했다. 헐다는 그렇게 알고 있었다. 그를 감옥으로 보낸 사람이 헐다였기 때문이다.

'메릿 씨 말이 맞아. 그냥 닮은 사람이겠지.' 헐다가 기둥을 더 꽉 쥐었다. '어떻게 자유롭게 돌아다니겠어? 더구나 대서양 건너 포츠머스에서? 이성적으로 생각해, 헐다.'

하지만 너무 닮았는걸. 정말 똑같이 생긴 남자였다. 이제는 그를 자주 생각하지도 않았다. 생각의 투영일 리가 없었다.

열차까지 데려다줬을 뿐이지만 돕겠다고 나서 준 메릿에게 감사했다. 아직도 손가락이 조금씩 떨렸다.

마침 바이커를 방문하는 길이라 다행이었다. 마이라는 어떻게 해야 할지 알 것이다.

✦

헐다는 도저히 적당한 보폭으로 걸을 수가 없었다. 열차에서 급히 내려 보스턴 거리에서 거의 뛰듯이 빠르게 걸었다. 브라이트베이 호텔 뒷문으로 들어가 바이커 사무실로 올라가는 동안에도.

헐다가 불쑥 들어가자 안내 데스크의 새디가 고개를 들었다. "헐다 부인! 갑자기 웬일이세요?" 그녀가 고개를 숙여 수첩을 확인했다. "오늘 헐다 부인 앞으로 잡힌 일정은 없는데 무슨 문제라도 있는 건가요?"

"문제는요." 헐다가 머리카락을 손으로 만지며 말했다. 지나치게 헝클어진 건 아니어야 할 텐데. "마이라 국장님 안에 계세요?" 헐다가 국장실로 향했다.

새디가 수첩을 넘겨 보았다. "달리 약속은 없으신…."

헐다가 문고리를 잡고 문을 열었다.

책상에 앉아 있던 마이라가 놀라서 가슴 위에 손을 올렸다. "헐다! 맙소사, 깜짝 놀랐잖아!" 그러다 멈칫했다. "무슨 일 있나?"

헐다는 문을 닫고 가까운 의자에 가방을 내려놓았다. "몇 가지 의논 드릴 일이 있어서요. 우선, 윔브렐 하우스는 마법사의 영혼이 붙어 있고…."

"영혼! 놀랍지는 않군." 마이라가 연필로 입술을 두드렸다. "집

주인 반응은 어때? 성함이…" 그러면서 그녀는 장부를 꺼냈다.

"메릿 씨요. 집과 저희 관리에 그럭저럭 적응하신 것 같은데 유령은 내키지 않나 봐요." 헐다는 뒤죽박죽 꼬인 생각들을 정리하려 애썼다. 마음을 진정시키기 위해 코로 깊이 숨을 들이마셨다. '한 번에 하나씩 하자, 헐다.' "유령 퇴치를 원하신대요." '안절부절못하지 좀 말고.'

마이라의 얼굴빛이 흐려졌다. "그래? 설득해도 소용없겠어?"

헐다는 입을 꾹 다물고 머리를 굴리며, 한 번에 하나씩 처리할 수 있도록 생각들을 한 줄로 세웠다. "아직은… 잘 모르겠어요. 그래도 집에 애착이 생긴 눈치예요. 구매하고 싶다는 제안을 일단은 거절했거든요."

마이라의 표정이 조금 굳어졌다. "그래."

"저는 결과가 어떻든 필요한 조사를 계속할 계획입니다."

"그래야지."

헐다가 고개를 끄덕였다. "그 일과 관련해서요, 처음 받은 파일에 없는 윔브렐 하우스 정보가 바이커에 있는지 보고 싶어요."

마이라가 입을 굳게 다물고 얼굴을 찌푸렸다. 그러고는 일어나 창문으로 걸어갔다. "없을 텐데…. 소식 듣고 내가 바로 찾을 수 있는 건 그게 전부였어. 그래도 혹시 모르니까 새디에게 지하 자료실에 확인해 보라고 하지."

"제가 직접 확인해도 돼요. 오늘 섬으로 돌아가고 싶어서요."

마이라가 그러라며 손짓했다. "용건은 그게 다야? 메모 하나만 보내도 됐을 텐데," 그녀의 입가에 옅은 미소가 번졌다. "언제나 그렇게 철두철미하지. 그래서 유능한 직원 소리를 듣는 거지만."

헐다도 새어 나오려는 웃음을 참았다. "다른 문제도 몇 가지 있어요." 한 번 더 심호흡을 했다. "지금까지 직원을 한 명만 들였는데…."

"베스는 어때?"

"좋아요. 잘 뽑았어요."

마이라가 턱을 문질렀다. "그렇지. 사연도 꽤 있는 친구니까 관심 있으면 한 번 물어봐."

"그럴게요."

"생각난 김에 또 말해야겠네…. 요리사 요청했던 건 있잖아? 이미 일을 받아서 코네티컷으로 가고 있더라고."

"그럴 줄 알았어요." 헐다가 안경을 벗고 콧등을 문질렀다. "새디 양에게 다른 후보들을 알아봐 달라고 부탁해야겠네요." 그녀는 손을 둘 곳이 없어 가방 손잡이에 손을 뻗었다가 가방을 다른 곳에 두었다는 사실을 떠올렸다. "제가 퇴마를 맡아서 진행할 건데 조금 더 있어 달라는 메릿 씨의 요청이 있었어요. 집에 사람을 둔 경험이 없다 보니 제가 떠나면 삐걱거릴까 하는 우려 때문에요. 바이커에 예정된 임무가 없다면 근무 기간을 연장해도 무방할 것 같아요."

마이라가 한쪽 눈썹을 치켜올렸다. "그래? 아주 없는 요청은 아니지. 메릿 씨를 어떻게 생각해?"

"흥미로운 분이에요." 헐다가 솔직하게 대답했다. "가끔 특이한 행동을 할 때도 있지만 친절하세요. 스트레스도 잘 이겨 내는 편이에요. 창의적이고 본인의 이야기에 빠져 있는 경우도 많아요. 정리는 서툴고요."

마이라가 웃음을 터뜨렸다. "그 점에 어려움을 겪고 있겠네."

헐다는 말을 잇지 못했다. 다시 열차와 골목을 생각하고 있었

다. '당신 일인데 어떻게 걱정을 안 해요?'

"그래도 다정해요." 아까보다는 더 다정한 목소리로 힐다가 덧붙였다. 굳은 자세도 조금은 편안해졌다. "생각이 깊고요."

마이라가 책상으로 걸어와 의자 등받이를 잡고 기댔다. "다행이네. 다른 데로 발령 나기 전까지 당연히 더 오래 있어도 좋아."

힐다가 고개를 끄덕였다. "의뢰인이 기뻐할 거예요."

마이라가 의자 등받이를 손가락으로 두드리며 물었다. "다른 건 또 없어? 아까 폭풍처럼 들이닥치던데."

"저…." 힐다는 쉽게 말을 꺼내지 못했다. 그녀가 빈 의자를 가져와 앉았다. 마이라도 따라서 의자에 앉았다. "문제가 생겼어요. 아니, 문제가 생겼을 수도 있어요."

마이라가 걱정스럽게 몸을 기울였다. "무슨 일인데?"

힐다는 말로 표현할 기회를 줬다는 사실에 감사했다. 마이라라면 얼마든지 힐다의 머리에서 기억을 끄집어낼 수 있었을 텐데. "저… 그게, 2시간 전 포츠머스에서… 사일러스 호그우드를 본 것 같아요."

마이라가 충격으로 창백해졌다. "사일러스 호그우드?" 입이 움찔거렸다. "고스 엔드의 그 사일러스?"

힐다가 두 손을 모으고 말했다. "네."

마이라는 의자에 등을 기대고 팔짱을 꼈다. 그러고는 잠시 생각에 잠겼다. "말도 안 돼. 확실한 거야?"

"제 두 눈으로 똑똑히 봤어요." 힐다는 자기가 어디 있었는지, 그가 어디 있었는지, 무슨 옷을 입고 있었는지까지 설명했다.

마이라가 입을 꾹 다물었다. 그녀는 몸을 앞으로 기울였다. 그러고는 연필을 들고 뭉뚝한 끝으로 책상을 두드리기 시작했다.

"봐도 돼?"

헐다는 고개를 끄덕이고 그때의 이미지를 최대한 선명하게 떠올렸다. 마이라가 생각에 침투하는 느낌은 없었지만 그러고 있음을 알았다. 헐다가 본 것을 마이라도 보고 있었다. 마이라가 물러난다는 신호로 한숨을 쉬었다.

"메릿 씨, 얼굴도 나쁘지 않네." 마이라가 말했다.

헐다의 얼굴이 달아올랐다. "마이라, 정말!"

마이라는 대답 대신 불편한 미소를 짓고 눈을 빠르게 깜박였다. 접촉감응 마법의 가장 흔한 부작용은 다른 감각의 둔화였다. 모든 마법에는 부작용이 따랐지만 대부분의 사람은 마법의 혈중 농도가 낮기 때문에 증상이 심각하지 않았다. "자네 말대로 비슷해 보이기는 하네." 마이라가 동의했다. "하지만 나는 사일러스가 아닌 것 같아."

"진짜로요?" 헐다가 두 손을 움켜쥐었다. "옷 스타일까지…."

"11년 전 이후로는 본 적도 없잖아." 마이라가 다정한 말투로 타일렀다. "사일러스는 감옥에 수감 중이야. 설령 출소했더라도 다른 곳도 아니고 왜 로드아일랜드에 있겠어?"

헐다가 더 깊이 의자에 몸을 묻었다. "저도 그렇게 생각했어요." 헐다는 사일러스가 어떤 사람인지 잘 알았다. 그의 집에서 전속 가정부로 2년을 일했으니까. 가정부로 있다 보면 집주인에 대해 많은 것을 알 수 있었다. 그는 굉장히 깔끔했다. 가까운 사람에게는 다정하지만 새로운 사람과의 만남을 꺼렸다. 저택의 한 동을 혼자 사용했다. 사생활을 보호받고 싶다며…. 단순히 악랄한 범죄를 숨기기 위해서만은 아니었다. 자기 방식대로 사는 사람이었고, 그의 방식은 영국에 맞춰져 있었다. 그 집에 있는 동안 영국을 떠나고 싶다는 기미조차 보인 적 없었다.

마이라가 안쓰럽다는 듯 고개를 끄덕였다. "하룻밤 자고 다시 생각해 봐. 비슷하게 생긴 사람을 본 게 몸에 충격을 줬을 거야. 그때… 운 나쁘게 잘못 엮였잖아. 그런 기억을 쉽게 잊을 수는 없겠지."

헐다가 의도적으로 몸의 긴장을 풀었다. "맞아요. 한편으로는 머릿속에서 기억을 그냥 뽑아내 버리고 무지가 주는 행복 속에서 살고 싶기도 해요."

마이라가 허허 웃었다. "안타깝게도 내가 해 줄 수 있는 일이 아니네."

헐다가 한숨을 쉬며 의자에서 일어났다. "그만 가 봐야겠어요."

"가기 전에 새디에게 말해서 편지 받아."

헐다가 멈칫했다. 바이커로 편지가 오는 일은 드물지만 처음 있는 일은 아니었다. "감사해요, 마이라."

"소식 계속 전해 주고, 헐다. 꼭이야." 마이라가 다정한 표정으로 말했다.

헐다도 같은 표정을 지어 보이고는 가방을 들고 사무실에서 나왔다. 말을 걸기도 전에 새디가 책상에서 몸을 돌리고 말했다. "따로 뽑아 놨어요!" 그러면서 빳빳한 봉투를 건넸다. "중요한 편지 같아요."

"그러게요." 헐다가 편지를 뒤집어 보았다.   발신 주소는 모르는 곳이었다. "교감석 한 쌍 주문해 줄 수 있어요?"

"지금 할게요. 마침 가져올 파일도 있고요." 새디가 데스크에서 일어나 자료실이 있는 옆의 복도로 향했다. 헐다는 남는 의자 하나에 앉았다. 좁은 바이커 도서관에서 뭐가 나올 것 같지는 않지만, 그래도 자료를 찾기 전에 이 편지부터 읽어 버리는 편이 낫겠다고 판단했다. 인장을 뜯고 편지지를 꺼내 읽기 시작했다.

헐다 라킨 양에게
저는 마법 발전을 위한 계보 학회 회장 일라이자 클라크라고 합니다.

헐다가 눈을 굴렸다. 역시나 고객 모집용 편지였다. 어쨌든 계속 읽어 보았다.

증조모이신 샬럿 "로티" 댕크워스 님을 통해 헐다 양을 알게 되었습니다. 아시다시피 동부 해안 지역 카니발에서 이름을 날린 예언가이자 점성술사인 그분에게 후손이 있다는 사실을 알고 얼마나 기뻤는지 모릅니다!
저희 단체를 잘 모르실 수도 있으니 잠시 간단한 소개를 해보고자 합니다.

어떤 단체인지는 헐다도 잘 알고 있었다.

저희는 마법 능력이 있는 사람들의 혈통을 연구하고 그들이 서로 짝으로 맺어지게 함으로써 마법의 이로운 결합을 추구하고 있습니다. 헐다 양의 족보를 보았을 때 증조모의 재능을 상당 부분 물려받은 것으로 추정됩니다. 다음 세대를 위해 마법을 전파하는 문제에 관해 심도 있는 대화를 나누고 싶습니다. 그토록 중요하고 귀중한 자원이 급속도로 사라져 가고 있는 현실입니다. 저희는 미래의 후손들도 같

176

은 혜택을 누리기를 소망합니다.

아래의 주소로 답장 주시면 감사하겠습니다. 헐다 양의 능력, 기회, 미래에 관해 함께 이야기하고 싶습니다. 저희에게 힘을 실어 주신다면 당연히 보상이 있을 겁니다.

존경을 보내며

일라이자 클라크

헐다가 또 눈을 굴렸다. 안 좋은 습관이지만 어렸을 때부터 몸에 배어 고치기 힘들었다. 마법 발전을 위한 계보 학회는 서반구에서 가장 풍부한 혈통 정보를 보유한 단체였다. 하지만 실상은 말만 그럴듯한 결혼 정보 업체였다. 마법이 무한한 자원이 아니라는 사실이 밝혀진 후로 수 세기 동안 이런 단체가 존재해 왔다. 그들이 내세우는 궁극적인 사명은 숭고했다. 그래, 마법이 계속되면 이 세상은 더 발전할 것이다. 마법은 에너지를 공급했고, 대중교통을 움직였고, 작물을 길렀다. 마법이 아직 존재하는 곳에서는 그랬다. 이 세상에 마법을 늘리려면 선별된 남녀가 동침하는 방법밖에 없다는 점이 안타까울 따름이었다.

그렇다고 해도 이 편지를 섣불리 물리치고 싶지는 않았다. 증조할머니의 혈통을 추적했다니 개인 정보를 침해당한 기분이었지만 헐다가 제힘으로 찍을 찾을 수 있을 것 같지도 않았기 때문이다. 헐다는 올해로 서른네 살이었고 남자에게 입맞춤은커녕 구애도 받은 적이 없었다. 아직 아이를 낳을 수 있는 몸일 때 이 일라이자라는 사람의 말을 들어 볼까.

"모르겠다." 헐다가 소리 내어 중얼거렸다. "그냥 다… 어색해." 그 과정에서 얼마나 실망을 하게 될까. 그녀를 혐오하거나 경멸하는 남자와 짝이 된다는 생각만 해도 견딜 수 없었다. 가슴이 찢어질지도 모른다.

"세상에, 누가 돌아가시기라도 했어?"

마이라가 묻는 말에 힐다는 흠칫하며 표정을 관리하고 편지를 접었다. "아니에요. 그냥 생각 중이었어요."

"잘 만났네. 시간이 남는데 자료실에서 좀 도와줄까?"

힐다가 미소를 지었다. "저야 좋죠. 감사합니다."

"감사하기는." 마이라가 돌아섰을 땐 새디가 이쪽으로 오고 있었고 힐다가 조심하라고 경고할 새도 없었다. 두 여자가 충돌하며 종이들이 사방으로 날아갔다.

"마이라 국장님!" 새디가 외쳤다. "정말 죄송해요!"

힐다가 얼른 의자에서 일어났다.

마이라가 웃음을 터뜨렸다. "다가오는 소리가 내 귀에 들릴 거라 생각했나 보군, 새디." 그러고는 허리를 굽혀 서류를 주웠다.

힐다도 쪼그리고 앉아 서류 하나에 손을 뻗었다. 그런데 힐다의 정신이 종이에서 이상한 패턴을 포착했다. 첫 번째 서류를 줍기도 전에 머릿속에서 미래의 한 장면이 번쩍하고 보였다.

늑대다. 늑대가… 도서관에 있어?

새디가 종이 여러 장을 줍는 순간, 예견은 구체화되기 전에 사라졌다. 힐다는 눈을 깜박이며 형태와 색깔을 떠올려 보았다. 늑대는 검고 덩치가 컸다…. 블라우던섬에서 본 늑대들과 다르지 않았다. 하지만 늑대가 왜 도서관에? 힐다의 예견은 통제하기 어려웠지만 모호하지는 않았다. 힐다는 해몽가가 아니었다. 언제인지는 불분명하지만 미래에 확실히 일어날 일을 보았다. 하지만 지금 본 이 장면은 너무 황당했다. 종이를 건드리지 않았다면 의미를 이해할 수 있었을까.

저기… 뭘 하고 있었더라? 아, 맞아, 서류들. 의도적으로 능력을 사용하지 않았는데도 예견의 부작용을 경험하는 것은 참 성가신 일이었다. 점조 마법을 사용하면 건망증이 뒤따랐다. 하지만 그 장면은 대체 무슨 뜻이었을까? 헐다의 마법은 보통… 이처럼 모호하지 않았다. 커다란 개가 보인 것도 처음은 아니었다.

마이라나 새디와 관계된 거였을까?

"그거 저 주시겠어요, 헐다 부인?"

퍼뜩 현실로 돌아온 헐다가 가까이 있는 서류를 집어 들고 건넸다. "아, 미안해요."

마이라가 헐다를 쳐다보았다. "혹시… 뭘 본 거야?"

헐다는 고개를 저었다. "중요한 건 아니에요." 대개는 중요하지 않았다. 하지만 오늘 있었던 일을 생각하면 그렇다 해도 위로가 되진 않았다.

16

1846년 9월 15일, 로드아일랜드주 포츠머스

 웜브렐 하우스의 역사는 완전히 베일에 싸여 있어 원하는 자료들을 찾는 데만 2시간이 걸렸다. 메릿은 식민지 시대 인구 조사 기록, 소유권 양도 기록, 헐다의 파일에 언급되었던 세일럼 마녀사냥 당시의 사망 기록을 구했다. 하지만 너무 기대하지는 말자고 마음을 다잡았다. 오래된 기록은 대체로 오류도 많고 시간의 공백도 상당했다. 게다가 당시에는 로드아일랜드와 별도로 구분하지 않고 각각의 섬이 아니라 내러갠섯만을 통째로 묶어 관리하는 경향이 있었다.

 메릿은 그래도 나름대로 보람찬 하루였다고 생각했다. 공무원 분위기를 물씬 풍기는 사람이 그를 막아선 뒤 기록들을 그냥 가져갈 수 없다고 말하기 전까지는 말이다. 정보를 원하면 손으로 베껴 써야 한다는 것이었다.

젠장. "선생님 비서에게 도와 달라고 못 하죠?"

공무원처럼 보이는 사람은 눈썹만 치켜올리고는 자리를 떴다. 메릿이 자료들을 들고 도망치지 않을까 뒤를 돌아 확인하는 것도 잊지 않았다. 도망칠까 하는 생각도 있었지만 저 남자보다 다리가 짧아서 따라잡힐 위험이 있었다. 메릿은 한숨을 쉬며 창가에 앉아 자료들을 펼쳤다. 벌써 오른손 엄지에 쥐가 나는 느낌이었다.

우선 인구 조사 자료를 보며 그 집에 살았을 만한 사람의 이름을 다 적었다. 최근 50년으로 넘어오니 기록이 분명해졌고, 할머니의 이름을 보자 뼛속 깊이 그리움이 밀려들었다. 기록에 따르면 할머니는 카드 게임에 이겨서 그 집을 얻었다.

'도박을 하실 분이 아닌데.' 메릿이 얼굴을 찌푸리며 생각했다. 하지만 문서에 그렇게 적혀 있었다.

시청 건물 안은 그리 쾌적하지 않아 가장 가까운 창문을 살짝 열었다. 소유권 이전 기록을 반쯤 확인했을 즈음, 정신을 차려보니 메릿은 어느새 도시의 풍경을 내다보며 지나가는 사람들과 주변 건물들의 형태를 눈에 담고 있었다.

생각이 헐다에게로 흘렀다. 아까 헐다의 눈에 번쩍였던 공포가 떠올랐다. 그 순간 헐다는 더… 어려 보였다. 연약해 보였다. 열차를 타고 오는 동안에도 전혀 다른 사람처럼 행동했다. 더 말이 없고 생각이 많고 내향적인 사람처럼.

'옛 고용주라.' 메릿이 연필로 코 옆을 톡톡 두드렸다. '감옥에 있다고?' 바이커와 관련이 있나? 사실 메릿은 가정부가 아닌 헐다에 대해 아무것도 알지 못했다. 기껏해야 눈이 나쁘고 수도승도 두 손 들 만큼 정리 정돈을 잘한다는 게 아는 사실의 전부였다. 속이 상했다. 어떻게든 돕고 싶었다. 헐다가 무엇 때문에 괴로워하는지 알고 싶었다.

"그걸 알아내려거든 이것부터 해치워야지." 메릿이 한숨을 쉬며 쌓여 있는 자료들을 보았다. 또 다른 이름과 날짜를 적었다. 문서 하나를 끝낸 후에는 손을 털어 감각을 되찾아야 했다. 속기를 배우든가 해야지.

인상을 쓰고 서류 더미를 보며 다음 문서로 넘어갔다. 베스를 데려올 걸 그랬다. 베스가 메릿의 무릎에 앉는다면 충분히 보트에 같이 탈 수 있었을 텐데…. 하지만 그건 다른 문제를 만들었을 것이다.

메릿이 끙 소리를 내며 손으로 턱을 받치고 창밖을 바라보았다. 가을바람에 말발굽 소리가 희미하게 실려 왔다. 유모차를 미는 여자 뒤로 모자를 눌러쓴 머리를 맞대고 웃고 있는 청소년 무리가 지나갔다. 반대 방향으로 가는 우울해 보이는 남자는 어깨와 입꼬리가 축 처지고 바지의 왼쪽 무릎에 구멍이 나 있었다.

문득 아이디어가 떠올랐다. "저기! 이봐요!"

남자가 걸음을 멈추고 잠시 주위를 둘러보다 메릿이 있는 창문을 발견했다.

메릿이 손을 흔들었다. "제가 여기서 뭘 좀 베껴 써야 하는데 혼자서는 자정이 돼도 못 끝낼 것 같아요. 글 쓸 줄 알아요?"

남자가 주저하며 고개를 끄덕였다.

"비용은 지불할게요."

남자가 잠시 생각해 보았다. 그러고는 앞에 있는 가장 가까운 문을 가리켰다. 메릿이 고개를 끄덕였고 사라진 남자는 몇 분 뒤 넓은 자료실로 들어왔다. 창밖으로 봤을 때보다 훨씬 키가 크고 어깨도 넓었다.

메릿은 남자와 악수를 하며 말했다. "고마워요, 친구. 이걸 다 베껴야 하거든요." 자료들을 옆으로 치우는 동안 낯선 사람이 자리에 앉았다. "메릿 펀스비라고 해요. 이름이 뭐예요?"

"바티스트." 남자는 짙은 프랑스 억양으로 이름을 말했다.

영어를 모르는 사람을 불렀나 걱정스러운 마음에 메릿이 추가로 질문을 했다. "어디 출신이에요, 바티스트? 포츠머스에는 무슨 일로 왔어요?"

바티스트가 목을 한쪽으로 꺾고 이어 반대쪽으로 꺾자 우두둑거리는 소리가 났다. "프랑스 니스요. 온 지 석 달 됐어요. 고향에서 안 좋은 일을 겪어서요." 그리고 어깨를 으쓱했다.

메릿은 안심하며 말했다. "뭐, 오늘은 좋은 일만 있기를 빌어요. 당신이 여기 있는 절반을 하고…" 그가 바티스트에게 서류 뭉치를 건넸다. "…내가 이쪽 절반을 할게요." 그러고는 셔츠 주머니에서 여분의 연필을 꺼냈다. "더 빠르고 깔끔하게 베껴 쓸수록 보수는 올라가요. 괜찮죠?"

바티스트가 고개를 끄덕이고 일을 시작했다. 글씨가 깔끔하진 않았지만 뭐라고 썼는지 읽을 수는 있었다. 그래서 메릿도 자기 몫을 마저 베껴 쓰며 가계도를 그리고, 얼룩 때문에 번진 이름들을 눈을 찡그려 확인했다. 세 번째 장으로 넘어갈 때 그는 바티스트에게 이렇게 물었다. "하는 일은 뭐예요?"

바티스트는 서류에서 고개도 들지 않았다. "지금은 아무것도 안 해요. 다들 직장을 구하려면 북쪽으로 가야 한다는데 철로를 깔거나 제철소에서 일하고 싶지는 않아요."

"확실히 팔을 보면 그런 일이 떠오르네요."

바티스트는 어깨만 으쓱하고 'T'자를 썼다. "하지만 남쪽으로 가고 싶지도 않아요. 그 동네는 마음에 안 들거든요."

"그래도 일거리가 많은…"

"별로예요." 단호한 말투를 듣고 더는 참견하지 않기로 했다. 미국을 남북으로 나누는 그 미묘한 선을 왜 넘지 않으려 하는지 메릿도 충분히 짐작할 수 있었다.

메릿이 이름을 하나 더 베껴 썼다. "프랑스에서는 무슨 일을 했어요?"

바티스트가 한숨을 쉬었다. 긴 사연이 목구멍을 타고 올라와 알아들을 수 없는 소리로 터져 나온 것만 같았다. "셰프였어요."

메릿이 연필을 탕 소리 나게 내려놓자 덩치 큰 남자가 깜짝 놀랐다. "설마! 농담이죠?"

바티스트가 마침내 고개를 들었다. 넓은 이마에 주름이 졌다. "여기서는 셰프가 웃긴 직업인가요?"

"아뇨. 그런 말이 아니고 내가 셰프를 구하고 있어서 그래요!" 메릿이 손뼉을 쳤다. "한 명 고용하라고 헐다가 성가실 정도로 재촉하고 있던 참인데 이런 우연이!"

바티스트가 의심스러운 표정으로 몸을 뒤로 뺐지만, 눈에서는 희망의 빛이 반짝였다. "헐다가 누군데요? 당신 부인?"

메릿이 웃으며 목덜미를 문질렀다. "아, 아니요. 우리 집 가정부요. 아니, 정확히는 다른 곳 소속인데, 잠시 우리 집을 관리해 주고 있는…, 설명하자면 복잡해요."

바티스트가 문서들을 내려다보다 다시 고개를 들었다. "셰프가 필요하다고요?"

메릿이 씩 웃었다. "바티스트, 유령을 믿어요?"

이마의 주름이 더 깊어졌다. "…아니요?"

"좋아요." 메릿이 바티스트의 어깨를 두드렸다. "채용된 거예요."

✦

헐다는 느지막이 윔브렐 하우스에 돌아왔다. 작은 고깃배를 빌려 타고 섬에 내리니 땅거미가 내려앉고 등대에 불이 켜지고 있었다. 가죽 같은 양치식물과 찔레나무 사이를 통과하기 힘들 정도로 어둡지는 않았다. 긴 풀밭 사이로 벌써 길이 나고 있어 지나가기가 한결 편안해졌다. 헐다는 심호흡을 하며 국화 향기를 가슴 가득 들이마시고 하루 동안 쌓인 긴장을 풀었다. '한 번에 하나씩만 해.' 다시금 떠올렸다. '지금은 네 걱정만 하는 거야.' 헐다는 스스로에게 하는 그 조언을 자주 되새겨야 했다. 한때는 그녀도 더 체계적인 세상을 위해서라면 다른 사람들의 삶을 통제하고 싶다고 생각했었기 때문이다.

사일러스 호그우드 문제는… 마이라 말대로 하룻밤 자고 내일 생각하기로 했다.

헐다가 치맛자락을 들고 계단을 올라 현관문을 열었다. 문은 잠겨 있지 않았다. 또 들어올 사람이 있을까? 다음 순간 헐다는 비명을 질렀다. 현관 복도에 거구의 야만인이 서 있었기 때문이다.

남자도 비명을 지르다 어깨에 짊어지고 있던 통을 떨어뜨릴 뻔했다. 싸울지, 도망칠지 고민할 새도 없이 베스가 헐다에게 두 손을 내밀며 달려왔다. "괜찮아요, 헐다 부인! 새로 온 셰프예요!"

헐다가 문틀을 붙잡고 두근거리는 심장을 진정시켰다. 헐다의 시선이 덩치 큰 검은 머리 남자에서 베스에게로 향했다. "나는 셰프 구한 적 없어요!"

"메릿 씨가 채용하셨어요." 베스가 놀란 사슴을 대하듯 천천히 다가왔다. "포츠머스에서 만났대요."

"소리를 들으니 헐다 부인이 오셨군요!" 메릿이 위층에서 외쳤다.

거구의 남자가 통을 내려놓고 허리를 가볍게 굽혀 인사했다. "바티스트 바비노라고 합니다." 그가 짙은 프랑스 억양으로 말했다. 그런 다음 허리를 펴고 벽처럼 뻣뻣한 자세로 주위를 둘러보았다. "그럼 저는 주방으로 가 볼게요."

그가 통을 들고 식당을 지났다. 벽의 초상화도 헐다처럼 궁금한지 목을 빼고 남자의 뒷모습을 쳐다보았다.

메릿이 난간을 꽉 붙잡고 갑자기 크기가 변하는 계단을 내려왔다. "왔어요? 뭐 유용한 거 찾았어요?"

헐다가 가방을 움켜쥐고 집으로 들어와 발로 문을 닫았다. "직원 채용은 제 담당이라고 생각했는데요?"

"내가 솔선수범했죠! 기특하지 않아요?" 메릿이 웃으며 마지막 계단 몇 칸을 뛰어내렸다. "시청에서 자료 내용을 같이 베껴써 줄 사람이 필요했는데 바티스트 씨도 마침 돈이 궁했거든요. 대화하다 보니 셰프라는 거예요! 프랑스에서 온! 굉장하지 않아요?"

헐다가 복도를 가로질러 식당을 들여다봤지만, 바티스트는 주방으로 사라진 후였다. 집은 그를 거부하지 않는 듯했다. "하지만 방이 부족한…" 헐다는 셰프를 고용할 때쯤에는 헐다가 떠나며 쓰던 방을 넘겨줄 거라고 생각했었다.

베스가 속삭였다. “새로 생겼어요.”

헐다가 눈을 깜박였다. “뭐라고요?”

“새 방이 생겼다고요.” 베스가 다시 말했다. “집이 주방 바로 옆에 공간을 만들어 줬어요.”

헐다는 말문이 막혔다. “집이 그냥 새로운 공간을 만들 수는 없어요.”

베스가 어깨를 으쓱했다. “우리 방들이 조금씩 작아졌어요.”

그렇다면 집이 공간을 이동했다는 얘기다. 헐다는 잠시 생각을 해보았다. “그러면 이해가 되네요.” 이어 메릿을 돌아보고 물었다. “제대로 심사했어요? 이력은 어때요?”

메릿이 어깨를 으쓱했다. “저녁으로 아주 맛있는 수프를 만들었어요. 미국에 온 지 석 달째인데 직장을 구하지 못했대요. 기회를 주고 싶더라고요.”

헐다의 화가 누그러졌다. “정말 친절하시네요, 메릿 씨. 우리가 원하는 조건에 맞는지 한번 보죠. 제가 내일 아침에 면접을 볼게요.”

메릿이 또 어깨를 으쓱했다. “마음대로 해요.”

베스는 조용히 물러나 위층으로 올라갔다. 베스에게는 집이 장난을 치지 않았다.

헐다가 가방을 열며 말했다. “내러갠싯만 등대에서 일했던 사람들 명단을 뽑았어요. 이전 집주인들과 대조하다 보면 건축 연대를 추정하는 데 도움이 될지도 몰라요.”

“나도요. 나는 적합한 후보가 있을 만한 족보를 최대한 많이 적어 왔어요.”

헐다가 멈칫했다. “아. 잘하셨어요.” 역사적으로 계보를 중요하게 여기는 건 늘 마법 기관들이었지만 그들의 연구는 지역 당국에서도 유용하게 쓰였다. "내일 살펴보기로 해요. 아니면 네가 누구인지 그냥 말해 줄래?" 헐다가 천장에 대고 물었다.

집은 대답하지 않았다. 바티스트를 쫓아다니느라 바쁜 걸까.

메릿이 뒤를 힐끗 보며 가까이 다가와 헐다에게만 들릴 목소리로 속삭였다. "괜찮아요? 포츠머스에서 놀랐던 일은 어떻게 됐어요?"

헐다가 움츠러들었다. "그건 걱정하지 마세요, 메릿 씨. 잘 생각해 보니 그 사람일 리가 없었어요."

"누군데요?"

헐다는 잠시 생각에 잠겼다. "사일러스 호그우드요. 바이커에 들어가고 처음 만난 의뢰인이었고 제가 그 댁 직원들을 고용했었죠." 헐다가 메릿을 지나쳐 계단으로 갔다. 집이 헐다의 짐을 어떻게 재배치했는지 제대로 확인해야 했다. "하지만 이제는 저와 상관없는 일이에요."

"혹시 물어봐도 될까요?" 메릿이 놀랍게도 머뭇거리는 말투로 덧붙였다. "어떤 죄를 저질렀는지?"

헐다가 난간을 움켜쥐었다. '대답한다고 문제가 생기지는 않겠지?' "간단히 말하면 마법의 오용이에요. 카리스마 있고 굉장히 사악한 사람이었어요. 힘을 탐하다 차마 입에 올릴 수도 없는 짓을 벌였죠."

뒤틀리고 수분이 빠져 아코디언처럼 접힌 시체들. 사악하게 빛나던 눈빛. 헐다는 그 이미지들을 머리에서 떨쳐냈다.

메릿의 반응이 없자 헐다는 마저 계단을 올랐다. 2층에 거의 다 올라왔을 때 아래에서 부르는 소리가 들렸다. "헐다 부인."

188

헐다가 돌아보았다. 평소의 웃음기가 사라진 진지한 얼굴이었다.

"이 집에서는 안전해요. 그걸 알아줬으면 해요." 메릿이 말했다.

위안을 주는 말에 가슴이 따끔거렸다. 헐다가 고개를 끄덕였다. "감사합니다, 메릿 씨."

헐다는 복도를 걸었다. 이 집의 마법사가 뒤늦게 나타나 보라색과 노란색으로 번쩍이는 페인트를 떨어뜨리기 시작했다. 헐다는 고개를 숙이고 방으로 들어왔다. 방의 크기가 별로 줄어들지 않았다. 바티스트의 방이 비좁을 것 같았다. 침대는 있나? 아니면 바닥에 이부자리가 깔려 있는 걸까? 아침에 변화를 기록해야겠다.

헐다는 침대에 가방을 올리고 양팔을 뻗어 긴장한 근육을 풀고 직접 가져와 벽에 걸어 둔 작은 타원형 거울로 다가가 들여다보았다. 안경을 벗어 치마로 알을 닦고 다시 썼다. '자고 나서 생각하자.' 다짐하고 돌아서서 머리에 꽂힌 핀들을 뽑았다. 돌아오기 전에 노점상에 들러 요기를 했지만 그때도 식욕은 없었다. 머리를 비우려면 푹 쉬어야 했다.

마지막 핀까지 다 뽑은 후 머리를 흔들자 머리카락이 어깨 아래로 손바닥 한 뼘만큼 흘러내렸다. 지금의 머리 스타일에는 딱 그 길이가 적당했다. 헐다는 패션에 큰 관심이 없었지만 언제 어디서나 깔끔하게 보이고 싶었기 때문에 어느 정도는 신경을 써야 했다. 머리카락을 꼬아서 고정했던 탓에 생머리, 굵은 웨이브 머리, 곱슬머리로 나뉘어 엉망이었다. 머리카락을 다시 땋고 창가로 걸어가 밖을 내다보았다. 잘 보이지는 않았다. 도시의 불빛이 없는 섬은 해가 지면 칠흑같이 어두워졌고 만 주변을 비추는 등대도 방 창문에서는 하나도 보이지 않았다. 사라져 가는 자주색 황혼만이 지나가는 제비와 저 멀리 서 있는 느릅나무를 비추었다.

'이 집에서는 안전해요.' 머릿속에서 메릿의 목소리가 메아리쳤다. 헐다는 정말 안전했다. 그녀가 로드아일랜드 해안가에서 좀 떨어진 섬 한복판에 있다는 사실은 가족도 몰랐다. 아직 편지를 쓰지 않았기 때문이다. 편지를 쓰기는 해야 하는데…. 오늘 아침의 공포가 사그라들기 전까지는 구체적인 정보를 빼는 게 낫겠다. 정보를 내놓으라고 강요당할 수 있는 사람은 적을수록 좋다. 그리고 가족이 괜히 걱정하게 만들 필요도 없고. 이제 집에 남자가 두 명으로 늘었으니까. 한 명은 보기보다 눈치가 빨랐고 한 명은 백악관 민병대에 들어가고도 남을 덩치였다. 하지만 제대로 쓴 마법은 몸집과 지능도 쉽게 이길 수 있었다.

'당신 일인데 어떻게 걱정을 안 해요?'

웃음이 새어 나왔다. 가슴이 따끔거렸다.

그리고 즉시 수치심이 파도처럼 덮쳐왔다.

"안 돼." 헐다가 중얼거리며 창가에서 떨어졌다. 두 손을 내저었다. "안 돼, 헐다. 두 번은 아니야."

의미 없는 작은 불꽃일 뿐이었다. 하지만 불꽃이 불씨가 되고, 불씨가 불길이 되는 법이다. 그러니 지금 당장 꺼야 했다. 짓밟힌 가슴이 다시 재로 변하기 전에.

고객에게 어떤 식으로든 연애 감정을 느껴서는 안 된다. 그렇기도 하지만…, 애초에 헐다는 연애 감정과 어울리지 않았다. 적어도 쌍방의 감정은. 34년을 살면서 지위와 배경을 막론하고 조금이라도 다정한 눈빛으로 헐다를 바라봐 준 남자는 한 명도 없었다. 그리고 헐다가 누군가에게 눈길을 줬을 때는 부끄러운 결말이

나 가슴 아픈 결말, 혹은 부끄럽고 가슴도 아픈 결말을 맞았다. 세월이 흐르며 감정이 무뎌졌지만 한구석에 남은 어리석은 마음이 간혹 두근거리며 깨어났다. 헐다는 그 마음을 혐오했다. 주방 싱크대에 놓인 양말보다도 더. 바이커에서 계약 직원이 아닌 컨설턴트로 일하면 그 점에서 좋았다. 보통은 애착이 생기기 전에 그 집을 떠나니까.

오늘 사일러스 호그우드를 생각하고 있었기 때문인지 헐다의 생각은 고스 엔드의 집사였던 스탠리 리젯으로 흘렀다. 그때만 해도 헐다는 스물한 살로 희망이 넘쳤고, 또 조금은 조급했는지도 모르겠다. 스탠리 씨는 스무 살 연상이었지만 품위가 있었고 턱선이 강인했다. 헐다는 논리적이고 효율적인 그의 업무 처리 방식을 존경했다. 바보같이 매일 아침 머리카락을 말고 코르셋을 더 조였던 기억이 떠올랐다. 언제나 그의 안부를 묻고 그가 좋아하는 타르트를 주방에서 가져다주었다. 그쪽도 헐다의 감정을 뻔히 알았을 것이다. 사일러스가 체포된 후 그는 무섭도록 경멸하는 태도로 헐다를 대했다. 어쩌면 마법을 훔치는 짓을 그도 알았던 걸까? 어쨌든 그는 주인에게 한없이 충직했고 노골적으로 헐다를 혐오했다.

추녀라고, 비열한 밀고자라고 했다. 첫 번째 말은 전에도 들어본 적 있었지만 두 번째 말은 처음이었다.

미국으로 돌아오는 내내 헐다는 흐느껴 울었다.

고국으로 돌아온 직후에는 관심이 있던 다른 상대가 동네 레스토랑에서 헐다의 버릇을 조롱하고 있던 걸 우연히 엿들었다. 그때 헐다는 노처녀로 살 팔자를 받아들였다. 그 부분을 포기하자 일처럼 더 중요한 문제들에 집중할 수 있었다. 이제는 자신의 미래를 점치지 않았다. 볼을 꼬집는 것도, 옷에 레이스를 더하는 것도 그만두었다.

그리고 혼자 아주 잘 살았다. 정말로 잘 살았다. 앞으로도 이러기를 간절히 바랐다.

헐다는 침대 매트리스 끝에 걸터앉아 안경을 협탁에 놓고 손으로 얼굴을 감쌌다. "친절한 고객을 모시고 있어서 얼마나 다행이야." 헐다가 한마디, 한마디 강조하며 스스로에게 말했다. "너는 정말 운이 좋아. 다음 단계로 넘어갈 수 있게 이 마법사 문제도 해결하는 게 좋을 거야. 일만 하자, 헐다. 네게서 그 이상을 원하는 사람은 없어."

계획을 굳힌 헐다는 옷을 갈아입고 세수를 하고 촛불을 껐다. '자고 나서 생각하자니까.' 속으로 자신을 꾸짖었다.

베개에 머리를 누이는데 바스락거리는 소리가 났다. 어리둥절해 손을 뻗으니 있는지도 몰랐던 작은 면포 주머니가 손에 잡혔다. 일어나 초를 다시 켠 헐다는 터져 나오려는 눈물을 참았다.

노란 리본으로 묶은 면포 주머니에 담긴 레몬 사탕이 베개 위에 놓여 있었다.

이걸 놓아둘 사람은 메릿뿐이었다.

17

1846년 9월 18일, 로드아일랜드주 블라우던섬

바티스트를 셰프로 들이고 며칠 뒤, 메릿은 눈부신 햇살에 찌뿌둥하게 잠에서 깨어났다. 어젯밤 깜박하고 커튼을 치지 않았다. 묘한 꿈의 잔상이 머릿속에 달라붙어 있었다. 거대한 나무와 말하는 염소가 나왔고 미시시피강이 신으로 등장했는데, 이야기의 조각을 맞춰 볼수록 흐트러져 꼭 구름을 마시려 하는 기분이라 세세한 내용을 도저히 떠올릴 수가 없었다.

메릿은 눈을 비비고 한쪽 팔꿈치로 상체를 일으켜 세운 뒤 창밖을 내다보았다.

그러다 곧바로 얼어붙었다. 숨이 목구멍에 턱 걸렸다.

그의 방 창문이 아니었다. 커튼이 달랐고, 카펫도 달랐다. 서랍장도… 위에 놓인 거울도 마찬가지였다. 그런데 더욱 당황스럽게도 제일 가까운 벽에 있는 옷장은 그의 옷장이었다. 벽, 모서리,

빨래 바구니 선부. 하지만 빨래 바구니 옆의 벽은… 그의 방 벽이 아니었다. 크림색이 아니라 흰색이었다. 침대의 나머지 반쪽도 그의 침대가 아니었다. 이불이 달랐다. 아니, 메릿의 이불과 엉망으로 뒤섞여 있었다.

더 심각한 문제는 그 이불을 덮고 자는 여자가 있었다는 거다. 다른 여자도 아닌 헐다 라킨이었다.

당황해서 헐다를 보고 있으니 배꼽 언저리로부터 위험 신호가 느껴졌다. 메릿은 어젯밤 일을 기억하려고 필사적으로 노력을….

잠깐, 헐다가 누워 있는 침대 반쪽은 그의 침대가 아니었다.

메릿이 긴장된 한숨을 뱉었다. 집이 밤사이에 또 바뀌었구나! 침실을 개조한다고 메릿의 방과 가정부의 방을 반으로 잘라 붙인 것이다!

메릿은 바지를 입고 있지 않았다.

이마에 식은땀을 흘리며 이불을 허리에 단단히 두른 채 몰래 빠져나가야 할지, 당장 헐다를 깨워야 할지 고민했다. 어느 쪽도 행복한 결말은 불가능했다.

메릿은 매트리스 끝을 향해 몸을 조금씩 움직이며 앞으로는 옷을 다 갖춰 입고 자기로 다짐했다.

침대 끝으로 발을 넘기며 헐다가 아직 자고 있는지 뒤를 힐끔 쳐다보았다. 자고 있었다. 그런 것 같았다. 창문을 등지고 옆으로 누워 있었기 때문이다. 갈비뼈 부근에 이불을 걸치고 있어 하늘하늘한 잠옷 소매가 보였다. 머리카락은 땋아내려 한쪽 어깨 앞으로 넘겼지만 거의 다 풀린 상태였다. 흐트러진 갈색 머리카락이 헐다의 목과 베개에 구불구불 늘어졌다. 당연히 안경도 쓰고 있지 않았다.

처음으로 헐다의 속눈썹이 보였다. 짙고 풍성한 속눈썹이 동그란 뺨 위에 자리하고 있었다. 거기다 창문으로 쏟아지는 아침 햇살까지 더하니… 마치 천사 같았다.

그리고 메릿은 깨달았다. 잠옷이 흘러내려 뽀얀 가슴골이 훤히 드러나 보인다는 사실을.

솔직히 그러면 안 되지만 몇 초 늦게 눈을 돌렸다. 사실 아예 쳐다봐서도 안 됐다. 하지만 메릿도 남자였고… 맙소사, 헐다가 알면 살아남지 못할 거다.

'내 잘못이 아니야!' 메릿은 그렇게 생각하며 얼른 매트리스에서 일어나 어제 입었던 바지를 집어 들고 경이로운 속도로 입었다. 몰래 나가서 베스에게 헐다를 깨우라고 시킬 계획이었다. 돌아서던 메릿은 현관 복도의 초상화가 카펫 위에 똑바로 서서 짓궂은 미소를 보내고 있다는 사실을 알아차렸다.

메릿이 비명을 질렀다. 헐다가 벌떡 일어났다. 잠시 후 헐다도 비명을 질렀다.

"여기 어디예요?" 헐다가 따지는 눈으로 메릿을 보며 이불을 낚아채 몸을 가렸다.

메릿은 당황하고 긴장한 마음을 애써 가라앉히고 겨우 대답했다. "간밤에 집이 침실 두 개를 하나로 합쳐야 한다고 판단했나 봐요." 그러다 덧붙여 자기변호를 했다. "나도 방금 막 알았어요."

솔직히 말하면 헐다의 얼굴이 한여름의 장미처럼 새빨개지는 모습을 보고 있으니 흥미로웠다.

메릿이 물러났다. "가서… 베스 양 불러올게요." 그러면서 급하게 나가려다 초상화를 쓰러뜨릴 뻔했다. 뒤이어 들리는 외침이 문의 경첩에서 나는 소리인지, 헐다의 입에서 나오는 소리인지는 알 수 없었다.

어느 쪽이든 둘을 위해 모르는 편이 나을 것이다.

✦

갑자기 뉴욕의 컬드웰 씨가 생각만큼 나쁜 집주인은 아니라는 생각이 들었다. 그래도 컬드웰 씨는 자는 동안 집에 있는 것들(가구, 창문, 벽)의 위치를 바꾸지는 않았다. 앞으로 남은 평생 얼마나 많은 마법을 봐야 하는 걸까.

'퇴마 쪽을 택해야 할 이유만 더 늘어났네.' 메릿은 토스트에 버터를 바르며 생각했다. 바티스트는 벌써 아침을 다 먹었다. 다른 사람들보다 먼저 식사하는 습관도 있었지만 이 집에서 제일 일찍 일어나기 때문일 수도 있었다. 군인이 감탄할 정도로 엄격한 일과를 지키는 헐다보다도 먼저 일어났다.

오늘은 일과를 그리 엄격히 따르지 않았지만 이유를 이해할 수 있었다. 헐다는 굳은 어깨로 콧대를 높이 치켜든 채 종이 뭉치를 손에 들고 느지막이 아침을 먹으러 내려왔다.

메릿이 벌떡 일어섰다. "제발 우리의 마법사가 누군지 알아냈다고 말해 줘요."

헐다가 의자를 꺼내 앉았다. "안타깝지만 그건 아니에요, 메릿 씨. 이제 막 자료를 정리하기 시작했는걸요. 그래도 좋은 소식은 집이 2층을 원래대로 돌려놓고 있다는 거예요."

그 말을 강조하듯 위에서 나무 부러지는 소리가 났다.

헐다의 눈 밑이 언뜻 붉어 보였다. 메릿은 특별히 언급하지 않고 그냥 "고마워요."라고만 말하기로 했다. 이 빌어먹을 집이 원 상태로 돌아오도록 헐다가 전문가답게 설득했을 거라고 추측했기 때문이었다.

반쯤 먹은 토스트를 내려놓고 메릿이 말했다. "마법사가 집에 사는 이유가 뭐라고 했죠?"

"대개 두 가지예요." 헐다는 파일에서 문서를 꺼내며 고개도 들지 않고 대답했다. "어떤 연유로 집에 묶였거나, 중대한 의미로 삶의 목적을 이루지 못했거나. 하지만 자신의 영혼을 무생물에 옮기려면 굉장한 마법 능력이 필요해요. 아무나 할 수 있는 일이 아니에요. 그래서 흔히 볼 수 있는 현상이 아닌 거고요."

"당신은 가능해요?"

헐다가 메릿을 힐끗 쳐다보았다. 눈동자에 녹색 점이 콕콕 찍혀 있었다. "아니요. 그러고 싶지도 않고요."

"하지만 지옥에 떨어질 운명이라는 걸 알게 되면요?"

헐다가 지친 유모처럼 한숨을 쉬었다. "왜 이러세요, 메릿 씨."

메릿은 어깨를 으쓱했다. "말이 그렇다고요." 그는 몸을 기울여 그의 인구 조사 기록을 살펴보고 1700년대 문서에 손을 뻗었다. "그러니까 우리가 이 마법사 친구를 찾는다면 옛날 사람이겠네요. 마법이 희석되기 전에 살았던."

헐다가 메릿의 문서를 들여다보았다. "아마도요. 하지만 꼭 그러리라는 보장은 없어요. 마법은 보통 감소되지만 적절한 혈통이면…."

"합쳐지죠." 메릿이 대신 말을 맺었다.

헐다가 고개를 끄덕였다. "제가 봐도 될까요?"

메릿이 건넨 문서를 훑었다. "정보가 더 들어 있었으면 좋았을 텐데. 뭐 그때는 우리가 정식 국가가 아니었겠죠."

유리가 깨지는 듯한 소리가 역순으로 위층에서 울려 퍼졌다. 집이 재배치를 끝내기 전에 베스가 아래층으로 내려왔나? 아무도 깨우지 않으려면 밤에 얼마나 천천히 움직여야 했던 걸까? '교활한 녀석.'

"몸이… 가까이 있어야 하나요? 메릿이 닭살 돋은 팔을 문질렀다. "마법사의 몸 말이에요. 혼이 머무는 것 안에 몸도 있어야 해요?"

"안에 있어야 하는 건 아니에요. 하지만 혼이 단독으로 멀리 이동할 수는 없어요. 마법사가 가까이 있어야 했을 거예요. 예를 들면 섬 안에는 있어야 하죠."

메릿이 두 발을 바닥에서 뗐다. "마룻바닥 아래 시체가 있지는 않겠죠?" 등줄기를 타고 오한이 굶주린 거미처럼 빠르게 움직였다.

헐다가 서류 뭉치를 식탁에 턱 내려놓았다. "그거예요! 혹시 집 근처에서 묘비 있는 무덤 보셨어요?"

"아니, 글쎄요…" 메릿은 창밖을 내다보았다. "다른 문제들에 집중하느라 바빠서 솔직히 섬 전체를 돌아볼 새가 없었어요. 풀이 길게 자라 뭐든 숨길 수 있겠군요."

"무덤을 찾으면…" 헐다의 목소리에 흥분이 섞였다. "…후보군이 좁혀질 거예요. 이 문서에는 이곳에 살았던 사람이 나와 있죠. 이곳에서 죽은 사람이 아니라. 아주 영리한 발상이었어요, 메릿 씨." 헐다가 자리에서 일어났다.

메릿도 뒤를 따랐다. "당연하죠. 나는 그냥… 당신이 스스로 알아내기를 바랐던 거예요."

헐다는 벌써 문밖으로 나간 뒤였다.

메릿이 얼굴을 찌푸리며 외쳤다. "아침 다 안 먹고 가요?"

✦

베스와 바티스트에게도 도움을 요청한 후 그들은 헐다를 선두로 밖에 나갔다. 메릿은 빈 빨랫줄 옆에 멈춰 서서 스카프를 다시 고쳐매며 섬을 천천히 둘러보았다. 그의 섬이라니. 생각하면 아직도 믿기지 않았다. 얼마 전까지는 할머니가 저주의 의미로 물려주신 게 아닐까 의심하기도 했다. 하지만 지금 이곳은 즐거운 모험의 장소였다.

그와 헐다의 침실을 합친 걸 제외하면 말이지. 화장실을 쪼그라뜨렸던 것도.

'집이 평범한 집으로 돌아가면 얼마나 좋을지 생각해 봐.' 그 생각을 하자 긴장감이 들었다. 메릿은 기다리는 베스와 바티스트를 보고 말했다. "우리 찢어지죠. 묘비를 찾으면 돼요."

베스가 놀라서 눈을 크게 떴다. 바티스트는 한쪽 어깨를 으쓱했다.

"베스 양은 동쪽…." 그쪽은 집 옆의 제일 작은 땅이었다. "…바티스트는 남쪽을 맡아요. 헐다 부인은 북쪽이 좋아요, 서쪽이 좋아요?"

"제가 서쪽 할게요, 메릿 씨. 북쪽은 배 있는 곳으로 왔다 갔다 하느라 온통 발자국으로 뒤덮여 있잖아요."

"일부분만이죠." 메릿이 반박했다.

네 사람은 동서남북으로 흩어졌다. 베스는 잔디를 손으로 더듬으며 천천히 걸었고, 바티스트는 전경이 잘 보이는 야트막한 언덕으로 향했다. 헐다는 앞으로 쑥쑥 걸어 나갔다. 바닷가에서 시작해 집으로 돌아오려는 모양이었다.

메릿은 집 근처를 시작점으로 삼았다. 풀밭을 왔다 갔다 하며 방향을 틀 때마다 한 발짝씩 북쪽으로 이동했다. 발밑에서 갈대가 꺾이고 잡초가 짓밟혔다. 다섯 번째로 길을 틀었을 땐 솜꼬리토끼가 놀라서 달아났다. "미안해." 사과했지만 빠르게 도망치느라 못 들었을 것이다.

물억새에 둘러싸인 작은 연못(그보다는 커다란 물웅덩이에 가깝다.) 주위를 질퍽대는 걸음으로 돌았다. 묘로 삼기에는 적당한 곳이 아니다. 하지만 습지에 시신을 매장하기 적당한 곳이 애초에 존재하나?

아무것도 발견하지 못하면 어떻게 되지?

2만 2천 평을 다 훑는 데 시간이 얼마나 걸릴까?

스물일곱 번째로 방향을 틀었을 때 대서양에서 바람이 불어와 무릎 근처까지 자란 풀잎을 흔들었다. 바람이 스치자 풀밭 자체가 녹색과 금색으로 빛나는 바다처럼 보였다. 메릿은 물결 틈으로 십자가, 묘비, 빈 땅을 찾아봤지만 아무것도 보이지 않았다. '마법사, 당신 어디 있는 거야?'

북서쪽에서 무언가가 그의 마음을 끌어당겼다. 메릿은 그 느낌을 무시하고 계속 풀밭을 왔다 갔다 했다. 하지만 당기는 느낌은 반복되었다. 잠긴 목소리로 '저기라니까'라고 말하는 소리가 들리는 듯했다.

집을 돌아보았다. 꽤 멀리 왔지만 집은 아직도 그 자리에 서 있었다. 우리를 지켜보고 있을까? 우리가 무엇을 하고 있는지는 알까?

200

메릿은 입술을 핥고 북서쪽으로 방향을 돌려, 베스가 그랬던 것처럼 손가락으로 높은 풀을 쓸며 풀밭을 살폈다. 느릅나무 뒤에서 토끼 한 마리가 귀를 쫑긋거리며 그를 경계했다. 어깨높이까지 오는 기다란 잡초가 바람에 흔들렸다.

메릿의 구두코가 바위에 찍혔다.

"설마 아니겠지." 메릿이 말하며 풀을 갈랐다.

아니었다. 그냥 평범한 돌이었다.

메릿은 한숨을 쉬고 풀을 놓았다. 그러다 풀이 닫히는 순간, 점판암의 일부가 눈에 들어왔다.

몇 걸음 움직여 풀을 다시 걷어 보았다.

그곳에는 정강이 높이의 묘비가 풍화된 상태로 땅에 박혀 있었다. 세월이 흐르며 표면과 가장자리가 떨어져 나갔지만 '7'자가 선명하게 보였다.

씩 웃은 메릿이 외쳤다. "뭔가 찾았어요!"

묘비 주변의 풀을 한 움큼 쥐고 뽑기 시작했다. 헐다와 베스가 달려왔을 즈음에는 몇 발짝 거리에서 비슷하지만 조금 더 작은 묘비도 발견했다.

바티스트는 메릿의 목소리를 듣지 못한 것 같았다.

"굉장해요." 헐다가 말하며 풀을 뽑는 것을 도와주었다. 베스는 세 번째 바위도 찾았다고 외치며, 밑을 에워싼 식물들을 꺾고 줄기를 밟아 납작하게 만들었다.

묘비는 총 네 개였다. 처음 발견한 두 개 근처에 모여 있었고, 하나는 쓰러진 채였다.

헐다가 하나를 손으로 쓸었다. "거의 읽을 수가 없네요. 베스, 이런 게 더 있는지 주변을 수색해 줄래요?"

베스는 고개를 끄덕이고 직선으로 걸으며 퓨마처럼 탐색했다.

메릿은 마침 서재에서 노트와 연필을 가져왔다. 한 장을 찢어 첫 번째 묘비에 대고 연필심 끝으로 슥슥 문질렀다. '7'이 선명하게 찍혔고 생년으로 추정되는 '162'라는 숫자도 드러났다. 마지막 숫자는 시간에 지워지고 없었다.

메릿이 헐다에게 종이를 들어 보였다. "O… A-C-E. 이건 이름이에요. 그리고 M-A… E-L."

두 번째 종이를 찢어 종이와 연필을 건네자 헐다도 두 번째 묘비에 종이를 대고 문지르기 시작했다. 네 번째 묘비에 적힌 성은 보존 상태가 좋아 똑바로 읽을 수 있었다. '맨슬.' 넷 다 성이 맨슬인 듯했다.

메릿이 손가락을 튕겼다. "호러스." 그리고 첫 번째 종이에 찍힌 글자들 사이를 가리켰다. "H-O-R-A-C-E. 이름은 호러스 같아요."

헐다가 고개를 끄덕였다. "맞네요."

아내의 이름은 읽을 수 없었다. 하지만 약간의 추리와 추측을 바탕으로 다른 두 개의 묘비 주인은 도카스와 헬렌이라는 판단을 내렸다.

"다 딸들이에요." 메릿이 말했다. "호러스도 참 힘들었겠어요. 혼자 떨어져 있는 것도 이해가 되네요. 여자들과 거리를 두고 싶었을 거예요."

헐다가 코웃음을 쳤다. "퍽이나 그랬겠어요." 그러고는 종이에 이름과 알아낸 날짜들을 적었다. "이 정도면 됐어요. 이제 시작이니까. 계보 학회에 관련 기록이 있을 거예요. 자료를 굉장히 철저히 수집하더라고요. 이 사람들이 마법과 연관이 없다고 해도 기록은 존재할 거예요."

베스가 돌아와 빈손을 들어 보였다. "주변에 다른 무덤은 없어요, 헐다 부인."

"그래요. 조사할 범위가 좁으면 좋죠." 헐다가 일어나며 치마의 흙을 털었다. "나머지 섬도 확인해 봐야겠지만 묘를 여기저기에 둘 이유는 없다고 봐요. 집의 역사를 생각해도 여기서 다른 묘비가 나올 것 같지는 않고요. 물론, 철저한 게 제일 좋지만요."

메릿도 진흙 묻은 무릎을 무시하고 자리에서 일어났다. "계보학회에서 아는 바가 없다고 하면요?" 갑자기 그의 얼굴이 하얗게 질렸다. "무덤을 파야 하는 건 아니겠죠?"

"아니기를 빌어요." 헐다의 대답에 메릿의 속이 불편하게 울렁거렸다.

베스가 물었다. "마법사에게 이 사람들 중 누구냐고 물으면 안 돼요?"

"왜 대답하겠어요?" 헐다가 메릿을 곁눈질하며 목소리를 낮췄다. "메릿 씨는 퇴마를 원한다잖아요."

메릿이 어깨를 으쓱했다. "오죽하면 그러겠어요?"

헐다가 연필로 탁본을 뜬 종이들을 내려다보았다. 그 모습을 보자 메릿은 죄책감으로 배가 꼬이는 듯했다. "그러게요. 아직 오전이니 보스턴에 갈 시간은 충분한 것 같아요." 그렇게 말한 헐다가 급하게 몸을 일으키는데 북 찢어지는 소리가 들렸다. 헐다는 혀를 차며 몸을 틀고 치맛자락을 들어 올렸다. 밑단 일부가 완전히 찢어져 있었다. "귀찮게 됐네. 놀랍지는 않네요. 이미 같은 곳을 두 번 꿰맸거든요."

메릿이 자세를 고치고 섰다. "옷 갈아입고 갈래요?"

헐다는 대답 대신 됐다고 손만 휘저었다.

"혹시 교감석 더 구할 수 있는지 알아봐 주세요." 베스가 제안했다. "집에 안 계실 때 연락할 수 있도록요."

헐다가 고개를 끄덕였다. "이미 요청했죠. 도착했는지 확인해 볼게요." 마법의 희석 때문에 새로운 돌은 구하기 어려웠다. 그래도 불가능하지는 않았다.

메릿이 주머니에 손을 넣었지만 지갑을 방에 두고 왔다. "뱃삯이나 뭐 그런 거 필요해요? 같이 가 줄까요?"

어떤 이유에서인지 그 제안에 헐다가 흠칫 굳었다. "아닙니다, 메릿 씨. 바이커 일이니 바이커에서 전액을 지원할 거예요. 또 저는 혼자 움직이는 데 익숙하고요."

말을 할 때 메릿을 쳐다보지도 않았다. 메릿은 혹시 자기가 말실수를 했는지 헐다와 나눈 대화를 곱씹어 보았다. 하지만 짚이는 게 없었고 그는 헐다가 아침이라 예민한 모양이라고 결론 내렸다.

"그래도 배까지 데려다줄게요. 길도 다질 겸. 베스 양, 가서 바티스트를 불러와 줄래요? 뭐든 좋으니 아침 식사로 만들어 놓은 음식 좀 먹어야겠어요."

베스는 고개 숙여 인사하고 남쪽으로 걸어 나갔다.

헐다는 로드아일랜드를 떠날 수 있어 기뻤다.

원래 쓸데없이 생각이 많은 성격이었다. 헐다 본인도 잘 알았다. 가까운 사람들, 그러니까 가족이나 마이라도 알고 있었다. 증기선처럼 힘차게 움직이는 머리가 장점으로 작용할 때도 있었다. 그런 성격은 헐다를 생산적인 사람으로 만들어 주었다. 한 번에 여러 개의 업무를 능수능란하게 처리했고 다양한 방면에 있어 전문가가 되었다.

하지만 때로는 고문이었다. 생각이 편안한 논리 영역에서 벗어날 때면 특히 더 괴로웠다. 그리고 감정보다 비논리적인 것도 없었다.

그래서 보스턴으로 빠르게 달리는 마법 열차의 벽에 기댄 채, 헐다는 오늘 아침 메릿과 나눈 대화를 세 번이나 분석하며 자신이 철저히 선을 긋고 프로답게 행동했는지 확인했다. 세 번째 평가까지 마치고서야 예의에 어긋나는 행동을 하지 않았다고 확신하고 마음을 놓을 수 있었다.

아직 레몬 사탕을 먹지 않았다. 솔직히 말하면 두려웠다. 사탕이 일종의 암브로시아(옮긴이 주-그리스 신화에서 신들이 먹는 음식. 이것을 먹은 사람은 늙지 않는 불멸의 힘을 얻게 된다고 한다.)가 되어 헐다의 정신과 결심을 비틀고 절박했던 스무 살 때로 돌려보낼 것만 같았다.

헐다가 한숨을 쉬었다. '이래서 소설을 읽으면 안 된다는 거야. 왜 이러니, 헐다.'

계보 학회에는 미리 전보를 쳐 두었기 때문에 헐다가 방문할 것을 예상하고 있을 터였다. 마법 열차가 계보 학회 본부 근처에 정차해 다른 교통수단을 이용할 필요도 없었다. 설레는 마음이 들어야 정상이었다. 헐다는 원래 미스터리를 해결하는 것을 좋아했다. 질문들을 분류해 문제를 해결하는 방법을 찾다 보면 굉장한 능력자가 된 기분이었다. 하지만 이번에는 마음 한구석에 답을 알기 두려운 마음이 있었다. 마법사의 정체를 알아내면 헐다

손으로 그 친구를 퇴마하고 윔브렐 하우스를 평범한 집으로 바꿔야 한다. 당연히 이후에는 집에 남을 이유가 없었다. 헐다와 베스는 다른 곳으로 발령 날 것이다. 좋은 일이었다.

헐다는 가슴을 무겁게 짓누르는 불쾌감을 외면하고 열차 역에서 보스턴의 익숙한 거리로 나아갔다. 수수한 구두가 자갈길에 부딪혀 딱딱 소리를 냈다.

마법 발전을 위한 계보 학회 건물은 엄청난 위용을 뽐냈다. 바이커 사무실이 입주한 호텔보다 네 배는 더 컸다. 앞에 거대한 나무 조각이 서 있고 고대 그리스 양식 기둥들이 문을 감쌌다. 헐다는 문을 밀면서 참 무겁다고 생각하며 안으로 들어갔다. 천장이 높은 널찍한 로비엔 어마어마한 크기의 반원형 안내 데스크가 놓여 있었다. 데스크에 앉은 남자는 마흔 살도 안 돼 보이지만 굉장히 허약한 분위기를 풍겼다.

남자가 헐다를 보자마자 일어났다. "헐다 양?"

여기서는 '부인'이라 불리지 않는다. "네."

"반갑습니다." 남자가 데스크 앞으로 나왔다. "이쪽으로 오시죠. 손님을 맞이하려고 일라이자 씨는 사무실에서 점심을 드셨어요."

헐다가 놀라서 눈을 깜박였다. "감사합니다."

그들은 계단을 지나 북쪽에 있는 복도로 향했고 이어 동쪽으로 방향을 틀자 문이 없고 넓은 사무실이 나왔다. 안에는 빼곡한 책장, 육중한 참나무 책상, 커다란 창문이 있었다. 창틀은 다양한 양치식물들로 빈틈을 찾아볼 수 없었다. 제일 오른쪽으로 보이는 벽에는 박제된 사슴 머리가 튀어나와 있었다.

책상 반대쪽에서 한 남자가 반쯤 먹다 만 샌드위치를 내려놓고 일어났다. 60대 정도로 보였다. 헐다보다 더 심한 매부리코였는데, 헐다의 코는 콧등 부분이 튀어나온 것과 달리 남자의 코는 코끝에서 앞으로 뻗어 나갔다. 눈은 짙은 색이고 머리카락은 백발이었다. 정확히는 머리카락이 아직 남아 있는 부분이 백발이었다. 즉, 귀 위와 뺨 옆이. 남자는 유쾌한 미소를 지으며 헐다에게 다가와 손을 내밀었다. "헐다 라킨 양?"

헐다가 고개를 끄덕이고 그와 힘 있게 악수를 했다. "네. 시간 내주셔서 감사합니다, 일라이자 씨. 급하게 만남을 요청했는데도요. 사실은 직원분이 나올 줄 알았어요."

일라이자는 앉으라고 손짓했고 비서는 소리도 없이 사무실에서 나갔다. "타이밍이 좋았죠. 오시는 데 불편함은 없으셨나요?"

헐다가 의자에 앉아 무릎에 가방을 올렸다. "전혀요. 말씀 감사합니다."

일라이자도 자기 의자에 앉아 점심 식사를 옆으로 밀었다. "답을 주셔서 얼마나 감사하던지요. 마법 능력이 있는 여성분을 찾기가 어렵거든요. 이미 만나 봤거나 나이가 너무 많거나…."

"일라이자 씨." 웬만하면 상대의 말을 자르지 않는 헐다였다. 하지만 그 말에 담긴 암시에 벌써 뺨이 붉어지고 있었고 얼굴 붉힐 얘기를 계속 듣고 싶지는 않았다. "오해가 있는 것 같습니다. 전보에 쓴 대로 전 맨슬이라는 이름을 조사하러 왔어요."

다행히 일라이자는 불쾌하게 받아들이지 않는 듯했다. 껄껄 웃을 뿐이었다. "아, 예, 그랬죠." 그가 손을 뻗어 작은 종이를 집어 들었다. 헐다가 보낸 전보였다. "저는 두 가지 모두 의논할 수 있으면 좋겠다고 생각했습니다."

헐다가 의자에서 최대한 허리를 쭉 펴고 앉았다. 허리를 펴면 얼굴의 홍조가 빠르게 가라앉기도 했기 때문이다. 다른 사람, 특히 남자 앞에서 얼굴이 빨개지는 건 정말 싫었다. "저는 아직… 다른 문제는 생각 중이에요. 하지만 오늘은 보스턴 마법 부동산 관리국을 대표해 이곳에 온 겁니다." 헐다가 가방을 열고 이름을 적은 종이와 연필로 탁본을 뜬 종이를 꺼냈다. "블라우던섬에 유령 들린 집이 있는데 그 집에 깃든 마법사가 누구인지 확인해야 해요. 이건 근처에서 발견한 무덤들이고요." 그러면서 종이를 건넸다.

일라이자가 잠시 종이의 내용을 꼼꼼히 살폈다. 헐다는 잠자코 기다렸다. 해야 할 일이 있을 때는 침묵쯤이야 불편하지 않았다.

"아주 잘하셨습니다, 헐다 양." 일라이자가 한참 만에 말했다. "50년 전쯤 저희도 초창기 식민지 마을들을 조사했었죠. 저희라고 하면 제 전임자들 말입니다. '메이플라워호' 때로 거슬러 올라가는 이야기지요." 어깨를 으쓱했다. "제 기억으로는 40년 아니면 60년일 수도 있겠네요. 헐다 양의 머리라면…" 연필로 문지른 종이를 들어 올렸다. "…훌륭한 계보학자의 자질이 보입니다."

칭찬에 헐다가 미소를 지었다. "감사합니다만 지금은 안정적인 직장이 있어서요."

일라이자가 종이를 모아들고 일어났고 헐다도 뒤를 따랐다. "이걸 들고 기퍼드를 찾아가세요. 아까 안내해 드린 친구 말입니다. 필요하신 파일을 찾을 수 있게 아래까지 직접 모셔다드릴 겁니다. 거기 없으면, 뭐, 제가 일을 똑바로 하지 않았다는 뜻이겠죠."

헐다는 그와 한 번 더 악수를 나눴다. "정말 감사했습니다, 일라이자 씨."

"고마워요. 일 끝나면 봅시다." 일라이자가 의자에 앉아 점심 식사를 다시 앞으로 가져왔다. "내가 편지에 미처 설명하지 못한 내용을 설명할게요."

헐다는 그저 예의를 차리기 위해 고개를 끄덕이고 사무실에서 나왔다. 그녀의 발이 그 어느 때보다도 빠르게 움직이고 있었다.

✦

지하실에서 기퍼드가 내려갔것만 관련 자료 상자를 테이블로 옮기고 두 번째 랜턴에 불을 붙였다. 헐다는 어깨의 숄을 더 단단히 여미며 빈 의자에 앉았다. 넓고 흙냄새가 나는 지하실 내부는 썰렁했다.

"찾으시는 자료는 다 여기 있을 거예요." 비서가 말했다. "도움이 필요하신가요?"

헐다는 고개를 저었다. "저 때문에 자리 비우시면 안 되죠. 파일 뒤지는 일은 많이 해봐서 익숙해요."

기퍼드는 고개를 갸웃했다. "용건 있으면 저 있는 곳으로 오세요."

그 말을 남기고는 헐다와 상자를 두고 떠났다. 헐다는 촛불을 들고 손 글씨로 적힌 색인을 훑었다. 필요한 자료를 찾기 위해 상자를 다 뒤집었을 때 문서를 다시 정리하기 위해서였다.

하지만 일라이자와 전임자들은 자료를 잘 정리해 두었고 헐다는 '블라우던, 굴드 호프섬, 1656-1750'이라 적힌 파일에서 원하는 정보를 금세 찾을 수 있었다.

찢어질 듯한 종이를 몇 장 넘기다 맨슬이라고 적힌 종이를 뽑았다. 거의 1미터에 달하는 길이가 3등분으로 접혀 있었다. 헐다는 상자를 땅에 내려놓고 테이블 위에 종이를 펼친 다음 두 번째 초를 가까이 댔다. 하단에 상당히 근사한 필체로 적힌 날짜를 보니 이 문서는 1793년에 만들어졌다. 헐다는 기록자가 얼마나 많은 묘비를 찾아야 했을지 문득 궁금해졌다.

"여기 있네." 잘 손질된 손톱으로 '호러스 토머스 맨슬'이라는 이름을 가리켰다. 태어난 날, 세례를 받은 날, 사망한 날이 이름 아래에 인쇄되어 있고 그 아래에는 계산된 마법 능력치가 깔끔한 손글씨로 적혀 있었다. 옆에 적힌 아내의 이름 '에벌린 펙 털리' 아래에도 세례일을 제외하면 비슷한 정보가 나열되어 있었다. 이 기록은 맨슬 가족이 사망하고 한참 후에 제작되었기 때문에 잠재된 마법 능력은 추정치가 분명했다. 호러스 아래에는 'Ch14', 에블린 아래에는 'Co6?'라고 적혀 있었다.

'Ch'는 집이 가진 게 분명한 혼돈 마법의 약어였다. 'Co'는 교감 마법을 뜻했지만 지금껏 그 마법을 보지는 못했다. 하지만 뒤에 붙은 물음표를 보면 정확한 정보는 아니었다.

"그리고 크리슬리." 헐다가 호러스와 에블린의 첫째에게로 손가락을 움직였다. 크리슬리와 아이들은 볼티모어에 묻혔다. 장녀는 결혼해 섬을 떠난 모양이었다. 묘비가 다른 가족과 함께 있지 않은 이유도 설명되었다. '역시 전부 딸이네.'

마법 능력 표시가 있지만 크리슬리가 윔브렐 하우스의 마법사일 가능성은 낮았다. 볼티모어는 너무 멀었다. 기록이 틀렸고, 사실은 크리슬리가 윔브렐 하우스에서 죽어 그곳에 묻혔다면 모를까. 그럴 가능성도 없지는 않았다.

크리슬리의 동생들은 무덤의 주인과 일치했다. 도카스 캐서린과 헬렌 엘리자였고 헬렌은 네 살에 죽었다. 헬렌도 그들이 찾는 마법사는 아닐 것이다. 마법은 대개 사춘기 무렵 발현되었다. 헐다는 열 살 때부터 순간적으로 예견을 보는 경험을 하기 시작했지만 말이다.

입술 안쪽을 잘근거리며 가계도를 거슬러 올라가니 영국의 기록이 나왔다. '여기야.' 헐다가 생각하며 이름 아래 'A12?'라고 적힌 고모할머니를 손가락으로 두드렸다. 집은 변이 마법을 가지고 있었다. 헐다도 한 번 계산을 해서 이번 일이 다 끝나면 그 마법사의 정보를 추가할 수 있게 일라이자에게 편지를 보내야겠다고 생각했다. 둘 중 하나였다. 이 고모할머니가 여기 적힌 것보다 더 많은 마법을 소유하고 있었든, 맨슬 가문의 다른 조상이 마법 능력을 가지고 있었든. 본인이 몰랐거나 기록에 남지 않았을 수 있었다. 마법이 몇 세대를 건너뛰고 나타나는 경우도 드물지 않았다. 모든 것은 피가 결정했다. 윔브렐 하우스의 마법사가 마법을 그렇게 많이 가지고 있으려면 선대의 누군가에게서 마법이 비롯되었어야 한다.

호러스와 에블린은 모두 피에 마법이 있었다. 그러니 두 사람의 자녀는 부부보다 더 강력한 마법사였을 수도 있었다. 헐다가 생각하기에 가장 유력한 후보는 도카스였다. 뭐 누가 됐든 이름 전체를 알고 있으니 퇴마를 진행할 수 있었다. 이제 재료만 구입하면 그만이었다.

"죄송해요." 헐다가 흐릿해진 이름들에 속삭이고 종이를 접었다. "하지만 제게는 결정권이 없어요."

상자는 테이블에 두었다. 헐다가 잘못 건드려 다음 사람이 자료를 못 찾으면 안 되니까. 어둠 속에서 계단으로 걸어가는데 포츠머스가 머리에 떠올랐다.

그래, 히룻밤 지나니 불안감이 조금은 가셨다. 하지만 그 '도플갱어'의 모습이 아직도 꺼림칙했다. 마침 보스턴에 나와 있고 시간도 있으니⋯ 여기서 나가기 전 호그우드 가문을 조사할 수 있지 않을까? 합리적인 이유로 마음의 평화를 찾기 위해서. 호그우드 가문은 영국인이었지만 계보 학회는 전 세계의 기록을 수집하고 있었다. 특히 유럽의 기록을 중점적으로 수집하니 헐다가 찾는 정보가 있을지도 모른다.

헐다는 램프를 들고 자료실 서가로 돌아왔다. 추를 매단 듯 무거운 발걸음으로 이름들을 훑었다. 한 글자, 한 글자가 타르를 묻히고 헐다의 머릿속에 달라붙는 느낌이었다. 마침내 원하는 상자를 찾았다. 하지만 테이블로 꺼내지 않고 그 자리에 서서 안을 뒤졌다. 정확한 계보가 나왔을 때는 안도감에 한숨을 쉬었다. 몇 대위의 누군가가 1745년에 미국으로 이주해 오며 기록을 가지고 왔다.

호그우드 가문의 계보는 방대했다. 가계도가 맨슬 가족과 비교할 수 없이 복잡해 글씨를 더 작고 빽빽하게 써야 했다. 다행히아래쪽에 있는 지난 50년의 기록만 봐도 그 이름을 찾을 수 있었다. '사일러스 호그우드.' 처음 듣는 이름의 남동생이 있었고, 호그우드 가문의 마법 계보는 잘 기록되어 있어 물음표가 하나도 없었다.

'K12, N24, Al6, Ch6.' 그의 피는 태어날 때부터 역동, 강령, 변이, 혼돈 마법을 전부 가지고 있었고, 약간의 점조 마법도 가진듯했다. 한 사람이 이렇게 많은 마법을 보유했다면 의도적으로 혈통을 관리했기 때문일 것이다. 어머니의 혈통은 확실히 강령 마법에 집중되어 있었다.

헐다가 몸을 떨었다. 그렇게 강한 힘을 타고난 남자가 다른 사람의 능력을 교묘하게 훔쳐 더 강해지다니… 어떻게 방법을 알아냈을까? 하지만 경찰은 분명 그의 보관소를 전부 파괴했다.

헐다가 가계도를 다시 접었다. 마음이 편해지기는커녕 더 불편해졌다. 종이에 적힌 사일러스 호그우드의 이름을 보자 그의 존재가 더 현실적으로 와 닿았다. 헐다는 파일을 상자에 넣고 선반에 돌려놓은 후 아프다 싶을 때까지 허리를 쭉 펴고 지하실에서 나왔다. 자신감 넘치는 태도를 오래 연기하면 자신감이 몸에도 자연히 밸 것이다. 언젠가는.

위로 올라와서는 기퍼드에게 감사 인사를 하고 문으로 향했다. 막 건물을 탈출하려는 순간, 일라이자가 외치는 소리가 들렸다. "헐다 양!"

헐다는 나무 조각상 근처에서 정중하게 돌아섰다. 구리로 된 잎사귀가 작게나마 그늘을 드리워 주었다. "일라이자 씨. 필요한 자료는 찾았어요. 협조해 주셔서 감사합니다."

일라이자가 모자를 벗어 인사하려 손을 올렸지만 그는 모자를 쓰고 있지 않았다. "당연한 일을 했을 뿐인데요! 물론 저는 헐다 양께서 저희의 다른 서비스도 이용하시리라는 기대를 아직 품고 있습니다."

헐다는 서늘한 손가락으로 목덜미를 만지고 표정을 관리했다. "정말 불도저 같은 분이시네요."

일라이자가 껄껄 웃었다. "이 일을 하다 보면 자연히 그렇게 되죠. 괜찮은 신붓감보다 신랑감이 더 많답니다, 헐다 양. 원하는 남자를 선택할 수 있어요."

그러고 싶지 않았지만 부끄러움에 목까지 붉어졌다. "저는 서로 노력해야 결혼이 이루어진다고 믿어요."

"그럼요, 그럼요. 하지만 이건 더 나은 사회를 위한 일입니다. 헐다 양은 굉장한 재원으로 보이는데요. 한번 만나 보시겠다면 헐다 양의 생활 방식에 적합한 신랑감으로 떠오르는 분이 두 명…, 세 명 정도 있어요. 수는 선호하시는 연령에 따라 달라지겠지만요."

홍조가 턱으로 번졌다. 그래도 헐다는 목소리를 차분하게 내는 데 정신을 집중했다. "조금 사적인 주제 아닐까요."

"생각해 보세요, 헐다 양." 일라이자가 간곡히 말했다. "저 같은 경우는 몸에 마법이 콩알만큼도 없지만 있었다면 얼마나 좋았겠습니까. 마법이 있어 좋으시지요?"

그 질문에 헐다가 멈칫했다. 이렇게 직설적인 질문은 예상하지도 못했다. "저는… 좋아요, 네. 굉장히 유용하죠." 헐다가 사일러스 호그우드의 비밀을 알게 된 것도 마법 덕분이었다.

"자녀들도 같은 선물을 받고 태어나기를 원하지 않으세요? 어쩌면 더 많이?" 일라이자가 양손을 비볐다. "이 나라에 마법 능력이 있는 사람들이 더 많아지면 우리가 얼마나 대단한 것들을 할 수 있을지 생각해 보세요. 마법 열차, 지속 가능한 에너지, 더 건강한 작물, 더 밝은 미래, 더 차분한 정신, 더 강한…."

"무슨 말씀인지 알겠어요." 헐다가 그를 달랬다. "저…, 생각해 볼게요."

일라이자가 고개를 끄덕였다. "연락만 주세요. 그러면 아까 말한 '신랑감들'에 관한 정보들을 전달해 드리겠습니다."

'신랑감들'이라는 말에 속이 불편하게 뒤틀렸다. "감사합니다, 일라이자 씨."

다시 악수를 한 뒤 헐다는 그를 피해 거리로 나아갔다. 우체국으로 가야 했다. 일단 이름과 주소를 조사할 것. 그리고 우체국에 간 김에 경찰관 몇 명과 사일러스 호그우드가 수감된 랭커스터캐슬의 교도관에게 편지로 문의해 보자. 운이 좋으면 사일러스 호그우드가 아직 철창 안에 안전하게 갇혀 있다고 교도관이 확인해 줄 것이다. 이 모든 걱정은 쓸데없이 부지런한 생각 때문이라고 말이다. 또 헐다는 새 옷을 최소 한 벌 이상 주문해야 했다.

길을 건너도 되는지 확인하려 고개를 들었다가, 모퉁이를 도는 플레처 포텐도퍼를 봤다고 생각했지만 너무 빠르게 사라져 확신할 수는 없었다.

18

1846년 9월 18일, 로드아일랜드주 블라우던섬

헐다가 집으로 돌아오니 메릿이 부루퉁한 표정으로 작은 바퀴를 손에 들고 다가왔다.

헐다는 여분의 가방을 어깨에 메고 현관 복도에 멈춰 섰다.

"뭐예요?"

메릿이 코를 훌쩍였다. 그래도 몇 시간이 지났다고 격렬한 분노에 이어 비탄을 불러일으킨 이 변화를 받아들이고 감정 정리를 할 수 있었다. 그동안 베스와 바티스트는 메릿 근처에 얼씬도 하지 않았다.

"이게 내 원고예요. 이 집이 내 원고를 이렇게 만들었다고요!"

헐다가 가방을 내려놓고 바퀴를 받아 베스가 켜 놓은 촛불에 기울였다. 밤이 가까워졌지만 아직 해가 다 지지는 않았다. "흥미롭네요."

"흥미롭다니!" 메릿이 머리카락을 쥐어뜯었다. "꼬박 한 달이 걸린 작업이라고요!"

헐다가 바퀴를 돌려주었다. "어떡하죠. 집이 마음을 바꿔야 할 텐데요."

메릿은 다리에 힘이 풀릴 지경이었다. "당신이 고쳐 줄 수 없어요? 전에 그랬던 것처럼 집을 위협해서?" 그러다 헐다가 가져온 가방들을 보고 몸을 똑바로 세웠다. 가슴에서 한 줄기 흥분이 터져 나왔다. "찾았어요?"

헐다는 썩 유쾌해 보이지 않는 표정으로 고개를 끄덕였다. "네. 이 마법사 이름은 도카스 캐서린 맨슬인 것 같아요." 그녀가 다른 가방을 가져오며 형제 관계를 설명하는 동안 메릿은 그 말을 귀담아들었다. "퇴마에 필요한 걸 전부 가져 왔어요. 소금만 보태 주시면 돼요."

"소금?" 메릿은 헐다가 묵직한 꾸러미를 꺼내고 있는 가방을 들여다보았다. "성수는 어쩌고요?"

"그런 퇴마가 아니에요, 메릿 씨. 하지만 토대를 소금으로 둘러야 해요. 아직 어두워지지 않은 지금 하는 게 좋겠네요."

"내 원고는요?"

헐다가 바퀴를 힐끗 보았다.

"약간의 괴롭힘이면 해결될 거예요."

메릿은 천천히 고개를 끄덕이고 밖으로 나와 보라색으로 물든 하늘과 서쪽에서 희미하게 반짝이는 금빛을 올려다보았다. 이렇게 아름다울 수 있을까? 인간의 탐욕이 닿지 않은 땅이 상쾌한 바다 공기에 둘러싸여 맑디맑은 하늘 아래 무한히 펼쳐져 있었다. 메릿은 책에도 이런 풍경을 담아야겠다고 결심했다.

책을 생각하자 가슴이 또 철렁 내려앉았다. 그래서 메릿은 소금 봉지를 뜯고 작업에 착수했다. 서두르다 하마터면 쥐를 밟을 뻔했다. 아까 전 메릿은 온실의 화초들에 물을 주고(어느 정도 독립적인 생활을 원한다면 모든 일을 베스에게 떠맡길 수는 없었다.) 이침부터 고민하던 장면을 마저 쓰기 위해 위층으로 올라왔다. 그리고 책상에서 이 빌어먹을 바퀴를 발견한 것이다. 어디에도 쓸 수 없는 작은 바퀴를. 빈 종이 묶음만이 마법을 피해 살아남았다. 메릿은 다른 곳에 두었을지도 모른다고 생각해 미친 듯이 원고를 찾았다. 하지만 이 집에 사는 도카스는 변이 마법사였고 그 마법을 메릿의 원고에 사용했다. 퇴마로 도카스를 쫓아내면 절대로 원고를 돌려받지 못한다.

한 번 쓴 내용을 똑같이 다시 쓸 수도 없었다. 그건 불가능했다. 대강의 개요만 짜 놓은 상태라…. 처음부터 다시 시작해야 한다고 생각하니 속이 울렁거렸다. 이미 쓴 부분을 다시 새롭게 써야 한다니, 고문이 아니면 뭐란 말인가!

메릿은 가만히 앉아 있지 못하고 서성이며 헐다가 돌아오기를 기다렸다. 집이 말을 듣도록 설득할 수 있는 사람은 헐다뿐이었다. 하지만 헐다는 딱히 시도할 마음이 없는 듯했다.

집의 마법을 없앤다는 사실에 심란한 게 분명했다. 메릿은 느낄 수 있었다.

'내가 잘못하는 걸까?'

하지만 여기는 그의 집이었다. 초상화가 따라다니며 쳐다보고 밥줄이 뜬금없는 물체로 변하는 집에서는 살 수 없었다. 그렇다고 도시의 비좁은 아파트로 돌아가고 싶지도 않았다. 메릿은 이 집이 좋았다. 수양벗나무와 도요새들을 보고 있으면 마음이 편

안해졌다. 이 집에서 일하는 사람들에게서도… 가족 같은 느낌을
받기 시작했다. 메릿이 아주 오랫동안 느껴 보지 못했던 가족의
정이 있었다.

이후에는 그 사람도 떠나겠지? 바티스트는 남겠지만….

일단은 소금부터 챙기자. 메릿이 소금을 봉투째 들고 돌아오니
태양이 수평선 아래로 모습을 감췄다. 베스와 바티스트는 식당에
남아 헐다가 의식을 준비하는 모습을 몰래 내다보고 있었다. 헐
다는 열한 개의 마법을 상징하는 열한 개의 돌을 꺼내 놓았다. 메
릿은 혈석과 터키석을 지나 그의 발밑에 있는 보라색 돌로 휙 시
선을 옮겼다.

"자수정은 뭐예요?" 메릿이 물었다. 괜히 방해하면 헐다가 좋아
하지 않을 것 같아 돌을 만지지는 않았다. "소환 마법?"

헐다가 멈칫했다. 메릿이 돌의 의미를 안다는 사실에 놀란 표정
이었다. 마법사는 아니지만 메릿도 학교에 다녔다. "점조 마법요."
메릿이 고개를 끄덕였다.

헐다는 메릿에게 베스와 바티스트가 있는 곳으로 가라고 손짓
했고, 가 보니 문제의 바퀴도 식당 바닥에 있었다. 바티스트가 중
얼거렸다. "유령이… 나오나요? 저 나가 있을까요?"

"위험하면 헐다 부인이 위험하다고 말해 줬을 거예요." 메릿이
그를 안심시켰다. 메릿을 원망하는 마음이 생각보다 더 크다면 이
야기가 달라지겠지만. 아무리 그래도 헐다가 베스에게 해가 될 행
동을 할 리는 없었다.

헐다가 종이를 한 장 꺼냈다.

"변이 주문과 수호 주문이에요. 첫 번째 주문은 집을 마법사가
깃들 수 없는 무언가로 바꿀 거고, 두 번째 주문은 마법사가 집에

들리붙기 위해 사용한 주문들을 무효화할 겁니다. 우선 도카스로 시도해 볼게요. 안 되면 크리슬리로 가고요."

"하지만 말이에요." 메릿은 자신이 없었다. "당신은 변이 마법이나 수호 마법을 가지고 있지 않은데 괜찮겠어요?"

"그렇죠. 하지만 그 능력을 가진 마법사들이 만든 주문이니까요."

메릿의 뒤에서 작게 펑 하는 소리가 들렸다. 돌아보니 바퀴가 있던 곳에 원고가 놓여 있었다. 머리끝부터 발끝까지 퍼지는 희열을 느끼며 메릿은 원고를 집어 들고, 빠진 페이지가 있는지 종이를 휘리릭 넘겨 보았다. 전부 다 있었다.

"와, 세상에!" 메릿이 원고를 품에 안았다. "이것 봐요, 헐다 부인! 집이 원고를 돌려줬어요!"

헐다가 서글픈 표정으로 고개를 끄덕였다. "영혼이 떠나고 싶지 않은 거죠."

메릿이 얼굴을 찌푸렸다. "참, 남이 겨우 다시 살린 기쁨의 분수에 대못을 박는군요."

놀랍게도 헐다가 웃었다. 치아도 보이지 않는 미소였지만 분명 웃고 있었다. "멋진 은유네요, 메릿 씨. 역시 작가를 하셔야겠어요."

그러다 주문으로 돌아섰고 메릿은 긴장으로 속이 뒤틀렸다.

의식은 아주 빠르게 진행되었다. 메릿은 어둠이 잔뜩 깔리고 거칠게 주문을 외우고 쉴 새 없이 성수를 뿌리는 과정이 길게 이어지지 않을까 상상했었다. 하지만 헐다는 주문을 작은 목소리로 빠르게 읽었다. 돌들은 움직이지 않았다. 촛불도 꺼지지 않았다. 집도 삐걱거리는 소리 하나 내지 않았다.

헐다가 종이를 계단에 내려놓았다. "도카스는 아닌 거네요." 얼굴을 찌푸리며 그녀가 가방에서 똑같이 생긴 다른 종이를 꺼냈다. 퇴마 의식 한 번당 주문 한 장이 필요했다.

베스가 자세를 고치자 바닥이 삐걱거렸다. "그동안 이 집에서 일하며 정말 좋았어요, 메릿 씨."

식당이 검은색으로 변했다.

"헐다 부인." 메릿이 말했지만 불명확한 목소리였다. 헐다는 그의 말을 듣지 못했다.

헐다가 크리슬리 스테퍼니 맨슬이라는 전체 이름을 넣어 주문을 외웠다.

그리고… 아무 일도 일어나지 않았다.

메릿은 기분이 이상했다. 배에서 불안감이 피어올랐다. 가슴이 답답하게 조였다. 하지만… 묘한 안도감에 어깨의 긴장이 풀렸다.

헐다가 고개를 저었다. "어…, 이해가 안 돼요. 부모일 수는 없는데. 그 둘은 조합이… 맞지 않았어요."

베스가 말했다. "사실은 막내가 맞을 수도요."

헐다가 한숨을 쉬었다. "시험용으로 주문은 충분히 사 왔어요." 그러면서, 세 번째 종이를 꺼냈다. 이번에는 헬렌 엘리자 맨슬을 퇴마하는 주문을 다시 외웠다.

아무 일도 일어나지 않았다.

"이 돌들 맞는데!" 헐다가 자리에서 일어나 발을 쿵쿵거리며 돌들을 확인하러 갔다.

메릿이 조심스럽게 현관 복도에 발을 들였다. "뭐 잊은 거 아니에요?"

"내 사전에 뭘 잊는다는 건 없어요, 메릿 씨." 한 바퀴 돌아 본 헐다가 허리에 두 손을 올렸다. "이해가 안 돼요. 무덤을 더 찾아 봐야겠어요. 아이들이 아니라면 아예 이 가족과 연관이 없는 사람일 거예요."

헐다는 포기하기 싫어 호러스 토미스 맨들로 다시 한번 시도했다. 이어 에블린 펙 털리도. 둘 다 앞의 세 번만큼이나 반응이 시시했다.

바티스트가 툴툴댔다. 베스는 말했다. "신경 쓰이네."

메릿이 어깨를 으쓱했다. "하룻밤 더 비정상적인 정상 상태로 살죠. 베스와 바티스트는 그만 자러 들어가도 좋아요. 부디 머리를 뉘었던 곳에서 눈을 뜨고, 천장에서 뭔가 떨어지지 않기를 빕시다. 알겠죠?"

베스가 작게 고개를 끄덕여 인사했다. 바티스트는 호기심 섞인 눈으로 주위를 둘러보고 어둠 속으로 걸어 들어갔다.

메릿도 일어나며 헐다를 돌아보았다. "사슴고기 요리가 기가 막히더라고요. 당신도 맛을 봤어야 했는데." 헐다의 미간에 깊이 파인 주름이 보였다. "오며 가며 괜히 고생만 했네요."

헐다는 됐다고 손사래를 쳤다. "이렇게 터무니없는 결과만 아니라면 실패했어도 속상하지 않았을 거예요." 그러다 솔직한 발언에 자신도 놀랐는지 헛기침을 했다. "뭐, 제가 더 오래 머물게 됐으니 이거 받으세요." 헐다가 평소 들고 다니던 온갖 공구가 들어 있는 가방에서 메릿의 주먹만 한 셀레나이트석을 두 개 꺼냈다. 오른쪽을 가리키는 뾰족한 기호 안에 세 개의 곡선 무늬가 그려진 짙은 색 인장이 찍혀 있었다. 두 개가 똑같았다. 기호는 드는 방향에 따라 왼쪽을 가리키는 것처럼 보이기도 했다.

"교감석이에요?" 메릿도 들어본 적 있었다. 혁명 때 아주 유용하게 쓰였다고. 하지만 실제로 사용한 경험은 없었다.

"맞아요. 비싼 물건이니까 조심스럽게 다뤄 주세요. 제가 그만둘 때 두 개 다 바이커에 반납해야 하고요. 멀리 있을 때 필요하면 이걸 써서 연락할 수 있어요. 손바닥으로 인장을 3초가량 꾹누른 다음 말하면 돼요. 손바닥 먼저 떼고요." 헐다가 아이를 못마땅하게 보는 부모처럼 현관 복도를 쳐다보았다. "성공했다면 이게 필요하지도 않았을 텐데 말이죠."

메릿이 돌을 이 손에서 저 손으로 바꾸며 들었다. "당신 잘못이 아닌걸요."

헐다가 코를 훌쩍였다. "제 잘못이죠." 그러다 멈칫하고 말했다. "평소에는 잘못 짚은 적이 거의 없는데."

"그래도…." 메릿이 헐다를 팔꿈치로 꾹 찔렀다. "…조금 더 있으면서 바티스트의 사슴고기 요리를 먹을 수 있잖아요."

헐다가 한 걸음 물러나자 그림자의 위치가 바뀌며 붉은 뺨이 드러났다. 헐다를 불편하게 하고 싶지 않아 메릿은 돌을 주머니에 넣고 말했다. "나는 그만 일어나 볼게요. 마저 써야 할 장면이 있어서요."

그러고는 원고를 집어 옆구리에 끼고 위층으로 올라갔다.

마법사가 이 집에 남고 싶은 마음이 얼마나 진심인지 알기는 힘들었다. 작업실로 가는 내내 천장에서 메릿의 머리 위로 물이 뚝뚝 떨어졌기 때문이었다.

✦

다음 날 베스와 바티스트는 아침 식사 후 묘비가 더 있는지 찾으리 나갔고, 집에 남은 메릿은 편집사에게 보낼 편지를 썼으며, 헐다는… 그게 정확히 뭔지는 모르지만 가정부가 정리해야 하는 것을 정리했다. 지금까지 이렇게 작은 집을 맡은 적은 없다던 헐다가 윔브렐 하우스를 지겹다고 생각하면 어쩌나 하고 메릿은 슬슬 걱정스러웠다. 그러다 보니 자연히 새로운 가정부를 떠올리게 되었다. 전에 살던 아파트의 컬드웰 부인의 이미지가 곧바로 머리에 나타나자 메릿은 몸서리를 쳤다. 사실 집이 그냥 평범한 집으로 변하면 일할 사람이 필요 없어질 수도 있다. 혼자 청소하고, 혼자 요리하고….

혼자 산다고 생각하면 설레는 마음도 없잖아 있었다. 예를 들어…, 지켜야 할 규칙이 사라진다. 언제든 원할 때 양말을 빨 수 있었다. 밤에 일하고 낮에 자도 괜찮았다. 복도를 서성이며 혼잣말을 할 수도 있다. 그렇게 하면 스토리를 짜는 데 도움이 될 뿐만 아니라 자신의 허황된 생각을 이해하는 데도 도움이 됐다. 언제나 자신의 말에 동의해 주는 누군가와 큰소리로 대화하는 행위는 마음에 큰 위안을 줬다.

하지만 조용한 방이 주는 공허함도 있었다. 그래도 작은 아파트에선 허전해도 무시할 수 있었다. 메릿은 헐다, 베스, 바티스트와 헤어지면 다시는 보지 못할까 두려웠다. 그렇게 생각하니 가슴이 쓰렸고 아직 다 치유되지 않은 상처가 욱신거렸다.

편지를 다 쓰고 주소까지 적은 후 작업실 밖의 소리에 귀를 기울였지만 누구의 목소리도 들리지 않았다. 창밖을 내다보자 저 멀리 바티스트의 그림자가 보였다. 복도로 나가 다른 창문을 보니 헐다는 장화와 모자 차림으로 바깥에서 특기를 살리고 있었다. 더 많은 무덤을 찾아 지칠 때까지 돌아다니겠지. 어쩌면 문제의 마법사가 정말 마룻바닥 아래 있을지도 모르겠다. 지하에 있는 동안 시체의 흔적은 보지 못했지만 말이다.

메릿은 걱정스러운 눈으로 바닥을 보다 아래층으로 향했다. 절반쯤 내려왔을 때 계단이 갑자기 평평해지며 거대한 미끄럼틀이 메릿을 현관으로 날려 보냈다. 메릿은 비틀거리며 떨어져 엉덩방아를 찧었다.

메릿이 얼굴을 찌푸리며 중얼거렸다. "다른 사람들 앞에서 하지 않아서 고맙다고 해야 하는 거냐."

계단이 원래 모습으로 돌아왔다.

메릿은 꼬리뼈를 문지르며 밖으로 나갔다. 그러자 집에 대한 걱정이 순식간에 사라졌다. 날씨가 정말 완벽했기 때문이다. 아름다운 가을날이었다. 느릅나무는 금색으로 변했고 단풍나무는 붉은색으로 반짝였다. 해가 높이 떴고 구름 몇 점 없는 하늘은 화가도 재현할 수 없을 정도로 비현실적인 청색이었다. 기온이 딱 적당해 외투를 걸치지 않아도 괜찮았다. 움직이기 시작하면 땀이 나겠다는 생각이 들었다.

걷기 시작했을 때는 목적지가 없었다. 처음에는 선착장을 향해 편한 길을 가다 수양벚나무가 있는 곳으로 방향을 틀어 국화밭 주위를 빙글빙글 돌았다. 베스가 명아주라고 한 식물 근처의 숲에서 토끼 한 마리가 뛰어다니는 소리가 신경 쓰였지만 토끼가 보이지는 않았다. 메릿은 무성한 잔디가 줄어드는 곳으로 조심스럽게 발을 디뎠다. 간밤에 온 비로 땅이 축축했기 때문이다. 머리 좀 단정히 하라는 듯 간지러운 바람이 머리카락을 쓸어 넘겼다. 바람에 짭짤한 바다 냄새가 실려 있어 메릿은 숨을 깊이 들이마시며 바다 냄새를 폐에 담았다.

계속 불어오는 산들바람이 잔디와 고사리를 헤치고 메릿의 머리를 맨슬 가족의 무덤으로 채웠다. 묘비의 풍화된 표면과 깨진 가장자리가 머릿속에 그려졌다. 메릿은 손바닥으로 하나하나 무게를 느꼈다. 혀끝으로 세월을 맛보았다. 발이 저절로 방향을 돌렸고 어느새 메릿은 그와 헐다, 베스가 풀을 뽑던 빈터에 서 있었다.

맨슬 가족이 못마땅하게 그를 바라보는 듯했다. 메릿의 능력으로는 부족하다는 눈빛으로.

메릿이 그들 앞에 쪼그리고 앉아 무릎에 손을 올렸다.

"네? 누구인데요, 그럼? 당신들도 탐정 노릇 좀 해보라고요."

무덤들은 대답하지 않았다.

메릿이 얼굴을 찌푸리며 조금 뒤로 물러났다. "내가 머리 같은 델 밟고 있는 거죠. 미안해요."

그의 시선이 호러스에서 에블린, 도카스로 움직이다 마지막으로 헬렌에 닿았다.

'봐.'

남쪽으로 당기는 느낌이 들었다. 메릿은 희미하지만 기이한 감각에 숨을 참고 일어나 그쪽으로 가 보았다. 사람의 손길이 닿지 않은 잡초 안을 들여다보다 나팔꽃의 줄기 끝을 밟았다.

손을 뻗어 잡초를 한쪽으로 젖히고 이어 반대쪽도 젖혔다. 한 걸음 나아가 풀을 가르고, 또 나아가 풀을 갈랐다. 땅에서 반짝이는 회색이 보였다.

메릿은 다시 쭈그리고 앉아 무릎으로 꽃을 고정하고 아무 표시 없는 돌을 손으로 쓸었다. 머리만 한 크기의 작은 돌이었다. 단순하고, 투박하고, 평평한.

끝을 잡고 들어 올렸다. 아래에서 지네 한 마리와 딱정벌레 몇 마리가 꿈틀거리며 나왔다.

돌 아래에 묻은 축축한 흙을 털어내자 희미하게 새겨진 'O' 자가 보였다.

맥박이 빨라졌다. 땅에 무릎을 꿇고 앉아 손바닥으로 돌을 닦았다. 닳아 없어져 잘 보이지 않는 글자들이 나타났다. 메릿은 풀을 한 뭉치 쥐고 조심스럽게 흙을 털었고 손가락으로 홈을 따라 누르며 시간에 닳아 없어진 글자를 읽었다.

'O. W. E. L?' 아니, 'I'다. 끝은 'N'. 웨일스식 이름이었다. 오웨인.

오웨인 맨슬. 열두 살에 사망. 두 누나와 부모님보다도 먼저 이 세상을 떠났다.

'이해가 안 돼요. 부모일 수는 없는데. 그 둘은 조합이… 맞지 않았어요'

메릿은 헐다가 한 말이 생각났다. 부모가 아니었다. 손가락을 들고 수를 셌다. 첫째, 크리슬리. 둘째, 도카스. 그리고 막내인 셋째 헬렌.

헬렌이 막내가 아니었다.

막내는 오웨인이다. 헬렌보다 늦게 태어났지만 8년을 더 살았다.

메릿은 이 아이가 집에 사는 마법사라는 사실을 직감했다. 묘비가 제자리를 벗어나 있었지만 시신은 표시 없는 지점에 가족과 함께 누워 있을 것이다.

다른 가족의 무덤을 돌아보자 절망이 그의 어깨를 짓눌렀다. 메릿이 돌을 움켜쥐었다. '가족과 떨어진 거지?'

나처럼.

아이의 영혼이 집에서 떨어지지 않는 것도 당연했다. 어린 나이에, 너무도 어린 나이에 죽었고 가족을 떠나고 싶지 않았겠지. 줄 것이 그렇게 많은데…. 이 아이는 조상의 마법 능력을 가득 안고 태어났을 것이다. 쓸 수 있는 주문들만 봐도 알 수 있었다. 지금 생각해 보니 웜브렐 하우스의 장난은 정말로 열두 살 소년이 할 법한 것들이었다.

그래서 메릿이 도착했을 때 성질을 부렸구나! 그동안 너무 외로워서…. 우울과 고통, 분노를 느꼈던 거겠지. 메릿이라도 그랬을 거다. 심지어 감정인들도 아이를 가족과 떨어뜨려 놓았다. 그들이 아이의 존재를 알았더라면 헐다가 찾은 가계도에 나와 있었을 텐데.

메릿은 일어나 누나들의 묘비가 늘어서 있는 곳으로 가서 오웨인의 묘비를 헬렌 옆에 놓았다.

도저히 자리를 뜰 수 없었다. 흙바닥에 쭈그리고 앉아 나머지보다 크기가 작은 낡은 묘비를 한참 바라보고 있었다. 언제부터 잘못 놓였던 걸까? 언제부터 진흙탕에 거꾸로 처박힌 거지?

오웨인은 어린아이가 할 수 있는 한 최대의 분노를 내뿜고 있었을 뿐이다. 기억에서 사라지려 하는 소속감을 떠올리려 했다.

얼마쯤 있었을까, 잔디를 밟고 다가오는 발소리가 들렸다. "메릿 씨?" 헐다가 물었다. "어디 안 좋으세요?"

"찾았어요." 메릿의 목소리는 멀리서 우는 참새 소리만큼 작게 들렸다. 그가 묘비를 가리켰다. "뒤집혀 있었어요. 저기에요."

헐다가 놀라서 숨을 들이마시며 다가와 메릿 옆에 쭈그리고 앉아 묘비의 글씨를 읽었다.

"오… 오웬?"

"오웨인이에요. 오웨인 맨슬."

"잘됐네요!" 헐다가 외쳤다. "아이들 중 하나일 줄 알았어요. 다행히 주문 시트가 두 장 더 있어요. 준비를 할 수…"

"놔둬요." 메릿이 두 손을 비벼 말라붙은 진흙을 털었다. 다리로 피가 쏠리는 것을 느끼며 일어나 집으로 출발했다.

잠시 얼어 있던 헐다가 서둘러 뒤따랐다.

"메릿 씨? 놔두라고요?"

메릿이 손으로… 불특정한 곳을 가리켰다.

"어린애잖아요."

헐다가 머뭇거렸다. "수 세기 전의 영혼이에요."

"그렇죠." 메릿이 썩은 통나무를 넘었다. "하지만 그 친구 심정을 이해할 수 있어요."

헐다는 조금 있다가 누그러진 목소리로 되물었다. "이해할 수 있다고요?"

메릿이 고개를 끄덕였다. "왜 떠나려 하지 않는지요…. 세상과 너무 일찍 작별했잖아요. 병이 들었는지도 모르죠." 주머니에 손을 넣었다. "하지만 마음의 준비를 할 새도 없이 가족과 떨어졌어요. 그런 게 준비할 수 있는 종류의 일인지는 모르겠지만요. 처지가 나와 똑같아요."

헐다가 걸음을 멈추고 불렀다. "메릿…"

메릿도 걸음을 멈추고 돌아섰다. 두 사람 사이는 세 걸음 정도밖에 떨어져 있지 않았다. 그냥 이름을 불렀다는 사실을 헐다가 알까? 다른 때였다면 기분이 좋았을 것이다.

전에도 사연을 물어본 적이 있었던가? 메릿은 이상하게 마음이 약해졌다. 아무래도 생각이 또렷하지 않은 것 같다. 아니면 이런 말을 할 리가 없었다. "내가 열여덟 살 때 아버지가 나를 쫓아냈어요. 여자를 임신시켰다고요. 그랬다고 생각했죠."

힐다의 눈이 커졌다.

메릿이 목덜미를 문질렀다. 메마른 웃음이 목구멍에 차올랐다. "맙소사, 아무에게도 하지 않는 이야기인데. 소리 내어 말하니 정말 이상하게 들리네요."

힐다가 침을 삼켰다. "설명 안 하셔도 돼요."

"하지만 알고 싶은 거 아니에요?" 메릿은 힐다 뒤로 이미 잔디에 가려 보이지 않는 오웨인의 무덤을 바라보았다. "그 여자를 사랑했어요. 그러다 선을 넘었고요. 아버지는 길길이 뛰었죠. 원래다른 형제들보다 내게 더 화가 많은 분이셨어요. 끝까지 이유는알지 못했고요. 아버지는 그 자리에서 절연을 선언했어요. 집에오는 것도 막고, 어머니와 연락도 못 하게…." 목이 멘 그는 헛기침을 했다.

"하지만 나는 아버지의 도움이 있든 없든 제대로 해볼 계획이었어요." 메릿이 동쪽의 지평선을 응시했다. "취직하고 반지도 샀죠. 뭐, 근사한 반지는 아니었지만 상대도 받고 기뻐하는 눈치였어요. 그런데 어느 날 아침 갑자기 사라져 버린 거예요. '음악 학교에 갔다.' 그 애 부모님이 들려준 얘기는 그것뿐이었어요. 아, 임신한 적도 없었다는 얘기도 했네요. 그냥 불안감으로 일으킨 소동이었대요. 어디로 갔는지 말해 주지 않았어요. 원래도 나를 싫어하셨거든요."

힐다는 반응하지 않았다. 메릿도 반응을 예상하지 않았다. 누가 어떻게 반응할 수 있겠는가? 연인이 말 한마디 없이 떠났다는 비참한 이야기를 듣고?

메릿은 차마 헐다를 쳐다보지 못하고 이렇게 덧붙였다. "오웨인은 계속 있는 거예요." 그러고는 집을 향해 걷기 시작했다. 바람이 머리카락을 간질였고 도요새들이 울며 메릿의 도착을 알렸다.

19

1846년 9월 20일, 로드아일랜드주 블라우던섬

지금쯤이면 일어나 하루를 시작했어야 할 시간이었다. 헐다는 어느 집에서 근무하든 가장 먼저 기상하는 사람이 되고자 했다. 가정부가 자느라 오전 시간을 허비하거나 주인의 부름에 응하지 못하는 것은 상식에도 어긋났다. 하지만 오늘따라 매트리스가 푹신하고 이불은 더욱 포근했다. 헐다의 생각은 지칠 줄 모르고 꼬리에 꼬리를 물고 이어졌다.

이 집에 사는 마법사(오웨인이라는 꼬마였다니!)가 남게 되어 기뻤다. 이 결정에 웜브렐 하우스도 헐다만큼이나 만족한다는 느낌이 들었다. 하지만 승리의 기쁨도 잠시, 메릿의 고백을 듣고 생각이 복잡해졌다. 그 말이 어제 이후로 쭉 머릿속을 맴돌더니 간밤에는 헐다의 꿈까지 침투했다.

메릿은 다른 사람들을 피해 방에 틀어박혀 일에 몰두하고 있었다.

'가족과 떨어졌어요…. 나와 똑같아요.'

옆으로 돌아누운 그녀가 흘러내린 머리카락을 후 불었다. 헐다는 1년에 한 번, 보통 크리스마스 때 가족을 보았다. 바쁜 일정 때문에 더 자주 만날 수가 없었다. 하지만 마음은 늘 가족과 함께였다. 가족과의 연이 끊긴 삶은 상상조차 되지 않았다.

메릿 아버지의 반응은… 극단적이었다. 혼전 관계를 좋게 보는 사람은 많지 않았다. 하지만 아무리 그래도 아들과 절연을 한다고? 어머니, 형제도 못 보게 하고? 열여덟 살이면 아주 어리지는 않은 나이지만… 마음이 좋지 않았다. 엄격한 가톨릭이나 셰이커 가정이었던 걸까? 메릿은 딱히 종교와 가깝지 않은 사람으로 보이는데.

헐다의 생각이 집 밖의 습지로 되돌아갔다. 그때 그 얼굴은… 웃고 있었지만 눈에 까마득히 깊은 슬픔이 담겨 있었다. 마치 바다의 가장 깊은 곳을 들여다보거나 유령을 통과해 보는 것만 같았다.

'13년.' 전부 13년 전에 일어난 일이었다. 13년이면 메릿 인생의 절반에 가까웠다. 한 번의 실수를 속죄하기에는 너무 긴 시간이었다. 메릿은 방탕하게 살지도 않았다. 플레처가 방문했을 때 술에 관해 물었던 기억이 났다. 그는 이렇게 대답했었다. '문제에 휘말릴 수 있는 요소는 피하려고.'

참회하는 남자로서 하는 말이었던 걸까. 아무튼 메릿은 굉장히 조심하고 있었다.

다시 몸을 돌리고 천장에 난 미세한 금을 응시했다. 동생이 자주 지적하듯 헐다는 도덕적인 잣대가 높았다. 솔직히 법을 어기고 폭력을 쓰거나 말썽을 부리는 사람들을 좋아하지 않았다. 하지만 메릿 펀스비를 비난하고 싶은 마음은 조금도 들지 않았다. 물론 악동 분위기가 있지만 착한 사람이었다. 충분히 신사 같았다. 가슴 속이 후회로 가득한 신사.

한숨을 쉬었다. '그 여자가 가슴에 얼마나 큰 상처를 남긴 건가요?' 진정으로 사랑했던 사람, 환상에서만 존재하는 것이 아니라 실제로 감정을 나눴던 사람을 잃은 상실감은 어마어마할 것이다. 메릿은 그 여자와 결혼할 생각이었다. 그녀는 윔브렐 하우스의 안주인이 될 수도 있었다. 헐다도 메릿이 아니라 부인에게 보고를 해야 했을 것이다. 문득 궁금했다. 이름이 뭘까. 어떻게 생겼을까…. 그러다 쓸데없는 망상이라며 자책하고는 이불을 박차고 나왔다. 이제 옷 갈아입고 일해야 할 시간이었다.

한 가지는 확실했다. 헐다는 메릿에게 고통을 더 얹어 주지 말자고 결심했다. 벌은 이미 받을 만큼 받지 않았나. 애초에 헐다에게는 벌을 줄 자격도 없었다.

헐다는 옷을 입고 머리를 묶고 안경을 닦은 후 레몬 사탕을 입에 넣고 활기차게 방에서 나갔다.

✦

바깥에서는 베스가 양탄자의 먼지를 털고 있었다. 주방에서 흘러나오는 냄새로 보아하니 바티스트도 아침 식사 준비가 거의 끝난 모양이었다. 메릿은 어디에도 보이지 않았다. 서재 아니면 침실에 틀어박혀 있으리라. 헐다는 장부를 꺼내 들고 팬트리로 가서 남은 식재료의 양을 기록했다. 반쯤 적어 내려갔을 즈음 간이 식당에서 바티스트의 목소리가 들렸다. 가 보니 식탁에 갓 구운 브리오슈 빵을 올리고 있었다.

"냄새가 환상적이네요." 헐다의 말에 바티스트는 고개만 끄덕였다. "집에 부족한 물건은 없나요? 뭐 필요한 거 있어요?"

바티스트가 길쭉한 몸을 무섭게 똑바로 세우고 무표정으로 쳐다보았다. 대답하지 않으려는 건가? 하지만 헐다가 팬트리로 다시 돌아서려는 순간, 바티스트가 말했다. "버터요. 버터는 매일 필요해요. 젖소가 있으면 제가 직접 우유를 짤 수 있어요."

헐다가 눈을 깜박였다. "알았어요. 다른 건요?"

"비싼 수입품이지만 바닐라요. 디저트를 원하시면 설탕도 필요하고요." 바티스트가 말을 이었다. "제가 디저트를 특히 잘 만들거든요. 그러려면 크림, 또 버터가 있어야 해요. 메릿 씨가…" 단어가 생각이 나지 않는지 손을 휘저었다. "…젖소를 사 오신다면 제가 맡아서 관리할게요. 정말 잘 보살필 거예요."

"바티스트 씨가 소에 진심이라고 꼭 전할게요. 필요한 게 더 생각나면 알려 주세요." 헐다는 고개를 끄덕이고 팬트리로 돌아가 기록을 마저 한 다음, 일을 마무리하기 위해 주방으로 이동했다. 팬트리가 좁다 보니 주방 찬장에도 식재료가 많았다.

"밀가루가 얼마 없네." 헐다가 혼잣말을 하며 장 볼 목록에 밀가루를 적었다. 그러다 연필을 놓쳐 바닥에 떨어뜨리고 말았다. 허리를 굽혀 주우려던 헐다가 멈칫했다. 번뜩이는 아이디어가 떠올랐다. 헐다가 몸을 펴고 말했다. "오웨인, 저것 좀 주워 줄래?"

몇 초가 지났다. 연필이 있는 바닥에 구멍이 뚫리더니(헐다의 구두 굽도 같이 빠질 뻔했다.) 천장에 또 하나의 구멍이 나타나고 카운터 위로 연필이 떨어졌다.

헐다가 미소를 지었다. "고마워." 떨어질 때 심이 부러지긴 했지만 그렇다고 오웨인을 탓할 마음은 없었다. 오웨인도 어엿한 직원한 사람 몫을 할 수 있을 것 같았다.

빠르게 계단을 내려오는 발소리에 헐다가 귀를 쫑긋 세웠다. 잠시 후 메릿의 목소리가 들렸다. "베스 양, 내 펜이 폭발했어요. 크라바트에 잉크가 다 튀어서…." 메릿이 주방으로 들어오다 헐다를 발견했다. 구겨지고 큼지막하게 검은 얼룩이 진 크라바트를 든 채로 우뚝 멈춰 섰다. "아. 미안해요. 나는 또… 베스 양인 줄 알고."

헐다가 메릿을 잘 몰랐다면 말투에 묻어나는 어색함을 알아차리지 못했을지도 모른다. 그만큼 감정을 태연하게 잘 숨기고 있었다. 하지만 헐다는 그 말투를 포착하고 마음이 짠해졌다. 자기 집에서 소외감을 느끼는 사람이 있어서는 안 된다. 또 그가 헐다에게 어색함을 느끼지 않기를 바랐다.

헐다가 안심하라는 미소를 지어 보였다. "크라바트를 빠는 일은 저도 할 수 있어요, 메릿 씨. 잉크 얼룩이라면 저도 일가견이 있는걸요. 하도 많이 겪어 봐서요." 그러면서 손을 내밀었다.

메릿은 잠시 망설였다. "본인은 하녀가 아니라고 강조했던 기억이 나는데요, 헐다 부인."

"그럼 제가 휴식 시간에 남몰래 크라바트를 빤다는 얘기는 아무에게도 하지 말도록 해요."

메릿이 웃음을 터뜨렸다. 웃음소리를 듣자 헐다는 긴장하고 있는지도 몰랐던 몸의 긴장이 풀리는 것을 느꼈다. 정말 아름다운 소리였다.

크라바트를 건네받으며 헐다는 메릿의 셔츠가 활짝 열려 있어 목과 가슴 사이의 삼각주가 드러나 보이는 사실을 모른 척하려

했지만 쉽지 않았다. 언뜻 훔쳐본 가슴 털은 머리카락보다 더 짙은 색이었다.

얼른 눈을 피한 헐다는 크라바트를 싱크대 옆에 놓고 얼굴이 빨개지기 전에 일부러 다른 곳으로 생각을 돌렸다. 얼굴을 붉힌다면 부끄러워하는 이유를 메릿이 오해하고 어제의 고백과 연관 지을 수도 있었다. "바티스트 씨와 메뉴 한번 쭉 살펴보실래요? 식단표를 짜 두고 싶어서요."

메릿이 두 손을 어색하게 주물럭거렸다. "아. 글쎄요⋯. 딱히 선호하는 음식이 없어서요. 마음대로 결정해도 돼요."

헐다는 고개를 끄덕이고 별도의 장부를 집어 들어 이번 주 날짜가 표기된 페이지를 펼쳤다. "그럼 사슴고기 요리로 준비하라고 할게요. 그렇게 맛있다고 추천하셨잖아요." '사슴고기'와 '감자'를 적은 후 메릿에게 물어볼 것이 있어 고개를 들었다.

갑자기 무슨 말을 할 생각이었는지 갑자기 떠오르지 않았다. 그녀를 보는 메릿의 눈빛에 서린 감정이⋯ 호기심? 불신? 관심? 뭐라 꼬집어 말할 수 없었다. 하지만 헐다는 당황했다. 그 눈빛에 심장박동이 빨라지는 게 마음에 들지 않았다. 장부로 시선을 돌렸다. '내가 무슨 말을 하려고 했더라?'

"내가 생각을 좀 해봤는데요." 다행히 메릿이 먼저 말을 꺼내 우물쭈물하는 모습을 보일 필요는 없었다. "저번에 당신이 한 말에 대해서요. 시내에서 다른 볼일이 있었다고 했죠. 바이커를 다시 찾아갔던 거예요?"

헐다는 손을 가만히 두기 어색해 장부에 글씨를 끄적였다. "그렇게 자주 보고하러 갈 필요는 없어요."

헐다를 바라보던 메릿이 목소리를 낮추고 물었다. "물론 내가 신경 쓸 일은 아니지만, 또 그 사람을 찾고 있었던 건 아니죠?"

헐다가 뭐가 말하려다 말고 장부를 덮었다.

"여기 있으면 안전할 거예요."

"안전 문제가 아니에요." 헐다가 간이 식당을 힐끗 쳐다보며 속삭였다. 그러고는 한숨을 쉬고 메릿에게 따라오라 손짓했다. 정취조를 당해야 한다면 장소라도 두 사람 모두에게 편안한 곳이어야 하니까.

사실 헐다가 진심으로 믿는 사람은 마이라뿐이었지만 마이라는 불안증이 도졌을 뿐이라고 일축할 게 분명했다. 사실이었다. 불안증. 터무니없는 생각. 하지만… 헐다는 확신을 좋아했다. 증거에 매달렸다. 증거만 있으면 논리적인 해결책을 찾아 그녀를 꽁꽁묶어 놓은 두려움에서 벗어나고 정상으로 돌아올 수 있었다.

거실에 들어서자 의자 몇 개가 바닥으로 잠기고 있는 것이 눈에 띄었다.

"오웨인!" 메릿이 명랑하게 외쳤다. "오늘 아침은 기분 어때?"

가라앉던 의자가 동작을 멈추고 노란색으로 번쩍였다.

"상쾌한가 봐요." 메릿이 해석했다.

의자가 다시 올라오고 바닥이 단단해졌다. 헐다는 가까운 의자에 앉아 치마의 주름을 폈다. "이제는 쫓겨날 일이 없기 때문일 수도요."

"나는 아무도 쫓아내지 않을 생각이에요." 메릿이 말하며 헐다옆의 의자에 앉았다. 두 사람 사이에는 작은 테이블밖에 놓여 있지 않았다. "떠나지 말라고 당신을 설득할 다음 주장도 벌써 준비하고 있다고요."

헐다는 그 말에 두근거리는 마음을 외면하려 애썼고, 이번에는

238

나름대로 성공했다. 과거에 상대의 말을 잘못 해석한 전적이 있었다. 지금도 의뢰인과 감정적으로 엮여 있는 상황인지라 실제 뜻과 다르게 해석할 가능성이 높았다. 헐다는 자신을 향한 메릿의 감정을 정확히 알았다. 본인 입으로도 이야기하지 않았던가. 헐다에게 익숙해졌다고. 인간은 익숙한 환경을 좋아하고 변화를 싫어하기 마련이었다.

"영국에 문의했어요." 헐다는 베스와 바티스트가 나타날까 귀를 기울이며 사실대로 털어놓았다. 솔직한 마음을 고백할 친구가 있으면 좋겠지만 온 집안 사람들이 사생활을 찔러 보는 것은 원치 않았다. "아직 감옥에 있는지 확인해 달라고요. 아니라면 미국으로 이주하지 않았는지도요. 그것만 알면 잊을 수 있어요."

"하지만 미국에 있다 해도," 메릿이 조심스럽게 말했다. "당신을 찾지는 못할 거예요."

헐다가 고개를 끄덕였다. "그럴 거예요. 바이커가 그런 정보를 개인에게 공개할 리 없죠. 설령 감옥에서 나왔더라도 자기 인생을 살지 저를 찾으러 다니지는 않을 거예요. 풀려났을 리도 없지만요." 침을 꿀꺽 삼키고 말을 맺었다. "남은 평생 철창에 갇혀 있을 거예요."

"마법을 오용한 죄로요?"

헐다가 의자에 푹 기댔다. "기억력이 굉장하시군요?"

메릿이 어깨를 으쓱했다. "흥미로운 주제에는요."

"이건 소설책 내용이 아니에요, 메릿 씨."

"그렇다고 말한 적 없어요." 장난기 하나 없이 진지한 말투였다.

헐다는 엄지로 팔걸이의 굴곡을 어루만졌다. "사일러스는 다른 사람의 몸에서 마법을 뽑아내는 방법을 만들어 냈어요."

메릿의 몸이 굳었다. "농담이죠?"

"저도 농담이었으면 좋겠어요. 그 사람은 대단한 가문 출신이었어요. 양친 모두 왕립 마법사 연맹 소속이었죠. 당시에는 여왕이 아닌 왕이었지만요. 그 사람은 몇 가지 마법을 조합해 다른 사람의 마법을 빼앗았어요. 확실해요. 광적이었어요. 은밀했고요. 제가 봤어요."

메릿의 얼굴이 창백해졌다. "봤다고요?"

헐다는 손을 올렸다가 다시 무릎에 내려놓았다. "사일러스의 찻잎에서 미래를 봤어요. 광란 마법사를 납치하는 걸⋯," 헐다가 부르르 몸을 떨었다. 갑자기 토할 것만 같았다.

놀랍게도 메릿이 손을 뻗어 헐다의 팔을 쥐었다. 따스한 손길을 느끼자 헐다의 머릿속에 차오르던 사악한 상상이 흩어져 버렸다. "힘들면 말하지 않아도 돼요."

헐다가 입술을 오므렸다. 그리고 그녀는 기억을 끄집어내지 않는 선에서 그때를 설명했다. "썩 유쾌하지는 않아요. 그 능력 말이에요. 사람을 죽여서⋯ 알아볼 수도 없는 형체로 쪼그라들게 만들어요. 시신을 하나하나 다 보관했고 저는 제 눈으로 그걸 목격했어요."

헐다의 몸이 움츠러들었다. 폐는 터질 듯 부풀었다. "아무튼, 그 사람이 아니라는 것만 확인하고 싶⋯."

놀라서 "어이쿠!"라고 외치는 소리가 두 사람의 귀에 들렸다.

메릿이 벌떡 일어났다. "뭐죠?" 그는 미안하다는 표정으로 헐다를 보고 현관 복도로 움직였고 헐다도 서둘러 뒤를 쫓았다.

열려 있는 현관문 바로 앞에 베스가 서 있었다. 작은 양탄자를 돌돌 말아 어깨에 얹고서. 눈을 어찌나 휘둥그레 떴는지 홍채 주위의 흰자가 다 드러났다.

"베스 양?" 메릿이 물었다.

베스가 조심스럽게 손을 뻗었지만 뭔가에 부딪히는 소리만 나고 통과되지 않았다.

"이게 무슨 일이에요?" 헐다가 다가가 손을 내밀자 똑같은 '투명한 막'에 막혔다. 위아래로 손을 옮겨 봤지만 문 전체가 투명한 막에 덮여 있어 헐다가 나갈 수도, 베스가 들어올 수도 없었다.

"오웨인, 베스를 들여보내 줘." 메릿이 외쳤다.

헐다의 배에서 목까지 불안감이 퍼졌다. "오웨인이 아니에요."

"네?"

헐다가 메릿을 돌아보았다. "오웨인의 능력은 변이 마법과 혼돈 마법인데 이건 수호 마법이에요."

메릿이 미간을 찌푸리고 헐다의 옆으로 와 투명한 방어막을 손등으로 두드렸다. "지금까지 안 드러내고 있었을지도 모르죠."

그럴 것 같지는 않았다. 헐다는 바티스트가 아침을 다 차렸다고 알리는 소리를 들으며 거실로 들어갔다. "오웨인, 부탁인데, 음, 천장 색을 바꿔 줄 수 있니? 네가 제일 좋아하는 색으로?"

천장이 새파란 색으로 바뀌었다. 현관의 방어막은 그대로 남아 있었다.

"오웨인은 한 번에 방 하나에만 마법을 부릴 수 있어요." 헐다가 설명했다.

베스가 물었다. "그게 무슨 뜻이에요?" 꼭 물속에 잠겨 말하는 것처럼 들렸다.

헐다가 자기 방이 있는 위층으로 황급히 계단을 달려 올라가 공구 가방을 집어 들었다. 또 빠르게 아래층으로 내려와 수맥 탐지봉을 꺼냈다. "웜브렐 하우스에 마법의 원천이 두 개 있다는 뜻이죠."

메릿이 입을 쩍 벌렸다. "두 개요? 하지만 맨슬 가족은 아닐 거 아니에요. 퇴마를 했으니까."

"두 번째 원천도 마법사일 가능성은 낮아요. 그보다는 더 미묘한 게 분명해요. 마법에 걸린 나무 같은 거요." 헐다가 봉을 앞으로 들고 현관문을 향해 걸어갔다. 벌어졌던 봉은 헐다가 몸을 돌리자 다시 닫혔다. 거실로 들어가니 다시 벌어졌다.

"오웨인이 이걸 동시에 하려면 상당한 힘을 가지고 있어야 해요. 오웨인은 아닌 것 같아요." 헐다가 파란색 천장을 쳐다보았다. "오웨인, 문에 있는 방어막을 내려 줄 수 있어? 베스 양이 들어와야 해."

잠시 침묵이 흘렀다. 천장이 더 짙은 파란색으로 변했다. 방어막은 사라지지 않았다. 메릿의 목젖이 움직였다. "위험한 건가요?"

헐다는 탐지봉을 들고 식당으로 이동했다. 이곳에서는 반응이 없었다. "아닐 거예요."

"그렇다면… 괜히 걱정하지 말죠." 메릿이 방어막을 두드렸다. "베스 양! 혹시 창문으로…"

방어막이 사라짐과 동시에 메릿이 앞으로 고꾸라졌고 베스와 부딪혀 그녀를 넘어뜨릴 뻔했다. 다행히도 그는 몸을 가누고 베스의 어깨를 붙잡았지만 팔꿈치를 문틀에 부딪혔다. "헐다 부인, 내가 고쳤어요! 맙소사, 이거 멍들겠네…"

헐다가 현관으로 와 들고 있던 수맥 탐지봉을 내렸다. 그러면서 속으론 이게 무슨 상황인지 생각해 보았다. 위험한 마법의 집은 드물었고 두 번째 마법의 원천도 이제야 처음 알았을 만큼 힘이 약했다. 딱히 걱정되지는 않았지만… 알고 싶었다. 살면서 답을 알 수 없는 의문을 무수히 접했기에, 해결할 수 있는 의문이 있으면 간절히 답을 찾고 싶었다. 이것은 헐다의 특기이기도 했다.

뒤에서 묵직한 발소리가 들리고 바티스트가 굵은 목소리로 물었다. "식사 안 하세요? 밥 식어요." 짙은 빛깔의 눈이 세 사람을 훑었다. "나 없는 사이에 무슨 일 있었어요?"

20

1846년 9월 20일, 로드아일랜드주 블라우던섬

　문제는 메릿이 이해하기 힘들 만큼 순조롭게 잘 풀리고 있었다. 집도 이름을 알게 된 후 메릿을 대하는 태도가 아주 우호적으로 변했다. 그리고… 헐다.

　아버지가 그를 쫓아낸 바로 그 이유를 듣고도 헐다는 눈 하나 깜짝하지 않았다.

　메릿은 상속권이 박탈되고 가족에게는 절연당한 자신의 처지를 받아들였다. 적어도 그랬다고 믿었다. 며칠이나 그 사실을 생각하지 않고 보낼 수도 있었다. 하지만 생각이 나는 날이면 벌에 갓 쏘인 듯 따끔거리는 고통이 되살아났다. 특히 에바. 메릿의 세상은 에바 때문에, 에바와 함께 저지른 실수 때문에 무너져 내렸다. 하지만 메릿은 실수를 수습하고 에바와 결혼해 아이를 기를 생각이었다. 에바는 메릿의 청혼을 받아들였고 탈선한 열차는 천

244

천히 선로로 돌아오는 듯했다. 그래서 에바마저 그를 버렸을 때 (배 속에 아이는 처음부터 존재하지 않았다.) 메릿이 느낀 감정은… 충격이라는 말로도 부족했다. 글을 써서 먹고 사는 직업인데도 그런 감정을 제대로 표현할 단어는 없을지도 모른다고 생각했다. 에바는 작별 인사도 하지 않았다. 에바의 부모님을 통해 전해 들었을 뿐이다. 편지도, 인사도, 설명도 없었다.

반지는 두고 떠났다. 플레처가 그 반지를 메릿 대신 전당포에 맡겨 주었다.

아버지는 원래 메릿을 멸시하던 사람이니까 아버지에게 버림받은 건 어쩌면 자연스러운 흐름일지도 모른다. 하지만 에바는 그를 사랑했다. 사랑했다고 믿었다. 왜 그를 다 굳어 말라붙은 딱지처럼 뜯어내 버렸는지 이유를 모른다는 사실은 밤이 되면 여전히 꿈속에서 메릿을 괴롭혔다.

메릿은 책상에 앉아 펜을 들었지만 몇 분째 한 글자도 쓰지 못했다. 땅거미가 내려앉으며 그를 어둠 속으로 빠뜨리고 있었다. 초를 하나 더 켜야겠다. 하지만 눈앞의 텅 빈 벽이 정리되지 못하고 뿔뿔이 흩어진 생각들을 증폭시켰다.

진흙에 덮여 버려진 무덤을 발견한 순간, 메릿의 안에 있던 감정이 살아났다. 그 감정은 지금까지도 울려 퍼지고 있었다. 메릿은 집의 마음을 이해했다. 벽 안에 있는, 보이지 않고 대화조차 할 수 없는 그 사람과 공감했다. 같은 시리즈에 속하는 소설 두 권처럼 강한 연결 고리를 느꼈다.

오웨인이 그의 영혼을 그토록 쉽게 건드리지 않았더라면 헐다에게 고백하는 일도 없었을 것이다. 플레처 말고는 아무에게도 말한 적 없었다. 물론 플레처의 가족은 사연을 알았지만 메릿의 입을 통해 들은 것은 아니었다. 그런데 갑자기 13년이 지나 다른 사람도 아니고 그의 집 가정부에게 수치스럽고 고통스러운 과거를 토로하다니. 메릿은 헐다가 진심으로 불쾌해할 거라고 생각했다. 오늘 아침 일어났을 무렵엔 짐을 다 싸 놓고 후임자를 통보할 줄로만 알았다.

그러기는커녕 크라바트를 빨아 주겠다고 하고 저녁 메뉴 추천을 부탁했다.

헐다는 마치 퍼즐 같았다. 고지식하지만… 그의 결점 앞에서 조금도 흔들리지 않는다. 버림받은 처지라는 말을 들었으면서도. 헐다 라킨 같은 여자는 처음이었다.

'대체 어떤 사람이지?'

사일러스 호그우드 이야기를 스스럼없이 꺼냈을 때도 놀라웠다. 메릿은 풍부한 상상력을 가지고 있었다. 헐다가 미래를 예견하며 끔찍한 공포를 목격하는 동안 바로 옆에 서 있는 기분이었다. 시체들이라니. 얼마나 힘들었을까. 헐다 같이 강한 사람이라 해도 떨치기 힘들었을 것이다. 메릿은 간절히 그녀를 위로하고 싶었다. 걱정을 덜어 주고 싶었다. 헐다가 이미 하지 않았더라면 메릿이 나서서 그자의 정보를 문의했을 것이다.

그의 문 앞을 지나는 헐다의 목소리가 들렸다. 옆에서 가벼운 발걸음으로 같이 움직이는 사람은 베스가 분명했다. "…괜찮아요. 나보다 체구가 작으니 먼저 목욕해요. 내가 물을 나를게요. 어차피 운동해야…"

메릿은 손으로 얼굴을 쓸어내리고 손바닥에 턱을 괸 채 목욕으로 흐르려는 생각을 붙들었다. 코르셋을 입지 않아도 헐다의 몸매가….

규칙에 어긋나는 행위는 아니지 않나? 집에서 일하는 사람을 살짝 곁눈질하는 게.

메릿은 끙 소리를 내며 의자에 등을 기대고, 그의 눈과 뇌를 앞에 놓인 그림자 진 벽으로 채웠다. 그동안 예쁜 여자는 많이 보고 살았다. 몇 명과는 저녁 식사를 같이하기도 했다. 그중 하나는 가족과 절연했다는 말을 듣고 메릿을 대하는 행동이 어색하게 바뀌었다. 그 여자야 원래 속물이었으니까. 찜통 같은 한여름에도 레이스 옷을 산처럼 겹겹이 두르고 다닐 정도였다. 플레처의 여동생과 얽힌 소동도 있었다. 그쪽에서 메릿의 고백을 단칼에 거절하는 바람에 같은 집에 살면서 몇 달을 피해 다녀야 했다. 철강 공장에 위장 취업했을 당시 좋아했던 여자는 메릿이 쓴 기사로 회사가 어려워지자 거부감을 보였다.

때로는 이런 생각이 들었다. 아버지가 저주를 내렸나? 그래서 과거의 가족만이 아니라 미래의 가족을 만날 기회도 박탈당한 게 아닐까? 하지만 그 생각을 오래 붙잡고 있고 싶지는 않았다. 메릿은 오래전에 떠나간 사랑하는 사람들의 무덤을 만들고 간간이 그 위에 흙을 더하고 있었다.

생각이 다시 헐다에게로 흘렀다. 웃음이 나올 만큼 융통성 없는 성격이었지만 가끔씩 누그러지기도 하고 우연인 듯 인간미를 드러내는 때도 있었다. 그의 크라바트를 빨아 줬을 때. 그가 결혼하려 했던 여자인 에바 이야기를 했을 때. 그가 그녀에게 안전하다고 말해줬을 때.

메릿이 고개를 저었다. 안 돼. 헐다는 그의 집 가정부였다. 어색해질 게 분명했다. 다정하게 군다고 이성으로서의 관심이 있다는 뜻은 아니었다. 외로워서 이런 생각이 드는 것일 뿐이다.

딱히 외롭지도 않았고.

"일해야지." 메릿이 투덜거리며 종이 한 장을 꺼냈다. 현재는 등 장인물들이 지역 범죄 조직에 잠입한 장면을 쓰고 있었다. 직접 잠입하고 싶지는 않았기 때문에 상상력을 끄집어내야 했다. 메릿이 펜으로 두드린 자리에 뚝뚝 떨어진 잉크 얼룩이 보기 흉한 점처럼 종이를 뒤덮었다. 메릿은 '엘리스'라고 여자 주인공의 이름을 적었다. 그런 다음 잠시 생각하고 덧붙였다. '엘리스는 남자 같은 옷차림을 좋아하지 않았다.'

이 정도면 되겠다.

침실 벽지 아래에서 그의 머리통만 한 크기의 기포가 나타나 입구를 찾는 졸린 악마처럼 느긋하게 원을 그리며 움직였다.

"여자들 엿보면 안 돼, 오웨인." 메릿이 펜을 잉크에 다시 담그며 중얼거렸다. "네 영혼이 이 집에서 뽑혀 나오는 건 너도 원하지 않지?"

기포가 물결을 일으키더니 실망한 듯 내려앉았다. 메릿이 몸을 기울여 고양이를 대하듯 쓰다듬자 벽 전체에 물결이 일었다.

"나나 도와줘." 생각을 돌리고 싶었는데 마침 잘됐다 싶어 메릿이 말을 걸었다. "네가 만약 악명 높은 범죄 조직을 운영한다면 본부를 어디로 두고 싶어? 도시 아래는 너무 축축한가? 공개된 곳으로 할래? 도박장이라든가?"

벽이 두 번 쿵쿵 울렸다.

"도박장으로 하자."

그는 다시 글을 쓰기 시작했다.

✦

윔브렐 하우스에 두 번째 마법의 원천이 있다는 사실을 발견하고 사흘이 지났을 때, 헐다는 마법 전서구를 통해 편지를 한 통 받았다. 마법 전서구란 굉장히 고가의 통신 수단이었다. 하늘을 더 잘 날 수 있도록 원소 마법 중에서 특별한 공기 주문을 사용하고, 교감 마법을 통해 새에게 배달 지시를 내렸다. 중세에는 그렇게 비싸지 않았지만 19세기 들어 새로운 새에 정확한 주문을 걸 수 있는 사람을 찾기가 힘들어졌다. 그렇다 보니 이 주문을 가진 사람은 주문을 걸어 주는 대가로 어마어마한 돈을 챙기게 되었다. 하지만 전보나 제대로 연결된 교감석 같은 수단이 없을 때 빠르게 소통하려면 어쩔 수 없이 이 방법을 택하곤 했다.

헐다는 봉투에 찍힌 바이커 인장을 보고 얼른 편지를 개봉했다.

헐다에게,

별일 없지? 건강하게 잘 지내고 유령의 정체도 알아냈기를 바라. 아직도 메릿 씨는 퇴마해야 한다고 고집 중인가?

좋은 소식이 있어. 자네를 새로운 곳으로 발령 내려고 해. 일단은 보스턴이야. 본사야 할 일이 늘 차고 넘치니까. 하지만 노바스코샤에 있는 우리 팀이 곧 흥미로운 것들을 발견할 모양이야! 아직 노바스코샤에서는 근무 안 해봤지? 만나서 의논해 보자고.

새디에게 영수증 모아서 보내. 사용한 비용 환급하고 급여 정산해 줄게.

친애하는
마이라가

가슴이 철렁 내려앉았다.

헐다는 떠나고 싶지 않았다.

윔브렐 하우스가 좋았다. 이 섬이, 상쾌한 바닷바람이 좋았다. 동료인 베스와 바티스트 씨가 좋았다. 메릿 씨가….

헐다는 입을 꾹 다물고 방 안을 두 번 서성이다 편지지를 꺼냈다. 연필을 쥐는데 손이 파르르 떨렸다. 왜지? 헐다는 허리를 똑바로 펴고 정신 차리라며 손가락을 노려보았다. 조금 있으니 말을 들었는지 잠잠해졌다.

마이라,

연락 주셔서 감사해요. 집에 관해 아직 보고 드리지 못해 죄송하고요. 사실 저는 시간이 더 있을 줄 알았어요. 일단 마법사의 정체는 파악했습니다. 오웨인 맨슬이라는 열두 살 소년이에요. 메릿 씨가 퇴마하지 않기로 결정해서 이 집은 계속 마법 부동산으로 분류됩니다.

내근 외에 제가 당장 해야 할 임무가 없다면 윔브렐 하우스에서 조금 더 일하고 싶습니다. 이 집에서 마법의 원천을 하나 더 발견했는데 그게 무엇인지는 아직 알아내지 못했거든요. 쉽지는 않을 것으로 예상됩니다. 바이커나 메릿 씨에게 중요한 발견이 되지 않을까 싶어요. 계속해서 소식 전하겠습니다.

진심을 담아,
헐다

종이를 접어 봉투에 넣고 마법 전서구의 다리에 붙였다. "온 곳으로 돌아가." 헐다가 명령하자 비둘기는 창문을 넘어 바닷바람

250

을 타고 북쪽으로 날아갔다.

'내가 멍청한 짓을 하는 걸까.' 솔직히 말하면 여행을 하고 싶지 않았다. 전에는 여행이라면 사족을 못 썼지만 나이가 들수록 피곤하기만 했다. 게다가 윔브렐 하우스에서 마법의 두 번째 원천을 찾는 대신 사무실에서 하찮은 문서 작업을 한다고 생각하니… 내키지 않았다. 당분간 이곳에서 정식 가정부로 근무할까? 고스엔드에서 그랬던 것처럼. 프로 의식만 지키면 괜찮지 않을까?

"네 멋대로 미끄럼틀을 만들면 어쩌라는 거야!" 복도에서 메릿의 외침이 들렸다. "너 내 발목 부러뜨리려고 그러지! 미끄럼틀을 만들고 싶으면 내가 내려가기 전에 하라고!"

입가에 미소가 떠올랐다. 오웨인은 대체 몇 년 만에 함께 놀 수 있는 친구를 만난 것일까?

헐다는?

창가에서 돌아서려는 순간, 시야 가장자리로 무언가가 보여 다시 뒤를 쳐다보았다. 베스가 바깥에 미동도 없이 서서 북서쪽을 응시하고 있었다. 무슨 일인지 궁금해 방에서 계단으로 나와 보니 마침 메릿이 오웨인을 설득해 미끄럼틀을 다시 계단으로 돌려놓은 직후였다.

메릿이 헐다와 눈을 맞추고 씩 웃었다. 그 모습에 배 속의 장기들이 바보 같은 행동을 벌이는 것을 헐다는 애써 무시했다. 메릿이 헐다에게 손을 내밀었다. "위험한 절벽 아래로 내려올 때까지 잡아 줄게요. 뭐가 어떻게 될지 아무도 모르니까요."

처음에는 거의 자동 반사적인 반응으로 거절하려 했다. 하지만 헐다는 마음과 달리 장단을 맞추기로 했다. "좋죠, 신사님. 저는 오늘 발목을 꼭 써야 하거든요."

메릿이 미소를 지었다. 헐다도 미소를 짓고 그가 내민 손을 맞잡았다.

아래층까지 계단은 열세 칸에 불과했지만 마치 먼 거리를 달린 느낌이었다.

✦

헐다가 가까이 갔을 때도 베스는 여전히 빨랫줄과 약 서른 걸음 떨어진 곳에 서 있었다. 아담한 체구의 여자는 섬 깊이 자리한 초원 어딘가에 시선을 고정하고 있었다. 아니면 앞에 보이는 해안선 근방일까? 산들바람이 불었다. 헐다는 오늘따라 햇빛이 뜨겁고 평소 지저귀던 새들의 노랫소리가 들리지 않았다는 생각이 들었다.

"베스 양?" 헐다가 조심스럽게 다가가 물었다. "어디 아파요?"

베스가 백일몽에서 깨어난 듯 헐다를 휙 돌아보았다. "아, 죄송해요. 아니, 그러니까, 네. 저는 괜찮아요." 시선이 다시 해안을 향했다. "순간 이상한 걸 본 것 같아서 그랬어요."

긴 소매 옷을 입고 있었지만 헐다의 팔에 가벼운 한기가 퍼졌다. "뭔데요?"

베스가 한쪽 어깨를 으쓱했다. "늑대요. 하지만 이 섬에 늑대는 안 살지 않나요?"

헐다는 불편하게 조이는 흉골을 문지르며 말했다. "그렇죠. 그런데 나도 전에 하나 본 것 같아요."

'도서관의 늑대.' 헐다의 마법도 그렇게 속삭인 적 있었다. 하지만 무슨 뜻인지 알 수 없었다.

"바티스트 씨에게 총 들고 나가 보라고 해야 하나?" 헐다가 중얼거렸다.

베스가 고개를 저었다. "제대로 본 게 아닐 거예요. 그냥… 느낌이었어요. 그리고 늑대가 도망쳤는데, 진짜 늑대가 갈 수 있는 곳이 아니었어요. 그냥 그림자였을지도 몰라요."

헐다가 고개를 끄덕였다. "그래도 덩치 큰 프랑스 남자에게 총을 들려 보내면 다들 안심할 수 있지 않을까요?" 메릿이 총을 여러 개 가지고 있었다.

베스가 쿡쿡 웃었다. "안 그래도 여쭤볼 게 있었어요, 헐다 부인. 휴가를 써도 괜찮을까요?"

희망적으로 반짝이는 눈을 보니 호기심이 일었다. "언제든 가능하죠. 뭐 하려고요?"

갑자기 수줍어진 베스가 고개를 돌리고 소매를 잡아당겼다. "그게, 포츠머스에서 무도회가 열린대요. 이번에 장 보러 시내 나갔을 때 남자들이 전단지를 나눠 주더라고요. 가면 재미있을 것 같아서요. 사람들과 어울릴 기회가 별로 없거든요."

"그럴 만도 하네요." 헐다는 잠깐 기억을 더듬었다. 언제 마지막으로 춤을 춰 봤더라…. 10년도 넘었다. 13년 전인가? 14년 전? 당시에도 댄스홀에 가면 마음 편히 즐기지 못했다. 춤추는 법을 몰라서가 아니라, 가 봤자 주로 벽에만 붙어 있다 왔기 때문이었다. "언제예요?"

"내일요."

"그동안 열심히 일했는데 당연히 휴가를 드려야죠. 하룻밤 놀고 와요, 베스 양. 절대 캄캄할 때 배 타지 말고요. 숙소 추천해 줘요?"

"말씀은 감사하지만 친구 집에서 묵으려고요." 베스가 미소를 지었다. 하지만 기쁘다기보다는 긴장해서 나오는 웃음 같았다. "저기, 제가 춤을 못 추는데 헐다 부인은 춤을 추시나요?"

헐다의 태도가 부드러워졌다. "교습 필요해요?"

베스가 힘차게 고개를 끄덕였다. "저도 춤추는 방법이야 알지만 포츠머스에서 추는 춤을 모르겠더라고요. 남부에서는 그렇게 추는 사람이 없거든요."

"내가 가르쳐 줄게요. 베스 양이 나를 가르쳐 줄 수도 있겠네요." 헐다가 숄을 더 단단히 두르려 손을 올렸다가 숄을 걸치지 않았다는 사실을 깨닫고 멈칫했다. "오늘 밤 남자들이 자러 간 다음에 볼까요? 내 방에서요."

베스가 환히 웃었다. "감사해서 어떡해요."

헐다는 됐다고 손사래를 치며 이렇게 말했다. "이 기회에 운동하는 거죠."

✦

저녁 식사 후 메릿이 바티스트와 카드놀이를 즐기는 동안, 헐다는 집의 공간을 분류하기 위한 공식 문서를 정리하려 위층으로 올라갔다. 두 번째 마법의 원천을 가리킨다고 생각하는 징후를 기록할 계획이었다. 틈나는 대로 문과 창문을 시험해 보았지만 아직은 수호 마법이 다시 발동되지 않았기 때문에 일단은 징후들이 아닌 것으로 판단했다. 어디서 나오는 마법인지는 몰라도 힘이 작고 약할 가능성이 컸다. 지금은 대들보나 마루가 가장 의심스러웠다. 마법을 흡수한 나무를 베서 만든 것이 아닐까? 나무가 썩기 시작해 마법에 일관성이 없는 거다. 하지만 찜찜하게도 아직 가설을 증명해 내지 못했다. 여태껏 이 정도로 힘들게 진단한 마법 부동산은 없었다. 그렇게 큰 집도 아닌데도.

헐다는 보고서를 내려놓고 뻣뻣하게 뭉친 근육을 손으로 문질렀다. 마법 현상이 밤에 더 활발하게 나타나는지 오늘 잠을 자지 않고 확인해 볼까? 춤을 가르쳐 주기로 했으니 한동안은 베스가 말동무 노릇을 할 테고, 춤 연습이 끝난 후에는 다른 사람들의 잠을 깨우지 않도록 양말만 신고 조용히 집안을 돌아다닐 수 있었다. 그동안 헐다는 수호 주문을 찾을 수 있게 구석진 곳에 넣어 둘 부적을 몇 개 꿰매서 만들었다. 조금만 더 노력하면 동이 트기 전에 다 걸 수 있었다.

그 과정도 다 기록하기로 한 헐다는 연필을 꺼내 적기 시작했는데 두 번째 줄에서 심이 뚝 부러졌다. 한숨을 쉬며 연필깎이를 찾았지만 늘 있던 자리가 비어 있었다. 메릿이 가져간 모양이었다. 베스는 항상 물건을 제자리에 두었고 바티스트는 위층으로 올라오는 법이 없었다.

헐다는 자리에서 일어나 코르셋 입은 상체를 최대한 길게 늘여 기지개를 켜고 복도로 나갔다. 그러다 계단 끝에서 멈춰 섰다. 오웨인이 아래를 향해 카펫을 소용돌이처럼 비틀고 있었기 때문이다. 헐다에게 장난을 치려는 의도는 아니고 심심해서 그런 것 같았다.

"안녕, 오웨인." 헐다가 말했다. 계단을 내려갈 수 있게 좁지만 움직이지 않는 카펫 길이 열렸다. 헐다는 고맙다고 고개를 끄덕이고 복도를 지나 메릿의 작업실 앞에 섰다. 열려 있는 문틈으로 주황빛 석양에 반쯤 물든 내부가 보였다. 헐다는 문 옆 테이블에 놓인 초에 불을 켜고 어수선한 책상으로 다가갔다. 책상 위에는 다 마신 컵이 세 개에다 손수건, 펜과 연필 몇 자루, 구겨진 종이 뭉 치도 있었다. 종이도 싼 종이가 아니었다. 뒷면도 충분히 쓸 수 있 으니 재활용하라고 건의해야겠다. 하지만 엉망인 책상이 묘하게 도 귀엽게 느껴졌다. 구겨진 종이 옆에는 큰어치의 깃털 하나, 끈 이 없는 웬 신발 한 짝, 메릿의 원고 뭉치가 놓여 있었다. 아, 그리 고 연필깎이도.

잉크병의 잉크가 바닥을 보였다. '일 열심히 하시네.' 힐다는 잉 크병을 들고 서재로 돌아와 그녀의 잉크병과 바꾸고 거의 사용하 지 않은 병을 원고지 옆에 두었다. 연필깎이를 집어 드는데 초의 불빛이 원고 위로 쏟아지며 제일 첫 장을 비추었다. '그러나 어둠 속에서 삐걱삐걱 들리는 소리로 보아 엘리스는 더 이상 혼자가 아니었다.'

힐다가 멈칫했다. 책의 도입부가 아니었다. 첫 페이지가 어디 있 는지는 메릿만이 알고 있을 것이다. 종이 상단에 손 글씨로 '102' 라고 적혀 있었다. 그냥 책상에 앉아 소설 한 권을 쓸 수 있다는 사실에 힐다는 경이로움을 느꼈다. 이 문장들과 그것이 묘사한 장면은 메릿이 종이에 옮기기 전 그의 머릿속에만 존재했다. 무에 서 유를 창조하다니 메릿은 정말 대단한 사람이었다. 힐다가 초를 더 가까이 들었다.

두려워 아무 말도 할 수 없었다. 어두운 복도를 따라 소리가 울려 퍼졌다. 두려움이 얼마나 컸던지 숨소리의 메아리마저 들리는 것 같았 다. 엘리스는 벽에 등을 붙이고 삐걱거리는 소리가 다시 들릴 때까지 잠자코 기다렸다.

256

"여기 아래는 들여다보지 않을 거라며." 거의 알아들을 수 없는 목소리로 말했다. 그래도 목소리는 내야 했다. 빛이 없는 이곳에서 워렌이 입 모양을 읽을 수는 없을 테니까.

귀 가까이서 들린 대답에 엘리스가 움찔했다. 다른 곳이었으면 너무 가깝다고 당황했을 것이다. 하지만 지금 같은 적진에서는 오히려 위로가 되었다. "움직이지 말아요."

헐다는 빈 의자에 앉았다. 재미있게 잘 쓰는데? 뭘 예상했던 걸까. 글을 써서 먹고 사는 직업이니 당연히 글솜씨가 좋겠지. 메릿의 첫 작품이 궁금해졌다. 찾아 읽을 수 있을까? 하지만 지금은 어두운 복도에서 왜 삐걱거리는 소리가 나는지, 이 엘리스와 워렌이라는 인물들이 왜 그곳에 오게 되었는지 궁금해 견딜 수 없었다.

헐다는 초를 내려놓고 종이를 불빛에 기울여 마지막 줄까지 읽었다. 문장이 끊겨 있어 종이를 넘기고 다음 장도 읽기 시작했다. 두 사람은 범죄 조직의 소굴에 들어와 있는 듯했다. 전에 메릿이 말했던, 강도 사건을 목격한 여자와 동일 인물인가? 남자는 누구지?

세 번째 장을 넘겨 보았다. 입에서 헉 소리가 나왔다. 두 사람만 있는 게 아니었다. 다른 누군가도 그곳에 있었다. 시가 연기 냄새가 나는 사람을 묘사하는 대목이 의미심장했다. 앞의 내용을 읽었다면 주인공들을 뒤쫓는 사람이 누구인지 알았을 텐데. 착한 사람은 아니라는 예감이 들었다.

헐다는 페이지를 또 넘기고, 엘리스와 워렌이 옷장으로 몸을 숨기는 장면에서 엘리스와 함께 숨을 참았다. 남자가 점점 다가

오고 있었다. 엘리스가 옷장 문에 손을 뻗는 것을 워렌이 말렸다. 엘리스는 괜찮다며 워렌의 팔을 꼭 쥐었다. 뭘 하려는 걸까?

맙소사, 엘리스가 시가맨의 주의를 돌리려고 반대쪽 복도로 뛰어가고 있었다! 헐다가 페이지를 넘겼다. 작전은 효과가 있었다. 남자가 엘리스를 추격하기 시작했다. 하지만 어디로 탈출하려고 그러지?

아까 맡았던 악취가 코를 찔렀다. 썩은 냄새와 오래된 배설물 냄새였다. 그쪽으로 돌아서는 순간, 신발이 바닥의 홈에 걸리며 엘리스가 휘청했다. 물 흐르는 소리인가? 이 아래가 수로라면 탈출도 불가능하지 않았다. 그러다 무슨 전염병에 옮을지는 모르겠지만 총에 맞느니 병에 걸리는 게⋯.

"헐다 부인."

헐다가 비명을 지르며 의자에서 벌떡 일어나다 정수리로 메릿의 턱을 가격할 뻔했다. 손을 얼른 쿵쿵 뛰는 심장 위에 올렸다. "메릿, 그렇게 뒤에서 몰래 다가오면 어떡해요!"

메릿이라니⋯, 세상에. 방금 그냥 메릿이라고 부른 건가? 그는 나른한 악어처럼 미소를 지으며 팔짱을 끼고 있었다. "누가 몰래 다가갔다고 그래요. 당신이 다른 데 집중하고 있었던 거죠."

온몸이 화끈거렸다. 원고를 훔쳐보다 들키다니. "사, 사과할게요." 헐다가 말하며 일어나 종이들을 다시 제자리에 쌓았지만 급하게 움직이느라 코에서 안경이 흘러내렸다. 안경은 챙 소리를 내며 바닥에 떨어졌다. "연필깎이 찾으러 왔다가 정신이 팔렸네요. 엿볼 생각은 아니었어요."

메릿이 허리를 굽히고 흐릿하게 보이는 카펫에서 안경을 집어들었다. "책은 보통 첫 장부터 읽는데요."

"다시는 이런 일 없을 거예요."

"헐다 부인." 메릿이 손을 뻗어 안경을 직접 씌워 주었다. 헐다의 얼굴이 더 빨개졌다. '신이시여, 제발 어두워서 보이지 않게 해주세요.' 하지만 손등이 관자놀이를 스치며 열기를 느끼지 않았을까? "내 초고를 누가 푹 빠져 읽는 걸 본다고 화나지 않아요. 화낼 마음도 없고요. 심지어 초고잖아요. 초고에 쓰인 건 형편없는 이야기들인데요."

헐다가 옆으로 물러나며 머리카락을 정돈했다. "형편없지 않았어요. 그리고 제 변호를 하자면 초반부는 여기에 없었어요."

"당신 입에서 그런 말이 나오다니, 칭찬 맞죠?"

'칭찬?' 자신이 뱉은 단어를 되새기자 헐다의 배 속이 쪼그라들었다. "제, 제 말은 형편없지 않다는 게 아니라요. 정말 좋았어요. 아주, 음, 흥미진진했어요."

메릿이 푸른 눈으로 헐다를 가만히 쳐다보았다. 그 눈빛에 헐다는 완전히 바보가 된 것 같았다. "그랬나 보네요. 평소 놀라운 어휘력을 자랑하는 우리 숙녀분의 사전이 뒤죽박죽 꼬일 정도라면요."

헐다의 얼굴이 더 빨개졌다. 잘 익은 토마토처럼 보일 게 분명했다.

메릿의 표정이 누그러졌다. "놀리려고 하는 게 아니에요. 솔직히 독자가 있으면 나는 좋아요. 흠 같은 걸 발견해 줄 사람 말이에요. 철자가 틀렸다고 일일이 지적하지만 않는다면요. 말 그대로 초벌이니까요."

헐다가 헛기침을 했다. "소설이 완성되면 그때 읽어 볼게요. 지금은 바이커의 마이라 국장님에게 올릴 보고서를 마저 써야 해서요." 헐다가 알리바이를 입증하려고 연필깎이를 들어 보였다. '오는 소리를 못 듣다니! 내 주의가 그렇게 흐트러져 있었다니 믿을 수 없어…. 어쩜 이렇게 어리석니, 헐다.'

메릿이 의자 위치를 조정한 후 자리에 앉자 헐다는 조심스럽게 물러날 수 있었다. "그렇다면 어쩔 수 없죠." 메릿이 책상 왼쪽의 첫 번째 서랍에 손을 뻗어 손잡이를 당겼지만 서랍은 닫힌 채로 꿈쩍하지 않았다. 손잡이를 더 세게 당겼다. "오웨인, 이것 좀 열어 줄래?"

복도를 쳐다보니 오웨인은 아직 정신없이 카펫을 휘젓고 있었다. 그래서 허리를 꼿꼿이 세우고 어깨를 펴서 몸가짐을 바로 한 헐다는 고개를 치켜들고 방으로 돌아가 가방에서 쇠 지렛대를 꺼냈다. 그러고는 돌아올 때까지도 서랍과 씨름하는 메릿에게 말했다. "제가 해볼게요."

메릿이 손잡이를 놓았다. "마법 쓰게요?"

헐다가 쇠 지렛대의 머리를 손잡이 바로 위에 끼웠다. 적은 힘으로도 서랍이 툭 열렸다.

"오늘 날이 따뜻했잖아요." 헐다가 설명했다. "나무가 뒤틀린 것뿐이에요."

"아." 메릿이 서랍과 헐다를 번갈아 쳐다보았다. "대단한 손재주예요. 정말 여기서 같이 원고 읽어 주지 않을 거예요?"

단순하고도 가벼운 제안이었지만 헐다에게는 금속 숟가락으로 갈비뼈를 때리는 듯한 울림을 주었다. '여기서 같이 원고를 읽는다.' 여기 남아서 메릿 펀스비와 고요하고 평화로운 시간을 함께 보낸다. 그의 작품에 빠져 글을 쓰는 모습을 지켜보며 그 일부를 느낀다. 고된 하루 끝에 만난 갓 구운 롤빵의 냄새처럼 유혹적인 제안이었다.

헐다가 손에 든 쇠 지렛대를 돌렸다. "보고서를 완성해야 해요." 그리고 실망감을 속으로 삼켰다.

메릿은 고개를 끄덕였다. "행운을 빌어요."

불편하고 아쉬운 느낌으로 물러나던 헐다가 복도로 나가기 전 멈춰 섰다. "메릿 씨."

"네?"

"저…." 머쓱했지만 약간의 호기심은 자연스러운 감정이지 않을까? 어쨌든 함께 일하는 사이니까. "첫 번째 책 제목은 뭐였어요? 이미 나온 책요."

메릿이 씩 웃으며 말했다. "《거지의 탄생》이에요."

헐다는 고개를 끄덕이며 돌아섰고 방에서 나가 문을 꼭 닫았다.

21

1846년 9월 23일, 로드아일랜드주 블라우던섬

아주 강력한 힘을 지닌 집이었다. 고스 엔드가 생각나기도 했지만 두 집의 분위기는 서로 달랐다. 섬을 둘러봤을 때 다른 거주자는 없었다. 그의 계획을 좌절시킬 주문도 없었다. 거기다 특별한 선물도 있었다.

사일러스가 지난 30년의 세월 동안 수집한 상당량의 접촉감응 주문 중에는 상대의 마법 능력을 감지하는 주문도 있었다. 인간, 사물, 잠재된 마법, 사용된 마법을 가리지 않았다. 이 집에는 강한 혼돈 마법의 기운이 느껴졌다. 사일러스는 혼돈 주문을 딱 하나 가지고 태어났고 그 주문 덕분에 기증자들의 피에서 마법을 해체할 수 있었다. 하지만 어떻게 해도 더 많이 흡수하지는 못했다. 사일러스는 그 이상을 원했다.

해가 진 후에 작업을 시작할 생각이었다. 그런데 빌어먹을, 저것들이 집에 예지자를 들였다. 사일러스는 예지자라면 질색이었다. 예지는 예견과 달리 깔끔하게 피할 수가 없었다. 사일러스가 괜히 곁에 예지자를 두지 않는 게 아니었다. 여자는 분명 그의 존재를 감지했다. 그가 주문에 대응하기도 전에 느껴 버렸다. 사일러스의 힘은 강력했지만 마법이든 뭐든 영혼의 직감을 막을 수 있는 능력을 가지고 있지는 않았다. 다른 일에 지장을 주지 않으려면 신중하게 계획을 짜야 했다.

그는 늑대의 몸으로 섬 끝을 향해 뛰어갔다. 예지자의 능력이 미치는 범위에 들어가 있지 않았지만 위험을 감수할 수는 없었다. 혹시 모를 가능성은 그에게 약점으로 작용했다. 과거에 그랬듯 그의 힘을 강탈하려는 자들에게 기회를 줄 수 있다. 그러나 이런 사소한 문제는 조금의 노력이면 극복할 수 있었다.

씩씩거리며 섬의 서쪽 끝에 도착한 사일러스는 변이 주문으로 그의 몸을 늑대에서 인간으로 되돌렸다. 변하고 나니 왼손의 손가락이 지나치게 짧아졌다. 몸이 일시적으로 변형되는 변이 주문의 부작용 때문이었는데 이 정도는 한 시간이면 원래대로 돌아갔다. 사일러스는 밤의 어둠에 몸을 숨긴 채 배에 슬그머니 올라타 등대의 불빛을 피해 본토로 나아갔다. 물살을 헤치는 동안 그의 머리는 상세한 계획을 세우며 바쁘게 돌아갔다.

22

1846년 9월 23일, 로드아일랜드주 블라우던섬

메릿은 잠을 설쳤다.

잠을 설치는 이유는 하나가 아니었다. 우선 너무 피곤했다. 이상하게 들릴지도 모르겠지만 왜인지 몰라도 메릿은 너무 졸린 채로 잠자리에 들면 잠이 오지 않았다. 몸의 피로를 보상하기 위해 뇌가 깨어 있는 것만 같았다. 그리고 지금 그는 창의력이 떨어져 고생하고 있었다. 소설의 진도를 꽤 뽑았는데 어느 부분에서 막혀 버렸다. 메릿은 이야기를 미리 계획하고 쓰지 않아서 세세한 설정은 글을 쓰며 하나하나 잡아가는 편이었다. 결말을 쓰기 전까지는 어떻게 그런 결말에 이르게 되는 건지 작가인 메릿도 모를 때가 많았다. 그리고 스물세 살부터 글을 써서 먹고 살아왔다곤 하지만 대부분 신문 기사 아니면 단편 소설이었다. 첫 장편 소설도 고생 끝에 겨우 출간했다.

그래서 메릿은 머릿속으로 엘리스와 워렌의 모험을 찬찬히 그리며 서로를 배신하게 할지(그러려면 동기가 필요했다.), 사랑에 빠뜨릴지 고민했다.

꼬리에 꼬리를 무는 생각은 결국 헐다에 닿았다. 메릿의 원고가 마음에 들었다고 했다. 그렇다면 메릿의 지적 능력이 마음에 든다는 뜻 아닌가? 한낮이든 한밤중이든 무한히 아이디어를 주고받을 사람이 곁에 있으면 얼마나 좋을까. 그 생각을 하다 보니 지나치게 넓은 이 침대의 공간을 함께 쓸 사람이 있으면 얼마나 좋을까 하는 생각까지 들었다. 따뜻하고 부드러운 몸으로 그곳에 있어 줄 사람.

메릿이 자신에게 경고했다. '그만해.' 그는 다른 사람들의 도움을 받지 않고, 또 결혼하지 않고도 독립적으로 잘 사는 남자였다. 이 삶에 만족했다. 만족하도록 적응했다. 그 만족스러운 삶에 다른 사람을 더하려 할 때마다 끝이 좋지 않았다. 그래서 굳이 시도하고 싶지도 않았다.

메릿은 몸을 굴리고 베개를 접어 벤 뒤 눈을 꽉 감았다. 잠이 오고 있다고 1분 정도는 마음을 속일 수 있었다.

그러다 다시 생각했다. 헐다가 바이커로 떠나면 어떤 기분일까. 어떤 기분이긴, 뭐. 사랑의 열병쯤이야 극복할 수 있었다. 전에도 그랬으니까. 하지만 헐다는 설명, 광고 문구, 제목 하나 없는 책과도 같았다. 페이지를 넘길수록 점점 더 빠져들었다. 메릿은 헐다의 이야기를 읽고 싶었다. 끝, 대단원의 막까지 가고 싶었다. 후속작이 있는지도 보고 싶었다.

거의 자정이 다 되었을 시간에 메릿은 잠을 포기하고 신음하며 이불을 박차고 나와 바지를 입었다. 무한정 누워 있는다고 문제가 해결되지 않았다. 좀 걸으며 신선한 공기를 마시자. 물론 여기는 도시에서 멀리 떨어진 동네라 밤이 칠흑같이 어두웠고 밖으로 나갔다가 휴식은커녕 발목이나 삘 가능성이 더 컸지만 어쩔 수 없었다.

메릿은 눈을 비비며 복도를 걸었다. 놀랍게도 힐다의 방문 아래로 빛이 보였다. 그리고 힐다가 "둘, 셋, 넷, 다섯, 여섯, 일곱, 여덟." 하고 수를 세는 소리가 들렸다. 궁금했지만 괜히 사생활을 침해하지 말자고 다짐하고 계단으로 향했다. 잠을 잘 필요가 없는 오웨인이 황송하게도 메릿이 계단을 밟기 전 계단을 거대한 나무 미끄럼틀로 바꿔 놓았다. 메릿은 한숨을 쉬며 엉덩이로 미끄러져 내려왔다. 잠시 후 계단이 원래대로 돌아갔다.

현관문으로 가는데 주방에서 쿵쿵 두드리는 소리가 나서 조심스럽게 식당을 지나 주방을 엿보았다. 바티스트가 주방 카운터에 구부정하게 서서 작은 쇠망치로 고기를 때리고 있었다.

"이미 죽었을 텐데요." 메릿이 말을 걸었다.

어깨 근육이 움찔하지 않았으면 놀란 티도 나지 않았을 것이다. 바티스트가 메릿을 힐끗 돌아보았다. "그게…" 바티스트가 머뭇거렸다. "영육 중이에요."

"연육 중이라고요?"

"네, 그거요." 평소보다 억양이 더 강해 말이 어눌하게 나왔다. 피곤한 모양이었다. "슈니첼 만들 거예요."

힐다가 선택한 메뉴겠지. "고기는 내일 으깨도 되니까 쉬고 싶으면 가서 쉬어요."

바티스트는 어깨를 으쓱했다. "잠이 안 올 때가 있어요."

메릿이 스툴을 끌고 와 앉았다. "나도요. 나이가 들었다는 증거

같아요. 몇 살이에요?"

"8월에 마흔 살이 됐어요."

"서른일곱도 안 돼 보여요."

바티스트가 코웃음을 쳤다. 웃은 것 같기도 하지만 얼굴이 고기를 향해 있어 보이지 않았다.

"돼지고기예요?" 메릿이 맞혀 보았다.

바티스트가 고개를 끄덕였다.

"만들 때 제일 즐거운 요리가 뭐예요?"

"파이죠." 금세 답이 나왔다. "과일 파이, 고기 파이, 크림 파이. 파이가 제 특기예요."

다양한 파이를 생각하니 배에서 꾸르륵 소리가 났다. "파이 만드는 건 나도 대찬성이에요."

"버터를 보관할 저장고가 필요해요. 차가워야 더 맛있어요."

"오웨인이 하나 파 줄지도 몰라요."

바티스트가 어깨를 으쓱했다. "삽 주시면 제가 팔게요. 소도 제가 관리하고요."

그 말에 메릿이 멈칫했다. "소요?"

바티스트가 다시 뒤를 힐끗 보았다. "헐다 부인에게 얘기했어요. 소가 있으면 좋겠다고요. 잘 보살필 거예요. 크림 많이 만들어요."

소 한 마리에서 나온 크림을 과연 다 소화할 수 있을까 궁금했지만 입안에는 군침이 돌았다. "이번 소설이 잘 되면 당신… 아니, 우리 소 한 마리 사죠. 이름도 직접 짓게 해 줄게요."

이번에는 감정 없는 남자의 얼굴에 얼핏 보조개가 패인 듯 보였다.

갑자기 위층에서 '쿵!' 소리가 나더니 비명이 들렸다.

두 남자가 긴장했다. 카운터에 있던 바티스트가 메릿을 밀치며 재빨리 달려나갔다. 그들은 두 개의 식당을 통과해 현관 복도로 나왔다. 바티스트가 계단을 한 번에 세 칸씩 올라 헐다의 방에 먼저 도착했고 메릿도 세 걸음 뒤에서 달려갔다. 아직 망치를 든 셰프가 문을 문틀에서 뜯을 기세로 방에 들이닥쳤다.

헐다가 괜찮을지 메릿의 머릿속에 수십만 가지 생각들이 스쳐지나갔다. 누가 침입했나? 쥐가 나왔나? 아니면….

속옷 바람?

바티스트는 침실 안에 들어가 있었지만 메릿은 복도에서 걸음을 멈추고 바티스트의 거대한 몸 너머를 살폈다. 헐다가 속바지, 슈미즈, 꽉 조인 코르셋만 입고서 그곳에 서 있었다. 헐다는 코르셋에 다 담기지 못한 가슴을 가리려 얼른 손을 올렸다. 얼굴은 여름의 히비스커스처럼 빨갰다.

"나가요!" 다친 데 없이 멀쩡한 헐다가 비명을 질렀다.

역시나 새빨간 얼굴의 바티스트는 황급히 문을 닫으려다 자기 발에 걸려 비틀거렸다. 문이 부서질 정도로 세게 닫혔다.

메릿은 무슨 말을 하려 했지만 그럴 수 없었다. 아직도 숨을 헉헉 몰아쉬는 중이었다. 대체 왜 비명을 질렀는지 영문을 알 수 없는 채였다. 그리고 헐다는 왜 속옷만 입고 화를 냈는지.

마지막 질문을 한참 생각하니 자연히 그때의 모습이 떠올랐다.

바티스트가 헛기침을 했다. "없던 일로 하죠." 그러고는 긴 다리를 움직여 계단으로 갔다.

"그래야죠." 메릿은 여전히 당황한 채로 문 반대편에 있는 여자의 존재를 의식하며 중얼거렸다.

오늘 밤 잠들긴 틀렸다.

✦

하지만 결국에는 잠이 들었고 그래서 늦게 일어났다. 찬물로 세수를 하고 빗은 머리카락을 늘어뜨렸다. 어차피 섬에 사는데 뭐하러 외모에 신경 쓰겠는가. 옷을 갈아입을 때도 굳이 안 입어도 되는 조끼는 건너뛰었다. 아래층으로 내려가니 베스가 계단 난간에 광을 내고 있었고 메릿의 눈도 못 마주치며 고개 숙여 인사했다. 왜지? 힐다는 막 아침을 다 먹고 그릇을 싱크대로 가져가고 있었다.

불편한 감정이 흰개미 떼처럼 메릿의 식도를 오르락내리락했다. "힐다 부인, 마침 잘 만났네요. 바티스트와 제 행동 사과하고 싶어요. 비명을 듣고 어디서 난 소리인지 보려다 정신이 없었어요."

힐다가 접시를 내려놓았다. "그러셨겠죠. 확실히 바티스트 씨는요."

메릿이 모든 책임을 바티스트에게 전가하는 말을 듣고 안도의 한숨을 내쉬었다. 바티스트가 더 빨리 움직인 게 갑자기 고마워졌다. 곧이어 죄책감이 들었다. 당황스러운 소동 이후 바티스트가 괜찮은지 확인하고 싶었지만 바티스트는 어젯밤에 관해 이야기하는 것을 원치 않았다.

힐다가 손의 물기를 닦고 처음 만난 날처럼 엄격하고 꼿꼿한 표정으로 메릿을 돌아보았다. 메릿은 저 표정이 위안용 가면이 아닐까 하는 생각이 들었다. 원치 않는 감정과 불편함을 완벽한 직업의식으로 감추는 게 아닐까. 힐다에 대한 은유를 담은 책의 또

한 페이지가 넘어갔다. "사과 받아들일게요. 베스 양에게 킨드리 댄스를 가르쳐 주고 있었는데 베스 양이 흥분을 못 이기고 비어 있던 제 트렁크 위로 몸을 날렸어요. 둘이 같이 쓰러지던 중에 베스 양이 놀라서 소리를 지른 거예요."

"베스 양이요?" 메릿이 무심결에 되물었다.

헐다가 미간을 찌푸렸다. "아직 사과하지 않았나 보군요."

"나…, 솔직히 말하면 베스 양도 거기 있는지 몰랐어요." 가슴 이 뜨끔해졌다. 메릿은 머쓱하게 웃으며 목덜미를 문질렀다. 그의 시선이 곧바로 헐다를 향하고 단 한순간도 흐트러지지 않았다는 사실을 자기도 모르게 인정해 버린 셈이었기 때문이다. "지금…." 메릿이 표정을 감추려 뒤를 돌았다. "…가서 할게요."

"메릿 씨."

메릿이 멈춰 섰다.

헐다가 천장을 둘러보았다. "오웨인이 우리 말에 적극적으로 반 응하고 있어요. 우리가 자기 이름을 알게 된 후부터요."

메릿의 긴장이 조금 풀렸다. "나도 느꼈어요."

"처음에 직원 뽑는 게 내키지 않는다고 하셨죠. 조금 더 가르치 면 직원이 없어도 될 것 같아요." 헐다는 마치 연습한 듯 차분하 게 제안했다. "오웨인은 집을 깨끗하게 잘 정리할 줄 알아요. 처음 왔을 때 방치된 느낌이 없었잖아요. 간단한 집안일도 도와주더라 고요. 베스 양은 걱정하지 않으셔도 돼요. 바이커에 소속되어 있 는 한, 어디든 들어갈 수 있을 거예요."

마지막 문장을 말할 때는 메릿이 아니라 창밖을 보았다. 쏟아지 는 햇살이 녹색 눈동자를 비췄다. 왜 쳐다보지 않는 거지?

떠나고 싶지 않은 걸까? 그 생각을 하자 배 속이 조이고 흰개미 떼가 다시 나타났다. 바이커의 직원인 헐다의 거처에 관해 메 릿은 발언권이 없었다. 그녀는 전문가로서 조언했다. 하지만 동시 에 메릿이 조언을 받아들이지 않기를 바라고 있다고 생각한다면 지나친 기대일까?

가지 말라고 설득할 수 있을까? 여기서… 같이 있자고?

"고마워요. 하지만 지금 모아 둔 돈이 거의 그대로 남아 있거든 요." 헐다가 다시 한번 눈을 바라봐 주기를 유도하며 메릿이 말했 다. 설령 지갑 사정이 안 좋아도… 본인이 떠나고 싶다면 모를까 세 사람 중 누구도 떠나보내고 싶지 않았다. 오래된 사이는 아니 지만 이곳의 분위기에 익숙해지기 시작했고 쳇바퀴처럼 돌아가 는 일상에서 진짜 '집'이라는 느낌을 받았다. 메릿은 오랫동안 집 에 대한 생각을 외면했다. 생각해 봤자 기분만 나빠질 뿐이었다. 하지만 바티스트의 독특함, 베스의 조용한 존재감, 헐다의 절제된 농담을 떠올리면 기분 좋은 향수가 느껴졌다. 집을 둘러싼 나쁜 기억이 아니라 좋은 추억이 생겼다. 이 사람들이 가족 같았다. "사 실, 나는 같이 지내고 싶어요. 당신과… 베스 양과 바티스트가 떠 나지 않았으면 좋겠어요."

실제보다 훨씬 길게 느껴지는 몇 초간의 침묵이 흘렀다. 헐다는 메릿에게서 눈을 떼지 않고 말했다. "그렇게 말해 주시니 저는… 저희 셋 다 영광입니다, 메릿 씨."

조금 대담해진 메릿이 말했다. "전에도 말했지만 메릿이라고 불 러 주면 좋을 텐데요."

헐다가 잠시 머뭇거리더니 왼쪽 입꼬리를 올리고 옅은 미소를 지었다. "알아요."

할 말을 다 한 메릿은 베스에게 사과하겠다며 자리를 떴다. 기분을 달래려면 봉급을 인상해 줘야 할지도 모르겠다.

✦✧

베스가 포츠머스 무도회에 가고 다음 날 아침, 힐다는 주문한 옷 두 벌이 늦게 올 경우를 대비해 자리에 앉아 뜯어진 밑단을 꿰매고 있었다. 맞은편에서 원고를 수정하는 메릿에게 신경을 쓰지 않으려 했지만 메릿은 원고를 볼 때 이상한 소리를 내는 버릇이 있었다. 작게 끙끙거리고 알 수 없는 콧노래를 불렀다. 처음에 힐다는 관심을 끌려고 그러는 줄 알았다. 하지만 메릿의 시선은 종이를 떠나지 않았고 집중하느라 미간에 주름 세 줄이 계속 패여 있었다. 연필 하나는 귀에 꽂고 또 하나는 입에 물었다. 기분이 묘했다. 힐다도 한때 연필을 씹는 버릇이 있었기 때문이다. 여학교의 영어 교사가 매로 그 버릇을 고쳐 주기 전까지는…. 가끔은 깨문 자국이 있는 그 연필로도 맞았다.

메릿은 앉아 있는 소파에 발 하나를 올리고 반대쪽 팔은 테이블에 떡하니 걸쳤다. 처음 저 모습을 봤을 때 힐다는 화를 낼 뻔했다. 그런데 지금은 이상하게도 매력적으로 보였다. 그러면 안 되는데…. 하지만 어제 주방에서 메릿이 들려준 다정한 말이 힐다의 결심을 흔들었다. 혼자 있을 때는 단단해지던 결심이 메릿만 나타나면 어째서인지 약해졌다.

힐다는 조용해도 메릿의 곁에 있는 게 좋았다. 이렇게만 있어도 행복을 느낄 수….

힐다의 의자가 옆으로 움직였다.

힐다가 한 손으로 팔걸이를 움켜쥐고 다른 손으로 바늘을 꼭

잡았다. 주위를 두리번거렸지만 특별한 점은 없었다. '이상하다.' 물을 마셔야 하나.

입술을 오므리며 한 땀을 더 꿰었을 때 의자가 같은 방향으로 또 움직였다. 헐다가 동작을 멈췄다. 처음은 단순한 현기증으로 넘길 수 있었다. 하지만 이번에는 아니었다. 대체 무슨….

의자가 메릿을 향해 조금 더 움직였다. 메릿도 의자 끌리는 소리를 들었는지 원고에서 고개를 들었다.

그제야 헐다는 자신의 아래에 있는 바닥만 들린 것을 알아차렸다. 경사 때문에 의자가 미끄러지고 있었다.

메릿이 앉은 소파를 향해.

헐다가 팔걸이에 손톱을 박고 말했다. "오웨인, 그만해."

바닥이 조금 더 기울어지며 헐다를 손바닥 한 뼘만큼 밀었다. 의자가 소파에 닿을 때까지.

"왜 저러는 거예요?" 메릿이 물었다.

헐다가 한숨을 쉬었다. "정말이지, 오웨인. 당장 그만…."

바닥이 위로 들썩이며 헐다를 의자에서 메릿 쪽으로 던졌다.

메릿은 몇 페이지를 날리며 원고를 떨어뜨렸고, 헐다가 그의 무릎에 얼굴을 묻기 직전에 헐다의 어깨를 붙잡았다. 헐다의 뺨이 화끈거렸다. 메릿의 무릎을 생각하자 얼굴이 더 빨개졌다. 헐다는 속으로 이런 장난이 재미있다고 생각하는 바보 같은 아이에게 욕을 했다.

헐다가 일어나 안경이 코끝으로 미끄러질 만큼 격하게 주위를 둘러보았다. "내가 널 서재에 가두는 마법을 걸고 말 거야, 오웨인 맨슬!"

집의 움직임이 멈췄다.

몇 초가 지나고 메릿이 말했다. "성까지 말해서예요. 그냥 이름만 부르는 것보다 백이면 백 잘 먹히죠. 미들네임만큼은 아니어도요." 얼굴의 보조개를 보니 이 상황을 재미있다고 생각하지만 예의를 차리려 노력하는 듯했다. "미들네임이 있을까요? 있으면 효과 만점일 텐데요."

헐다는 치마의 주름을 펴고 의자를 얼른 집어 들어 원위치로 돌려놓았다. 그러다 관심 없다는 것을 강조하려는 듯 소파에서 더 멀리 떨어뜨렸다. "어쩌면요."

헐다는 수선하던 옷을 주워들고 유치하지만 당연한 분노를 느끼며 의자에 풀썩 앉았다. 찢긴 밑단에 바늘을 찌르고 슬그머니 메릿을 올려다보았다. 헐다와 눈이 마주친 메릿이 재미있다는 미소를 은근하게 지어 보였다. 헐다는 바느질에 다시 집중했다. 세 땀을 꿰맨 후 다시 고개를 들었을 때 메릿은 다시 원고를 들여다보고 있었다. 헐다가 얼굴을 찌푸렸다. 그렇게 당황스러운 장난을 당하고 나서 시선을 받고 싶지는 않았다. 하지만… 메릿이 그녀를 지금보다 더 봐 줬으면 하는 마음은 어리석은 바람일까.

헐다는 입술을 굳게 다물고 혹시 메릿 펀스비에 대한 생각을 한두 번 소리 내어 말한 적이 있는 걸까 걱정했다. 그걸 어린 오웨인이 듣고….

영혼이 메릿과 직접 대화할 수 있었다면 얼마나 당황스러웠을까. 그러지 못하는 게 다행일 따름이었다.

헐다는 다시 고개를 들어 원고를 읽는 그를 보았다. 소파에 다시 앉았어야 하나. 유치한 생각이지만….

문밖에서 발소리가 들리더니 베스가 빛나는 미소를 지으며 옆구리에 편지 뭉치를 끼고 들어왔다. 섬으로 돌아오는 길에 우체국

274

에 들른 모양이었다. 편지를 보자 헐다의 심장이 뛰었다. 그러다 바늘로 손을 찌르는 바람에 입에서 큰소리가 터져 나왔다.

메릿이 들고 있던 원고를 내렸다. "괜찮아요?"

그렇게 일에 푹 빠져 있던 사람이 관심을 보였다는 데 헐다는 놀라고 또 바보처럼 기뻐했다. "정말 오랜만에 찔려 보네요." 헐다가 손가락을 흔들며 말했다. 피부에 아주 작은 핏방울이 맺혔다. "심한 건 아니에요. 베스 양, 무슨 편지예요?"

메릿이 하녀를 보려고 몸을 기울였다. "베스 양! 잘 놀다 왔어요? 잘 걷는 걸 보니 즐기지 못한 거 아니에요? 춤추다 댄스 플로어에서 물집이 터져 피를 흘리는 사람들도 많던데."

베스가 활짝 웃었다. "재미있었어요, 메릿 씨. 감사합니다." 그녀는 헐다에게도 고개 숙여 인사하고 우편물을 꺼냈다. "메릿 씨께 온 편지가 두 통이고, 헐다 부인 앞으로도 두 통 왔어요. 소포도 있는데, 그건 침대에 뒀어요."

옷이 벌써 왔나?

헐다는 실에서 바늘을 뺐다. "잘됐네요. 이걸 계속 꿰매 입지 않아도 되겠어요." 수선해서 키가 더 작은 동생에게 보낼 수도 있겠지. 하지만 대니엘은 옷 취향이 독특해 입지 않을 것이다.

베스는 메릿에게 먼저 가서 편지를 건네고 헐다에게 왔다.

"아! 플레처." 첫 번째 편지를 반쯤 뜯다가 메릿이 헐다 쪽을 쳐다보았다. "별일 없으면 다음 주에 방문하겠대요. 준비는 내가 알아서 할 수 있어요."

"직원의 존재 이유를 다시 말씀드려야 할까요?" 헐다가 조금은 감정을 실어 얼굴을 찌푸리자 메릿이 웃으며 헐다를 보았다. "오웨인도 자기 방을 만들 수 있을걸요." 베스가 헐다에게 편지를 건

넀다. "고미워요, 베스 양."

봉투 상태가 영 좋지 않은 게, 마법선이 아니라 소환 마법으로 왔나 하는 생각이 들었다. 대서양 위를 날 수 있는 형태로 바꼈다가 도착한 후에 원 상태로 되돌리는 방법도 있었기 때문이다. 지금은 아주 구시대적인 취급을 받는 방법이었다. 헐다가 발신 주소를 확인했다. 둘 다 영국에서 온 편지였다.

숨이 가빠졌다. "실례할게요." 헐다가 망가진 옷을 어깨에 걸치고 문으로 향했다. 뒤에서 메릿이 불렀지만 대답 대신 괜찮다고 손만 흔들어 보였다. 그녀는 이 집에 사는 유령 때문에 현재는 분홍색으로 변해 커다란 초록색 반점까지 찍힌 카펫을 따라 쭉 걸었다. 화려한 카펫을 거의 인식하지도 못하고 방에 도착하니 손이 차갑고 파르르 떨렸다.

리버풀 경찰이 보낸 첫 번째 봉투를 열었다. 악필로 휘갈겨 쓴 짧은 편지였다.

사일러스 호그우드라는 이름을 가진 사람이 머지사이드를 떠났거나 이민 신고를 한 기록은 없습니다만 항구 도시를 통해 떠났을 가능성도 있습니다.

헐다가 한숨을 쉬었다. 이 이상의 정보를 얻기는 어려웠다. 대부분의 이민자는 서류를 꼼꼼히 남기지 않았고 사일러스는 누구보다도 서류로 흔적을 남기고 싶지 않을 사람이었기 때문이다.

편지를 옆으로 치우고 두 번째 봉투를 열었다. 보낸 사람은 랭커스터캐슬의 교도소장이었다.

힐다 양,

사일러스 호그우드라면 기억하고 있지요. 혹시 몰라 기록을 찾아보았습니다. 예, 이곳에 수감되었던 죄수가 맞지만 알 수 없는 이유로 6월 14일 사망했습니다. 제가 봤을 때는 아직 건강한 상태였어요. 참 이상한 일입니다.

불편한 소식을 전하게 되어 죄송합니다.

그럼 이만,

벤저민 캔터베리

힐다는 아직도 이해가 되지 않아 편지를 가만히 쳐다보았다. 힐다는 여행 가방에 앉아 안경을 고쳐 쓰고 처음부터 끝까지 세 번이나 정독했다. 뒷면에 뭐가 있을까 싶어 편지지를 뒤집어 보았다가 다시 읽었다.

당혹감⋯. 그래, 당혹스러웠다. 어떻게 건강한 남자가 감옥에서 죽는단 말인가? 주기적으로 검사를 받았을 텐데 아무도 이유를 모른다고? 물론 교도소가 위생적인 공간은 아니지만⋯.

힐다가 입술을 깨물었다. 힘없이 쥔 손에 든 편지가 축 늘어졌다.

그가 절대 포츠머스에 있을 수는 없다는 얘기였지만 안심되기는커녕 걱정만 깊어졌다.

교도소장이 사일러스의 시신을 직접 봤을까? 얼마나 강력한 마법사인지 알고 그러는 걸까? 시체들이 파괴된 후에 주문들을 잃었다면⋯.

힐다는 쓸데없는 걱정을 떨치고 그 끔찍한 마법사가 사라졌다는 사실에 위안을 찾으려 했다. 하지만 확인을 받았음에도 불안감이 뼈를 집어삼키는 모닥불처럼 활활 타올랐다.

23

1846년 10월 1일, 로드아일랜드주 블라우던섬

헐다는 어떻게 된 일인지 더 자세히 알고 싶어 다음 날 교도소
장에게 다시 편지를 보냈다. 거의 일주일이 지나서야 전보로 답장
이 왔다. 전보에는 이렇게만 적혀 있었다. '더 이상의 정보를 제공
할 수 없음을 유감스럽게 생각합니다.'

기분이 영 찜찜했다. 개인적인 정보라서 그러는 걸까? 만천하
에 탄로 난 범죄자인데? 아니면 기록에 정보가 누락되었나? 이미
죽은 사람 일이라고, 안심해도 된다고 마음먹을 때마다 떠오르는
한 장면이 헐다를 의심의 소용돌이에 빠뜨렸다.

헐다는 그를 봤다. 두 눈으로 똑똑히 목격했다고 맹세할 수 있
었다! 하지만 교도소에서 연쇄살인범의 출소를 숨길 이유가 없지
않나? 탈옥이라면 더더욱 말이 되지 않는다.

그나마 유일한 위안은 이곳에 있으면 안전하다고 했던 메릿의

말이었다. 정말로 이곳은 안전했다. 사일러스가 죽음을 위장해 보안이 철저한 교도소에서 몰래 빠져나와, 미국으로 건너온 뒤 바이커에 침입해 헐다의 기록을 찾아서 복수를 위해 블라우던섬까지 배를 타고 온다는 발상 자체가 허무맹랑했다.

메릿은 바빠서 식사 시간에나 볼 수 있었다. 어제는 혼잣말로 중얼거리며 집을 나서 섬 주위를 오랫동안 산책하는 모습을 보기는 했다. 그 외에는 종일 작업실에 틀어박혀 밤늦게까지 일을 했다. 저녁 식사도 두 번이나 작업실에서 했다. 궁금했지만 헐다는 캐묻거나 방해할 수 없었다. 그래도 한두 번은 문가를 맴돌며 귀를 기울였지만 아무 소리도 들리지 않았다. 직접 구입한 《거지의 탄생》에 대해 물어보고도 싶었다. 하지만 사일러스 일로 머리가 너무 복잡해 아직 책을 펼치지도 못했다.

베스와 바티스트가 각자 할 일을 하고 말벗이었던 메릿도 곁에 없자 금세 삶이 지루해졌다. 아직 두 번째 마법의 원천은 찾지 못했다. 사일러스 호그우드 생각에서 벗어날 수만 있다면 맨몸을 던져 집의 토대를 파헤칠 준비가 되어 있었다.

메릿이 세 번째로 작업실에서 저녁을 먹은 날, 헐다는 베스에게 자신이 그릇을 회수할 테니 일찍 퇴근하라고 했다. 복도를 지나는데 그림자가 손을 흔들었다. 헐다도 손을 흔들어 주자 집이 만족한 듯 우르르 울렸다. 헐다가 손등으로 닫힌 작업실 문을 두드렸다.

"들어오세요." 안에서 메릿 목소리가 들렸다.

문을 밀고 들어간 헐다가 눈앞의 광경에 한숨을 참았다. 종이와 연필 부스러기가 바닥에 떨어져 있고 책상은 잉크 얼룩투성이에 덮지도 않은 책이 의자 위를 뒹굴었다. 저녁 식사를 가져왔던 쟁반은 책상 끝에 이슬아슬하게 놓여 있었다. 베스가 메릿의 등쌀에 그릇만 가져가고 나머지는 치우지 못한 게 분명했다.

"쟁반 가지러 왔어요." 헐다가 말했다.

그 순간 등에 찬물을 부은 듯 메릿이 허리를 곧게 펴고 의자에서 몸을 틀었다. "헐다! 난 또 베스인 줄 알고."

헐다 부인이 아닌 호칭을 군이 바로잡지 않았다. 하지만 헐다의 이성은 그랬어야 한다고 경고했다. '프로 의식은 나를 보호하는 방패야.' 다시금 다짐했지만 뒤늦게 정정해 봤자 분위기만 어색해질 뿐이라 이번은 그냥 넘겼다. 헐다는 쟁반 쪽으로 갔지만 곧바로 쟁반을 집어 들지는 않았다. "왜 은둔자가 되셨는지 여쭤봐도 될까요?"

메릿이 펜을 내려놓고 손등으로 눈을 비볐다. "지난주 받았던 편지 하나는 편집자가 보낸 거였어요. 열흘 후에 만나기로 했는데 그 전에 이 빌어먹을 글을 최대한 끝내고 싶어서요. 첫 책만큼 잘 나오지 않을 것 같아서 걱정이에요."

헐다는 메릿 옆에 쌓여 있는 종이들을 보았다. "첫 책 때는 어땠는지 모르지만, 시놉시스 같은 걸로 대신할 수 있지 않나요?"

"나는 시놉시스 못 써요."

"왜요?"

"그건 결말을 알게 된다는 말인데, 끝이 어떻게 날지 이미 아는 책을 완성하는 의미가 있을까요?" 웃음기 섞인 질문이었지만 그 말이 절대 가볍지 않다는 느낌을 받았다. "있잖아요." 메릿이 헐다 쪽으로 의자를 돌렸다. 헐다는 두 사람의 무릎이 얼마나 가까운지 퍼뜩 알아차렸다. 열기마저 느낄 수 있었지만… 말도 안 된다. 사람 무릎이 뜨거울 리 없잖아?

메릿의 말을 통째로 놓친 헐다가 얼굴을 붉혔다. "죄송해요. 다시 한번 말씀해 주시겠어요?"

"나 좀 도와줄래요?" 메릿이 두 손으로 무릎을 감쌌다. 헐다의 따가운 시선에서 보호하려는 것처럼. 가슴이 욱신거렸다. 설마 무릎을 빤히 쳐다보고 있었던 건 아니겠지? "아이디어 내 준 덕분에 초반이 정말 잘 풀렸어요. 혹시 시간 있으면 머리를 한 번 더 빌리고 싶어서요." 그러더니 갑자기 멋쩍은 얼굴로 방 안을 둘러보았다. "이건, 어, 내가 이따가 치울게요."

헐다가 됐다고 손사래를 쳤다. "어지러운 건 신경 안 쓰여요. 지금 마감 중이시잖아요, 메릿 씨." 대화할 수 있는 구실이 생겨 오히려 감사했다. 헐다는… 메릿 펜스비가 옆에 있는 게… 좋았다. 구석에 평범한 나무 의자가 있어 두 사람의 무릎 사이에 적당한 거리가 생길 자리로 의자를 끌고 왔다. 그녀는 다시 프로 의식을 장착하고 이렇게 물었다. "정확히 어떤 도움이 필요하시죠?"

메릿이 종이 몇 장을 꺼내 훑었다. "부수적으로 들어가는 로맨스가 문제예요."

훈훈했던 감정이 사라지고 프로의 가면에 금이 갔다. 헐다가 일어났다. "그만 일어날게요."

"부탁이에요." 메릿이 헐다의 손을 잡았다. "설명을 들어 봐요."

시선이 그의 손가락으로 향했다. 메릿도 눈치챘는지 황급히 손을 놓았다. 어색하게 헛기침을 했다. "그러니까, 다른 볼일이 없다면요."

헐다가 입술을 잘근거리며 자리에 앉았다. 손목과 목에서 맥박이 쿵쿵 뛰었다. "좋아요." 단정한 말투가 흐트러지고 있었다. "말해 보세요."

"이제 막 시작했어요. 앞부분 내용을 간단히 설명해 볼게요. 애 타게 눈빛을 주고받고 뭐 그런 거예요." 메릿이 대답했고 힐다는 그의 시선이 자신이 아닌 종이에 집중돼 있어 다행이라 생각했다. "그러다 이 퀘이커교도 집에 단둘이 있게 된 건데 궁금한 게… 지 금 이러는 게 맞을까요? 그리고 뭘 하죠? 여자는 상속녀이고 남 자는 하트퍼드 출신이라 마지막에는 각자의 길을 가게 할 생각이 거든요. 하지만 여성 독자들이…."

"메릿 씨." '등 똑바로 펴. 목소리에 힘주고.'

메릿이 멈칫하고 힐다의 눈을 쳐다보았다. 피곤할 때는 눈이 유 독 파란색으로 빛났다. "왜요?"

"제가 그쪽 분야의 책은 많이 읽지 않아서 잘 모르기는 해도 요." 힐다가 말을 이었다. "이건 로맨스가 아니에요."

"로맨스 맞…."

"커플에게 해피 엔딩을 줄 생각이 없다면 처음부터 두 사람을 엮지 마세요. 괜히 독자만 잃을 거예요. 일반 대중은 비극이 아니 라 희극을 선호한다고요."

메릿은 그 말을 잠시 생각해 보았다. 입술을 오므리자 코끝이 아래로 내려왔다. "그래서, 뭐, 입맞춤이라도 시켜야 하나요?"

힐다는 목까지 번지는 열기를 애써 외면하며 손을 꼼지락거렸 다. "그건 잘 모르겠네요. 하지만 둘이 교제하고 결말 정도에 결 혼이나 약혼을 했다면…."

"결혼 전에 입을 맞춰야 해요. 남자 주인공이 자유주의자니까." 메릿이 윙크를 하고 다시 원고를 보았다. "그것까지는 아직 이를 수도…. 아니면 헛간에 숨는 장면에 긴장감을 더하는 방법도 있 겠네요."

"이, 이 책의 작가시잖아요. 메릿이 옳다고 생각하는 게 작품에 가장 좋겠죠." 헐다가 일어나 의자를 원래 자리로 가져다 놓으려고 집어 들었다.

"그냥 의견을 구하는 거예요." 정말 궁금해서 꼬치꼬치 캐묻는 투였다. "당신이라면 모르는 사람의 헛간에서 남자와 입을 맞추지 않겠죠? 뭐랄까, 그 남자가 아직 손도 잡지 않았다면? 공표가 필요할까요? 아니면 전개가 너무 성급한 건가요? 입맞춤은 이야기의 마지막에 나와야 할까요?"

헐다의 귀가 뜨거워졌다. "사람마다 다르겠죠." 헐다가 의자를 의도보다 더 세게 내려놓았다. 그러다 뒤를 돌아보는 치명적인 실수를 저질렀다.

메릿이 원고도 잊고 헐다를 쳐다보고 있었다. 오른쪽 눈썹을 치켜올리고 윗입술은 장난기 많은 소년처럼 실룩였다.

헐다는 다시 속옷 바람으로 돌아간 기분이었다.

"헐다 부인." 평소 미간에 잡히는 주름 세 개 중 두 줄이 보였다. "입맞춤을 해본 적이 없는 건가요?"

비상. 비상사태다.

"저는 이만 실례할게요." 입 밖으로 나온 목소리는 쉬어 있었고 헐다의 얼굴이 더 붉어졌다. 그녀가 문으로 직행했다.

메릿이 종이 바스락거리는 소리를 내며 일어났다. "미안해요. 무례한 질문이었어요."

헐다는 문 앞에서 망설였다.

"당신이 편해서 그랬어요." 말 속에 뜨거운 후회가 담겨 있었고 그 여운이 짙게 퍼져 나갔다. "대답하지 말아요. 그냥… 용서해 줘요."

헐다는 계산된 한숨을 천천히 내쉬고 뒤를 돌아보았다. 차마 메릿의 눈을 쳐다볼 수는 없었다. 심장이 엇박으로 뛰었지만 이 방에서 나가고 싶지는 않았다. "부끄럽지만 제 반응이 이미 대답이 된 것 같군요."

그 말에 농담으로 받아칠 줄 알았지만 메릿은 자리에 앉아 원고를 옆으로 치우고 이렇게 물었다. "마법이 있다는 건 어떤 기분이에요?"

갑작스러운 화제 변경이 당황스러우면서도 기뻤다. 헐다는 문고리를 놓고 몸을 감싸며 방 안으로 몇 걸음 들어왔다. "저는… 글쎄요, 없었던 때의 기억이 별로 없네요. 어린 시절 마법사가 되는 상상은 했지만요."

메릿이 미소를 지었다. "어떤 마법사를 상상했어요?"

"접촉감응 마법사요. 사람들의 마음을 읽고 싶었거든요. 나를 정말로 어떻게 생각하는지 알고 싶었죠."

"그런 주문을 가지고 있으면 무서울 것 같은데요."

"동의해요. 지금은요." 헐다가 어깨를 으쓱했다. 메릿에게로 한 걸음 더 다가갔다. "확실히 마법이 삶에 유용하기는 했어요. 없었다면 힘들었을 거예요. 손발이 하나 더 있는 것과 비슷하죠."

"육감처럼요." 메릿이 단어를 제시했다.

헐다가 고개를 끄덕였다. "그 비유가 더 적절하네요. 작가는 아무나 하는 게 아닌가 봐요."

"작가 지망생이랄까요." 메릿이 원고를 힐끗 쳐다보았다. "점성술 가게 같은 걸 차리는 데는 관심 없었어요? 많이들 가잖아요."

"증조할머니께서는 하나 운영하셨어요." 또 한 걸음. "독특한 분이셨거든요."

"꼭 독특한 사람만 자기 가게를 차리는 건 아니에요."

"맞아요." 헐다가 동의했다. "하지만 새로운 것에 도전하다 보면 특정한 부류를 끌어당기기 마련이에요. 그 사람들은 새로운 것만 추구해서 질리면 떠나 버리죠. 할머니는 수천 명의 친구가 있었지만 그 안에 진정한 인연은 없었어요. 전해 들은 이야기로는요. 제가 어릴 때 돌아가셨거든요."

메릿이 턱을 문질렀다. 오늘 면도를 하지 않아 수염이 자라 있었다. 흐트러진 모습에서 남성미가 물씬 풍겼다. 헐다는 손가락으로 만져 보면 얼마나 꺼칠꺼칠할지 문득 궁금해졌다. "개성 있는 캐릭터 같네요."

"캐릭터가 아니라 실제 인물이에요."

"그런 생각 안 해봤어요?" 메릿이 바로 말을 이었다. "우리 모두 누군가가 쓴 책의 캐릭터일지도 모른다는 생각? 우리의 행동, 변덕, 생각, 욕망은 전부 전지전능한 작가가 통제하는 거고요."

이상한 생각이다. "하느님 말이에요?"

"하느님이 쓰고 있다면 소설이 아니라 실화죠."

헐다가 웃음을 터뜨렸다. "부디 그러기를 빌어요. 소설이라면 우린 다 허구의 존재라는 뜻일 테니까요."

메릿이 미소를 지었다. 진심이 담겨 있는 매력적인 미소였다. 가지런한 윗니가 드러나 조금은 고양이 같은 느낌을 주기도 했다. 그러고 보니 아랫니 중 두 개는 비뚤어져 있었다.

"뭐." 메릿이 의자에 등을 기댔다. "지금은 당신의 재능을 펼칠 기회를 바이커에서 주고 있으니까요."

헐다는 잠시 그를 바라보았다. 더 잘 보려고 안경을 고쳐 썼다. 메릿도 호기심 어린 눈빛으로 헐다를 쳐다보았다. 잠시 후 헐다가 말했다. "좋아요. 차 마저 드세요."

"뭐라고요?"

"전에 점을 쳐 달라고 부탁한 적 있잖아요." 헐다가 차갑게 식은 찻잔을 쟁반에서 집어 들었다. 차가 아직 삼 분의 일 정도 남아 있었다. "지금 할게요."

얼굴에 떠오른 표정이 소년 같았다. "정말요?"

헐다가 눈을 굴렸다. "꾸물거리면 마음 바꿔요." 메릿은 기쁨을 숨기지 않았다. 헐다 자신 때문에 그렇게 기뻐한다고 생각하니 가슴이 두근거렸다. 그리고 좋든 나쁘든 메릿 펀스비라는 사람에 대해 더 알아보고 싶었다.

메릿이 얼굴을 조금 찌푸리며 식은 차를 다 마셨다. 헐다는 찻잔을 받아 들고 촛불에 가져가 찻잎을 관찰했다. 오래 걸릴 때도 있었다…. 피에 흐르는 마법이 더 진했다면 주문을 더 효과적으로 통제할 수 있었을 텐데….

생각이 번쩍 튀었다. 이번에는 장면이 아닌 말과 느낌으로 떠올랐다. 포크로 찍은 음식을 입 안에 넣지 못하고 혀끝으로만 접촉하는 것과 비슷했다.

고통. 혼란. 갈망. 배신, 진실.

빠르게 나타난 만큼 빠르게 사라졌지만 헐다는 찻잎을 한참 쳐다보고 있었다.

"그렇게 나쁘진 않죠?" 메릿이 물었다.

그 순간 헐다는 현실 감각이 없었다. 하지만 헐다의 점조 마법은 약했고 그런 만큼 주문도 약했기 때문에 마법을 사용한 부작용은 빠르게 가라앉았다.

헐다가 이마를 문지르며 찻잔을 내렸다. 머릿속에서 하얀 거짓말 몇 가지가 떠올랐다. 가슴 아래에 자리한 불편한 느낌 대신 전할 수 있는 좋은 말들이. 하지만 메릿은… 진실을 알고 싶을 것이다.

"좋은 것도 있고, 나쁜 것도 있어요." 헐다가 찻잔을 내려놓으며 겨우 말했다. "미래에 고통을 겪게 되는데… 그 고통으로 진실이 밝혀질 거예요."

"고통과 진실? 종교적인 느낌인데요? 내가 모르몬교도가 된다는 말은 아니겠죠?"

헐다가 눈을 깜박였다. "모르몬이 뭐예요?"

메릿이 별말 아니라고 손을 내저었다. 그러고는 직접 찻잔을 들여다보았다. "어디 보자, 내 눈에는… 토끼가 보여요. 귀랑 꼬리가 잘린 토끼."

헐다가 미소를 지었다. "바티스트 씨를 설득해서 그것도 미래에 넣어 달라고 할 수도 있고요." 그러고는 쟁반을 들고 문으로 돌아섰다.

"불편하지 않아요?" 헐다의 뒤로 목소리가 들렸다. "늘 미래를 안다는 게?"

쟁반을 쥔 손에 힘이 들어가고 가슴의 두근거림이 사라졌다. "전혀요. 왜냐하면 사실…" 헐다가 뒤를 돌아 그의 눈을 바라보았다. 자신의 진실은 드러나지 않기를 바라며. "…다 알 수는 없거든요."

✦✦

토요일 아침 일찍 눈을 뜬 헐다는 오늘도 열심히 일해 보자고 결심했다. 열심히 일하는 것은 헐다의 주특기였다. 아무리 황당하고 두려운 문제가 삶에 닥쳐도 열심히 일하고 있으면 자신감이 생겼다.

그래서 헐다는 집 안 구석구석을 뒤졌다. 수맥 팀지봉을 들고 카펫을 모조리 훑었다. 부적을 걸고, 옮기고, 또 새로운 부적을 만들었지만, 쓸 만한 정보는 하나도 나오지 않았다. 예지력으로 뭘 알아낼 수 있을까 싶어 베스도 불러봤지만, 그것도 실패였다.

집 안에서는 더 이상 할 수 있는 게 없어서 헐다는 집 밖을 조사하기로 했다. 메릿은 벌써 산책을 나갔고 바티스트는 주방 일로 바빴다. 베스는…, 베스가 지금 뭘 하고 있는지는 몰랐다. 지금이 적기였다. 헐다는 가장 튼튼한 원피스와 신발 차림으로 햇빛 차단용 모자의 끈을 묶은 후, 묵직한 가방을 어깨에 메고 밖으로 나갔다.

가장 간편한 도구인 수맥 탐지봉을 첫 번째로 꺼내고 집에 바짝 붙어 주변을 한 바퀴 돌았다. 그런 다음 한 걸음 간격을 두고 또 한 바퀴 돌았다. 다음 바퀴 때는 시계 반대 방향으로 돌았다. 이 패턴을 반복하다 보니 어느새 집에서 10미터는 떨어져 있었다. 탐지할 것이 없거나, 수맥 탐사봉을 새것으로 교체해야 하거나 둘 중 하나였다.

헐다는 집으로 돌아와 청진기를 꺼낸 뒤 쭈그리고 앉아 집의 토대에 청진판을 댔다. 움직이느라 빨라진 헐다의 심장박동이 들려 그 소리가 잠잠해질 때까지 잠시 기다렸다. 그런 다음 위치를 바꾸고 다시 소리에 귀를 기울였다.

헐다의 손이 닿으니 돌로 된 토대에 진동이 일었다.

헐다가 한숨을 쉬며 허리를 펴고 땅에 무릎을 댔다. "두 번째 마법의 원천을 찾고 있어. 너 혹시 수호 주문 있니, 오웨인? 맞으면 진동 한 번, 틀리면 진동 두 번으로 대답해 볼래?"

몇 초간 가만히 있던 집이 두 번 진동했다.

'이렇게 수월할 리가.' 헐다가 아랫입술을 잘근거렸다. "이 집에 정말 마법의 두 번째 원천이 있는 거야? 느껴져?"

집이 어깨를 으쓱하는 듯 살짝 움직였다.

어깨를 으쓱한다고 하니 아이디어가 떠올랐다. 헐다는 집의 토대에 손바닥을 대고 땅과 만나는 지점을 손가락으로 쓸었다. 손톱으로 흙을 파내자 건물의 토대가 조금 더 드러났다.

"오웨인! 혹시, 음, 조금 더 똑바로 설 수 있겠니? 집을 약간만 위로 들어 볼까? 내가 아래를 볼 수 있게?"

헐다를 마주 보는 벽이 남색으로 변했다.

"무슨 뜻인지 모르겠어."

손 바로 위의 지점이 두 번 진동했다.

헐다가 한숨을 쉬었다.

다시 진동했다. 한 번.

헐다가 멈칫했다. "시도해 보겠다는 뜻이야?"

새로운 암호로 대답하는 대신, 집이 흔들거리기 시작했다.

헐다가 한 손으로 모자를 누른 채 벌떡 일어났다. 돌이 갈라지고 나무 휘어지는 소리가 났다. 안에서 베스의 비명이 들렸다. 곧바로 미안한 마음이 들었지만 집에 사는 열두 살짜리 유령과 미리 약속하고 대화할 수 없는 것을 어쩌겠는가. 이따가 제대로 사과하자.

헐다 쪽의 모서리가 풀밭에서 떠오르며 집의 토대가 쩍 벌어졌다. 헐다의 짐작대로라면 그 정도는 오웨인이 혼돈 마법 주문으로 고칠 수 있었다. 집의 모습이 꼭 다리 하나를 들고 소변을 보는 강아지 같았다.

헐다가 가방을 뒤져 성냥을 꺼내고 바닥에 엎드렸다. 하지만 새로 만들어진 동굴 안으로 기어들어 가려니 망설여졌다. 혼돈 마법으로 갈라진 돌을 고칠 수는 있지만 부러진 뼈는 고칠 수 없었다. 적어도 헐다는 그렇게 알고 있었다.

흙먼지에 기침을 하며 안에 팔을 넣고 어둠을 들여다보았다. 돌, 돌, 흙, 돌. 도망치는 쥐의 꼬리. 못마땅한 것 같은 지네. 그리고… 약한 불빛에 저 멀리서 무언가가 반짝였다. 검은 물체는 빛을 반사했다. "조금만 더!" 성냥이 손끝을 태우는 것을 느끼며 헐다가 외쳤다. 성냥을 버리고 새 성냥에 불을 붙였다. 옷이 더러워지든 말든 땅 위를 기었다. 옷이야 빨면 된다. 이게 맞는다면….

손을 더 쭉 뻗자 유리 같은 결이 반짝였다.

헐다가 뺨이 아플 정도로 활짝 웃었다.

'찾았다.'

24

1846년 10월 3일, 로드아일랜드주 블라우던섬

그 주 내내 머릿속이 진흙탕이었던 메릿은 토요일에 마당에 나와 있기로 했다. 낡은 바지를 입고 스카프를 셔츠에 넣고 소매를 말아 올린 뒤 머리카락까지 묶었다. 그런 다음 서쪽의 정면에서 시작해 정원과 건물 토대의 잡초를 뽑으며 길을 내기 시작했다. 낫이 있었다면 다른 곳의 채소들도 좀 수확할 수 있었겠지만 어엿한 집주인으로서 사야 하는 수많은 물품 중에서 낫은 우선순위가 높지 않았다. 이런데 출판사의 선인세를 받고 부자가 될 것 같다고 생각했다니.

섬에 있는 나무들의 잎이 떨어지고 있었다. 메릿은 숲으로 산책을 나가 잎들이 장화에 밟히는 바스락 소리와 나뭇가지를 흔드는 시원한 바람을 만끽했다. 너무 추워지기 전에 여기서 꼭 한번 피크닉을 즐겨야겠다. 정말 예쁜 곳이었다. 가을의 향기와 색조는 뭐라 설명할 수 없는 향수를 불러일으켰다. 단순히 어린 시절에 보낸 가을의 기억 때문일까. 그때는 삶에 근심이라곤 없었으니까.

순간 사람이 돌을 반으로 쪼개는 것 같은 소리를 들었다고 생각했다. 하지만 집을 돌아봐도 특별히 이상한 점은 없었다. 이상했다.

메릿은 느릅나무에 등을 기댄 채 눈을 감았다. 그러고는 섬의 아름다움을 온몸으로 흡수하며 팔과 어깨의 근육을 이완하고 폐의 내벽을 가라앉혔다. 입술에 미소가 번졌다. 잎이 줄어들고 있는 나무 꼭대기를 통과해 얼룩덜룩 비쳐든 햇살이 그늘이 주던 한기를 몰아냈다. 산들바람이 주위를 감싸고 무수한 아이들의 속삭임처럼 귓가를 수줍게 스쳤다.

메릿이 멈칫하며 눈을 떴다. 잎사귀와 풀잎의 흔들림이 멎었다.

바람이 사라졌다.

속삭이는 소리가 들리지 않았다.

이상했다. 다시 집 쪽을 보았다.

"메릿!"

뒤를 돌아보니 말쑥한 회색 옷을 입은 어두운 형체가 반갑다고 손을 흔들며 다가오고 있었다.

메릿이 웃으며 마중을 나갔다. "너 지각이야!"

"지각이라고?" 플레처가 되물었다. "어딘지도 모를 곳 한복판에 사는 녀석이 늦었다고 나를 탓해? 네 시계 줘 봐."

메릿은 옆구리를 더듬고서야 조끼를 입지 않았다는 사실을 떠올렸다. 보관할 조끼 주머니가 없으면 시계를 차지 않았다.

플레처가 눈썹을 치켜올렸다. "피고 진술 끝." 그러고는 메릿의 뒤를 힐끗 쳐다보았다. "뭐⋯ 잠잠해진 것 같네."

메릿은 친구를 안고 등을 탁탁 두드렸다. "거의. 다시 와 줘서 고마워. 안 그래도 글에 휴식이 필요한 참이었어."

"나도 읽어 볼 수 있어?"

"다른 파티들이 지겨워지면." 두 사람은 집을 향해 걷기 시작했다.

"좋아." 플레처가 말했다. "읽게 되겠네."

빨래를 널고 있는 베스에게 플레처를 소개해 주었다. 플레처가 모자를 벗어 인사했다. 안에서는 초상화가 목을 빼고 손님을 확인하더니 손을 흔들었다.

"진짜 묘하다." 플레처가 몸을 기울이고 움직이는 그림을 뜯어보았다.

헐다가 계단을 내려왔다. "안녕하세요, 플레처 씨. 오시는 데 어려움은 없으셨지요. 묵으실 방을 준비해 두었습니다. 그밖에 필요한 게 있으시면 저나 하녀인 베스 양에게 말씀해 주세요."

메릿이 현관문을 닫고 헐다를 돌아봤다가 멈칫했다.

플레처가 메릿의 말까지 대신해 주었다. "아름다우시네요, 헐다 부인."

헐다는 진갈색 장미 무늬가 있고 팔의 4분의 3까지 소매가 내려오는 밝은 모래색 원피스를 입고 있었다. 지금까지는 턱까지 단추를 채우는 옷만 입었는데 이 옷은 옷깃이 넓어 목과 쇄골이 드러나 보였다. 머리카락은 평소처럼 틀어 올렸지만… 뭐라 말할 수 없는 차이가 있었다. 지금은… 빛이 났다.

"정말." 메릿이 중얼거리자 옆에서 플레처가 의아한 눈빛을 보냈다.

"감사합니다, 플레처 씨. 재봉사가 주문을 잘못 이해한 것 같은

데 사이즈는 맞으니 따질 수 없더라고요." 헐다는 메릿 쪽을 보며 말을 이었다. "좋은 소식이에요, 메릿 씨. 제가 이 집의 두 번째 마법의 원천을 찾은 것 같아요."

"두 번째 원천?" 플레처가 물은 동시에 메릿이 말했다. "오?"

"집의 토대 아래쪽에서 전기석층을 발견했어요." 헐다가 성취감에 활짝 웃었고 그러니 더 매력적으로 보였다. "전기석은 수호 마법과 연관된 돌이에요. 세일럼에서 도망친 강령술사들이 수십 년동안 윔브렐 하우스에 머물렀었죠. 그 여자들 중 몇 명이 수호 주문도 가지고 있었을 가능성이 커요. 전기석은 그걸 흡수하기에 완벽한 물질이었을 거고요."

메릿이 천천히 고개를 끄덕였다. "일리가 있네요."

"전기석?" 플레처가 여행 가방을 내려놓았다. "보석과 마법의 연관성에 대해서는 나도 들어 봤어. 우리 어머니 단골 의사가 온갖 돌로 병을 치료하는 사람이었거든. 다양한 마법과 연결되었다면서. 나는 전혀 안 믿었지."

메릿이 플레처에게 관심을 돌렸다. "기억난다. 왜 안 믿었어?"

플레처가 어깨를 으쓱했다. "그 의사 한 번 찾아갔다가 두드러기 났잖아. 기억 안 나? 우리 열네 살 때. 이틀 결석하고 학교 가니까 배럿 형제가 주근깨 났다고 난리 쳤던 거."

"기억 안 나. 기억났으면 좋았을걸." 메릿이 웃음을 터뜨렸다. "저번하고 같은 방이야. 같이 쓰고 싶었는데 우리 친애하는 가정부께서는 그러면 손님 대접이 충분하지 않다고 생각하셔서 말이야. 그동안 하녀를 자기 방으로 들이셨어. 다른 의견은 절대 안 듣겠대."

플레처가 가방을 다시 들었다. "친절도 하셔라. 짐 놓고 올게.

이 집에 뭘 했는지 보여 줘." 그러더니 헐다에게 고개를 끄덕이고 계단으로 향했다. 메릿은 넋을 놓고 헐다를 보지 않으려고 노력하며 그 뒤를 따랐다. 하지만 어쩔 수 없었고 헐다의 매부리코 위로 희미한 분홍빛이 퍼졌다.

하지만 플레처가 계단 난간을 잡기도 전에 계단이 움직이기 시작했다. 바닥, 벽, 천장도.

바닥이 위로 기울자 메릿이 비틀거리며 뒷걸음질 쳤다. 작업실에서 오웨인이 헐다의 의자를 이동했을 때와 비슷했다. 하지만 이번에는 더 빠르고 가팔랐고 마룻바닥이 통째로 들렸다.

겨우 넘어지지 않은 메릿은 초상화와 문 사이의 모서리로 미끄러졌다. 벽에 등을 부딪친 순간, 집 전체가 회전하고 있다는 사실을 깨달았다.

"오웨인!" 메릿이 외쳤다. "손님이야!"

그 말을 듣고도 마법사 유령은 마법의 강도를 높였고 복도가 완전히 45도로 기울어졌다. 플레처가 떨어뜨린 가방은 식당으로 날아갔고 플레처는 계단 난간을 양손으로 붙잡았다. 헐다가 휘청이다 비명을 지르며 문이 있는 뒤로 쓰러졌다.

메릿이 벽에서 몸을 떼고 헐다가 부딪히기 전에 허리를 감쌌다. 충격으로 헐다의 안경이 코끝까지 흘러내렸다.

하지만 오웨인은 멈추지 않았다. 방이 더 기울었다. 50도, 55도, 60도….

중력이 메릿의 등을 초상화 옆의 구석에 내리꽂았다. 헐다를 붙잡은 손을 놓지 않아 헐다도 그의 몸과 충돌했다. 메릿은 문틀에 한쪽 발을 밀어 넣어 두 사람의 몸을 지탱했다.

"두려워할 필요 없어요, 헐다 부인." 복도가 계속 빙글빙글 도는 동안에도 메릿은 미소를 잃지 않았다. "곧 있으면 움직이지 않는 바닥으로 떨어질 거예요."

플레처가 뭐라고 외쳤다. 창문에 베스의 얼굴이 나타났지만 집이 기울어져 돌고 있어 문을 열 수 없었다. 공간이 휘어지며 헐다가 메릿의 위에 누워 있는 꼴이 되었고 밀착되는 부위마다 메릿의 몸이 뜨겁게 달아올랐다. 새 옷의 감촉은 부드럽고 그 아래 숨은 코르셋은 단단했다.

메릿은 헐다가 집을 꾸짖을 거라 생각했다. 오웨인이 다른 사람 말은 몰라도 헐다 말은 들었으니까. 하지만 헐다는 뺨을 사랑스러운 분홍빛으로 물들이며 그를 바라보고 있었다. 안경은 간신히 코에 매달렸고 머리카락 한 가닥이 목 옆으로 흘러내렸다.

각도가 90도에 이르렀을 때 헐다가 정신을 차린 듯 눈을 깜박이며 메릿의 가슴을 두 손으로 짚고(메릿은 개의치 않았다.) 할 수 있는 한 최대로 몸을 일으켰다. "오웨인 맨슬! 서재에서 했던 협박 아직 유효해!"

집이 옆에서 한숨을 쉬는 것 같았다. 가여운 플레처는 계단에 매달려 달랑거렸다.

"거의 길들인 것 같다고 했었는데!" 메릿이 뒤의 벽을 주먹으로 두드렸다. "이러지 말자. 안 그러면 플레처가 집으로 돌아가야 해."

신음 한 번과 함께 현관 복도가 1도씩 천천히 제자리로 돌아왔다. 헐다가 편안하게 몸을 가눌 만큼의 속도가 아니라 메릿은 헐다가 다치지 않도록 계속 허리에 한 팔을 두르고 있었다.

안정감이라곤 없는 자세였지만 헐다는 옷매무새를 바로잡았다. "죄송해요, 메릿 씨."

"당신 잘못이 아니에요."

"엄밀히 말하면 제 잘못 맞아요"

"옷이 아주 예뻐요." 메릿의 말에 헐다의 뺨이 더 짙은 분홍색으로 물들었다. 헐다에게서는 장미수와 로즈메리 향이 났고… 옷에도 장미 무늬가 있었다. 이 모든 게 얼마나 사랑스러운 은유가 되는지 본인은 알까?

방이 끼이익 소리를 내며 원 상태로 돌아왔다. 헐다가 천천히 몸을 뗐고 메릿도 천천히 손을 놓았다. 베스가 문을 벌컥 열고 들어와 괜찮냐고 물었다. 그리고 플레처는 앞으로 머물 동안 이런 일이 자주 있을 거냐 물었다. 두 사람의 말을 듣고서야 메릿은 바람과 달리 이 공간에 헐다와 단둘이 있는 것이 아니라는 사실을 깨달았다. 메릿의 손이 헐다의 몸에서 완전히 떨어졌다. 헐다는 치마를 털고 그와 마주치고 있던 적갈색 눈을 천천히 돌렸다. 시선이 계속 머물렀다면 그 안에서 무엇을 보았을까?

헐다가 헛기침을 하며 메릿의 몽상을 깨웠다. "다시는 이런 일 없도록 할게요, 플레처 씨. 자, 이제 방으로…."

✦✦

헐다는 보고서를 마무리하고 바티스트와 베스를 도우며 하루를 보냈다. 플레처가 처음 방문했을 때보다는 손님맞이가 훨씬 수월하게 이뤄지고 있었다. 저녁거리를 요리하는 냄새가 퍼져 나왔고 환한 햇살이 집안을 비췄다. 오웨인은 계단 소동 이후 조용해졌지만 오웨인의 주문들은 플레처를 졸졸 따라다녔다. 꼬마가 손님에게 깊은 인상을 남기려 애쓰는 느낌이었다.

헐다는 벌써 열 번도 넘게 허리를 감싸던 메럿의 팔을 생각했다. 몸이 빈틈없이 밀착되어 그의 살결에서 나는 듯한 페티그레인 오일과 잉크 냄새를 맡을 수 있었다. 그리고 이미 열 번도 넘게 헐다는 공상을 밀어냈다. 하지만 지금까지는 단호히 다른 생각들로 머리를 채웠다면 이번에는 제발 잊을 수 있게 해 달라고 속으로 애원해야 했다.

이제 막 식탁을 다 차렸을 때 창문을 쪼는 소리가 들렸다. 돌아보니 마법 전서구 한 마리가 있었다. 헐다의 방 창문으로 들어가려다 실패하고 내려온 걸까? 헐다는 서둘러 다가가 창문을 열어 지친 새를 들이고, 발에 달린 편지를 뗀 후 먹이로 빵가루를 주었다.

바이커 인장이 찍힌 편지를 뜯었다. 편지는 이렇게 시작했다. '헐다, 내 말 잘 들어….'

"뭐예요?"

화들짝 놀라 뒤를 보니 메럿이 들어오고 있었다. 헐다는 본능적으로 편지를 뒤에 감췄다.

"마법 전서구인가?" 메럿이 새를 발견하고 다가왔다. 비둘기는 다른 사람이 가까이 다가와도 동요하지 않았다. "맞네! 깃털에 표식이 있는 걸 보니. 가까이서 보는 건 진짜 오랜만인데요." 메럿이 헐다의 뒤로 감춘 팔을 쳐다보았다. "남자 친구 편지는 아니죠?"

의미심장한 발언에 헐다가 발끈했다. "아니에요." 그녀는 왜 이상한 행동을 했는지 자책하며 편지를 꺼냈다. "바이커에서 온 거예요."

"아." 메럿의 얼굴이 시무룩해졌다. "전기석을 찾아냈으니 이제…." 말을 맺지 못했지만 무슨 말을 하고 싶은지 알 수 있었다.

'마법의 두 번째 원천을 찾아냈으니 이제 이 집에 머물 이유가 없겠군요.'

하지만 아무리 안 된다고 해도 그럴 이유는 있었다.

헐다는 어깨를 으쓱하고 편지를 보았다. 길지는 않았다. 비둘기가 배달한 편지라면 사실 길 수가 없었다. 그냥 지난번 편지와 본질적으로 같은 내용을 더 강한 어조로 표현하고 있었다. 문장 부호도 더 진했다. 마이라가 펜으로 종이를 세게 찍었다는 표시였다. "국장님이 돌아와서 행정 업무를 돕는 게 어떻겠냐고 하네요. 제 분야는 아닌데 말이죠."

"이렇게 금방요?"

헐다가 편지를 접었다. "'금방'은 상대적인 시간이죠. 사실 왜 이렇게 강경하신지 모르겠어요. 아직 보고서도 올리지 않았거든요."

"그럼…." 메릿이 조심스럽게 말을 꺼냈고 헐다는 그가 무슨 말을 하려는지 궁금했다. "…조금 더 오래 있겠다고 할 수도 있겠네요."

그 말투는, 그 눈빛과 옆으로 비스듬히 선 자세는 헐다가 지금껏 몇 번을 꺼야 했던 머릿속의 작은 경보를 울렸다. 헐다가 어깨를 폈다. '프로 의식 잊지 마.' "어쩌면요. 저는 유능한 가정부니까요."

메릿이 미소를 지었다. "그것도 그렇죠."

종소리가 울려 퍼졌다. '땡! 땡! 땡!'

메릿이 정신을 차렸다. "맞다, 바티스트에게 체스판 빌리려고 왔지. 체스판 어디 있는지 알아요?"

헐다가 고개를 저었다. "바티스트는 주방에 있어요."

메릿은 고맙다고 고개를 끄덕이고 식탁을 멋지게 잘 차렸다고 칭찬하고는 간이 식당을 통해 주방으로 들어갔다.

헐다는 창틀에 기대 한숨을 뱉었다. 멋대로 추측하고 싶지는 않았지만 현상 유지를 좋아하는 남자는 그런 말을 하지 않는다. 가정부 역할을 부차적인 이유로 대며 헐다가 남기를 바라지 않을 것이다. 정말 제대로 들은 게 맞겠지? 헐다는 정규 교육을 받은 여성이었다. 영어를 못 알아듣는 것도 아니었다.

메릿 펀스비가 자신을 좋아할지도 모른다고 생각하니 헐다의 가슴에 무시무시한 희망이 꿈틀거리며 손에 든 마이라의 편지가 파르르 떨렸다. 어쩌면 헐다의 과거가 잘못된 방향으로 갔던 이유는 신이든, 운명이든 세상 밖에 있는 존재가 아직은 옳은 길로 갈 때가 아니라고 생각했기 때문 아닐까. 어쩌면 헐다의 안에도 어떤 매력이 있는 걸까…. 고용주를 위해 이력서에 적을 것들이 아니라 남자가 갈구할 만한 무언가가. 상처를 받을 수도 있겠지만 다시 스무 살이 된 것처럼 가슴이 설 다.

'괜히 앞서가지 마.' 헐다가 자신을 꾸짖었다. 하지만 그런다고 속에서 소용돌이치는 감정들을 억누를 수는 없었다. 헐다는 마음을 다잡고 편지를 읽었다. 손가락을 내밀자 비둘기가 순순히 올라탔다. 답장은 방에 올라가서 하자. 잠시 서성이며 생각할 시간이 필요했다. 무엇을 원하는지 생각을 정리해야 했다.

마이라에게는 간단명료하게 말할 것이다. 전기석에 관한 이야기를 뺄까 하는 생각도 들었지만 여자의 변덕스러운 마음 때문에 직업의식을 잃을 수는 없으니 보고서도 함께 보내자. 그리고 이 집에 조금만 더 있겠다고 요청하는 거다.

조금만 더.

메릿과 플레처는 저녁을 먹은 후 소박한 샹들리에 반쯤 남은 초들과 유리 램프 불빛, 커다란 유리창으로 들어온 석양빛을 벗 삼아 다시 체스를 두기 시작했다. 메릿도 체스를 즐기는 편이었지만 플레처는 체스를 좋아하다 못해 사랑했다. 그 말은 더는 재미를 못 느끼는 게 아닌 이상 한 판은 더 둬야 한다는 뜻이었다.

오늘 게임은 한참이나 계속되었다. 메릿은 자존심만으로 버티는 중이었다. 아직 치명적인 적이 될 수 있는 퀸과 룩이 살아 있었다. 집안은 고요했다. 바깥에서 도요새가 우는 소리, 집이 내려앉는 소리만 들릴 뿐이었다. 이 소리는 오웨인이 다른 방에서 놀고 있다는 신호일 수도 있었다.

"진짜 여기서 살 거라고?" 플레처를 약 올리려고 비숍을 한 칸 움직였다. 메릿은 저녁을 먹으며 퇴마 계획 등등을 이야기해 주었다. 플레처도 할 이야기가 있었지만 체스판에 집중하다 보니 어느새 잊어버렸다.

"진짜로." 메릿도 친구가 알아차릴지 볼 요량으로 룩을 한 칸 옮겼다.

"근사한 집이긴 하지." 플레처가 마지막 폰을 옮겼다. 도착한 후로 이 집 칭찬을 열 번도 넘게 했다. 오웨인이 또 공간을 비틀까 두렵기 때문일지도 모르겠다. "하지만 나라면 불가능이야."

"그냥 교구 목사와 계속 한방을 쓰겠다?"

"벽 뒤에 유령이 있는 집은 사양하련다." 플레처는 퀸을 한 칸 움직이는 메릿을 매처럼 주시했다. "계단에서 다리가 부러질까 걱정하고 싶지도 않고."

"기껏해야 발목이야." 메릿이 말했다.

플레처가 피식 웃었다. "그래도 여전히 긍정적이구나."

"최소한 한 집에서 일곱 명과 화장실을 공유하지는 않으니까."

그렇게 말한 메릿은 웃으며 말들을 살폈다. 그때 현관문이 열리
고 묵직한 발소리가 들렸다. 문가에 얼굴을 보이지 않아도 바티스
트라는 것을 알 수 있었다.

바티스트는 가죽을 벗긴 수사슴의 앞다리를 어깨에 얹었고 셔
츠 등판으로 피가 흘러내렸다.

바티스트가 저녁을 빼앗아 먹다 걸린 강아지처럼 뒤를 돌아보
았다.

"바티스트." 메릿이 테이블에 발을 얹자 플레처가 손으로 쳐냈
다. "다음 책에 당신을 캐릭터로 써도 될까요?"

바티스트는 3초 동안 쳐다만 보다가 어깨를 으쓱하고는 식당으
로 들어갔다. 저 셔츠를 빨려면 고생 좀 하겠다는 생각이 들었다.
베스가 힘들어하지 않게 메릿이 빨겠다고 할까. 빨래판에 옷을
문질러 본 지도 오래됐는데.

"동의한 거 네가 증인이다." 메릿이 공표했다.

"나는 아무것도 못 봤어." 플레처의 퀸이 체스판을 가로질러 메
릿의 룩을 잡을 만큼 가까이 왔다.

메릿이 룩을 한 칸 옮겼다.

"그것 좀 하지 마." 플레처의 이마에 핏줄이 도드라졌다.

"내게 승리를 안기면 고문은 끝나."

플레처가 웃으며 고개를 절레절레 저었다. "그건 안 되지. 네 차
례야."

메릿이 무릎에 팔꿈치를 대고 승리가 마법처럼 저절로 찾아오지 않을까 기대하며 체스판을 뜯어보았다. '오웨인을 가르쳐서 속임수 쓰게 도와 달라고 해 볼까….'

"메릿."

그저 이름만 불렀을 뿐이지만 메릿은 그 목소리와 어투의 의미를 너무도 잘 알았다. 메릿이 머리카락 사이로 친구를 올려다보았다. 플레처의 시선은 체스가 아니라 오직 메릿에게 닿아 있었다.

"잔소리하려고?" 메릿이 넘겨짚었다.

플레처가 고개를 저었다. "우리 둘만 있을 때 얘기해야겠다는 생각이 들어서."

"유령이 항상 듣고 있는데."

"진지한 얘기야." 끈질긴 플레처의 말에 메릿이 허리를 펴고 앉았다. "얼마 전에 힐다 부인을 우연히 만났어. 아니, 우연히 봤어. 말은 걸지 않았고."

"그래?" 확실히 흥미를 끄는 이야기였다. "보스턴에서?"

플레처가 고개를 끄덕였다. "그 계보 학회에 있더라."

메릿이 어깨를 으쓱하며 말했다. "맨슬 가족 관련해서 조사할 게 있었으니까. 너도 알잖아."

"그래, 그래, 거기에 기록이 있지. 진정한 의미의 도서관이야." 플레처는 체스판을 훑었지만 말을 움직이지는 않았다. "문제는 지나가다 관장과 대화하는 걸 엿들었는데…."

"관장을 알아?"

"일라이자 클라크를 모르는 사람이 어디 있어. 적어도 보스턴 사람들은 다 알지. 선거철만 되면 목소리가 커지거든."

메릿이 계속하라고 손짓했다.

플레처가 무심히 퀸을 옮겼다. "그러니까, 그곳은 본질적으로 마법사들의 결혼을 중매하는 협회야."

메릿의 복근이 움찔했다. 그는 속에서 묘하게 솟아오르는 방어적인 태도를 애써 잠재웠다. "그래?"

"둘이서도 그런 얘기를 하고 있었고."

"똑똑히 들었어?"

"그런 얘기를 하고 있었다니까." 플레처가 같은 말을 반복하며 강조했다. "그 여자를 보는 네 눈빛도 있고… 섣불리 추측하고 싶지는 않아."

"추측하고 있잖아." 하지만 그렇게 말을 하면서도 쇄골에 한기가 번졌다. 그렇게 뻔했나?

"그쪽은 마법사에만 관심이 있을 수도 있어." 플레처가 비숍을 옮겼다.

메릿이 지적했다. "내 차례야."

플레처가 비숍을 원래 자리로 돌려놓았다. 그런 다음 비숍을 쥐고 주먹에 턱을 괴었다. 작은 목소리로 덧붙였다. "네가 또 상처받는 건 보고 싶지 않다."

메릿의 근육이 경직됐다. 메릿은 몸의 긴장을 풀기 위해 의자에 등을 기댔다. 태연한 척하기 위해. "지금 에바 얘기야? 아니면 네 동생이 나를 거부한 거야?"

"걔는 네게 맞지 않았어. 너도 걔한테 맞는 남자가 아니었고. 만신창이였잖아."

늘 흘러내리는 머리카락이 메릿의 얼굴로 흘러내렸다. 입으로 머리카락을 불어 넘겼다. 두 친구는 말없이 앉아 있었고 잠시 후 메릿이 한숨을 쉬었다.

"내가 너 믿는 거 알지." 메릿이 말했다.

플레처가 비숍을 다시 체스판에 두었다. "알지. 뭘 하지 말라는 말이 아니야. 다만 조심하라는 거지."

메릿이 손을 뻗어 룩을 포기하고 퀸을 몇 줄 앞으로 밀었다. "체크."

플레처가 작은 소리로 욕을 하고 즉각 전략 모드에 돌입했다. 메릿에게는 감사한 일이었다. 생각을 정리할 시간이 생겼으니까.

정말 헐다가 계보 학회에 중매를 요청했을까? 설마. 그러기에는 너무 보수적인 여자였다. 게다가 메릿은 헐다가 그를 좋아할지도 모른다고, 좋아할 수 있게 될지도 모른다고 생각했다. 그러기를 바랐다. 다른 여자들과 똑같이 끝날지도 모른다. 하지만 시작조차 못할 수도 있었다. 혼자만의 어리석은 생각에 불과했는지도.

하지만 내일은 다음 장으로 페이지를 넘기고 이야기가 어떻게 진행될지 볼 것이다.

25

1846년 10월 3일, 미상의 장소

    사일러스는 손을 한 번 휘저어 물을 불러내 새 거처 복도와 연결된 하수구에 쌓인 오물들을 씻어냈다. 그곳에 둥지를 틀려던 몇 마리의 쥐와 거미도 함께 쓸려나갔다. 갈색으로 변한 물줄기가 소용돌이치며 사라졌다. 사일러스는 물기가 한 방울도 빠짐없이 자신의 명령대로 배수구로 빠져나가는지 눈에 불을 켜고 확인했다. 행운 주문의 도움으로 이 집을 찾아냈지만, 곰팡이만큼은 도저히 참을 수 없었다. 청소를 끝낸 사일러스가 손을 주무르며 물병이 있는 곳으로 걸어왔다. 그는 물을 꿀꺽꿀꺽 들이켜 많은 양의 마법을 쓰는 바람에 찢어질 것처럼 메마른 목구멍을 적셨다. 피부와 안구의 건조도 알아서 진정될 것이다. 아무래도 조만간 땀과 마법으로 지은 이 지하실이 아니라 더 적당한 집을 찾아야겠다. 하지만 사냥을 하는 동안에는 몸을 숨겨야 한다. 아아,

돈과 마법이 넘쳐나던 리버풀에서의 화려했던 나날들이 그립구나. 그가 탄식했다. 정말이지 처절하게 그리웠다.

실험실로 걸어가는 사일러스의 발소리가 돌벽에 울려 퍼졌다. 사일러스는 보물들을 두기 위해 석회석 벽을 깎아 만든 골방으로 눈을 돌렸다. 마법사 연맹이 그의 보물들을 찾아 없앴지만 전부는 아니었다. 그들을 잃었다면 느낌으로 알았을 것이다. 사일러스의 몸에는 아직 그들의 주문이 있었다. 고스 엔드의 돌벽 뒤에 숨긴 기증자들은 파괴되지 않았다. 기억이 떠오르자 사일러스는 이를 악물었다. 다른 시체들을 잃었을 땐 마치 생니가 뽑히는 심정이었다. 한때는 그도 쇠를 소환하고, 미래를 보고, 발밑의 땅을 통제할 수 있었다. 정말 귀한 주문들이었다. 수많은 노력과 수고가 물거품으로 변했다. 그의 집에서 일하던 직원이 그를 배신했기 때문이었다.

사일러스는 트로피를 보호하는 쇠창살 하나에 손을 올렸다. 총 열 명이 새로운 주문 열두 개를 선사해 사일러스의 타고난 마법에 더 큰 힘을 불어넣었다. 사일러스의 시선이 언제나처럼 왼쪽 상단 구석에 놓인 인형들로 향했다. 이목구비가 제대로 남아 있지 않아서 그런지 쪼그라든 미라 괴물이라기 보다는 썩은 멜론과 더 비슷했다. 당시에는 그런 능력을 얻은 지 얼마 되지 않아 미숙했다. 하지만 저 인형들은 여전히 그와 함께 있었다. 여전히 그와 함께….

눈을 질끈 감자 암울한 과거의 기억이 수면 위로 떠올랐다. 사일러스는 그를 덮치려는 파도를 애써 밀어냈다. 그것들을 희생하며 이미 대가를 치렀다. 이미 상실감으로 충분히 괴로워했다. 거의 망가질 뻔했다. 그를 갈기갈기 찢었다가 더 강한 존재로 다시 일으켰다. 쓰러진 이들의 유산을 이어갈 수 있는 존재로.

사일러스가 눈을 떴다. 아버지의 쭈글쭈글한 껍질이 고통을 느낄 수 있는 채로 이 선반에 있었더라면 얼마나 좋을까. 그랬다면 아버지가 준 모든 고통을 하나도 남김없이 되갚을 수 있었을 텐데. 하지만 아버지의 역할은 그게 아니었다. 아버지는 기회의 문을 열어 주었다. 아니, 아버지는 한낱 도구였고 사실은 신이 기회의 문을 열어 줬는지도 모른다.

사일러스가 뒤로 물러나며 고개를 저었다. 과거에 젖어 있을 때가 아니었다. 이제는 이 섬의 지리에 익숙했다. 예지가에 대한 대비도 마쳤다. 늑대의 몸으로 며칠 동안 야생에서 지내다 기회가 오면 단번에 잡을 것이다. 그런 다음 떠난다. 얼마 남지 않았다. 거의 다 끝났다. 이제 남은 평생 이 힘을 만끽하며 평온하게 살리라. 기생하는 삶은 안녕이다.

하지만 지금은 트로피를 추가하러 갈 시간이었다.

26

1846년 10월 5일, 로드아일랜드주 블라우던섬

플레처는 주말을 보내고 저녁 식사까지 한 후 일요일 밤에 떠났다. 다음 날, 혈다는 자신의 곤란한 처지를 생각하지 않을 수 없었다. 그 생각이 계속 머리를 둥둥 떠다녀 베스를 도와 집안일을 하기 시작했다. 벽판에 걸레질을 하고, 창문을 닦고, 은 식기에 광을 냈다. 그렇게까지 했는데도 생각이 잦아들지 않자 메릿의 작업실로 들어가 쓰고 남은 잉크병의 잉크를 한데 모으고 카펫을 쓸었다. 혈다의 방에서는 옷을 색깔별로 정리했다. 주방에서는 허브들을 이름순으로 정렬하고 부족한 식료품을 다시 채웠다. 손톱도 다듬었다.

하지만 아무리 일로 정신을 분산하려 해도 진실을 피할 수는 없었다. 언젠가는 마이라를 만나야 했다. 그래서 그날 저녁 가방을 어깨에 메고 집을 나섰다. 가방을 메고 있으면 무엇을 하든 아무도 의심하지 않았다. 일 때문에 바쁘다고 생각할 것이고 헐다는 생각할 시간을 벌 수 있었다.

잡초와 땅바닥에 달라붙어 자란 식물들을 헤치고 섬을 관통하는 바닷물의 개울을 따라 북쪽으로 걸었다. 시원한 공기를 쐬니 기운이 났다. 새소리를 듣고 새파란 나뭇잎을 보자 마음이 진정되었다. 걸음을 내디딜 때마다 공구 가방이 허리에서 들썩였다.

그래, 헐다는 윔브렐 하우스에 남고 싶었다. 하지만 상황을 무시하고 버티는 건 의미 없는 일이다. 가정부 일을 계속하기 위해 바이커를 그만두는 게 내키지 않기도 했다. 헐다의 월급까지 주려면 메릿의 재정에도 부담이 될 터였다. 좌천도 원하지 않았다. 어쩌면 단발성의 업무를 하겠다고 마이라와 거래를 할 수 있지 않을까? 블라우던섬에 주로 머물다가 마법 부동산이 새로 발견되어 점검이 필요할 때만 일을 맡는 거다. 그렇게 하면 몇 주씩 집을 비워야겠지만 다른 직원들이 감당하지 못할 기간은 아니었다. 메릿은 파트 타임 가정부로도 얼마든지 만족할 것이다.

그 이상은…, 그 이상의 가능성을 생각하는 것은 무리였다. 헐다는 정신을 차리지 못할 거고 그런 상황은 이로울 게 없었다. 특히 헐다 자신에게.

헐다는 개울을 건너고 기분 좋게 길을 거닐며 햇빛으로 서서히 물들고 있는 탁 트인 하늘을 감상했다. 빛을 반사하는 구름이 있을 때의 석양이 제일 예쁜데 지금 머리 위로 떠 있는 구름의 양이 딱 완벽했다. 헐다는 마이라에게 무슨 말을 할지 생각해 보았다. 얼굴을 맞대고 논리적인 주장을 펼치는 편이 나을 것이다. 그렇게 하면 감정적인 애착을 숨길 수 있다. 베스 양에게 가정부 교육을 한다고 할까? 그럴듯한 이유 같지 않나? 교육을 한다고 이 집에 할당된 바이커 예산이 한 푼도 늘어나지는 않겠지만. 아니면 내려갠섯만에 있는 다른 섬들을 조사한다고 해? 어쩌면 발견되지 않은 마법이….

"안녕, 헐다."

헐다의 몸이 머리보다 먼저 상대의 저음에 반응했다. 갑작스러운 한기에 경련이 일었다. 가슴이 철렁 내려앉는 것을 느끼며 뒤를 돌아보자 헝클어진 검은 머리카락 아래로 보이는, 사람을 꿰뚫는 검은 눈과 마주쳤다.

헐다가 입 모양으로 말했다. '사일러스.' 실제 사일러스가 어두운 색깔의 수수한 옷을 입고 헐다를 내려다보고 있었다. 눈을 가늘게 뜨고 입을 오므린 채로. 기억 속의 모습보다 나이가 더 들어 보였다. 더 거칠었다.

어떻게… 어떻게 여기 있지? 죽었다며!

사일러스가 헐다를 붙잡았다.

팔다리가 공포로 타올랐다. 손을 비틀어 빼고 도망쳤다. 높은 풀이 등을 밀치고 진흙이 신발을 빨아들였다. 뒤에서 치마를 잡아당겼다. 헐다가 고꾸라졌다. 가방에서 돋보기가 떨어졌다.

내 가방.

헐다는 사일러스를 발로 차며 가방에 손을 넣어 수맥 탐지봉과 우산 사이를 뒤졌다. 손가락이 셀레나이트 교감석을 스쳤다.

사일러스가 머리채를 쥐고 헐다의 고개를 뒤로 젖혔다.

헐다가 비명을 질렀고 가방은 땅으로 떨어져 늪지대에 잠겼다.

✦✦

메릿의 침실 벽에 비명이 울려 퍼졌다.

잠옷으로 갈아입고 상의 단추를 반쯤 채우던 메릿이 얼어붙었다. 팔의 털이 곤두섰다. 어리둥절해 뒤를 돌아보았다. 그 비명은… 아주 멀리서 들렸지만 너무나 가깝게 들렸다.

꼭 헐다 목소리 같았다.

피가 쏠리는 것을 느끼며 메릿이 방을 두리번거렸다. 오웨인의 장난인가 생각했지만 지금까지 녀석이 소리를 낸 적은 없었다. "헐다?" 메릿이 서랍장으로 가며 외쳤다.

마법 표식이 흐려지는 찰나, 교감석을 발견했다.

뼈가 버터처럼 녹아내리는 듯했다. 메릿은 교감석을 쥐고 표식을 엄지로 누르며 소리쳤다. "헐다! 내 말 들려요? 헐다!"

응답을 기다렸다. 하지만 들리지 않았다.

얼른 방에서 나가 돌을 쥔 채로 복도를 전속력으로 달렸다. "헐다!" 서재를 들여다보았다. 돌아서서 계단을 빠르게 내려갔다. "헐다!"

바티스트가 화장실에서 나왔다. "왜 그래요?"

메릿이 이걸 보면 이해할 수 있다는 듯 교감석을 들어 보였다. "헐다 어디 있어요?"

바티스트가 고개를 저었다.

"메릿 씨?" 베스가 식당에서 나왔다.

"헐다 어디 있어요?"

베스가 입술을 깨물었다. "외출하신 후로 못 봤어요. 저는 전기석을 알아본다고…"

오웨인이 발밑에 구멍을 냈을 때 이런 기분이었다.

"헐다를 찾아야 해요." 메릿이 바티스트를 돌아보았다. "지금 당장. 뭔가가 잘못됐어요."

문으로 달려가려다 멈칫하고 바티스트를 먼저 보냈다. 메릿은 계단을 한 번에 두 칸씩 오르며 침실로 뛰어 들어가 벽에 걸린 장총과 서랍에 있던 콜트 패터슨 권총을 집어 들었다. 하지만 방에서 나가려는 순간, 보이지 않는 벽이 다가와 머리를 때리고 메릿을 뒤로 넘어뜨렸다.

"지금은 안 돼!" 메릿이 벌떡 일어나 개머리판으로 수호 주문을 내리쳤다. 한 번, 두….

보호막이 사라졌고 메릿은 생각 없이 무작정 내달렸다. 밖으로 나오자 바람이 얼굴로 머리카락을 휘날리는 바람에 잠시 앞이 보이지 않았다. 태양은 수평선에 금빛 흔적으로만 존재했다. 메릿이 욕설을 내뱉었다. 바티스트가 걸걸한 목소리로 헐다의 이름을 불렀다. 베스는 묘비가 있는 곳으로 뛰어갔다.

"헐다!" 메릿이 외쳤다. 교감석으로 다시 불러 보았지만 아무도 응답하지 않았다. 메릿은 한 곳을 정하고 그 방향으로 달리기 시작했다. "헐다! 헐다!"

토끼굴에 빠져 발목이 둘로 쪼개질 뻔했다.

손에 든 장총이 미끌거렸다. "헐다!"

초목 사이로 차가운 바람이 불었다. '누우우우우우우우우우우우운.' 바람이 속삭였다.

메릿의 목에 소름이 돋았다. "뭐라고?"

'누우우우우우우우우우우우우운….'

"오웨인! 어디 있다고?" 메릿이 엉겅퀴를 헤치며 걸었다. 목에서는 쉰 목소리가 났다. "누나! 누나 어디 있어?"

'누우우우우우우우우우우운.' 공기가 쌕쌕거렸다. 메릿의 머리에 지금 서 있는 곳에서 멀리 떨어진 어느 해안선이 보였다.

메릿이 달려나갔다.

✦

헐다의 얼굴은 갈대에 처박혀 있었다. 수갑보다 더 강한 주문이 손목을 결박했다. 태양은 나 몰라라 하고 떠났고 헐다는 어둠 속에서 사일러스 호그우드의 손에 무력하게 버려진 신세가 되었다. 손 하나가 헐다의 뒤통수를 잡고 진흙탕에 헐다의 입을 밀어 넣고 있었다.

바로 그 순간 피부 아래로 강령 마법 주문이 흘러 생명력을 끌어내려 하는 것이 느껴졌다.

헐다가 벗어나려고 다시 몸을 흔들었다. 엄청난 공포가 덮쳤다. 숨통을 막았다. 숨을 쉴 수 없었다! 헐다는 안경이 휘어질 정도로 몸부림을 쳤다. 그러나 겨우 한쪽 다리만 들어 올릴 수 있었을 뿐이다.

사일러스가 손을 더 꽉 쥐며 두피에서 머리카락을 잡아당겼다.

"쓸데없이 반항하지 마. 마법 없이도 너 정도는 제압할 수 있어." 그가 중얼거렸다. 주문으로 헐다의 근육은 뜨거워지고 피부는 얼음장처럼 변했다. "그때 너부터 처리했어야 하는데. 다시는 그런 실수를 하지 않겠어."

그 말이 헐다의 머리에 경보를 울렸다. 대화를 해보려, 살려 달라 빌어 보려 했지만 입안에 진흙이 들어올 뿐이었다.

피에서 무언가 윙윙거렸다. 문득 고스 엔드 지하실이 떠올랐다. 더는 누구인지 알아볼 수도 없게 쪼그라들고 검게 변한 사람들의 시체가. 헐다가 비명을 질렀다. 늪이 그 소리를 집어삼켰다.

사일러스가 무릎으로 헐다의 등을 찍어 누르자 등줄기를 타고 고통이 퍼졌다. 눈물이 새어 나왔다. "시간이 걸릴 거야." 나직한 목소리는 쿵쿵 뛰는 심장 소리에 묻혀 거의 들리지도 않았다. "그거야 알고 있겠지?"

그의 손톱이 헐다의 두피를 파고들었다. 뜨거운 입김이 귓가를 스치더니 이런 말이 들렸다. "그런데 방법은 아나? 응? 내가 어떻게 너의 생명력을 빨아들이고 네 마법을 해체해서 이 가치 없는 살덩어리로부터 뽑아내는지. 나머지보다 더 흉측하게 만들어 주지. 하지만 네 눈은…, 눈은 최선을 다해 남겨볼게. 자기가 어떤 흉물이 되는지 보여 주고 싶으니."

그가 헐다의 등에 댄 무릎에 무게를 실었다. 주문의 힘을 압도하는 고통이 온몸에 번개처럼 내리치자 헐다가 나무뿌리와 지렁이에 대고 비명을 질렀다. 척추가 부러질 것만 같았다.

"소용없어." 사일러스는 가슴과 어깨를 떨며 흐느끼는 소리에 아랑곳하지 않고 몸을 뗐다. 헐다가 숨을 헉 들이마시자 흙이 입 안으로 빨려들어 왔지만 기침으로 뱉어낼 수도 없었다. 발길질을 시도해봐도 이미 손목을 결박한 주문이 발목과 무릎도 단단히 붙여 놓았다.

이렇게 죽는구나. '어떡해, 나 죽으려나 봐.'

"매일 너를 생각했어." 새로운 주문이 몸을 관통했다. 이번에는 진짜 번개 같았다. 허벅지 뒤가 불타는 느낌에 헐다가 비명을 질렀다. 이것도 마법을 빨아들이는 과정인가? 아니면 단순한 고문일까? 속눈썹에 엉겨 붙은 모래가 눈물과 뒤섞였다. "그 거지 같은 곳에서 하루도 거르지 않고." 그가 헐다의 머리를 다시 찍어 눌렀다. 들이마실 공기도 없는 진흙에 얼굴을 깊숙이 파묻었다. 헐다가 몸을 비틀고 흔들며 몸부림을 쳤다. "설마 이렇게…"

그때 천둥이 쳤다. 헐다의 머리를 내리친 소음에 귀가 따갑게 울렸다.

고통스럽게 머리와 등을 짓누르던 무게가 별안간 사라졌다. 헐다가 몸을 벌떡 일으켰다. 얼굴에서 눈물이 줄줄 흘렀다. 갑자기 풀려난 팔과 다리에 피가 통하지 않아 저릿저릿했다. 헐다는 풀밭에 주저앉았다가 다시 몸을 일으켰다. 안경이 한쪽 귀에 겨우 걸쳐져 있었다.

한쪽 렌즈 너머로 다가오는 그림자가 보였다.

사일러스는… 사일러스는 보이지 않았다.

"어서 나와!" 귀가 찢어질 듯 크고 험악한 목소리의 주인은 메릿이었다. 다시 한번 천둥소리가 울렸고 헐다는 얼른 손으로 귀를 틀어막았다. 아득한 기억이 떠올랐다. 이건 천둥이 아니라 총소리였다.

잔디밭 위로 그림자가 장총을 칼처럼 휘두르며 달려왔다. 숨이 목까지 차오른 헐다가 몸을 비틀며 늪지대에서 사일러스를 찾았지만 그는 어디에도 없었다. 마치 처음부터 존재하지 않았던 것 같았다. 사일러스가 가진 수많은 주문을 생각하면… 정말로 사라졌을지도 모른다.

"헐다." 날카로웠던 목소리가 누그러지고 어두운 형체가 헐다의 옆에 앉았다. 너무 혼란스러웠던 머리가 겨우 그 목소리를 알아들었다.

피투성이 입술이 힘겹게 달싹였다. "메, 메… 메릿?"

그의 손이 헐다의 턱을 감쌌다. 밤하늘이 너무 어두워 별빛에 비친 윤곽선만 겨우 보였다. 차가운 피부에 닿은 손길이 너무 따스해 화상을 입을 것만 같았다. "많이 다쳤어요. 당신…."

풀이 바스락거렸다. 토끼 한 마리가 움직이는 소리와 비슷했지만 헐다는 머리부터 발끝까지 공포에 휩싸였다. 메릿이 장총을 들고 벌떡 일어났다.

두 사람을 맞이한 것은 바람뿐이었다.

"바티스트!" 메릿이 외쳤다. "바티스트, 조명! 헐다 찾았어요!"

헐다가 넋을 잃고 그를 쳐다보았다. 몸이 떨리고 치아가 딱딱 부딪혔다. 머리는 조각조각 흩어진 생각과 두려움으로 뒤죽박죽이었다. 주문에 당한 몸이 아직도 화끈거렸다.

메릿이 그 총으로 뭘 했는지 보지는 못했다. 하지만 메릿 펀스비는 헐다의 옆에 쭈그리고 앉아 진흙과 갈대로 덮인 작은 구덩이에서 헐다를 안아 올렸다. 파들파들 떨리는 몸을 조심스럽게 감싼 채로. 저 멀리서 흔들리는 랜턴 하나가 천천히 이쪽으로 다가오고 있었다.

마침내 단 하나의 생각이 무수한 생각 위로 떠올랐다. '안전해.' 이제는 안전했다.

헐다가 메릿의 셔츠에 얼굴을 묻고 눈물을 왈칵 터뜨렸다.

27

1846년 10월 6일, 로드아일랜드주 블라우던섬

메릿은 베스가 어깨를 흔들기 전까지 잠이 든 것도 모르고 있었다. 고개를 번쩍 들자 헐다의 방 밖 복도가 시야에 들어왔다. 허리랑 등이 쑤셨다. 팔을 받치려 무릎을 세우고 있다 보니 발바닥의 감각이 사라졌다. 바지와 손톱은 아직도 진흙투성이였다.

메릿은 밤새 이곳에 있었다.

"깼어요." 베스의 은근한 미소에 기운이 났다. "긁힌 상처와 멍만 빼면 무사해요." 곧 미소가 사라졌다. "멍이 많이 들었지만요."

메릿이 이를 꽉 깨물었다. 길고 비참했던 밤의 기억이 떠오르며 입과 목에 신물이 올라왔다. 메릿이 신경만 더 썼어도…. 이곳에 있으면 안전하다고 약속까지 했는데. 접촉감응 마법사와 점조 마법사가 있는 집에서 누가 대체…. 하지만 변덕스러운 마법의 조각들에 의지하면 안 된다는 사실을 메릿도 잘 알았다. 이건 누구도

318

예측하지 못했던 사건이었다.

베스가 작지만 강한 손을 내밀어 메릿을 일으켜 주었다. 그는 온몸, 특히 머리에 피가 돌 수 있도록 잠시 기다렸다가 뒤엉킨 머리카락을 손으로 쓸어 넘기고 헐다의 방으로 들어갔다.

헐다는 어깨까지 이불을 조신하게 덮고 팔을 이불에 올린 채 침대에 누워 있었다. 베스가 빗질을 한 덕분에 부드럽게 구불거리는 머리카락이 베개 위로 퍼졌다. 구부러진 안경이 협탁 위에 있어 코와 눈 밑의 멍이 고스란히 드러났다. 아랫입술 끝은 부어 있었다.

'멍이 많이 들었지만요.'

다 보이지는 않았다. 얼마나 심각할까?

헐다는 눈을 감고 있었다. 하지만 베스가 침대 옆에 가져다 놓은 의자에 메릿이 앉자 눈꺼풀이 스르르 열렸다. 걷힌 커튼 사이로 들어온 아침 햇살이 헐다의 눈을 비추었다. 빛을 받은 눈동자는 갈색도 녹색도 아닌 녹갈색이었고, 검은 고리가 홍채를 감싸고 있었다. 메릿의 배 속이 뒤틀리는 듯했지만 배가 고파서는 아니었다. "좀 어때요?" 메릿이 중얼거렸다.

다행히도 헐다가 살짝 미소를 지었다. 하지만 부은 입술이 위로 당겨진 고통에 미소는 찡그림으로 변했다. "안전한 느낌이에요." 헐다가 속삭였다.

그 대답을 듣자 팔과 등에 소름이 끼쳤다. 메릿은 헐다의 손을 잡고(베스가 손도 씻겨 주었다.) 손가락을 꼭 쥐었다. "이제는 안전해요. 바티스트가 동트자마자 배 타고 경찰을 부르러 갔어요. 정말 미안해요…."

헐다도 메릿의 손을 꼭 쥐었다. "뭐가 미안해요. 사과할 필요 없어요."

"필요가 있든 없든…."

"고마워요." 헐다가 말을 잘랐다. 눈이 다시 스르르 감겼지만 따스한 손은 메릿의 손을 놓지 않았다. "찾아 줘서 고마워요."

메릿이 너털웃음을 지었다. 왜 웃음이 나왔는지는 모르겠다. "돌에 대고 소리쳐 줘서 고마워요."

눈꺼풀이 떨렸다. "목소리가 들렸어요?"

메릿이 고개를 끄덕였다. 그러곤 침을 삼키고 엄지로 헐다의 검지 옆을 쓰다듬었다. "누구 같아요? 당신을… 그렇게 한 사람?"

헐다의 이마에 주름이 졌다. 그녀가 천장으로 고개를 돌렸다.

"사일러스 호그우드였어요."

바티스트가 고기 망치로 내리치기라도 한 양 등줄기를 타고 전기가 흘렀다. "감옥에 있지 않아요? 올 수가…."

"감옥에서 죽었다고 들었어요." 남은 손으로 헐다가 눈썹을 문질렀다. "하지만 틀림없어요. 그… 목소리를 들었어요. 제 마법을 빼앗아 가려 했어요."

헐다의 손을 잡은 손에서 힘이 풀렸다. "맙소사."

"마법을 빼앗는 건 생각보다 훨씬 오래 걸리는 과정 같아요. 그리고…." 헐다가 얼굴을 찡그렸다. 기억이 떠올라서인지, 고통 때문인지는 알 수 없었다. 어쨌든 그 표정을 보자 메릿의 가슴은 찢어졌다. "이번에는 제가 처음이라고 했어요. 잘 들리지는 않았지만… 분명 그렇게 말했어요."

메릿이 볼 안쪽 살을 깨물었다. "그게 무슨 뜻일까요?"

"무시무시한 시나리오를 열 개도 넘게 떠올릴 수 있어요." 헐다가 메릿의 손을 잡은 채로 일어나 앉으려 했지만 잇새로 신음을

320

흘리고 다시 드러누웠다.

메릿이 의자에서 반쯤 몸을 일으키며 말했다. "쉬어요."

헐다가 고개를 저었다. "등 때문에요. 이렇게 누워 있으면… 아파서요."

메릿은 잡고 있던 손을 헐다 위로 뻗어 여분의 베개를 집어 들었다. 그런 다음 헐다의 어깨 뒤에 팔을 끼우고 헐다가 일어나 앉을 수 있게 도왔다. 어젯밤 헐다를 안고 7천 평 땅을 가로지르느라 생긴 근육통이 처음으로 느껴졌다. 헐다는 치아가 갈리는 소리가 날 정도로 이를 악물어야 했지만 두 사람은 힘을 모아 성공해냈다.

헐다가 긴 한숨을 쉬며 머리카락을 흔들었다. "시간이 걸려요. 그가 하는 짓 말이에요…. 구체적으로는 어떻게 하는지는 몰라도요. 여러 가지 주문을 사용해서 상대의 마법을 뽑아내 자신에게 옮기는 거예요. 그걸 할 수 있는 완벽한 조합을 태생적으로 가지고 있어요. 그걸 빠르게 해낼 수 있었다면… 나는 지금 여기 없었을 거예요. 아무튼, 살아 있지 않았겠죠. 방해받을 줄은 몰랐던 것 같아요."

메릿이 의자에 앉고 무릎이 매트리스에 닿을 때까지 의자를 앞으로 당겼다. "뭐 가져간 거 있어요?"

"모르겠어요." 헐다가 손바닥을 유심히 보았다. 그러곤 다시 손등 쪽으로 뒤집었다. "뭘 빼앗긴 것 같진 않아요…. 근데 강령 마법 때문인지 너무 피곤해요."

"트라우마 때문일 수도 있고요." 메릿의 목소리가 어두워졌다. 그는 헐다의 얼굴을 물들이고 있는 멍들에서 시선을 돌렸다. 멍을 보고 있으면 속이 엿가락처럼 꼬이는 느낌이었다. 헐다가 이렇게 되도록 내버려둬서는 안 됐다.

헐다의 입술이 실룩였다. "그럴 수도 있겠네요." 이번에는 헐다
가 손을 먼저 내밀었고 메릿은 기꺼이 헐다의 손가락을 손바닥으
로 감쌌다. 헐다는 메릿의 눈을 보지 않고 덧붙였다. "당신이 오
지 않았더라면…."

"나 명사수예요." 메릿이 엄지로 헐다의 손등을 어루만졌다.
"지푸라기 인형을 총으로 박살 내는 게 얼마나 해방감을 주는지
깜짝 놀랄걸요." 플레처의 집에서 나온 후로 생긴 취미였다. "의사
와 상담하는 것보다 훨씬 싸게 먹히고요."

헐다가 눈을 굴렸다. 좋은 신호였다. 메릿의 유머에 질색하는
취향은 그대로였다. "잘됐네요. 총 한 발로 무서워서 도망쳤을 리
는 없어요. 사일러스라면… 맞서 싸웠을 거예요. 아주 많은 주문
을 가지고 있으니까요. 끔찍한 파괴 주문에 치유 주문도 있을 테
니까요. 아마 급소를 맞았을 거예요."

메릿은 잠시 그때를 생각해 보았다. 너무 어두워서 판단하기가
어려웠다. '내가 빗맞혔더라면….' 그랬다면 헐다는 어떻게 됐을
까? 메릿은?

메릿이 다른 손을 들어 헐다의 손을 덮었다. "바이커에 연락해
요. 경비대 신고는 우리가 알아서 할 테니까."

"그럴게요. 베스 양이 할 수도 있고요." 헐다가 다시 얼굴을 찌
푸렸다.

"의사를 부를게요…."

"그냥 멍이에요." 헐다가 눈을 내리깔며 안심시켰다. 두 사람의
시선이 얽혔다. "멍만 들었어요." 헐다가 더 작은 소리로 되풀이했
다.

메릿은 잠시 헐다의 얼굴을 자세히 봤다. 그녀의 부은 모습에 너무 화난 얼굴이 되지 않도록 애쓰며 턱선과 긴 속눈썹을 눈에 담았다. "피곤하니까 사전 같은 면이 덜해지네요." 메릿이 말했다.

헐다가 웃었다. 그러다 얼굴을 찌푸리며 손으로 찢긴 입술을 감쌌다.

"미안해요." 메릿은 다리 사이에 꼬리를 숨긴 강아지가 된 기분이었다.

"괜찮아요." 통증이 가라앉자 헐다가 말했다.

메릿은 의자에 기대며 마지못해 헐다의 손을 놓았다. "먹을 것 좀 가져다줄게요. 먹고 나서 더 푹 쉬어요." 그러고는 일어나 의자를 제자리에 가져다 두었다.

"메릿."

헐다의 입에서 흘러나오는 그의 이름이 정말 듣기 좋았다. "음?"

헐다가 이불의 주름을 꼬집었다. "읽을 게 있으면 좋겠어요. 다시 기운 차릴 때까지."

메릿의 자아가 고개를 들었다. "아주 재미있는 이야기가 4분의 3쯤 있는데 관심 있어요?"

헐다는 입이 아프지 않을 정도로 살짝 미소를 지었다. 이어 눈을 찌푸리고 협탁에 놓인 안경을 보았다. "나는… 그, 당신이 괜찮다면…."

"내가 읽어 줄까요?" 메릿이 제안하자 헐다의 멍 아래가 어렴풋이 분홍색으로 물들었다. "나 목소리 연기도 가능해요."

피부가 당기지 않도록 입술을 붙잡으며 헐다가 쿡쿡 웃었다. "그러면 좋죠."

메릿은 고개를 끄덕이고 방에서 나왔다. 일단 아침 식사를 가져다주고, 다음에는 책을 읽어 주자. 전혀 귀찮지 않았다.

지금은 힐다의 부탁이라면 뭐든 들어줄 생각이었다.

✦

사일러스 호그우드에 대한 소식은 급히 영국에 전해졌고 메릿네 사람들과 지역 당국이 섬을 수색했지만 힐다의 가방 외에는 아무것도 발견하지 못했다.

끔찍한 시련을 겪고 일주일 후, 힐다는 웬만큼 기운을 차리고 일상으로 복귀했다. 단단한 코르셋 대신 부드러운 코르셋으로 바꾼 다음, 스스로 옷을 입고, 머리카락을 묶어 올렸다. 구부러진 안경테도 조심스럽게 폈다. 내일 시내에 나가면 새 안경을 둘러볼 생각이었다. 힐다가 공격을 받았다는 베스의 전보를 받고 마이라가 놀라서 마법 전서구를 보낸 참이었다. 힐다는 자신은 무사하며 빠른 시일 내에 만나서 얘기하고 싶다고 했다. 일단은 안경 렌즈에 난 흠집을 무시해야 한다. 그렇다고 안경을 쓰지 않기에는 힐다의 시력이 좋지 않았다.

힐다는 윔브렐 하우스에 머무는 기간을 연장하는 문제로 상사와 논쟁할 때 반박할 패가 없어 걱정스러웠다. 하지만 이런 일을 겪었음에도 힐다는 그 어느 때보다도 이 집에 남고 싶었다.

창문 밖에서 '쩍' 소리가 희미하게 들렸다. 커튼을 젖히니 메릿이 받침대에 작은 통나무를 놓고 도끼를 휘둘러 반으로 가르는 모습이 보였다. 일을 하기 위해 머리카락도 하나로 묶었다. 그는 두 번째 장작을 팬 후 도끼를 내려놓고 손을 흔들었다. 그러고는 손바닥에서 가시를 뽑았다. 벌어진 셔츠는 땀으로 축축했다. 힐다는 커튼 뒤에 몸을 숨기고 있어 고개를 돌릴 필요가 없었다. 한참을 보고 있으니 코르셋이 저절로 조여지기라도 한 것처럼 흉부가 조였다.

'이제는 너무 늦었어.' 힐다가 생각하며 아물고 있는 입술 안쪽을 깨물었다. '어떤 말로 설득해도 이번에는 빠져나올 수 없어.' 너무 깊이 들어와 버렸다. 지금까지 안전하게 가만히 누워 있었지만 사실은 추락하고 있었다. 헤아릴 수도 없는 깊은 수렁에 빠졌다. 잘 있는지 메릿 펀스비가 확인하러 올 때마다, 책을 읽어 줄 때마다, 베스를 돌려보내고 저녁 식사를 직접 가지고 올 때마다 더 깊이 빠졌다. 힐다의 손을 잡을 때마다….

힐다의 입에서 떨리는 한숨이 흘러나왔다. 그녀는 메릿 펀스비를 사랑하게 되었다. 만난 지 이제 겨우 한 달이었지만 그를 사랑했다.

그리고 가슴을 쿡쿡 찌르는 희망을 품고 감히 생각했다. 그 또한 힐다를 사랑할지도 모른다고.

두 손을 모으고 기억 속의 손길을 느꼈다. 엄지가 패턴을 그리며 힐다의 손등 위를 움직였다. 증거가 무엇이든 그런 추측을 하려니 너무도 두려웠지만… 정말 간절했다. 가게에서 살 수 없거나 이력서로 설득할 수 없는 딱 하나를 바라는 게 잘못일까? 이만하면 오래 기다리지 않았나? 힐다는 자신이 늘 원했던 단 한 가지를 가족, 친구, 지인이 낚아채는 모습을 지켜보며 사회의 일원으로 자기 몫을 해 왔다. 그러면서 사실은 원하지 않는다고 자신을 부단히 속이지 않았던가?

아팠다. 신기하고도 독특한 고통이었다.

헐다는 커튼을 내리고 거울로 머리를 다시 한번 확인하며 뺨을 꼬집었다. 그러고는 숄을 들고 밖으로 나와 문을 닫았다. 바람 부는 날의 바다처럼 카펫이 물결을 일으키고 헐다의 발밑을 노란색 얼룩으로 밝게 물들였다.

헐다가 웃었다. "안녕, 오웨인. 나도 반가워."

회복하는 동안 오웨인의 영혼은 헐다의 방에 없었다. 헐다를 귀찮게 하고 싶지 않았던 걸까, 아니면 푹 쉬게 놔두라고 메릿이 요구한 걸까.

노란색 얼룩은 계단까지 헐다를 따라왔다. 헐다는 난간을 붙잡고 계단 앞에 멈춰 섰다. 무언가 신경에 거슬리는 생각이 떠올랐다. 사일러스는 그녀를 어떻게 찾은 걸까? 언제 외출할지 알았던 것도 섬뜩하지만, 헐다가 어디서 근무하는지는 어떻게 알고 있었던 거지? 알아낼 수 있는 주문들이 있다고 하지만 그러려면 최소한 내러갠섯만 지역으로 범위를 좁혀야 했다. 이렇게 인구가 적은 곳에서 조사를 시작할 리는 없었다. 그래, 헐다가 계속 바이커에서 근무한다고 생각할 수는 있다. 하지만 바이커의 인사 파일은 기밀이었고 헐다의 근무처는 매번 달랐다.

지난 며칠 동안 그 질문을 수도 없이 생각했지만 대답의 일부조차 찾아내지 못했다. 메릿이 어떻게 찾아왔는지도 모르겠다. 교감석은 소리를 전달할 뿐, 위치를 알려 주지는 못하는데.

오웨인이 현관 복도의 초상화로 쏙 들어가 여자의 헤어스타일을 헐다와 똑같이 바꿨다. 오웨인에게 웃어 보인 후 밖으로 나오자마자 쌀쌀한 가을바람이 헐다를 맞이했다.

메릿은 헐다를 등지고 있었다. 통나무를 하나 더 쪼개고 적당한 크기의 장작들 더미에 던졌다. 겨울을 아주 따뜻하고 보내기를 원하거나, 몸의 답답함을 나무에 풀고 있거나 둘 중 하나였다.

헐다가 다시 멈칫했다. '고통과 진실.' 그 예감은 사일러스를 말하는 거였나? 확실히 모두의 가슴을 고통으로 가득 채웠지만 메릿보다는 헐다 개인을 노리고 벌인 사건이었다. 예언이 미리 실현된 걸까? 아니면 아직인가?

메릿이 도끼를 내려놓고 소매로 이마를 닦으며 돌아섰다. 헐다를 발견하고 환해진 표정을 보자 헐다는 배 속에 나비 백 마리가 날아다니는 것처럼 설렜다. "헐다! 좋아 보이네요!"

헐다가 노란 멍이 아직 남아 있는 코 옆을 만졌다. "괜찮은 것 같아요."

"나보다는 확실히 괜찮은데요." 메릿이 자기 몸을 내려다보고는 머쓱한 듯 더러워진 셔츠를 잠갔다. "또 산책하러 나가는 거 아니죠?"

불안한 목소리를 들으니 헐다의 가슴이 따뜻해졌다. "당분간 혼자서는 산책 안 나가니 안심해요. 다행히 겨울이 다가오고 있어서 실외 운동이 별로 내키지 않을 것 같아요."

메릿이 미소를 지었다. "실내에서는 어떤 운동을 할 계획이에요?"

얼굴을 붉히면 안 되는데 망할 뺨이 빨갛게 달아올랐다. 하지만 메릿이 웃음으로 반응하니 그나마 부끄러움이 사그라들었다.

메릿이 잠시 장작 패는 것을 쉬고 마당을 가로질러 집에 도끼를 기대 놓았다. "내가 같이 가 줄게요. 몸에서 돼지 같은 냄새가 나기는 하지만요."

헐다는 숄 끝을 쥐고 두 사람 사이에 한 걸음밖에 남지 않을 때까지 다가갔다. 그녀가 고개를 옆으로 기울이는 시늉을 했다.

"습지 냄새 말고는 아무것도 안 나요."

그 말에 메릿이 지어 보인 미소는 마치 소년의 그것처럼 장난기가 가득했다. 그러면서도 그는 셔츠 매무새를 고치고 머리카락을 빗어 넘기며 최대한 몸단장을 하고서야 헐다에게 팔을 내밀었다. 표정을 관리하기 위해 뺨 안쪽을 깨물고 헐다가 팔을 잡았다. 팔의 온기가 손가락으로 스며들었다.

사실 메릿의 냄새를 맡을 수 있었다. 하지만 고약하거나 한 게 아니었다. 전혀. 남자다운 냄새가 났다. 사용하는 향수에 들어 있는 정향과 오렌지 나무의 나뭇가지 향이 갓 팬 장작 향과 섞였다. 헐다는 그 향기에 매료되어 산책 초반에는 말도 하지 않았다. 메릿의 체향과 서늘한 공기와 어깨에 내리쬐는 햇살을 만끽할 뿐이었다.

메릿이 침묵을 깼다. 하지만 말투는 가벼웠다. "바티스트가 계란 떨어졌다고 난리가 났어요. 이제 소뿐만 아니라 닭장도 원한대요."

헐다가 미소를 지었다. "뭐, 우리… 아니, 당신 집에 공간은 충분하잖아요."

메릿은 눈 앞에 펼쳐진 섬을 둘러보았다. "닭장은 지어 본 적이 없어요. 어머니 집에는 있었지만요. 복잡하지는 않겠죠." 그러다 뒤를 돌아보았다. "집에 붙여 만들면 벽 하나는 덜 세워도 될 거예요."

두 사람은 갈대를 헤치고 새로운 길로 나아갔다. 헐다의 짐작으로는 바티스트가 만든 것 같았다. 등이 아직은 뻐근했지만 산책을 하니 근육이 이완되었다. 지금 보니 헐다가 편한 길을 걸을 수 있도록 메릿은 길옆의 잔디를 밟고 있었다. 그 덕분에 헐다의 걸음이 한결 더 편안해졌다.

"메…, 메릿 씨." 헐다가 말했다. "궁금한 점이 있어요."

메릿이 헐다를 쳐다보았다. 방금 입술을 본 건가? "뭔데요?"

'정말이잖아.' "그날 밤, 사일러스 사건 때요. 어떻게… 저를 찾은 거예요? 어두운 데다 집에서 한참 떨어져 있었잖아요."

메릿이 길게 숨을 내쉬고 목덜미를 문질렀다. "거기에 대해서는 오웨인에게 감사 인사해요. 오웨인이 정확히 알려 줬으니까."

예상하지 못한 답이 나왔다. "오웨인이요?"

메릿이 어깨를 으쓱했다. "키가 크잖아요. 봤나 보더라고요."

헐다는 사고가 난 방향을 바라보았다. 저렇게 먼 곳을…. 지붕 위에서 망원경을 들고 있어도 보였을 리 없다. "어떻게 알려 줬어요? 뭐… 글을 썼나요?"

"어, 아니요." 메릿이 코를 찡긋하며 기억을 되짚었다. 오웨인은 집안 환경을 봤을 때 글을 모를 가능성이 컸다. "내가 그냥… 집 밖에서 당신을 부르고 있었거든요. 그때 오웨인이 '누나'라고 했어요. 어떤 여자를, 당신을 말하는 것처럼요." 메릿이 헐다의 눈을 바라보았다. "그러더니… 방향을 가리켰던 것 같아요. 손으로 가리킨 건 아니고요."

헐다가 뒤로 물러나며 두 사람의 걷는 속도를 늦췄지만 메릿의 팔을 놓지는 않았다. "그, 그게 어떻게 가능하죠? 오웨인은…, 그 아이의 '몸은' 섬이 아니라 윔브렐 하우스잖아요. 마법은 이 벽 안에 갇혀 있다고요." 헐다가 집을 가리켰다. "밖에서는 아무 권한이 없어요." 전기석이 깊이 묻혀 있기는 하지만…. 전기석은 수호 마법의 돌이었다. 말할 힘을 부여하지는 못했다.

메릿이 쓸쓸한 표정을 지었다. 헐다는 조금 더 부드럽게 말할 걸 그랬다고 후회했다. "그게 사실이라면 솔직히 나도 모르겠어요." 메릿이 고백했다. "그냥 운이 좋았나 보죠. 신께서 개입하셨거나."

일단은 그렇게 받아들이고 힐다가 고개를 끄덕였다. "어느 쪽이든 고마워요…."

"힐다 부인." 힐다의 말을 자른 목소리는 단호했지만 입가에는 장난스러운 미소가 걸려 있었다. "고맙다는 말 한 번만 더 들으면 우주의 균형을 되찾기 위해서라도 아주 악당 같은 행동을 하고 싶어질 것 같아요."

힐다도 장단을 맞추고 싶었다. '악당 같은 행동이라는 게 뭔데요?'라고 묻고 싶었다. 하지만 그런 충동에 익숙지 않아 고개만 끄덕였다. "그렇다면 어쩔 수 없죠."

메릿이 손을 뻗더니 힐다의 팔을 더 가까이 끌고 와 자신의 팔과 팔짱을 꼈다. 그와 동시에 힐다의 배 속에서 날아다니던 나비들이 날개를 최고 속도로 퍼덕이기 시작했다. 두 사람은 느긋하게 산책을 계속했고 힐다는 간혹 잡초에 걸린 치마를 걷어야 했다. 그러다 고개를 들었을 때 멀리서 움직이는 형체를 보고 긴장했다.

메릿이 반대쪽 손으로 힐다의 손을 감쌌다. "경비대예요. 일주일 내내 여기 왔어요. 늘 한 명뿐이긴 해도요. 경찰이 오기엔 여기가 너무 외졌잖아요. 하지만 경찰도 가끔 섬에 들르거나 배를 타고 만을 감시하고 있어요."

힐다가 긴장을 풀었다. "감사한 일이네요."

"힐다." 메릿이 걸음을 멈췄다. "당신 가족 이야기 들려줄 수 있어요?"

힐다는 갑자기 왜 화제를 돌리는지 궁금했다. 메릿은 힐다가 아닌 자기 발을 보고 있었다. 메릿의 생각을 알고 싶었다. 지금 무슨 생각을 하는지 분석하고 싶었다. 왜 가족에 대해 묻지? 생각해 보니 메릿은 가족이 없었다. 아니, 있지만… 더 이상 가족이 아니었다. 그 사실을 떠올리자 가슴에 젖은 모래주머니가 얹힌 듯했다.

"부모님 두 분 다 계세요." 헐다가 설명했다. "형제는 여동생만 하나 있고요. 대니엘이라고, 매사추세츠에서 자기 가족과 살고 있죠."

"결혼했어요?"

"네, 변호사랑요." 대니엘의 결혼식은 씁쓸한 기억으로 남은 날이었다. 헐다는 진심으로 동생의 경사가 기뻤다. 하지만 헐다의 미래가 캄캄할 때 네 살이나 어린 동생이 사랑과 결혼이라는 게임에서 승리하는 모습을 지켜보기는 쉽지 않았다. 수많은 하객들도 나에게 그 사실을 굳이 언급했다. 헐다가 가볍게 웃으며 말했다. "동생과는 별로 안 닮았어요. 저는 아버지를 닮았고, 동생은 어머니를 닮았거든요." 그러면서 무의식적으로 코를 만졌다.

그러다 메릿이 보고 있다는 느낌에 손을 내렸다. 메릿이 조심스럽게 물었다. "동생이 어머니를 닮아서 결혼했다고 생각해요?"

문득 부끄러워진 헐다가 어깨를 으쓱하며 불편한 감정을 숨겼다. "동생과 어머니 모두 굉장한 절색이에요." 헐다는 지적이고 독특한 단어를 위안 삼으며 중얼거렸다.

"네?" 메릿이 물었다.

메릿과 완벽한 리듬을 맞추며 걷는 동안 발밑에서 잔가지가 툭툭 밟혔다. "아름답다고요." 헐다가 간단히 설명했다.

"저기, 글을 쓰다 보면 뭐가 흥미롭냐면요." 메릿이 또 화제를 전환했다. "독자들이에요. 한 비평가가 극찬한 소설에 다른 비평가는 혹평을 내리죠. 기자 일을 하던 시절에도 어떤 날엔 내 의견을 찬양하는 편지가 오고, 다른 날은 비난하는 편지가 오거나 하는 경우가 많았고요. 같은 기사에 두 개를 다 받아 본 적도 있었어요. 특히 제철소를 다뤘을 때요."

헐다는 메릿의 옆얼굴을 관찰했다.

"그러니까…." 메릿이 떨어진 나뭇가지를 넘었다. "…주관적인 판단은 어떻게 할 수 없다는 거죠. 글을 쓰며 배운 게 있다면 사람 마음은 제각각이고 그게 정상이라는 사실이에요. 누구는 미스터리를 좋아하지만, 누구는 역사 소설을 선호해요. 바티스트는 회향을 좋아하지만 나는 그 향이 영 별로인 것처럼요. 그렇다고 회향이 잘못됐다는 말은 아니잖아요."

헐다가 침을 삼켰다. "무슨 말인지 모르겠어요."

"알 텐데요." 메릿이 어렴풋이 웃어 보였다. "누군가는 어머님을 닮은 여자를 좋아하고, 누군가는 아버님을 닮은 여자를 좋아한다는 얘기예요. 외모도 책과 같아요. 책 표지에만 관심 있는 사람이 있는가 하면, 책 전체가 흥미진진해서 견딜 수 없다고 생각하는 사람도 있어요."

그 말에 헐다의 심장이 다시 힘차게 뛰기 시작했다. 헐다가 기대하는 의미가 맞나? 메릿 펀스비가 정말로 그녀를… 아름답다고 생각한다는 건가? 아니면 그냥 친절을 베풀어 위로하려는 걸까?

헐다는 메릿이 계속 이야기해 주기를 바랐다. 솔직하게, 헐다가 간절히 듣고 싶은 그 말들을 들려주기를 원했다.

하지만 그러지 않았다. 헐다가 말을 조심하듯 메릿도 말을 조심했고 대화는 내일 보스턴에서 처리해야 하는 일, 헐다가 하고 싶은 일, 베스와 바티스트의 안부로 넘어갔다. 헐다는 희망과 실망감을 서서히 내려놓고 메릿의 든든한 팔에 몸을 맡기며 그와 함께하는 산책을 즐겼다. 그리고 언젠가는 지난 시절의 기억으로만 남게 될지도 모르는 지금 이 순간의 아름다움을 최대한 머리에 담았다.

✦✧

메릿은 다음 날 헐다와 마법 보트를 타고 내려갠섯만을 건너 포츠머스로 향하는 내내 경계를 늦추지 않았다. 섬의 해안가를 살피고 낚싯배를 들여다보고 바람 소리에 귀를 기울였다. 하지만 특별히 이상한 점은 없었다. 풀잎이나 헤엄치는 물고기도 모두 평범해 보였다.

"그렇게 뻣뻣하게 있으면 배가 기울어져요." 바람에 날아가지 않게 한 손으로 모자를 누르며 헐다가 말했다. 바람은 이 편리한 교통수단의 한 가지 단점이었다. 하지만 메릿은 바람이 늘 계산대로 착착 움직이는 여자에게 힘을 좀 빼라고 강요하듯 헐다의 곱슬머리를 잡아당기는 모습이 보기 좋았다.

하지만 헐다 스스로도 점점 변하고 있었다. 이상한 공격을 받기 전부터도 그랬다. 처음에는 실수로 긴장이 풀리는 순간들이 있다고 생각했다. 지나치게 편안하게 있다가 곧바로 긴장하고는 전보다 더 엄격하고 철저하게 행동했다. 하지만 편안한 순간들이 잦아졌고, 경계하는 순간보다 많지는 않아도 비슷한 정도의 일상이 되었다. 그것은 메릿이 이번 외출에 애써 긴장을 풀고는 있지만 경직된 느낌을 받는 이유이기도 했다. 사일러스만이 아니라 이 배에 함께 타고 있는 여자 때문이었다. 메릿에게는 계획이 있었고 이 여자가 그 계획을 어떻게 받아들일지 몰랐기 때문이다.

솔직히 말하면 이제 메릿은 헐다라는 소설의 본론에 돌입했고 여기서 그만두고 싶지 않았다. 헐디의 이야기가 끝나지 않기를 바랐다. 하지만 헐다가 과연 몇 페이지를 더 넘기게 해 줄까? 헐다의 결말…, 두 사람의 결말은 어떻게 될까?

이처럼 복잡하게 꼬인 감정 때문에 메릿은 주변 환경을 더 경계할 수밖에 없었다. 사일러스의 공격을 한 번은 피했지만 그가 두 번 공격하지 않는다는 보장은 없었다. 얼마든지 가능하다고 메릿은 확신했다. 메릿이 실체가 있는 무언가를 봤다면 시체가 있어야 했다. 또 경비대가 사일러스 호그우드 같은 자를 얼마나 상대할 수 있을지, 경찰이 인력을 얼마나 더 제공해 줄지도 자신이 없었다.

당분간 내륙으로 거처를 옮겨야 할까? 오웨인을 두고 집을 오래 비우자니 내키지 않았지만….

헐다가 몸을 앞으로 기울였다. "무슨 생각 해요?"

메릿은 눈을 깜박이며 항로에서 벗어나지 않도록 잠시 보트를 조종했다. "말해서는 안 될 그 사람요."

헐다가 엄숙하게 고개를 끄덕이고는 바다를 내다보았다.

그들은 보트를 부두에 대고 보스턴행 열차를 탄 후 시장 앞에서 내렸다. 거기서부터는 각자 볼일을 보기 위해 다른 방향으로 찢어져야 했다. 메릿은 어깨에 멘 가방에서 흔들리는 책에 관해 편집자와 상의하기로 했고, 헐다는 보스턴 마법 부동산 관리국으로 가서 상사인 마이라 헤이그와 만나 뭔지 몰라도 마법의 집을 관리하는 일에 대해 의논할 것이다. 그녀는 다른 곳으로 발령이

나지 않기를 빌었다.

유니언 오이스터 하우스(옮긴이 주-미국에서 가장 오래된 레스토랑)에서 한 무리의 소란스러운 남자들을 지나쳤다. 그들과 멀어져 편안히 대화를 나눌 수 있게 되자 메릿은 허리를 똑바로 펴고 파리처럼 달라붙는 긴장감을 쳐냈다. 이렇게 긴장한 게 얼마 만인지 기억도 나지 않았다.

"헐다." 그렇게 부르는 날이 점점 늘어갔고 헐다도 굳이 정정하지 않았다. 이것도 무수한 좋은 신호 중 하나였다. 헐다가 고개를 들었지만 메릿은 왠지 눈을 마주치기가 어려웠다. '너 서른한 살이야.' 메릿이 스스로에게 일깨웠다. '나이답게 행동해.'

헛기침으로 목을 가다듬었다. "오늘 볼일 보고 나서요⋯. 단둘이 얘기하고 싶어요." 보트에서 했어야 하나? 잠자리만이 대화를 엿들을 수 있는 곳에서? 하지만 일이 잘못되면 거절당한 채로 넓은 만에서 작은 보트에 갇히는 신세밖에 더 되겠는가.

"네? 무슨 얘기요?" 두 사람은 아이와 강아지가 사이로 지나갈 수 있게 거리를 두었다.

"그냥⋯ 얘기요." '이 멍청한 자식아.' 메릿은 헐다가 북쪽으로 가야 하는 교차로에서 멈춰 섰다.

"아." 무슨 뜻인지 이해한다는 표정인가? 메릿은 원래 이 정도로 사람의 마음을 읽는 데 서툴지 않았다. "저도⋯ 좋아요. 블라우던으로 돌아가기 전에요?"

메릿이 고개를 끄덕였다. 그러고는 거리를 바라보다 늘어선 돌기둥에 시선이 닿았다. "퀸시 마켓에서 만날까요? 6시 괜찮아요?"

헐다가 소맷자락을 만지작거렸다. "아마도요, 네." 그러고는 미소를 지었다. 정말이지, 웃을 때 아름다운 여자였다. 처음 현관문을 두드렸을 때는 이렇게 예쁜 걸 왜 몰라봤을까? 무슨 여교사 같다고 생각하지 않았었나?

헐다는 메릿보다 연상이었지만 나이 치기 많이 나시는 않았다. 사실 나이가 들수록 나이는 중요하지 않았다. 가정부인데 어색하지 않겠냐고? 하지만 헐다는 메릿의 가정부가 아니라 바이커의 가정부였다. 메릿의 간절한 구애가 부적절하다면 아무 문제 없이 각자의 길을 갈 수 있다.

헐다가 거절할까? 하지만 어제 산책하는 내내(굉장히 긴 산책이었다.) 메릿과 팔짱을 꼈던 것을 생각하면 그럴 성싶지 않았다. 메릿의 농담에 더 편하게 웃고 키득거리던 것을 생각하면. 메릿을 바라보는 눈빛을 생각하면….

그래, 메릿은 헐다가 그를….

메릿이 헛기침을 했다. "그만 가 봐야겠어요. 지각하지 않으려면."

"6시에 봐요." 헐다가 말했다.

메릿이 고개를 끄덕였다. 그러다 잠시 망설였다. 그는 쓰고 있지도 않은 모자를 어색하게 벗어 인사하고 뒤로 돌았다. 출판사는 멀지 않았다. 걸어가면 마음이 진정될 것이다.

다음 거리에 도착했을 때 힐끗 뒤를 보자 택시에 올라타는 헐다의 치맛자락 끝이 보였다.

✦

"상사로서 이런 말 해서 미안한데." 마이라가 서성이다 말고 말했다. "머리가 어떻게 된 거 아냐?"

헐다는 국장의 책상을 마주 보는 의자에 앉아 있었다. 그러지 않았다면 놀라서 뒤로 물러났을 것이다. 잠시 빠르게 뛰는 심장을 진정시켰다. "제가 그만둬야 하나요?" 이 대화가 어떻게 진행될지 무수한 시나리오를 떠올렸지만 이런 독설을 들을 줄은 몰랐다. "저는 별로…."

헐다가 말을 흐렸다. 마이라가 돌아서서 헐다가 뭐라 알아들을 수 없는 스페인어로 너무나 빠르게 투덜거렸기 때문이다. 다시 돌아본 마이라가 이글이글 타는 눈으로 말했다. "자네는 공격을 받았어, 헐다! 손 쓸 수 없는 괴한에게! 하마터면 죽을 뻔했으면서 남겠다고? 할 일 다 했다며! 자네 입으로도 그렇게 말하지 않았나." 마이라가 책상에서 헐다의 보고서를 집어 들었다가 다시 던졌다.

"할 일을 다 했다고 하지는 않았어요. 두 번째 마법의 원천을 확인했다고만 했지…. 그리고 아무 괴한이 아니에요, 마이라. 사일러스 호그우드였어요."

"베스도 그렇게 말했지." 마이라가 서성이다 걸음을 멈추고 양손을 허리에 올렸다. "확실한 거야?"

헐다가 일어나자 가방이 바닥으로 떨어졌다. "두 번 생각할 것도 없이 확실해요. 이미 당국에 그 사람이라고 알렸어요. 어떻게 속여서 죽음을 위장했는지 모르겠지만 분명 그 사람이었어요."

마이라가 찌푸린 미간을 누르며 의자에 풀썩 앉았다. "다음 일로 넘어가, 헐다. 신변이 위태로워지기 전에 그랬으면 했는데 더는 안 되겠어. 그 섬에서 떠나 줘."

헐다는 얼굴을 찌푸렸다. 조금은 긴장이 풀렸지만 앉고 싶지 않왔다. 국장의 강경한 태도를 이해할 수 없었다. 마이라는 이렇게 꽉 막힌 사람이 아니었다. 물론 진실을 안다면 이렇게 나오는 것도 말이 되겠지만 힐다가 아는 마이라는 허락 없이 직원의 마음을 읽지 않는다는 믿음이 있어 걱정은 되지 않았다. 그러기에는 두 사람이 서로를 너무 존중했다. 너무 믿었다. 힐다가 해안과 바닷바람과 꼬마 오웨인을 더 오래 보고 싶어 한다는 것을, 사랑하는 남자를 위해서 그곳에 남으려 한다는 사실을 마이라가 알 턱이 없었다. 매우 진지한 말투로 대화를 청한 남자를.

그 생각을 하자 맥박이 빨라졌다. 힐다는 생각이 너무 강해지면 마이라가 무의식적으로 들을지도 모른다는 두려움에 얼른 머릿속을 지웠다. 그녀는 앞에 있는 책상의 결을 뚫어져라 쳐다보며 추상적인 그림과 형태를 찾았다. 그러다 이렇게 물었다. "외로우세요?"

마이라가 고개를 저었다. "나는 괜찮아, 정말이야." 마이라는 이혼 경력이 있고 지금은 힐다와 마찬가지로 독신이었다. 사람의 마음을 읽는 주문을 가지고 있는 접촉감응 마법사로서 어느 분야에서든 쉽게 일자리를 구할 수 있음에도 마이라의 삶은 오직 바이커뿐이었다. 마이라가 고개를 들고 검은 눈으로 힐다를 보았다. "정말로. 하지만 할 일이…"

"노바스코샤에요?" 맙소사, 설마 다른 사람 말을 끊는 나쁜 습관이 생긴 건가?

마이라가 시무룩한 표정을 지었다. "아니…. 아직 노바스코샤는 아니야. 그건 아닌데." 어쩐지 말이 확실하지 않았다. "내가 모금 행사를 몇 개 계획하고 있어서 그래. 서부로 확장할 계획도 있고. 동부로도."

"시간 괜찮으시면 더 머물면서 자세한 얘기 듣고 싶어요." 헐다가 집요하게 말했다. "하지만 사일러스 문제와 별개로 새로운 프로젝트가 준비되기 전까지는 지금 일을 계속하고 싶어요."

마이라가 당장이라도 나무를 조각낼 기세로 책상을 손톱으로 긁었다. "헐다, 나는 이해가 안…."

노크 소리가 질문을 끊었고 새디가 사무실 안으로 고개를 내밀었다. "마이라 국장님, 방금 모리스 왓슨 씨에게서 전갈이 왔습니다. 오늘 약속을 잡고 싶으시다고요."

헐다가 고개를 갸웃했다. 모리스 왓슨. 어디선가 들어본 것 같은데…. 기억을 더듬었지만 딱히 생각나는 게 없었다.

마이라가 헛기침을 했다. "조금 이따가 내가 직접 연락하지. 점심 먹고." 그러고는 헐다의 눈을 바라보았다. "같이 점심 식사 할 시간 있어?"

헐다가 웃으며 고개를 끄덕였다. "국장님이라면 언제든 있죠."

✦

편집자인 맥팔런드 씨와의 미팅은 생각보다 만족스러웠다. 메릿의 또래인 맥팔런드 씨는 이마에 머리카락이 V자 형태로 나 있는 남자로 서글서글한 성격이고 풍자 섞인 농담을 재미있게 잘했다. 두 사람은 오랜 시간 말없이 함께 있었다. 맥팔런드 씨가 메릿의 샘플 원고를 읽고 있었기 때문이다. 이해 못 하는 사람이 많겠지만 칭찬(그리고 비평)을 하지 않는다는 것은 아주 좋은 신호였다. 그 사람이 이야기에 몰입했다는 뜻이니까. 몰입이야말로 독자가 줄 수 있는 최고의 선물이었다.

메릿은 거의 다 완성한 원고를 맥팔런드 씨에게 맡기고 나왔다. 나머지 이야기에 대한 감상도 듣고 싶었고, 헐다가 병석에 누워 있는 동안 함께 머리를 맞대고 짠 반전이 마음에 드는지 알고 싶었다. 영감을 준 사일러스 호그우드에게 감사해야 하나. 주인공들이 소설의 절반이 지날 동안 찾던 시체가 살아서 다시 나타나다니 아주 멋진 반전이었다. 그러려면 이미 구상한 결말을 바꿔야 겠지만 메릿은 개의치 않았다. 역시 줄거리를 사전에 계획하는 건 좋은 생각이 아니다.

계획 이야기가 나왔으니 하는 말인데…, 메릿은 아까 헐다에게 넌지시 말한 그 대화의 시작점인 시장 앞에 거의 다 도착했다. 혹시 헐다가 잊지는 않았겠지? 하지만 미적거려 봐야 소용없었다. 사실 무언가를 기다리는 초조함이 직면하는 현실보다 더 괴로울 때가 많은 법이다.

메릿은 가볍게 하자고 생각했다. 가벼운 태도는 안전했다. 집 말고 밖에서 저녁 식사를 하자고 묻기만 하자. 날이 점점 어두워지고 있었다. 어차피 집에 가는 길도 캄캄할 테니 당장 오늘 밤이 어떨까. 헐다가 어색해하면 배가 고프다고 핑계를 댈 수도 있다. 거짓말도 아니었다. 안 그래도 지금 배가 고파 죽을 지경이었다.

'하지만 좋다고 하면 헐다도 공복증 때문일 수 있어.' 메릿이 생각했다. 그러다 문득 궁금해졌다. '공복증'이 있는 단어인가? 나중에 찾아봐야지. 아니면 편집자가 알아보게 소설에 슬쩍 넣거나. 메릿은 길가에서 시끄럽게 떠들고 있는 나이 든 남자 둘 옆을 지나 퀸시 마켓의 모퉁이를 돌았다. 건물은 폐점 시간 전에 지나가는 손님들을 끌기 위해 환하게 밝힌 랜턴들로 빛이 났다. 메릿은 몸을 녹이려는 듯 랜턴 가까이 서 있는 헐다를 마켓 끝에서 금세 발견했다.

메릿이 헐다에게 더 빠른 걸음으로 다가갔다. "오래 기다렸어요?"

헐다의 얼굴이 밝아졌다. 좋은 신호였다. "전혀요. 5분도 안 됐어요."

"바이커는 어땠어요?"

"음⋯, 흥미로웠어요. 윔브렐 하우스에 조금 더 있게 됐어요." 헐다가 은테 안경 너머로 메릿의 눈을 바라보았다. "안경점에 들르고 경찰서에서 신고 접수도 했어요."

"사일러스를 신고한 거예요?" 메릿이 물었다.

"당신은 빼고요."

메릿이 가볍게 웃었다. "마음이 놓이는군요."

헐다는 입을 꾹 다물었다. 메릿은 아직 제목이 없는 이번 작품의 로맨스를 두고 헐다와 나눴던 대화를 떠올렸다. '입맞춤 경험이 없다니.' 메릿도 누군가와 키스를 해본 게 언젠지 까마득했다. 어떻게 하는지 기억은 날까? 저 입술은 닿으면 따뜻할까, 아니면 저녁 공기로 차가울까?

"편집자는 어땠어요?" 헐다가 물었다.

메릿이 눈을 빠르게 깜박이며 정신을 차렸다. "아. 좋았어요. 내 말은⋯." 주머니에 손을 찔러 넣었다. "잘됐어요. 책이 마음에 드는 것 같아요."

헐다의 눈이 반짝였다. "다행이네요!"

"그렇죠. 처음부터 다시 쓸 인내심은 없거든요." 마켓에서 나오던 사람이 어깨를 치는 바람에 메릿이 옆으로 비틀거렸다. 남자는 얼른 사과를 하고 빠르게 가던 길을 갔다. 메릿은 몸을 가누려고 벽을 짚었다. 벽에 얹은 손 엄지 아래로 익숙한 이름이 보였다. 등줄기에 번개가 꽂히는 이름이.

"아까요." 헐다가 조금 더 나직이 말했다. "저와 할 얘기가 있다고 하셨죠?"

발밑의 땅이 흔들리더니 퀸시 마켓의 외벽과 함께 자신을 땅속으로 끌어당기는 것 같았다.

'에바.' 그 이름이 적혀 있었다. 메릿은 엄지를 치웠다. '에바 C. 멀런.'

맥박이 빨라지고 머릿속에서는 쿵쾅쿵쾅 뛰는 심장 소리밖에 들리지 않았다. 메릿이 떨리는 숨을 내쉬었다. 갑자기 열여덟 살로 돌아온 기분이었다. 그는 갈 데도 없이 폭우가 쏟아지는 길 한복판에 서 있었다. 받아 줄 가족도, 상처를 위로해 줄 약혼녀도 사라졌다. 그의 성을 물려받을 아이도, 지키기로 했던 약속도….

"말도 안 돼." 메릿이 마켓 벽에 붙은 포스터를 보며 탄식했다. 글을 읽는 법이 생각나지 않았다. 생각도 할 수 없었다. 포스터는 위대한 독일 음악가들에게 바치는 헌정 공연이 펜실베이니아주 맨체스터에서 열린다고 알렸다. 아래쪽에는 오케스트라 단원들의 이름이 작은 글씨로 적혀 있었다. 운명은 메릿의 손을 그녀의 이름에 붙여 놓았다. '에바 C. 멀런, 플루트 연주자.'

에바 캐럴라인 멀런. 그의 에바는 플루트를 연주했었다. 플루트에 열과 성을 다했다. 그 순간, 기억 속에서 플루트의 선율이 울려 퍼졌다. 메릿이 책을 읽는 동안 앞에서 연주를 하다 듣지 않는다고 잔소리를 했었다….

"메릿?" 그렇게 묻는 헐다의 목소리가 멀게 느껴졌다.

메릿의 심장을 난도질한 상처 하나에서 피가 흐르기 시작했다.

그 후로 에바가 어떻게 됐는지는 끝내 알지 못했다. 다만 아버지처럼 에바도 메릿을 원하지 않았다는 사실만은 분명했다. 메릿은 에바의 가족에게서조차 아무런 얘기를 듣지 못했다.

"메릿?"

메릿이 숨을 억지로 들이마셨다. 그러고는 혼곤한 정신을 애써 붙잡아 현실로 되돌렸다. "에바." 메릿이 쌕쌕거리며 그 이름을 가리켰다. "그… 에바예요."

힐다가 안경을 올려 썼다. 힐다에게 집중하려 애썼지만 메릿의 마음에서 무언가가 터져 버렸다. 자물쇠로 잠가 땅에 묻고 무수한 삽질로 흙을 덮어 놓았던 무언가. 가리고 숨기기 위해 지푸라기 인형에 대고 무수히 많은 총질을 해야 했던 그 무언가.

"에바가 누군데요?" 힐다가 물었다.

그 질문은 병처럼 퍼져 메릿의 동맥, 정맥, 모세혈관으로 스며들었다. "그때… 아버지가 나와…." 메릿이 숨을 들이마셨다. "…절연한 이유요."

아버지 생각에 또 무언가가 펑 터졌지만 침을 꿀꺽 삼키고 속으로 눌렀다.

에바는… 그 일이 있기 전까지 메릿에게 남은 전부였다. 그랬는데 손가락을 튕기는 것처럼 순식간에 사라져 버렸다. 메릿의 세상은 산산이 부서졌고 혼자 남은 메릿은 떨어진 조각들을 주워야 했다. 아직도 이유를 몰랐다. 가슴의 상처보다도 그 사실이 더 메릿을 고통스럽게 했다. 메릿은 문제를 해결할 준비를 하고 나섰다. 에바를 제일 가까운 교회로 데려가 결혼식을 올리고, 가족을 먹여 살리기 위해 직업을 몇 개나 갖고서 아침부터 밤까지 일할 각오가 되어 있었다. 에바도 메릿의 제안을 받아들였다. 감쪽같이 사라지기 선까지는. 한 통의 편지, 한마디 말도 없이 흔적도 남기지 않고 사라졌다.

그런 에바가 여기 있었다. 맨체스터에.

메릿의 마음은 상처에서 피가 날 때까지 더 크게 입을 벌렸다. 다 지난 과거라고, 이제는 아무렇지 않다고 완벽하게 연기하고 있었는데….

공연은 내일 밤이었다. 지금 호텔을 예약하고 마법 열차가 운행을 시작할 때 출발하면… 그래, 시간 맞춰 도착할 수 있었다. 매진이 아니라면 말이지. 티켓 값은 중요하지 않았다. 드디어 진실을 알 수 있게 됐으니. 마침내 깨진 조각들을 몇 개라도 이어 붙일 수 있었다….

헐다가 장갑 낀 손으로 메릿의 손목을 건드렸다. "안색이 안 좋아요."

메릿이 고개를 저었다. "꽤, 괜찮아요." 포스터에서 물러나 손으로 머리카락을 쓸었다. "괜찮아요." 13년 동안 연습한 덕택에 거짓말이 자연스럽게 술술 나왔다. "나는…." 해야 할 말이 있었지만 그는 동요하고 있었다. 이런 상태로 헐다에게 계획을 말할 수는 없었다. 헐다도 그런 남자는 원치 않을 것이다. 에바가 그랬던 것처럼….

메릿이 목을 가다듬었다. 그는 필사적으로 다시 이성을 되찾았다. "저…, 선착장에서 다시 만나요. 잠깐, 아니다." 공격을 당한 지도 얼마 안 됐는데 헐다가 밤에 혼자 집으로 가는 것은 원하지 않았다. 메릿은 눈을 질끈 감고 속으로 계산을 해보았다. 그래, 가능하다. 헐다를 섬까지 데려다주고 다시 배를 타고 나오자. "우리 지금 돌아가요. 나…." 메릿이 얼굴을 붉히며 포스터를 가리켰다.

"해야 할 일이 생겼어요."

헐다가 얼어붙어 메릿과 포스터를 번갈아 보았다. "맨체스터에서 하는 거잖아요."

"알아요. 알아." 메릿이 눈을 문질렀다. "하지만 꼭… 가야겠어요. 알아야 해요." 헐다와 같이 갈 수도 있었지만 그랬다가는 그의 깨진 조각들을 보게 될 것이다. 조각들이 어둠 속에서 밀려 나와 메릿을 갈기갈기 베는 모습을….

메릿은 포스터에서 등을 돌리고 부두로 출발했다. 생각들이 벌떼로 변했고 벌집이 된 머릿속은 사방에 꿀이 묻어 끈적거렸다. 우연일 수가 없었다! 에바의 가족은 메릿과 대화를 거부했다. 그때도, 이후 몇 년에 걸쳐 편지를 보냈을 때도. 도저히 이유를 이해할 수 없었지만 이제 기회가 왔다. '이제는 알 수 있어.'

그러고 보니 헐다가 옆에 없었다. 메릿이 뒤를 돌아보았다. "헐다? 부탁이에요, 나는…."

헐다는 고개를 저었다. "저기, 마이라 국장님이 저녁 식사에 초대했어요. 오이스터 하우스에서요."

불안감과 추위에 휩싸여 아직 제정신이 아닌 메릿은 그쪽으로 가는 길을 쳐다보았다. 완성된 문장을 말하기도 힘들었다. "오이스터 하우스?"

헐다가 고개를 끄덕였다. "네. 바이커 일로요. 직원들이 모여서… 노바스코샤 일을 의논한다고 해요."

피가 빠르게 솟구치며 메릿에게 빨리 움직이라 재촉했다. 시간은 충분했다. 초조한 마음을 감추고 헐다를 데려다줄 수 있었다. 좀 나아지면, 미스터리가 풀리면 그때 헐다와 대화하면 된다. 그때는 무슨 말을 하고 싶은지 얘기할 수 있다. "거기까지 데려다줄게요."

"세 블록만 가면 되는걸요."

"헐다…."

"마침 새디 양이 보이네요." 헐다가 멀리 있는 사람을 향해 손을 흔들었다. "안 그러셔도 돼요, 메릿 씨." 긴장된 미소를 지었다. "시간 없으시잖아요. 저 때문에 지체하지 마세요."

메릿의 속이 뒤틀렸다. 다시 한번 오이스터 하우스 쪽을 쳐다보았다. 그의 머리는 포스터에 못 박혀 있었다. "진심이에요? 나는 괜찮아요."

"부탁이에요. 저도 이게 더 좋아요."

그 말이 다트처럼 가슴을 찔렀다. 마치 아편 약물에 취해 고통을 절반밖에 느끼지 못하는 것 같았다. '더 좋다고?'

헐다의 어깨 뒤에서 콘서트 포스터가 고동치는 듯했다.

"하지만 집에 갈 때는…."

"보트 부르고 국장님께 데려다 달라고 하면 되죠. 여자라고 못 할 일은 없어요."

메릿은 망설였다.

"제발요." 헐다가 헛기침을 했다. "이러다 저 늦겠어요."

메릿은 잇새로 한숨을 내쉬었다. 왜 이렇게 춥지? 아니… 추워서 몸이 떨리는 게 아닌가? '생각을 하자.' "교감석 가지고 있어요?" 헐다의 교감석과 한 쌍인 돌이 주머니에 묵직하게 느껴졌다. 메릿은 뭐라도 단단한 것을 만져야 할 것 같아 주머니에 손을 넣고 교감석을 쥐었다.

헐다가 가방을 두드렸다.

"저녁 다 먹으면 곧바로 사용해요." 맙소사, 벌써 정신이 나가고 있었다. "배에 탔을 때도요. 섬에 내렸을 때, 집에 도착했을 때도."

헐다는 반박하고 싶은 표정이었지만 빨개지는 눈 주위를 보니 메릿만큼 추위로 괴로워하는 듯했다. 헐다가 고개를 끄덕였다.

이마 안쪽에서 두통이 생기며 불규칙한 맥박이 더 강해졌다. "고마워요, 헐다."

하지만 헐다는 숄 끝을 바람에 날리며 이미 길을 걷고 있었다.

28

1846년 10월 13일, 매사추세츠주 보스턴과 로드아일랜드주 블라우던섬

헐다가 지금껏 살면서 가장 힘들었던 일은 혼자서도 잘 사는 노처녀의 가면을 고쳐 쓰고 아무렇지 않은 표정으로 메릿과 대화하는 것, 퀸시 마켓 앞에 붙어 있는 포스터를 하염없이 바라보는 그를 무시하는 것이었다. 낯선 사람들을 계속 지나쳐 부두를 향해 바쁘게 걸었다. 그녀는 속에 구멍이 뻥 뚫리지 않은 것처럼 행동하고 있었다. 그 연기를 아주 기가 막히게 잘 해냈다.

보트에 오를 때까지는.

역동 마법 주문을 활성화해 보트를 만으로 출발시키고 사람들의 목소리와 도시의 불빛에서 멀어지자 헐다의 가면은 산산이 부서졌다.

'바보, 바보, 바보.' 눈물을 애써 참아 보았지만 결국에는 안경

을 벗고 눈물을 닦아야 했다. 어떻게 이럴 수가. 과거의 실수를 또 반복한다고? 몇 번을 더 해야 정신을 차릴래?

헐다는 손수건을 찾아 가방을 뒤적이다 황급히 보트의 방향을 조정했다. 등대와 인근 섬이 길을 안내해 주고 있었다. 헐다는 메릿이 자신을 아낀다고 생각했다. 정말 바보 같게도. 본인이 원해서 헐다를 곁에 두고 싶어 한다고 생각했다. 헐다와 같은 감정일 거라고…. 하! 바보도 아니고 메릿이 무슨 고백 같은 걸 하려고 단둘이 대화하자고 했다고 착각한 거야? 기가 막혀! 메뉴를 바꿔 달라는 말이었겠지. 아니면 마음이 바뀌어 집사를 구하고 싶어졌다거나, 아니면 더 적극적으로 집을 관리하기로 결심했다거나. '바보, 바보, 바보.'

'고통과 진실.' 전에 마법으로 예견하지 않았던가? 하지만 그 예견은 생각보다 헐다와 더 밀접한 관련이 있었다. '너는 그에게 아무 존재도 아니라는 것. 그게 진실이야.'

가슴이 둘로 쩍 갈라져 피를 흘리는 것 같았다.

왜냐하면 메릿이 모든 것을 내팽개치고 다른 여자를 만나러 가는 모습을 봤기 때문이다. 옛사랑. 한때 결혼하려 했던 상대. 심지어 그 여자는 성공한 음악가였다.

견딜 수 없는 흐느낌이 목구멍을 타고 올라왔다. 과민반응이었다. 헐다는 이 사실을 몇 번이고 반복적으로 되새기며 백발의 교장 선생님처럼 자신을 꾸짖었다. 하지만 그런다고 눈물이 그치지는 않았다. 가슴만 더 답답해질 뿐이었다.

마중 나온 사람 하나 없이 블라우던섬에 도착했다. 다시 가면을 쓰려 했지만 감정의 둑이 무너져 버려 뜻대로 되지 않았다. 소시지 껍질에 양의 정강이 살을 욱여넣는 느낌이었다. 그래도 공기가 차가워 다행이었다. 부기를 가라앉히고 홍조의 이유로 댈 수 있을 것이다.

헐다는 푹신한 땅을 밟으며 걷다가 뭔가가 작게 흔들리는 소리에 멈춰 섰지만 범인은 새였다. 벽에 길린 초상화를 쳐다도 보지 않고 집 안으로 들어갔다. 주방에서 바티스트가 움직이는 소리가 들렸다. 헐다는 계단을 서둘러 올라가 베스에게 부끄러운 꼴을 보이기 전에 방으로 얼른 향했다.

방문을 닫으니 마음이 놓였다. 침대에 안경을 던지고 초를 켰다. 방을 가로질러 창문을 활짝 열고 겨울의 바람을 들여보냈다. 물병에 물이 남아 있어 대야에 물을 붓고 세수를 했다. 흘러내린 머리카락이 이마에 찰싹 달라붙었다.

헐다는 옆에 있는 거울로 가서 거울 속의 모습을 더 자세히 보려 몸을 기울였다. 목 안을 녹슨 못으로 찔린 듯 거친 웃음소리가 터져 나왔다.

그야말로 엉망진창이었다. 얼마나 울었는지 가뜩이나 작은 눈이 더 작아졌다. 사각턱에는 여성미가 조금도 느껴지지 않았다. 날카로운 각이 잘 어울리는 여자들도 있겠지만 헐다는 아니었다. 그리고 코…. 코는 작가들이 소설 속의 악당에게 줄 법한 코였다. 메릿 펀스비 같은 작가들이.

헐다가 또 속눈썹에 맺히기 시작한 눈물을 응시했다. 그래, 헐다의 사진은 연인의 협탁에 놓이거나 지갑, 회중시계에 들어가지 않을 것이다. 그녀의 몸은 남자의 손길도, 아이의 무게도 평생 느끼지 못할 것이다. 헐다는 다른 마법도 아닌 점조 마법사였다. 미래를 아는 능력이 있었다.

제일 끔찍한 건 헐다가 이 사실을 알고 이미 수년 전에 받아들였다는 점이었다. 이 망할 집으로 오기 전까지는 만족스러운 업적, 커리어, 동료와의 관계를 누리고 살았다.

헐다가 눈을 빠르게 깜박이며 몸을 돌리고 머리핀을 우악스럽게 뽑았다. 눈물 한 방울이 바닥으로 떨어졌지만 못 본 체했다. 그러고는 옷을 빨리 벗으려다 단추가 뜯기곤 욕을 했다. 또 했다. 알고 있는 모든 욕을 내뱉었다. 못할 이유가 없었으니까. 기분이 조금은 나아졌다. 아주 조금.

헐다가 코르셋을 방 저편으로 던졌다. 창밖으로 날아갈 뻔했지만 중력의 도움으로 바닥에 떨어졌다. 잠옷을 입을 때는 그래도 조심했다. 수선할 옷을 두 개로 늘릴 필요는 없지 않은가. 더구나 이제 곧 떠나야 하는데.

그 생각에 이르자 헐다가 동작을 멈췄다. 매트리스에 앉았다. 입 모양으로 그 말을 뱉었다. "그래, 떠나야 해." 몸과 마음의 건강을 지키기 위해서라도 이 집에 있을 수는 없었다. 거절당한 상처는 너무 쓰라려서, 메릿 펀스비가 같은 복도를 걷고 같은 농담을 주고받으며 왜 헐다가 이상해졌는지 의아해한다면 결코 치유되지 않을 것이다. 그리고 맙소사, 만약 에바 멀런을 이 집의 안주인으로 데려오기까지 한다면….

가슴을 찌르는 수치심에 헐다가 손바닥으로 눈을 가렸다. '바보. 너는 역시 바보야.'

이토록 터무니없는 마음을 마이라는 알고 있었다. 어떻게인지는 몰라도 마이라는 알았다. 그래서 윔브렐 하우스에서 헐다를 빼내려 노력했던 것이다. 아니면 신께서 이 가슴앓이를 끝내기 위해 나서 준 것일까. 하지만 비록 고통스러워도 헐다는 이번 일로 다시 교훈을 얻어야 했다. 그래야 다음에는 충직한 직원의 역할에서 벗어나지 않겠지. 그래야 원래 있던 차가운 철창 안으로 심장을 돌려보낼 수 있을 것이다.

새로운 고통이 배꼽에서 가슴으로 퍼지는 것을 느끼며 헐다는 손등으로 눈물을 닦았다. "이런 일이 일어날 거라면 왜 2주 전에 생기지 않고?" 그녀가 속삭였다.

그랬다면 메릿을 찰나의 열병으로 넘길 수 있었을 텐데. 하지만 그사이 헐다는 메릿과 그의 영리한 말, 다정한 손, 기분 좋은 웃음과 사랑에 빠져 버렸다. 왜 하필 그 망할 포스터에 에바 멀린의 이름이 있어서!

헐다는 구부정하게 앉아 머리를 감쌌다. 그녀 자신의 잘못이었다. 애착을 가지라고 강요한 사람은 없었다. 하지만 책임을 남에게 돌리니 잠깐이나마 기분이 나아지는 효과는 있었다. 눈물 젖은 후회보다는 분노라는 알약이 더 삼키기 수월했기 때문이다.

문을 가볍게 두드리는 소리에 헐다가 얼른 침을 삼키고 손으로 얼굴에 부채질을 했다. 대답은 하지 않았다. 잠이 들었다고 생각해 베스가 그냥 돌아가 주기를 바랐다.

또 작은 노크 소리가 들렸다. "헐다 부인? 무슨 일이세요?"

헐다는 또 나오려는 욕을 겨우 참았다. 그렇게 눈에 띄었나?

문이 빼꼼 열렸다. "헐다 부인?"

헐다가 떨리는 숨을 내쉬었다. "내 여, 연기가 부족했나 보네요. 이제 와서 돌려보낼 핑계를 댈 수 없는 거겠죠?"

베스가 슬그머니 방 안으로 들어와 소리 없이 문을 닫았다. 그녀가 들고 있던 초를 협탁에 내려놓았다. 그러고는 걱정이 가득한 표정으로 헐다 옆에 앉아 소매에 손을 올렸다. "무슨 문제라도 있는 거예요?"

헐다가 미소를 지었다. 이유는 모르겠다. 그녀는 젖은 손수건을 다시 찾아 짓무른 눈을 콕콕 닦았다. "아, 아무것도 아니에요, 정말. 내가 떠나게 돼서요. 아마 내일쯤. 아니, 모레…. 바이커와 이것저것 조정할 시, 시간도 필요하고…." 또 숨을 들이마셨다. "…짐도 싸야 하니까요. 하지만 그게 최선이에요."

베스가 얼굴을 찌푸렸다. "마이라 국장님이 여기 일 그만두라고 하셨어요? 왜요?"

헐다가 손에 든 손수건을 쥐어짰다. 고통스럽게 목이 메기 시작했다.

베스가 조심스럽게 말을 꺼냈다. "혹시… 메릿 씨 때문이에요?"

처음 느껴 보는 불쾌한 충격이 솟아올랐다. "왜 그런 말을 해요?"

"같이 귀가하지 않으셨잖아요." 베스가 무릎에 손을 올렸다. "그리고 그분 때문에 떠나는 게 슬픈 것 아닌가요?"

헐다가 고개를 저었다. "말도 안 돼요."

"주제넘은 참견이지만요." 베스가 말을 이었다. "두 분이 서로를 대하는 모습을 봤어요."

새삼 부끄러운 마음에 헐다의 피부가 뜨겁게 달아올랐다. "그분 옆에 있을 때 내 행동을 봤다는 말이겠죠." 그 정도로 뻔했다니, 아까보다 더 바보가 된 기분이었다.

"아니, 두 분 다 그래요." 베스가 웃어 보였다. "메릿 씨도 헐다 부인께 마음이 있으세요."

헐다는 입을 꾹 다물었지만 다시 터져 나오려는 울음을 막을 수는 없었다. 그녀는 손수건에 얼굴을 묻고 흐느낌을 삼키려 노력했다. 그런 노력 덕에 흉하게 몸을 들썩이는 대신 비교적 조용히 눈물을 흘려보낼 수 있었다.

베스가 등을 문질러 주며 헐다가 다시 감정을 조절할 수 있을 때까지 참을성 있게 기다렸다.

"그, 그렇다면 우리 둘 다 바보들이네요." 헐다가 속삭였다. "메, 메릿 씨가 돌아오지 않은 이유는 전 약혼녀인 에바 양을 만나러 갔기 때문이니까요. 그, 그녀를 잡으러 갔어요."

베스의 손이 멈췄다. "아…."

헐다가 손수건을 내리고 코를 훌쩍였다. 잠시 방 안에는 긴장이 무겁게 감돌았다.

"속상하시겠어요." 베스가 속삭였다. 그 말밖에는 할 수 없었다.

헐다가 고개를 끄덕였다. "그러게요. 동감이에요."

✦

메릿이 콘서트 장소인 맨체스터 시청 건물에 도착했을 때는 날이 다시 어두워져 있었다. 메릿은 긴 코트를 더 단단히 여미고 장갑을 가져오지 않은 것을 아쉬워했다. 하지만 지금은 방법이 없었다. 신경이 외부에 노출된 느낌이었다. 말발굽 소리가 울려 퍼지거나 웃음소리가 들릴 때마다 메릿은 마치 누군가가 치즈 강판을 피부 위로 세게 긁어대는 듯한 고통을 느꼈다. 소리 하나하나가 뼈까지 흔들어 댈 만큼 강한 타격을 입혔다.

헐다는 약속과 달리 교감석으로 연락하지 않았다. 자정이 지나도록 계속 끈질기게 연락을 시도했더니 한참 만에 베스가 응답했다. 헐다 부인은 무사히 귀가했고 지금 잠들었다고. 연락을 잊은 듯하다고. 그 말을 듣자 차인 것 같은 느낌이 더 커졌다. 메릿은 혹시 헐다의 기분을 상하게 했나 싶어 했던 말들을 되짚어 보았다. 하지만 말할 기회도 없었는데 기분을 상하게 할 수 있나?

그래도 안전하다니 다행이었고, 메릿에겐 집중할 다른 문제가 있었다. 새로 발생한 토네이도가 그의 생각을 빨아들이고 불안감만을 남겼다.

시청 앞에는 마차와 마부들이 줄을 서고 있었다. 창문으로 내부의 조명이 빛났다. 콘서트가 곧 시작되려는지 바이올린 조율하는 소리가 들렸다.

메릿은 자신과 비교되는 고급스러운 차림의 노부부 뒤에 붙어 시청 안으로 들어갔다. 티켓을 살 때만 해도 이런 문제에 대해서는 딱히 생각하지 않았다. 하지만 공연장에 들어가기 전 걸음을 멈췄다. 서서 다리를 떨며 열려 있는 문으로 안을 엿보자 경비원이 그를 경계하는 눈으로 보았다.

못 할 것 같았다. 2시간 동안 모르는 사람들 사이에 샌드위치처럼 껴서 아무 말도 하지 못하고 바라만 보라니. 고문이나 마찬가지였다. 차라리 치즈 강판으로 긁히는 것 같던 아까의 아픔이 나았다.

그래서 메릿은 밖으로 나와 다리가 얼지 않게 건물 주위를 산책하는 쪽을 택했다. 주문이 발동되지 않도록 조심하며 교감석을 엄지로 어루만졌다. 대화 상대가 필요했지만 무슨 말을 해야 할지 알 수 없었다. 생각에 일관성이라고는 없어 말로 표현하기가 불가능했다. 그래서 걸었다. 걷고 또 걸었다. 콘서트가 시작했다. 시청의 남쪽을 지나는데 음악 소리가 들렸다. 하지만 북쪽으로 돌아나오자 다시 조용해졌다. 메릿은 딱 한 번 걸음을 멈추고 참을성 없는 말에 담요를 둘러 주려는 마부를 도와주었다. 대부분 아는

곡이었다. 안을 들여다볼 수 있게 창문이 길게 나 있어 감사했다.

날이 점점 쌀쌀해져서 콘서트 중반쯤 메릿은 공연장 안을 서성여도 오해를 받지 않도록 티켓을 보여주고 건물 안으로 들어왔다. 들어와서는 바로 그 행동을 했다. 로비를 서성이며 숨을 돌리고 할 말을 구상하다 몇 분에 한 번씩 마음을 바꿨다. 그러다 다리가 떨리기 시작하자 다시 밖으로 나가 최대한 보폭을 넓게 하고 반대 방향으로 건물을 한 바퀴 돌았다.

뒤편에 있는 더 큰 마차들을 발견한 것은 그때였다. 앞에 있는 마차들보다 화물칸은 크지만 투박했다. 파이프 담배를 피우는 마부와 대화해 보니 연주자들을 위한 마차라고 했다. 메릿의 머리에 계획이 떠올랐다. 굳이 들어가서 관중 사이를 헤치고 나아가 에바의 관심을 끌 필요가 없다. 문에서 에바가 나오는 걸 기다리면 되지 않나. 무엇보다 이 방법을 쓰면 다른 사람들이 대화 내용을 듣지 못하니 프라이버시도 보호할 수 있었다.

다음 몇 곡은 영원처럼 느껴졌다. 하지만 마침내 공연이 끝나고 박수갈채가 건물을 채웠을 때, 메릿은 가을의 추위를 다 잊었다.

문이 열리자 긴장감이 공처럼 말려 상체로 솟구치더니 들개 떼처럼 가슴과 팔로 퍼져 나갔다. 심장이 빠르게 뛰고 혈관이 조여오고 입이 말랐다. 하지만 물러나지 않을 것이다. 다시는 없을 기회였다.

가장 먼저 나온 통통한 남자 연주자가 튜바 같은 악기가 들어 있을 듯한 거대한 검은 가방을 들고 나왔다. 그가 잡아 준 문 사이로 훨씬 날씬하지만 거의 같은 가방을 멘 남자가 나왔다. 이후로 수십 명의 연주자가 줄줄이 나왔다. 마차에 집중하는 일부를 제외하고는 신나는 목소리로 대화를 나누고 있었다. 클라리넷 연주자 몇 명이 하품을 했다. 메릿은 까치발을 하고 점점 늘어나는 사람들을 살폈다. 전부 검은 옷을 입고 있었다. 거의 다 남자라 찾아내기 어렵지 않을 것 같았다. 여자가 남자들의 덩치에 파묻힌 채로 지나간다면 문제가 되겠지만. 메릿이 발견하기 전에 마차에 타면….

그리고 익숙한 얼굴이 건물에서 나온 순간 그의 몸은 얼어붙었고, 온몸의 피가 일순간에 머리로 쏠리는 느낌이 들었다. 하얀 피부, 가냘픈 몸, 우아하게 정성껏 말아 올린 검고 긴 머리. 변함없는 듯하면서도 달랐다. 뺨이 홀쭉해져 더 성숙해 보였다. 에바가 다른 플루트 연주자와 잠깐 이야기를 나누더니 잘 가라 손을 흔들고 마차로 향했다.

메릿의 몸 안에서 오랜 상처가 부글부글 끓었다. 그런 감정을 억누르고 그는 동시에 마차 문에 도착하도록 보폭을 맞추며 에바에게 다가갔다.

격식을 차리기로 했다. "멀런 양, 잠깐 대화 가능할까요."

에바가 웃으며 돌아보고 말했다. "네? 시간이 없는…."

누구인지 알아봤는지 얼굴에 공포가 떠오르고 미소가 사라졌다.

표정만 봐도 메릿은 알 수 있었다. 에바는 자기가 정확히 어떤 짓을 했는지 알고 있다. 메릿이 이곳에 왜 왔는지도.

에바가 입김을 내뿜으며 중얼거렸다. "메…, 메릿?"

"맞아." 가벼운 말투를 쓰고 싶었지만 입밖으로 내고 보니 진중한 느낌이었다.

몹시 불편한 듯 에바가 한 걸음 물러났다. "여, 여기서 보다니 놀랍네."

"그건 나도 마찬가지야. 얘기 좀 해. 지금." 시간이 많지 않았다.

에바가 입술을 꾹 다물었다. 그러고는 구해 줄 사람을 찾는 것처럼 주위를 둘러보았다.

"부탁이야, 에바." 메릿의 말투가 애원조로 변했다. "정말 대화하러 온 거야. 어떻게 된 일인지 알고 싶어서 그래. 널 찾으러 온 게 아니야. 그저 대답만 들으면 돼."

에바는 몸을 살짝 피하며 한 손으로 플루트 케이스 손잡이를 움켜쥐고 다른 손으로는 머리를 만졌다. "이, 이건 좋은 생각이 아닌 것 같아."

"좋은 생각이 아니라고?" 메릿이 되물었다. 폐가 뜨거워졌다.

"이 남자가 불편하게 하는 거예요?" 클라리넷 연주자가 악기를 들지 않은 남자 한 명과 같이 와 물었다.

'아니야. 지금은 안 돼.' "친구입니다." 메릿이 해명했다.

에바가 클라리넷 연주자를 돌아보았다. "네, 친구예요. 그런데 피곤해서 집에 가려고요."

"에바." 메릿은 굴하지 않았다. 하지만 클라리넷 연주자가 그와 에바 사이에 섰고 다른 남자는 마차 문을 열었다. 에바가 마차에 탔다.

메릿은 손바닥에 손톱이 박힐 정도로 주먹을 꽉 쥐었다. "에바, 나는 사실을 알 자격이 있어!"

에바가 멈칫했다.

클라리넷 연주자가 메릿의 어깨에 손을 올렸다. "방금 얘기 못 들었어? 오늘은 그냥 집에 간다잖아. 당신도 그만 가라고."

메릿이 남자의 팔을 치웠다. "해코지할 생각 없습니다. 당신도 같이 있고 싶으면 있어요. 대신…."

"괜찮아요."

세 남자의 시선을 받으며 에바가 플루트를 좌석에 둔 채 마차에서 내렸다. 그녀가 망토를 어깨에 더 단단히 둘렀다. "나…, 나도 할 얘기 있어요. 잠깐이면 돼요."

에바의 동료들이 자신 없는 눈빛을 주고받았다. "정 그렇다면…. 혹시 모르니까 우리는 바로 저기 있을게요. 마차에 타는 거 보고 갈게요."

에바가 남자들에게 고개를 끄덕이고 턱으로 시청을 가리켰다. 메릿은 숨을 내쉬어 마음을 다잡고 에바를 따라 문과 멀리 떨어진 벽 쪽으로 갔다. 쉽게 대화를 엿들을 수 없는 위치였다.

"고마워." 메릿의 말이 정지된 밤공기에 뽀얀 입김을 날렸다.

에바는 망토 자락을 만지작거렸다. 헐다가 숄 끝을 매만지는 것과 비슷했다. 그녀는 메릿에게만 시선을 피한 채로 생각을 정리하고 있었다. 불편한 주제를 이야기할 때면 늘 그랬다. 그 모습을 보자 묘하게 옛날이 그리워졌다.

메릿이 기다렸다.

"다시는 너를 못 볼 줄 알았어." 에바가 한참 만에 말을 꺼냈다.

메릿은 고개를 끄덕였다. "그게 계획이었겠지."

에바가 입을 다물었다.

메릿은 얼음장 같은 돌벽에 몸을 기댔다. "왜 떠난 거야? 말 한마디, 편지 한 통도 없이…. 실제로는 어땠을지 모르겠지만 나는 들은 게 없…."

"편지가 없었다고." 에바가 속삭였다.

"네 부모님은 네가 학교에 갔다는 말뿐이었어. 어디인지도 가르쳐 주지 않더라." 메릿을 쫓아내고 싶은 아버지와 같은 심정이었던 걸까.

에바가 침을 꿀꺽 삼켰다. "오벌린." 목소리가 구르는 낙엽 소리
처럼 작게 들렸다. "오벌린대학이었어."

알았다면 쫓아갈 수 있었을 학교였다. 그러지 않은 게 결과적
으로는 다행일까. 메릿이 할 말을 찾아 머릿속을 샅샅이 훑었다.
"그거… 잘됐네. 너 예전부터 학교 다니고 싶어 했잖아."

에바가 고개를 들었지만 여전히 메릿의 눈을 보지는 않았다. 창
문으로 흘러나온 불빛이 속눈썹에 매달린 눈물을 강조했다.

닦아 주고 싶었지만 손을 주머니에 가만히 두었다. "에바…"

"나는 부끄러워서 떠났어." 목소리도 울먹거렸다. "그것 말고는
방법을 몰라서."

메릿은 의미를 이해할 수 없어 고개를 저었다. "내가 그랬잖
아…. 우리는 이사할 거라고. 기억 안 나? 아무도 우리를 모르는
곳으로…"

"그 얘기가 아니야." 에바가 망토에 달린 모자로 눈물을 닦았
다. "하지만 네 말이 맞아. 너는 사실을 알 자격이 있어. 그리고 오
늘 밤 이후로 나는 양심의 가책을 덜 수 있겠지."

대기 중인 마부가 뭐라고 외쳤다. 에바는 팔을 흔들었지만 돌아
보지는 않았다.

"네 아버지가 대학 학비를 대 주셨어." 에바가 고백했다.

메릿은 떠밀린 것처럼 뒤로 물러났다. "아버지가? 왜?" 그 사실
을 왜 숨기고?

에바가 숨을 깊이 들이마셨다. 그러고는 메릿의 어깨에 있는 한
지점에 시선을 고정했다. "그건 뇌물이었어, 메릿."

아직도 이해할 수 없었다.

에바의 턱이 움찔거렸다. "뇌물이었던 거야. 전부는 아니지만. 나…." 헛기침으로 목을 가다듬었다. "나도 그때 너를 좋아했어. 하지만 네 아버지는 너를 미워하셨지. 너만 보면… 네 어머니의 '부정'이 떠오른다고…."

메릿이 한 걸음 물러나며 두 손을 들었다. "잠깐. 잠깐만. 무슨 말이야? 어머니의 부정이라니?"

에바가 이제는 그의 눈을 쳐다보았다. 입술이 벌어졌다. 저편에서 기사가 무슨 말인가를 외쳤다.

"너 몰라?" 에바가 물었다.

"뭘 몰라?" 메릿의 머리가 지끈거렸다. "뭘 모르냐고!"

"너는 사생아야, 메릿."

밤의 정적이 기름처럼 메릿을 에워쌌다. 이명이 들렸다. 피부에 닭살이 돋았다. 속이 메스꺼워졌다.

에바가 다시 눈물을 닦았다. "미, 미안해. 나 이제는 가 봐야…."

"나를 내쫓은 게 내가… 자기 아들이 아니라서야?" 메릿이 중얼거렸다.

에바의 눈은 눈물로 반짝였다.

이해할 수 없었다. "그럼 내가 누구 아들인데?"

"나도 몰라." 에바가 마차가 있는 쪽을 돌아보았다. 입술을 오므리자 광대가 도드라졌다. 에바는 다음 공격을 준비하고 있었다. "네 아버지는 나를 오벌린에 보내 주겠다고 했어. 내가…, 내가 임신한 척을 하면."

메릿의 가슴이 철렁 내려앉았다. 13년 전으로 돌아온 느낌이었다. 그날 밤 에바가 심할 정도로 적극적이었던 게….

"나는 임신했던 적 없어."

메릿이 침을 삼켰다. "아, 알아. 네 부모님에게 들었…."

"너는 열여덟 살이었지. 그게 네 아버지가 나를 찾아왔던 이유 야. 네가 독립할 수 있는 나이였으니까. 너와 절연해도 법적으로 아무 문제가 되지 않으니까."

골수까지 차갑게 얼어붙은 메릿이 고개를 저었다. 하지만 믿지 못해서는 아니었다.

마부가 에바를 불렀다.

에바가 돌아보았다.

"그런데 아무 말도 안 해 준 거야?" 혀끝에 독이 맺혔다. "나한 테 말해야겠다는 생각은 안 들었어? 아버지가 날 무슨… 무슨 쓸 모없는 체스 말 취급을 하는데?"

에바의 뺨을 타고 눈물이 흘렀다. "입 다물겠다고 약속했으니 까."

"약속?" 메릿은 이제 고함을 지르고 있었다. "나와 결혼한다는 약속은! 나를 사랑한다고 했잖아. 그래 놓고… 그런 짓을 해?"

에바가 드러내 놓고 울기 시작했다. 클라리넷 연주자와 동료가 얼른 이쪽으로 다가왔다. "미안해, 메릿. 그게 내 선택이었어."

"그러게." 메릿이 비난 조로 말했다. "나를 희생해서 참 좋은 선 택을 했구나. 난 모든 걸 잃었어, 에바. 13년째 어머니, 형제들과 대화는커녕 만나지도 못했어. 내게 거짓말을 하고 내 심장을 갈 기갈기 찢은 대가가 겨우 플루트야?"

"그런 게 아니야." 에바가 대꾸했다. "너는 절대 이해 못 해."

"맞아, 나는 이해 못 해." 메릿이 에바를 향해 손가락질했다. "너 같이 이기적인 인간을 내가 어떻게 이해하겠어."

에바는 이제 펑펑 울고 있었지만 메릿은 그러거나 말거나 관심

362

없었다. 클라리넷 연주자가 에바의 어깨에 손을 올렸다. "그만 갑시다, 에바 양. 이 자식은 신경 쓰지 말아요."

에바는 남자의 손에 이끌려 갔다. 마차까지 절반쯤 갔을 때 그래도 뒤를 돌아보고 '미안해'라며 입 모양으로 말했다. 메릿은 사과를 돌벽처럼 튕겨 냈다. 에바가 마차에 타는 모습이 보였다. 거리가 텅 비고 시청이 어두워질 때까지 마차들이 떠나는 모습을 보고 있었다.

왠지 지하실에 빠졌을 때가 떠올랐다. 메릿은 손가락과 발가락의 감각이 사라질 때까지 그 자리에 넋을 잃고 서 있었다. 모든 생각과 감정도 그렇게 얼어붙기를 바랐다.

하지만 무감각해지기는커녕 환하게 불타올랐고 어두운 펜실베이니아 거리에 길게 솟아오른 불길은 메릿 한 사람만을 집어삼켰다.

29

1846년 10월 15일, 로드아일랜드주 블라우던섬

메릿은 다음날 녹초가 되어 집에 돌아왔다. 밤 11시경 그 지역 여관에 침대 하나를 겨우 빌렸고 대포보다 더 큰소리로 코를 고는 두 남자와 한방을 써야 했다. 그리고 가진 돈을 다 털어 블라우던섬으로 돌아왔다. 몸이 쑤시고 눈이 건조했다. 나머지도 전부… 쥐어짜이는 기분이었다. 지금 필요한 건… 모르겠다. 손끝 하나 움직이지 못할 때까지 달리면 어떨까. 그래서 일주일 동안 꼼짝없이 자리에 누워 잠이 들면, 새로 알게 된 사실들을 꿈속에서 정리할 수 있을 텐데. 정말 그러면 얼마나 좋을까.

'사생아.' 정말일까? 에바가 거짓말을 할 이유가 있나? 일어난 일들과 맞아떨어지기는 했지만….

'묻자. 묻어. 묻어 버리는 거야.'

지금은 벽만 응시하는 방법으로 만족해야 했다. 마음을 진정시키고 좀 쉴 수 있게 해 줄 차나 약물을 헐다가 알고 있지 않을까? 그냥 잠드는 것처럼 간단했으면 좋겠다.

헐다가 메릿의 배를 타고 가서 메릿은 배를 빌려 만을 건너야 했다. 뱃사공에게 마지막 동전을 건네는데 동쪽으로 약 60미터 거리에 처음 보는 배가 묶여 있는 게 보였다. 메릿의 배보다 커서 여덟 명은 탈 수 있어 보였다. 메릿이 눈을 찌푸리고 한참 그 배를 보고 있자 뱃사공이 일어나 물었다. "음. 그만 내리시면 안 될까요?"

메릿은 낯선 배에서 눈을 떼지 못하고 20센티미터 깊이는 되는 물에 마지못해 발을 들였다. 누가 찾아왔나? 플레처일리는 없고….

메릿은 양쪽 뺨을 두 번 찰싹 때려 정신을 차리게 한 후 무성하게 자란 풀잎과 갈대를 헤치고 집으로 터덜터덜 걸었다. 그래도 이처럼 조용한 은신처가 있어 얼마나 다행인지. 삶의 이야기를 재정리하고 다음 할 일을 결정할 동안 평범한 일상에 파묻힐 수 있었다. 베스와 바티스트에 의지하며 하루하루 버틸 수 있다. 그리고 헐다….

헐다와 대화를 해야 했다. 그러고 싶었다. 이 상황이 조금 정리되고, 그가 사생아라는 사실을 언제나 그랬듯 가슴 깊은 곳에 묻어 버리고 나면. 시간이 걸리고 눈물도 흘릴 것이다. 나무 몇 그루는 운 나쁘게도 연습용 표적이 되어 총을 맞고, 그의 주먹 맛도 보겠지만 결국에는 다시 일어나 그녀와 대화할 것이다. 엉망진창인 인생에도 한 줄기 희망이 남아 있었다. 신께서 단 하나의 희망은 메릿에게 허락했다.

그 희망을 생각하자 발걸음이 가벼워졌다. 발밑에서 현관 테라스가 떨렸다. 오웨인이 반가워한다는 의미일까? 아니면 불안하다는 의미? 혹시 아까 그 배? 메릿은 걱정이 돼서 걸음을 빨리하고 현관문을 열었다.

근처 놓인 가방에 걸려 넘어질 뻔했다.

헐다의 여행 가방이었다.

"이게 무슨…." 메릿은 문을 열어두고 여행 가방을 피해 집 안으로 들어갔다. 옆에 가방이 또 하나 놓여 있었다. 손잡이를 잡고 들어보니 꽉 차서 묵직했다.

무슨 일이지?

바로 그때 작업복을 입은 생판 처음 보는 남자 둘이 계단을 내려왔다. 남자들은 메릿에게 고개를 꾸벅하고는 가방의 양쪽 끝을 들고 밖으로 향했다.

베스가 거실에서 나오다 메릿을 보고 놀랐다. "메릿 씨! 저기…." 메릿을 얼른 집안으로 들이고(꼴이 말이 아닌 게 분명했다.) 그녀가 조심스럽게 말을 맺었다. "…괜찮으세요?"

"전혀요." 메릿이 가방을 들어 보였다. "이게 다 뭐예요?"

베스가 아랫입술을 깨물었다.

헐다가 계단을 내려오다 마지막 세 칸을 남기고서야 메릿의 존재를 알아차리고 우뚝 섰다. 어깨에 멘 가방도 지나치게 커 보이는 게, 짐이란 짐은 다 꺼낸 것 같았다. 메릿을 보자 헐다의 얼굴이 하얗게 질렸다.

"지금 이게 무슨 황당한 상황이에요?" 메릿이 여행 가방을 들고 휘둘렀다. 갓 칠한 가면에 금이 갔다. 다시 맨체스터 시청 앞에서 있는 기분이었다.

헐다가 턱을 들고 계단을 다 내려왔다. 순간 입술이 떨리는 듯했지만 입을 열자마자 자신감 없던 표정은 사라졌다. "메릿 씨도 아시겠지만 바이커에서는 제게 보스턴으로 돌아올 것을 요청하고 있었어요."

메릿이 믿을 수 없다는 눈으로 헐다를 보았다. 베스는 다시 안으로 들어갔다.

"바이커요?" 말이 메릿의 의도보다 더 사납게 나왔다. "이미 얘기 다 된 거 아니었어요? 계속 남는다고요."

"그건 잘못된 정보예요." 헐다가 목을 가다듬었다. 허리를 더 똑바로 폈다. "제 실수죠. 아무튼 메릿 씨가 댁에 안 계셔서…"

"나는 교감석을 멀쩡히 가지고 있는데요." 메릿이 말을 잘랐다.

헐다는 굴하지 않았다. "제가 알아서 처리했어요. 저는 오늘 떠나지만 2주 안에 새로운 가정부가 지정될 거예요. 후임을 채용한다고 하신다면요."

메릿이 입을 떡 벌렸다. 그가 가방을 내려놓고 발로 문을 닫은 후 헐다를 돌아보았다. "그러니까 이사 나간다는 말이에요? 쪽지 한 장도 없이?" '한 통의 편지, 한마디 말도 없이 흔적도 남기지 않고.' 단단한 무언가가 메릿의 가슴을 찔렀다. "계속 있겠다고 했잖아요."

헐다가 콧김을 내뿜었다. "제가 한 말은 의미 없어요. 저는 바이커 소속이지 당신의…"

메릿의 심장이 산성 물질로 녹아내렸다. "그 재수 없는 계보 학회 때문이죠?"

헐다가 놀란 반응을 보였다. "그게 무슨 말이에요?"

거짓말, 거짓말, 또 거짓말. 왜 다들 거짓말을 하는 거지?

"내 말 무슨 뜻인지 정확히 알잖아요." 메릿이 헐다 앞으로 성큼성큼 다가갔다. 베스는 도망치듯 자리를 피했다. "그들과 만나고 있었다는 거 알아요. 거짓말하지 말아요. 이 집도 길들여졌고 내가 무슨 대단한 마법사가 아니라서 떠나는 거잖아요. 더 이상 당신의 따분한 삶에 재미를 줄 볼거리가 없으니까 그만두는 거 아닙니까."

헐다가 눈을 크게 떴다. 뺨이 암적색으로 물들었다. "어쩜 그런 말도 안 되는 추측을! 그리고 당신이 어떻게 감히 나를 판단해요? 지난 36시간을 웬 헤픈 여자를 쫓아서 뉴잉글랜드를 건너간 주제에!"

"헤퍼? 헤프다고 했어요?" 산성 물질이 불길로 타올라 메릿의 손끝을 녹였다. 숨을 쉴 수가 없었다. "그 사람이 헤프면 나는 뭐가 되는데요?"

헐다의 얼굴이 한층 더 어두워졌다. 그녀가 입술을 일자로 굳게 다물었다.

"뭐냐니까요, 헐다?" 메릿이 따졌다. "나도 그 여자와 다를 바 하나 없는 짓을 했는데 말이죠."

헐다는 가방끈을 쥐고 메릿을 지나쳐 여행 가방을 들었다. "내가 이런 말을 왜 듣고 있어야 하죠? 우리 사이에 무슨 계약이 있는 것도 아닌데."

"계약?" 메릿이 버럭 외쳤다. "당신의 그 독선적인 일장 연설에 내가 한마디 보태 줄까요? 난 직업도 없고, 여자들과 놀아나고, 마법도 못 쓰는 쓸모없는 놈이에요. 게다가 아버지에게도 버림받은 사생아죠. 내가 봐도 잘난 척하는 가정부에게는 부족해도 한참 부족한 놈이라고요."

헐다가 뒤를 돌았다. "정말 못되고 무례한 사람이군요! 당신의 결핍을 나나 이 집에 있는 다른 사람들 탓으로 돌리지 말아요!"

그 말을 남기고 그녀는 문으로 걸어갔다.

"그래요! 가요!" 메릿이 뒤에 대고 외쳤다. "가 버리라고! 당신도 다른 사람들과 똑같아!"

문이 쾅 닫혔다.

타오르는 불길은 뜨거우면서도 차가웠다. 메릿은 장전된 총이 된 기분이었다. 어디로든 총알을 쏴야 했다. 빙글 뒤로 돌아 금이 갈 정도로 세게 벽을 주먹으로 때리자 팔을 타고 뜨거운 통증이 퍼졌다.

뒤에서 초상화가 쯧쯧 혀를 찼고 벽은 금을 알아서 메웠다.

메릿이 이마를 짚으며 첫 번째 의자에 주저앉아 무릎에 팔꿈치를 댔다. "다른 사람들과 똑같아." 그렇게 속삭이며 눈물이 새어 나오지 못하게 눈을 꽉 감았다.

✦

헐다는 언제 마지막으로 이런 분노를 느꼈는지 기억할 수 없었다.

도망치다 메릿… 아니, 메릿 씨에게 들킨 건 물론 부끄러웠다. 하지만 헐다가 왜 해명 같은 걸 해야 한단 말인가? 바이커에서 돌아오라고 했다는 말은 거짓이 아니었다. 마이라의 강요 섞인 지시도 벌써 여러 차례 들었다. 그리고 대체 왜 상관이람? 그저 안락한 삶이 깨지는 게 싫은 거겠지! '이제 겨우 당신과 지내는 데 적응했단 말이에요.' 언젠가 그가 말했다. 단순히 '적응'했다는 이유로 직원을 붙잡아 둘 권리는 없었다.

게다가 헐다를 계보 학회를 추측으로 엮다니…. 어처구니없었다. 자기 때문에 정보를 얻으러 간 걸 뻔히 알면서. 그 말은 비열했고, 헐다를 당황스럽게 했다. 무엇 때문에 그런 잔인한 말을 한 걸까? '그냥 본색이 드러난 것일지도.'

묘하게도 차라리 말싸움을 해서 다행이라는 생각이 들었다. 슬픔, 수치, 실망보다는 분노가 받아들이기 쉬웠다. 헐다는 분노에 매달렸다.

바이커에 도착했을 즈음에는 기분을 어느 정도 속으로 삭일 수 있었다. 이사 업체는 마이라가 노바스코샤로 발령 내기 전까지 헐다가 임시로 묵을 거처에 짐을 가져다 놓을 것이다. 빈 가방을 들고 계단을 오른 헐다는 친구의 모습에 안도감을 느꼈다. 마이라는 새디의 책상에서 파일을 검토하고 있었다. 새디는 보이지 않았다.

마이라가 고개를 슬쩍 들었다가 다가오는 헐다를 보고 입이 찢어지게 웃으며 의자에서 벌떡 일어났다. 헐다도 웃지 않을 수 없었다. '아아, 이게 인정받는 기분이지.' 상처 입은 영혼을 시원하게 달래 주는 연고 같았다.

"돌아왔군!" 마이라가 가방을 쳐다보았다. "완전히 온 건가?"

헐다가 고개를 끄덕였다. 그러고 나니 더할 나위 없는 만족감이 들었다. "들으면 기뻐하실 거예요. 국장님 말씀을 생각해 보니 정말 그렇더라고요. 어떤 임무든 제 힘이 필요하시다면 할 준비 됐어요. 서류 정리 작업도 괜찮아요." 뭐든 바쁘게 지낼 수만 있다면 상관없었다.

마이라가 손뼉을 치고 헐다를 안았다. "그것참 반가운 소식이네. 잠깐이라도 자네가 곁에 있으면 나야 좋지. 안 그래도 조만간 런던에서 소식이 올 거야." 그러다 멈칫했다. "힐다, 괜찮은 거야? 내가 생각을 읽어…."

"죄송하지만 그만해 주세요." 힐다가 손을 들어 마이라를 막은 뒤 생각을 뒤져 아픈 기억을 숨기고 사무실을 자세히 묘사한 기억으로 대체했다. "강렬한 생각은 어쩔 수 없이 듣게 되신다는 거 알지만 부탁이에요…. 나중에 설명해 드릴게요."

마이라가 얼굴을 찌푸렸다. "자네가 원한다면 당연히 그렇게 해야지."

안도감에 피부가 간질거렸다. "네."

마이라가 서류를 모아들었다. "나는 새로 나온 자료들과 이걸 좀 비교해 봐야 하거든. 금방 끝날 거야. 기다릴 수 있지?"

"저는 짐 풀고 있을까 봐요." 힐다가 가방을 두드렸다.

"좋아. 내가 그쪽으로 가지." 마이라가 힐다의 팔을 꼭 쥐고 안쓰러움이 묻어나는 표정을 지었다. 힐다가 수많은 사람의 얼굴에서 봐서 너무도 익숙해진 표정이었다. 마이라는 동정의 시선을 거두고 사무실로 들어갔다.

힐다는 무거운 가방을 반대쪽 어깨로 바꿔 메고(쇠 지렛대를 비롯한 도구들을 들고 주를 넘었더니 힘에 부쳤다.) 횡격막을 답답하게 조이는 통증을 애써 무시하며 계단으로 향했다. 이제는 일에 몰두하기만 하면 된다. 바쁘게 지내자. 서류 작업이 많이 기다리고 있기를….

"힐다 부인!" 옆 복도에서 새디가 허둥지둥 뛰어왔다. "다행이다! 전보 보내려고 뛰어왔는데 여기 계셨네요!"

힐다가 어리둥절한 얼굴로 걸음을 멈췄다. "전보라니요?"

"보내 주신 보고서요." 새디가 따라오라고 손짓하더니 자기 책상으로 갔다. 그러고는 서류 더미를 뒤져 헐다가 마법 전서구로 보낸 편지를 꺼냈다. "다른 게 아니라 이걸 옮겨 적고 있었는데요, 그게…, 제가 이 일을 하기 전에 잠깐 초자연 지질학 공부를 했거든요." 새디가 수줍게 위를 쳐다보았다. "그런데 보고서에 전기석을 언급하셔서… 저, 혹시 몰라서 확인차 찾아봤는데, 물론… 제가 정정할 자격은 없겠지만…."

헐다는 두서없는 말을 참고 들을 기운이 없었다. 오늘은 그게 불가능했다. "뭔지 그냥 말해요, 새디."

"네. 네." 새디가 보고서를 내려놓았다. "별건 아니고 전기석은 마법을 약 일주일 정도만 머금을 수 있고 그 이후에는 그냥 흩어져 버려요."

헐다는 몇 초가 지나서야 말뜻을 이해했다. "확실해요?"

새디가 고개를 끄덕였다.

"하지만 그건 말이 안 돼요." 헐다가 가방을 고쳐 들었다. "그럼 전기석을 재충전한 게 마법사의 영혼이라는 얘기인데, 정작 오웨인에게는 수호 마법이 없어요. 그런 능력을 보인 적도 없고, 가족 계보에도 그런 기록이 없었어요."

새디가 어깨를 으쓱했다. "원하시면 연구 자료를 보여 드릴 수도 있어요. 아무튼 전기석이 계속해서 마법을 발산하고 있다면 마법을 끌어오는 원천이 따로 있는 거예요."

헐다가 고개를 끄덕였다. "네, 볼래요."

"잠깐만 기다리세요." 새디가 왔던 복도로 뛰어나갔다.

헐다는 책상을 손톱으로 두드렸다. 말이 되지 않았다. 헐다가 뭘 놓친 걸까. 아니면 맨슬 가족의 기록이 불완전하다는 뜻인가.

어떤 기억이 떠올랐다. 메릿이 두드리자 수호 마법 보호막이 사

372

라진 일이 있었다. 그 일이 있기 전 헐다는 메릿에게 사일러스에 대해 들려주었다. 수호 마법은 보호가 목적이고, 만약 메릿이 보호심을 느끼고 있었다면….

'오웨인이 정확히 알려 줬으니까.' 메릿은 그렇게 말했다. '그때 오웨인이 '누나'라고 했어요. 어떤 여자를, 당신을 말하는 것처럼요. 그러더니… 방향을 가리켰던 것 같아요. 손으로 가리킨 건 아니고요.'

헐다의 몸에서 힘이 풀리며 가방이 땅으로 떨어졌다.

설마… 메릿이…?

알아야 했다. 진실을 알아야 한다는 충동이 속에서 뜨겁게 타올랐다. 마치 대장장이가 헐다의 폐에 풀무를 걸고 목구멍에 쇠를 쑤셔 넣은 기분이었다. 헐다는 가방을 집어 들고 계단으로 달려갔다. 발을 어찌나 빠르게 움직였던지 사실상 거의 고꾸라지며 올라가고 있었다. 뒤에서 새디 스티버러스가 부르는 소리가 들렸지만 헐다는 직접 조사할 것이 있었다.

✦

헐다가 마법 발전을 위한 계보 학회 사무실에 들이닥치자 기퍼드가 책상에서 일어났다. 헐다의 치맛자락이 닫히는 문에 끼는 신세를 겨우 면했다.

"헐다 양! 그동안 어떻게…."

"여기 있는 기록들을 당장 봐야겠어요. 안내는 필요 없고요. 바이커 일이에요. 내려가기 전에 뭘 작성해야 하나요?"

기퍼드가 당황해 말을 다듬었다. "아, 아니요, 그냥 제가 이름만

적으면…."

헐다는 그를 빠르게 지나쳐 랜턴을 들고 지하 자료실로 나선 계단을 내려갔다. 바닥을 밟기 전에 랜턴에 불을 붙이는 데 성공했다. 곰팡이와 오래된 종이 냄새가 파도처럼 밀려들었다. 헐다는 서가를 이리저리 살피다가 펀스비 가문의 기록이 들어 있을 상자를 발견했다. 상자를 집어 들고 전에 썼던 테이블을 찾아 조사에 착수했다.

파일은 맨슬 가족의 것보다 양이 많았고 테이블에 펼치고 5분을 훑은 후에야 그의 이름을 찾을 수 있었다. 메릿 펀스비는 피터 펀스비와 로즈 펀스비의 둘째로 기록되어 있었다. 여자 형제는 두 명으로 누나는 스칼렛, 동생은 비어트리스였다. 메릿을 버린, 메릿이 언급하기를 피하는 가족의 이름들을 보자 가슴이 아팠지만 가계도를 보자 혼란스러움에 앞선 감정은 잊었다.

마법 관련 기록이 없었다. 추정치도, 마법사라는 표식도 존재하지 않았다.

뜻밖의 결과에 당황한 헐다가 의자에 등을 기댔다. 메릿이 아니라면 대체….

'난 직업도 없고, 여자들과 놀아나고, 마법도 못 쓰는 쓸모없는 놈이에요. 게다가 아버지에게도 버림받은 사생아죠.'

"사생아." 메릿의 자기 비하로 가득한 분노가 기억에 선명하게, 고통스럽게 떠오르자 가슴이 아까보다 더 아프게 욱신거렸다. 메릿이 정말 사생아라면 이 가계도는 틀렸을 수도 있어…!

헐다가 멈칫했다. 마침 아직 짐을 풀지 않았다. 아래에 있는 검은색 가방을 뒤져 바이커의 웜브렐 하우스 파일을 찾았다. 이 파일에는 전에 살았던 사람들의 짧은 명단이 있었다.

파일을 펼쳤다. 이전 소유주의 이름인 아니타 니콜스를 찾았다. 기억하기로는 메릿의 외할머니였다. 아니타 니콜스는 넬슨 서트클리프라는 사람과의 내기에서 이겨 이 집과 땅을 받았다고 한다. 넬슨 서트클리프는 아버지에게 물려받았고, 아버지는 자신의 형에게 집을 물려받았다. 누구도 실제로 그 집에 살지는 않았다.

헐다가 의자를 넘어뜨리며 황급히 책장으로 달려가 맨슬 가족의 파일을 꺼냈다. 파일을 가져온 헐다는 그것을 펀스비 가족의 파일 위에 펼쳐보았다. 호러스와 에블린과 딸들, 그러니까 오웨인의 누나들을 찾았다. 그들의 후손을 따라가니 마침내….

'찾았다!' 장녀인 크리슬리 쪽 계보에 존슨 가문에 시집을 간 메리 맨슬이 있었다. 메리의 셋째 딸이 바로 서트클리프 가문과 결혼했다! 두 가족은 연결돼 있었다.

헐다는 입술을 잘근거리며 곰곰이 생각했다. 그러다 랜턴을 들고 위층으로 올라갔다.

"기퍼드 씨." 힘없이 앉아 있는 비서를 불렀다. "지역별로 가계 기록을 찾아볼 방법이 있나요?"

"음. 네, 있죠…. 잠시만요." 기퍼드가 서류 몇 개를 똑바로 놓고 자신도 랜턴을 집어 든 뒤 어둠 속으로 앞장섰다. 그는 헐다를 이끌고 다른 서고가 있는 지하실 깊숙한 곳으로 들어갔다. "여기는 각각 지역으로 나뉘어 있어요. 찾으려는 게 뭔지 알고 계세요?"

헐다가 손가락을 퉁기며 생각에 잠겼다. 메릿의 출생지는 윔브렐 하우스 파일에 나와 있지 않았지만 전에 플레처에게 들은 적 있었다. "뉴욕. 뉴욕…, 카틀, 아니, 아니야. 캐틀 뭐였는데…."

"캐틀콘 아니에요?" 기퍼드가 의견을 냈다.

"네! 맞아요, 캐틀콘."

기퍼드는 책장을 몇 개 지나 한참 동안 이런저런 파일을 살펴보았다. 헐다는 그동안 초조함에 떨리는 팔다리를 애써 진정시키며 기다려야 했다. 마침내 기퍼드가 상자를 하나 꺼냈을 때 헐다는 재빨리 그것을 낚아채고 고맙다고 인사한 후 테이블로 가져왔다.

파일을 펼치고 가장 최근 자료를 확인했다. "서트클리프." 손가락을 아래로 훑으며 중얼거렸다. "서트클리프, 서트클리프…."

'서트클리프, 넬슨.' 그에게는 마법 표지가 없었다. 하지만 할아버지의 이름에는 'W10', 종조부의 이름에는 'Co12'라고 적혀 있었다. 윗대로 갈수록 그 밖의 마법 표지들이 여기저기 보였다.

그러니까 넬슨 서트클리프는 캐틀콘에 살았고 헐다가 찾는 마법 표지들을 가지고 있었다…. 이 남자가 만약 메릿의 생물학적 아버지라면 그 마법들을 사용한 건 메릿이 맞을 것이다. 공격을 받은 그날 밤에도 교감 마법으로 헐다를 찾은 게 분명했다! 헐다가 믿을 수 없어 웃음을 터뜨렸다. 지금까지 집에 마법을 더한 게 메릿이었다니….

심지어 본인은 몰랐다. 아무것도 모르고 있었다.

"어쩜 좋아." 헐다가 교감석을 꺼냈다.

"헐다 양?"

헐다는 놀라서 펄쩍 뛰었다. "아, 기퍼드 씨. 계신 걸 잊고 있었네요."

기퍼드는 헐다가 엉망으로 만든 테이블을 쳐다보았다. "정리하는 거 도와드릴까요?"

"저는…, 아니요. 하지만 뭘 좀 옮겨 적어야 하거든요. 부탁드려요."

기퍼드가 고개를 끄덕였다. "연필과 종이를 가져다드리죠."

헐다는 기퍼드가 랜턴을 들고 위층으로 사라질 때까지 기다렸다가 교감석을 활성화했다. "메릿?" 헐다가 불렀다. "메릿, 아주 중요한 걸 발견했어요."

헐다가 말을 멈췄다. 손에 든 돌이 묵직했다. 모든 게 사실이라면… 메릿은 오웨인과 혈연관계였다. 구체적인 관계가 어떻게 되는지는 조금 이따 추적해야겠다.

답이 없었다.

"메릿, 헐다예요. 화난 거 아는데, 할 말이 있어요! 집에 대한 거예요. 오웨인, 그리고 당신이요."

여전히 답이 없었다.

"예의라고는 없는 남자야." 헐다가 중얼거렸다. 자료를 베껴 적고 나서 다시 시도하자. 그때도 응답하지 않으면, 뭐… 블라우던 섬으로 돌아가 답을 받아내야겠지.

어차피 운동도 해야 하니까.

✦✦

메릿은 식탁 상석에 앉아 있었다. 초 몇 개가 식당을 은은하게 밝혔고 덧문을 닫아 창밖의 황혼을 차단했다. 메릿은 의자에 축 늘어져 앉아 손바닥으로 대충 이마를 받쳤다. 양쪽 팔꿈치 모두 식탁에 올려놓았지만 이 집의 주인은 메릿이었다. 원한다면 어디에든 올리지 못할 이유가 없다.

그를 쳐다보는 베스와 바티스트의 시선을 느끼며 포크로 콩을 찌르고 또 찔렀다. 몇 번을 반복해 콩은 껍질 벗긴 굴처럼 질척해지자 그걸 뭉개기 시작했다. 낮잠은 자지도 못했다. 몸이 무거우면서도 텅 빈 느낌이었고 머리는 어지럽고 속은 마비된 듯했다. 하지만 그편이 좋았다. 아무 생각도 하지 않으려고 애를 썼다. 무감각에서 벗어나고 싶지 않아서. 게다가 생각하는 것도 이제는 지쳤다. 잠을 자지 않으면 평생 생각을 안 하게 될지도 모른다. 그래도 괜찮지 않을까?

왜 집에 술을 두지 않았는지 지금 와서 아쉬워졌다.

베스가 중얼거렸다. "접시 가져갈게요."

메릿이 고개를 들었지만 베스는 바티스트에게 말을 걸고 있었다. 바티스트와 베스는 이미 저녁을 다 먹었다. 메릿의 식사만 차갑게 식은 채 은포크로 천천히 난도질당하고 있을 뿐이었다.

메릿이 한숨을 쉬며 무기를 내려놓았다. "미안해요, 바티스트. 당신은 아무 잘못 없어요. 사실 고기 파이는 내가 제일 좋아하는 음식이에요."

바티스트가 얼굴을 찌푸렸다. "압니다."

메릿의 얼굴이 조금 밝아졌다. "그래요?" 언제 그런 얘기를 했지?

셰프가 어색하게 베스를 힐끔거렸다. "어…, 메뉴는 헐다 부인 담당이라서요. 그분이 선택한 거예요."

메릿이 시무룩해졌다. "아." 무감각은 깨졌다. 대신 쓰디쓴 아픔이 몸 안 곳곳을 물들여갔다. 메릿은 앞에 놓인 노릇노릇한 파이 크러스트를 바라보았다. 포크를 들고 파이를 찔렀지만 차마 입에 가져갈 수가 없었다.

내일은 바티스트가 수프를 만들어 주지 않을까. 그러면 그 안에 빠져 죽을 수 있을 텐데. 하지만 정말 뭐라도 먹어야 했다. 먹지 않으면 기분만 더 우울해질 터였다. 메릿은 작은 조각을 입에 넣고 씹었지만 맛은 거의 느껴지지 않았다.

베스가 앞치마에 손을 닦으며 물었다. "캐모마일 차를 준비했는데 드시겠어요?"

아, 캐모마일. 진정 효과가 있고 잠을 부르는 캐모마일. "좋죠. 최대한 진하게 부탁해요."

베스가 고개를 끄덕이고 주방으로 걸어갔다. 그러다 세 걸음 만에 갑자기 멈춰 섰다. 메릿을 돌아보았다. 아니, 창문을 본 것이다.

메릿이 의자에서 일어났다. "왜 그래요?"

베스가 입술을 오므렸다. "뭔가가 느껴졌어요. 불길한…."

그 순간 유리가 와장창 깨지며 메릿의 머리와 등에 유리 조각비를 뿌리고 촛불의 반을 껐다.

베스가 비명을 질렀다.

"숙여요!" 메릿이 외치며 바닥에 주저앉아 식탁 아래 몸을 숨겼다. 지진인가? 하지만 땅은 움직이지 않는데….

식탁이 흔들렸다. 부피 있는 무언가가 끝에 있는 벽으로 날아가고 이어 낮은 신음이 들렸다. 심장이 목구멍까지 튀어 오른 채로 메릿이 식탁 아래를 기어가서 보니 바티스트가 벽에 기대 쓰러져 있었다. 머리에서 한 줄기 피가 흘렀다.

"바티스트!" 메릿이 그에게 달려가려 했지만 보이지 않는 거대한 손이 메릿을 감싸고 몸을 뒤로 돌렸다.

어둑한 형체가 검은 망토를 휘날리며 식당에 서 있었다. 키가 크고 어깨가 떡 벌어진 남자는 검은 머리카락을 한쪽으로 넘긴 모습이었다. 흰 옷깃은 얼굴까지 바짝 세웠다. 양쪽 뺨에 구레나룻이 길게 내려왔다.

그리고 옆에는 테리어 종으로 보이는 개 한 마리가 목줄에 묶여 낑낑대고 있었다.

"메릿 씨, 우리 아직 정식으로 인사를 나눈 적이 없죠?" 남자가 영국 억양으로 말했다.

베스가 바닥에서 일어나 말했다. "사일러스 호그우드."

메릿의 가슴이 철렁 내려앉았다.

사일러스 호그우드, 바로 그 남자가 으르렁거렸다. "나를 성가시게 한 게 당신이었군."

곧이어 메릿을 붙잡고 있던 주문이 풀리며 메릿이 아래의 바닥으로 떨어졌다. 그러다 발목이 옆으로 꺾여 마룻바닥으로 쓰러졌고 다리에 날카로운 통증이 솟았다. 같은 주문이 베스를 움켜쥐고 천장에 가져다 붙였다.

집이 부르르 떨리더니 끝에 있는 벽이 움직이며 앞으로 쑥 튀어나와 사일러스의 등을 내리쳤다. 넘어질 뻔한 사일러스가 목줄을 놓치자 개는 꼬리를 말고 현관 복도로 도망쳤다.

"아, 걱정하지 마." 사일러스가 인상을 쓰며 벽에 손을 올렸다. "너를 위해 준비한 계획이 있으니."

번쩍 불꽃이 튀더니(메릿은 혀끝으로 그 맛을 느낄 수 있었다.) 집이 잠잠해졌다.

"원하는 게 뭐야?" 메릿이 오른쪽 다리에 무게를 실어 억지로 몸을 일으켰다. 옆을 힐끗 보니 바티스트가 머리를 축 늘어뜨리고 있었다. 다행히 가슴은 아직 들썩였다. "그 사람은 여기 없어!"

"알지." 돌풍이 메릿의 등을 밀어 메릿을 사일러스 쪽으로 날려보냈다. 사일러스가 메릿에게 손을 뻗은 순간, 그의 손이 보이지 않는 벽에 부딪혔고 바람이 순식간에 멈췄다.

또 수호 주문이었다. 전기석이 한 일인가?

메릿은 뒷걸음질 치며 의자를 붙잡고 몸을 가눴다. 심장이 몸통만큼 커졌고 맥박은 허리케인처럼 강하게 뛰었다. 칼을 찾아 미친 듯이 고개를 움직였다. 그때 바티스트의 신음 소리가 들렸다. 다행이었다.

사일러스가 쿡쿡 웃으며 장갑 낀 손으로 보호막을 두드렸다. "아주 영리하군. 네가 그 여자를 구하러 왔을 때 네 마법을 느꼈지. 이런 걸 바로 일석이조라고 하지. 아주 고마워."

그 말에 메릿이 멈칫했다. "마법?" 그에게는 마법 능력이 없었다. 지금 필요한 것은 도움이었다. 총들은 전부 위층에 있었다. 바티스트의 눈꺼풀이 떨렸다. 메릿은 그의 옆에 쭈그리고 앉아 일어설 수 있도록 부축했다.

"수호 마법에 또 뭐가 있는지 아나, 메릿?" 사일러스가 물었다. "주문 반사야."

사일러스가 손을 흔들자 보호막이 사라졌다. 그는 네 걸음 만에 다가와 메릿의 목을 움켜쥐었다. 번개에 맞은 듯한 충격이 목에서 발바닥까지를 관통하며 몸을 뒤흔들었다. 온몸에 경련이 일어났다. 메릿이 숨이 막혀 헐떡였다.

"나는 언제나 실수를 본보기로 삼지." 사일러스의 검은 눈이 아직 천장에 묶여 있는 베스를 찾았다. "그리고 나는 밀고자를 좋아하지 않아." 그가 반대쪽 손을 들었다.

"안 돼!" 메릿이 소리쳤다.

베스가 배를 주먹으로 맞은 것처럼 입을 뻐끔거렸다. 다음 순간 베스를 쥐고 있던 주문이 풀리고 베스는 바닥으로 쿵 떨어져 움직이지 않았다.

"그만 해!" 메릿이 사일러스의 팔을 붙잡고 그의 손아귀에서 빠져나가려 했지만 그 빌어먹을 주문이 다시 메릿을 꼼짝 못 하게 했다. 맞서 싸우기는커녕 눈도 깜박일 수 없었다.

"시끄러운 짐도 마찬가지고." 사일러스가 비웃었다. 멀리서 등대 불빛이 창문에 반사되고 있었다.

메릿의 머리에 소음이 쌓였다. 천 가지 소리가 서로를 부르며 머릿속을 채우고 다른 모든 생각을 차단했다. 메릿은 아까 그 강아지의 낑낑거리는 소리만 겨우 들으며 바닥으로 힘없이 쓰러졌다.

그리고 마침내 잠에 빠져들었다.

30

1846년 10월 15일, 로드아일랜드주 블라우던섬

헐다는 밤이 깊어진 후에야 블라우던섬에 도착했지만 이 섬의 어둠에는 이미 익숙했다. 뱃사공에게 후한 팁을 건넨 뒤 랜턴을 들고 메릿의 마법 보트에서 집까지 이어진 길을 서둘러 걸었다. 식당 창문에서 불빛이 흘러나왔다. 그 빛에 집중하고 있던 헐다는 현관에 이르러서야 주방 유리창이 다 깨지고 현관문도 열려 있다는 사실을 깨달았다.

공포가 그녀를 사로잡았고 따끔거리는 전율이 머리끝까지 치솟았다. 헐다는 치맛자락을 잡고 황급히 집으로 들어갔다. 가장 먼저 의자에 주저앉아 천으로 뒤통수를 누르고 있는 바티스트가 보였다. 베스는 바닥에서 한 손으로 옆구리를 감싸고 조심스럽게 물을 마시고 있었다. 헐다를 본 베스의 눈이 커졌다. "헐다 부인!" 베스가 일어나려다 얼굴을 찌푸리고 무릎을 털썩 꿇었다.

"맙소사, 대체 무슨 일이에요?" 헐다가 일른 베스에게 달려가 상태를 살폈다.

베스가 인상을 쓰며 헐다의 손을 밀어냈다. "가, 갈비뼈가 부러졌어요. 한두 개 정도."

헐다가 돌아보자 바티스트는 작은 소리로 말했다. "나는 피만 조금 흘렸어요."

헐다는 바티스트의 얼굴을 손으로 고정하고 초를 가까이 가져가 동공을 관찰했다. "머리 부딪혔죠? 뇌진탕이에요."

"그 사람이 메릿 씨를 데려갔어요." 베스가 쌕쌕거리며 말했다.

마치 장기가 다 녹아내리기라도 한 것처럼 헐다의 심장이 쿵 내려앉았다. "뭐, 뭐라고요? 누가요?"

"사일러스 호그우드요."

그 이름을 듣자 내려앉은 심장이 얼어붙었다. '고통과 진실.' 헐다는 오늘을 예견한 것이었나?

"전에 그랬던 것처럼 이번에도 그의 존재를 느꼈어요." 베스가 여전히 옆구리를 부여잡은 채 조심스럽게 벽에 몸을 기댔다. "한… 15분 전쯤 떠났어요."

"30분 전일지도 몰라요." 바티스트가 거칠게 말했다. "따라가 보려고 했지만… 어지러워서 못 했어요." 몸이 앞으로 더 구부러졌다.

헐다의 눈시울이 뜨거워졌다. 보스턴에서 여기까지 달려온 사람처럼 팔다리가 부들부들 떨렸다. "떠, 떠났다고요?" 송곳이 가슴 한가운데를 긁었다.

베스가 눈물을 참는 듯 얼굴을 구기며 고개를 끄덕였다. "제 목숨을 구해 주셨어요. 사일러스가… 절 죽이려고 했거든요. 하지

만 메릿 씨의 주문이 먼저 닿는 게 느껴졌어요. 전 같은 보호막이
요."

헐다의 팔에 소름이 돋았다. "그렇다면 이미 알았겠네요. 메릿
씨가 바로 두 번째 마법의 원천이었어요."

"사일러스도 그렇게 말했어요." 베스가 조심스럽게 숨을 들이마
셨다.

공포감이 헐다의 목구멍을 꽉 채웠다. 사일러스 호그우드도 알
고 있었다. 헐다가 첫 번째라는 말이 바로 그 의미였을까? 그때부
터 이미 메릿을 납치할 계획이었던 걸까? "괜찮아, 괜찮아." 헐다
가 심호흡을 했다. 들이마시고, 내쉬고. 들이마시고, 내쉬고. "그
둘은 어느 쪽으로 갔어요?"

베스가 얼굴을 찡그렸다. "모르겠어요."

"신이시여." 헐다가 몸을 일으키고 창문으로 달려가 어두운 밖
을 내다보았다. "오웨인! 오웨인, 혹시 봤어? 뭐 아는 거 있니?"

집은 반응하지 않았다.

헐다가 벽을 두드렸다. "오웨인!"

반응이 없었다.

'생각하자, 헐다!' 사일러스는 섬에서 벗어났을 것이다. 마법의
전이는 시간이 걸리는 과정이었다. 고스 엔드에 있을 때 경찰이
그렇게 보고했고 헐다도 경험으로 그 가설이 사실임을 확인했다.
그렇게 많은 마법을 사용하면 당사자의 몸에도 무리가 갈 것이다.
쇠약해진다. 사일러스가 헐다 때처럼 들킬 위험을 감수할 리는 없
었다. 그러므로 섬을 떠났을 것이다. 목격자가 절대 있어선 안 될
테니 호텔 방을 잡거나 대도시로 갈 리도 없다. 그렇다면 어디지?
미국에는 외진 곳들이 셀 수도 없이 많았다!

헐다의 손이 빌빌 떨렸다. 벌레 물린 상처처럼 화끈거리는 신경을 가라앉히려 했다. 주위를 두리번거리다 깨진 유리에 시선이 닿았다. 한참을 뚫어지라 쳐다보며 패턴을 연결했지만… 아무것도 보이지 않았다. 전에 사일러스가 썼던 주문이 헐다의 점조 마법에 영향을 미쳤거나, 그의 미래가 너무 난해해 헐다의 마법으로는 보이지 않거나 둘 중 하나였다.

"바이커로 가야 해." 달리 도움을 구할 곳이 없었다. 이 섬이나 인근 섬에는 주민이 없었고 지금 포츠머스 경찰을 부를 수 있는지도 알 수 없었다. "바이커로 가서 마이라에게 도움을 요청해야 해. 마이라가 교감 주문을 쓰는 사람을 알고 있다면, 어디 가서 찾으면 되는지 식물과 새들에게 들을 수 있을 거야." 하지만 너무 오래 걸리지 않을까?

'그건 중요하지 않아. 뭐라도 해야지!' 메릿과의 마지막 순간을 생각하면….

헐다가 베스와 바티스트를 홱 돌아보았다. 그러고는 랜턴을 집어 들었다. "곧바로 의사를 보낼게요. 조금만 더 참고 견딜 수 있겠어요?"

베스가 고개를 끄덕였다. 바티스트는 끙 소리를 냈다.

'이 정도면 괜찮아.' 헐다가 치맛자락을 쥐고 집에서 뛰쳐나와, 토끼 굴이나 제멋대로 뻗은 나무뿌리에 걸려 넘어지지 않도록 램프를 앞으로 들고 길을 달렸다. 아무리 달려도 힘들지 않았다. 이것이 공포의 위력이었다. 이렇게 훌륭한 연료가 되어 주다니.

"기다려요, 메릿." 헐다가 메릿의 보트에 랜턴을 내려놓고 보트를 물로 밀었다. 스타킹이 젖어도 신경 쓰이지 않았다.

보트의 역동 주문을 활성화하고 간절히 애원했다. "최대한 빨리."

보트가 밤을 향해 속도를 높였다.

✦

헐다는 가지고 있는 열쇠로 보스턴 브라이트베이 호텔의 문을 열었다. 그러고는 발소리를 죽일 생각도 없이 국장의 숙소를 향해 바이커 본부의 복도를 달렸다. 문을 벌컥 열자 마이라가 숨을 헐떡이며 침대에서 일어나 앉았다.

"누구…, 헐다?" 마이라가 눈을 비볐다. 그러다 벌떡 일어나니 잠옷 치맛자락이 발목에 감겼다. "이 시간에 여기엔 무슨 일이야?"

"사일러스 호그우드가 웜브렐 하우스에 쳐들어왔어요!" 헐다가 낮은 책장에 랜턴을 놓았다. "메릿 펀스비 씨가 납치되었고요. 두 사람을 어떻게 추적해야 할지 모르겠어요!"

마이라가 입을 벌리고 한참 동안 헐다를 바라보더니 고개를 저었다. 풀어헤친 머리카락이 어깨에서 흔들렸다. "설마… 그럴 리가." 그렇게 말한 그녀는 서 있기가 힘들었던지 다시 침대에 앉았다.

"계속 부정만 하고 있을 수는 없어요." 헐다가 성큼성큼 다가가 침대 기둥을 붙잡았다. "베스 양과 우리 셰프를 죽일 뻔했다고요! 베스 양이 신원을 확인해 줬어요."

"사일러스가 목격자를 남겼을 리 없어."

"메릿 씨는 마법사예요, 마이라!"

마이라가 숨을 헉 들이마셨다.

"마법사 맞아요." 헐다가 설명을 계속했다. "제가 조사를 해봤어요. 그러려고 떠난 거고요. 마법의 두 번째 원천은 전기석이 아니라 메릿 씨였던 거예요! 부계를 통해 물려받은 거죠." 헐다가 마이라의 얼굴을 더 잘 보려 몸을 숙였다. "사일러스도 그걸 알아낸 게 분명해요⋯. 접촉감응 주문을 가지고 있을지도 모르죠. 어쩌면 저를 공격했을 때 감지했을 수도 있고요." 메릿이 짓밟힌 채로 헐다와 같은 운명을⋯ 아니, 더 끔찍한 운명을 맞이한다고 생각하자 몸이 부들부들 떨렸다. 시간이 점점 바닥나고 있었다. "메릿 씨 피에 최소한의 교감 마법과 수호 마법 주문은 있어요. 마법으로 베스 양을 보호해 줬거든요."

마이라가 다시 고개를 저었다. "너무 빠르잖아. 이러면 안 되는데."

"뭐가 안 돼요, 마이라?"

마이라가 일어났다. 헐다도 지지 않으려고 몸을 세웠다. "모리스는 절대⋯."

"모리스요?" 헐다가 되물었다. "마이라, 아직 잠이 안 깼어요? 지금 사일러스 호그우드 얘기를 하고 있잖아요!"

그러다 멈칫했다. 헐다도 아는 이름이었기 때문이다. 모리스. 모리스 왓슨.

편지를 든 메릿이 기억났다. '왓슨이라는 친구가 집을 사고 싶대요.'

그때 베스가 이렇게 말렸었다. '이 편지는 느낌이 이상해요. 뭐라 설명할 수 없지만⋯ 감이 좋지 않아요.'

그리고 얼마 전 새디가 이런 말로 대화를 방해한 적도 있었다. '방금 모리스 왓슨 씨에게서 전갈이 왔습니다. 오늘 약속을 잡고

싶으시다고요.'

헐다는 블라우던섬과 바이커 두 곳 모두에 있는 늑대를 예견했
다. 변이 마법 주문을 가진 마법사라면 누구든 동물로 변신할 수
있었다.

헐다는 사일러스 호그우드에 대해 이야기하고 있었다.

그건 마이라도 마찬가지였다.

메릿…. 처음부터 메릿이 표적이었다.

헐다가 뒷걸음질 쳤다. "알고 계셨군요." 그녀는 가슴에 손을 올
렸다. "사일러스 호그우드가 살아 있다는 걸 처음부터 알고 있었
어요. 미국에 있다는 것도. 그래서 아니라고 나를 그렇게 설득하
려 했던 거예요."

마이라의 얼굴이 창백해졌다. "자네가 생각하는 그런…."

"이게 어떻게 제가 생각하는 그런 게 아니에요?" 헐다는 이제
소리를 지르고 있었다. "이…, 이 배신자!"

마이라가 문으로 달려가 쾅 소리가 나게 닫았다. "목소리 낮춰."
헐다가 그림자처럼 어두워진 목소리로 말했다. "그래야 하는 이
유 하나만 대 봐요."

"나는 자네가 공격을 받던 일과는 아무 관련 없어." 마이라
가 다급하게 말했다. 하지만 몸에서 에너지가 빠져나가 얼굴이 구
겨지고 어깨가 축 처진 모습이었다. "나는 아팠어, 헐다."

헐다가 놀라서 입을 벌렸다. "그게 무슨…." 그러다 멈칫했다.
"그건 몇 년 전이잖아요, 마이라."

마이라가 고개를 끄덕였다. "알아. 하지만 그냥 지나가는 병이
아니었어. 자네든, 새디든, 그 누구에게든 알리고 싶지 않았어." 두
손을 주물렀다. "하지만 나는 아팠고, 사일러스는 강력한 힘을 가

진 강령술사지."

헐다는 숨이 턱 막혔다. "그자가 당신 병을 낫게 해 줬군요."

마이라가 고개를 끄덕였다. "그와 거래를 했어. 나를 치료해 주면 탈옥해 영국을 떠나는 걸 돕겠다고."

"그렇게 그자를 도운 거군요." 머리가 어지러워졌다. "당신의 힘을…, 바이커를 이용해 기록을 위조했어요."

헐다의 비난에 마이라가 손을 내저었다. "약속을 지킬 걸 알았으니까. 생각을 읽었어. 믿을 수 있었단 말이야."

헐다가 두 사람 사이의 거리를 메우고 마이라의 어깨를 움켜쥐었다. "그자는 살인자예요!"

마이라가 헐다의 손을 뿌리쳤다. "그 덕분에 나는 살았어. 바이커도." 그녀는 곧바로 시선을 피했다. 그러고는 닭살이 돋은 팔을 문질렀다.

"하나도 빠짐없이 말해요." 헐다는 집요했다. "저는 당신 생각을 못 읽어요, 마이라. 말하지 않으면…."

"안 돼." 마이라가 협박을 차단했다. "안 돼." 관자놀이를 문지르며 안절부절못하고 침실을 서성였다.

헐다가 발을 굴렀다. "이럴 시간 없어요. 메릿이 위험하다고요. 그 사람이 죽으면 당신을 절대 용서하지 않을 거예요. 절대로…."

"새로 부탁할 일이 자꾸 생기더라고." 마이라가 쉰 목소리로 말했다. "내 동생도 병이 든 거야. 내 친구는 남편이 술꾼이라… 자기 몸을 보호할 수호 마법이 필요했어. 모리스…, 사일러스는 그걸 전부 해결할 수 있었지. 나는 그가 언제까지나 책임을 다하리라는 걸 알았어. 한 번 한 약속은 지키는 사람이니까."

헐다가 코웃음을 쳤다.

"그래서 몇 번 더 찾아간 거야. 매번 무언가와 교환했어. 새로운 신분, 새로운 서류…. 거기다 바이커는 파산 직전이었어."

헐다가 안경을 벗고 눈을 비볐다. "그런 말 없었잖아요."

"자금줄이 끊기고 있었거든. 마법 부동산은 아주 희귀하잖아. 특히 미국에서는. 사일러스는 돌아다니면서 잠재력이 큰 주택들에 마법을 불어넣기로 했어. 그래서 우리가 건재할 수 있었던 거야. 자네도 그 덕에 여기 머물 수 있었던 거고."

헐다가 다시 안경을 썼다. "감히 나를 위해 그랬다는 말은 하지 말아요."

마이라는 풀이 죽었다. "다음 보상으로 윔브렐 하우스를 원하더군. 어떻게 그 집을 알았는지는 모르겠어. 내 생각을 읽었겠지. 아니면 우리 기록을 조사했거나."

이번에는 헐다가 서성였다. "이유는요?"

"원하는 마법이 있대."

헐다가 국장을 획 돌아보았다. "그러니까 그 짓을 다시 한다는 걸 알았다는 말이네요. 마법을 빼앗는 걸 알고 있었어요."

"집에서 뺏는 거야, 헐다!"

"집이 아니라 메릿이에요!" 헐다가 반박했다. "나하고요!"

"계획대로라면 자네는 떠났어야 했어!" 마이라의 비명이 울려 퍼졌다. 갑작스러운 폭발에 두 사람 다 몇 초간 얼어붙었다. 마이라가 평정을 되찾고 말했다. "내가 그 집에서 자네를 빼내려고 난리를 친 이유가 뭐라고 생각해? 자네가 안전하다는 게 확인되기 전까지는 넘길 수 없다고 거부했어! 그는 심지어 그 집을 사려고 했단 말이야!"

"참 대단한 일 하셨네요! 그… 범죄자를 얼마나 믿을 만하다고 생각했는지 모르겠지만, 당신은 이기적이고 힘에 굶주린 괴물을 우리에게 보낸 거라고요!"

마이라가 눈물을 글썽이고 침대에 주저앉았다. "알아." 흐느껴 울며 속삭였다. "알아. 미안해."

"어디 있는지 알려 주세요. 수습하고 싶다면 그 정도는 말해요."

"자네를 죽일 거야."

"어디 있는지 말해 달라고요." 헐다가 재촉했다. "국장님같이 철저한 분이 머리에서 그 정보를 뽑아내지 않고 순진하게 그냥 도와줬을 리는 없잖아요."

마이라가 머리를 감쌌다. 코를 훌쩍였다.

헐다가 다시 마이라 앞에 쪼그리고 앉았다. "마이라. 시간이 없어요."

"마시필드." 마이라가 속삭였다. "마시필드 외곽에 있어. 맞배지붕 달린 폐가에."

헐다의 머리에 어떤 이미지가 밀려 들어왔다. 마이라가 사일러스에게서 훔친 이미지가 분명했다. 쓰러져 가는 3층 집, 그 앞의 커다란 참나무, 집을 에워싼 들판이 선명히 보였다.

찾을 수 있다.

"제 목숨을 지키고 싶거든 도시 경비대를 깨워서 보내세요." 헐다가 말했다. "그곳으로 갈 거니까. 당신 말 좀 쓸게요."

헐다는 랜턴을 얼른 집어 들고 고마운 마음은 조금도 남기지 않은 채 서둘러 방에서 나왔다.

31

1846년 10월 15일, 매사추세츠주 마시필드

　도시에서 멀어질수록 숲은 울창해졌다. 삼나무, 자작나무, 참나무가 빽빽하게 들어서 있었다. 낮이었다면 꼭대기에 가을 단풍이 든 모습이 예쁘고 평화로워 보였을 것이다. 하지만 어둠 속에서는 헐다와 마이라의 온순한 말을 공포에 휩싸이게 하는 그림자, 벽, 장애물에 지나지 않았다.

　마이라가 헐다의 머리에 이미지들을 넣어 주지 않았다면 결코 이곳을 찾지 못했을 것이다. 애초에 마이라가 가지고 있으면 안 될 이미지들이었지만 분노는 나중으로 미뤄야 한다. 헐다는 지금 시간과 싸우고 있었다. 다행히 헐다에게 더 유리한 싸움이라고 생각했다. 누구와 달리 포로를 끌고 가고 있지 않으니까.

　문제의 집에 거의 다 왔을 때 가여운 말은 지쳐서 숨을 헐떡였다. 수리되지 않은 1700년대 초 건물은 근처의 좁은 흙길과 분간

하기도 어려웠다. 벽은 짙은 색이고 앞으로 비스듬히 기울어져 있었다. 창문에 불빛은 보이지 않았고 경사진 지붕은 폭설이라도 내리면 건물 전체가 폭삭 주저앉을 것처럼 상태가 좋지 않았다. 근처에 흐르는 얕은 개울이 빗소리를 덮어 주긴 하겠지만 헐다는 소리 때문에 들키지 않도록 집과 어느 정도 떨어진 길에 이르자 말에서 내렸다. 당장은 보살펴 줄 수 없는 말에게 사과한 헐다가 손으로 치맛자락을 움켜쥐고 집으로 살금살금 다가갔다.

버려진 집으로 보였다. 인기척도 없고 물이 졸졸 흐르는 소리밖에 들리지 않았다. 배 속에서 신물이 올라왔다. 마이라가 엉뚱한 곳으로 헐다를 유인한 것일까? 선한 사람이 그 정도로 변할 리가…. 헐다가 사일러스보다 은신처에 먼저 왔을 리도 없었다.

그러다 헐다의 발가락이 아주 단단한 바위 같은 것에 걸렸다. 하지만 제대로 보니 바위가 아니라 수호 주문으로 만든 벽이었다. 그날 웜브렐 하우스에서 메릿이 우연히 만든 것과 흡사한.

헐다가 입술을 오므리고 주문을 손으로 쓸었다. 집 전체를 에워싼 듯했다. 강력한 마법사가 아니면 이렇게 큰 보호막은 만들 수 없었다. 그렇다면 장소는 정확하다는 뜻이었다. 헐다는 집에 더 가까이 갈 수 있을지 보려고 보호막을 따라 조심스럽게 움직였다. 보호막은 개울을 시작점으로 뻗어 나갔다. 수면에 달빛이 반사되었다.

멀리서 개가 짖었다. 헐다는 흠칫 놀라 귀를 기울이며 방어할 물건을 찾아 가방에 손을 넣었다. 그러다 개가 두 번째로 짖었을 때 멈칫했다. 멀리서 들리는 소리가 아니라 뭔가에 막힌 소리였기 때문이다. 개가 세 번째, 네 번째로 짖었다. 헐다가 무릎을 꿇고 땅에 귀를 댄 순간 '깽!' 소리가 나고 개가 조용해졌다.

'지하야.' 헐다는 생각했다. 사일러스는 발각되지 않게 지하에 은신처를 만들었다. 그렇게 많은 주문을 훔쳤으니 금세 땅을 팔 수 있었을 것이다.

확신이 뼛속까지 고동쳤다. 하지만 어둠 속에서 입구를 찾기는 쉽지 않았고 그럴 시간도 없었다. 그리고 사일러스가 보이지 않는 벽보다 더 치명적인 수호 주문을 걸어 놓았다면 몹시 곤란해질 수 있었다.

'생각해, 헐다.' 가방에 손을 넣었다. 총은 없었다. 총을 다룰 줄 도 몰랐고 총을 구하러 밤중에 보스턴 거리를 배회할 마음도 없 었다. 그나마 공격용으로 쓸 수 있는 물건은 편지 봉투를 여는 칼 과 쇠 지렛대뿐이었지만 이것들이 무슨 도움이 되겠는가. 가방 안 에는 주사위도 있었다. 헐다가 자기 미래를 읽을 수 있다면 집에 어떻게 들어갈지 미리 보고 황금 같은 시간을 아낄 수 있지 않을 까? 달빛에 가까이 다가가 주사위를 꺼내려는데 헐다의 시선이 다시 수로에 닿았다.

집으로 통하는 쇠창살로 된 문이 보였다.

헐다가 침을 삼켰다. 당연히 출입문일 리는 없었다…. 사일러스 는 깔끔한 사람이라 하수도를 만들었을 수 있다. 아니면 11년 전 자기 집에서 그랬던 것처럼 궁지에 몰릴 경우를 대비해 비상 탈 출구를 마련한 것일 수도 있다.

헐다는 입으로 바람을 훅 불어 엉망으로 헝클어진 머리카락을 날렸다. 수호 주문 벽을 통과할 수 있게 윔브렐 하우스에 걸었던 부적들을 꺼낸 후, 가방을 등 뒤로 밀고 이를 악물며 조심스럽게 수로에 발을 들였다. 차가운 물이 종아리, 무릎을 지나 허벅지 중 간쯤에 닿았다. 치마가 수면 위로 떠올라 공기를 가두고 풍선처

럼 부풀었다. 수로 문은 나사로 고정되어 있지 않았지만 뻑뻑하고
축축했으며 고약한 냄새가 났다. 이 옷으로는 불가능했다. 설령
안으로 들어가더라도 젖은 물을 뚝뚝 흘리고 4배는 무거워져 움
직임에 방해가 될 것이다.

헐다가 집을 다시 돌아보았다. 저기로 가서 실제 현관문을 찾을
까…. 하지만 사일러스가 바닥을 밟는 삐걱 소리를 듣지 않을까?
아니, 저기든 어디든 문이 존재하기는 할까?

헐다가 하수구 문을 보고 한숨을 쉬었다. "이미 속옷만 입고
있는 거 봤잖아. 이건 문제도 아니야." 하지만 서둘러 옷을 벗고
개울 옆으로 던지는 동안 용기가 꺾였다. 이건 도시 경비대가 할
일이었다. 마이라가 그쪽과 연락을 하고 있어야 할 텐데. 헐다가
혼자 뭘 어떻게 하겠는가?

그러다 고스 엔드에 있던 쪼그라든 검은색 시체들을 떠올렸다.
메릿이 그런 일을 당하게 둘 수는 없었다. 절대로. 그래서 헐다는
무거운 쇠문을 들어 올리고 물에 젖지 않게 가방을 품에 안은 다
음 길고 더러운 하수도를 기어가기 시작했다. 손과 무릎에 묻은
점액질이 무엇인지는 굳이 생각하지 않기로 했다.

한참을 기어가 무릎과 어깨가 아프고 냄새에 익숙해질 때쯤 두
번째 문이 나왔다. 문에는 경첩이 있었지만 헐다가 문을 통과해
돌로 된 어두운 지하실로 들어갈 때 다행히 소리가 크게 나지 않
았다. 아무것도 보이지 않았지만 어둠 속에서 손을 더듬으니 줄에
매달린 고기, 주전자, 와인 병이 닿았다. 다른 식료품들도. 샀을까,
훔쳤을까? 그게 뭐가 중요하겠냐마는.

헐다는 어둠에 숨어 흔적을 남기지 않도록 속바지의 물기를 꽉
짰다. 벽을 더듬으며 나아가다 선반과 자루 더미를 지나치던 중

손톱이 랜턴에 닿았다. 벽에서 랜턴을 떼다 뒤쪽 선반에 엉덩이를 부딪쳤다. 가방을 뒤져 성냥을 꺼내 랜턴에 불을 붙였다.

약한 불빛이 눈을 찔렀다. 나무판자 두 개를 가죽으로 묶어 만든 낮은 문이 앞에 있었다. 이쪽에서 새어 나오는 빛이 보이지 않는다면 저쪽으로도 빛이 새어 나가지 않을 것이다.

'좋아, 헐다. 수중에 있는 걸 활용해.' 헐다가 다시 주사위를 꺼내려다 멈칫했다. 헐다의 무기는 종잡을 수 없는 점술 주문이 전부가 아니었다. 헐다는 사일러스 호그우드를 잘 알았다. 2년을 한 집에서 살았으니까. 그의 집에서 일하는 사람들, 주방, 집을 관리했다.

그걸로 알아낼 수 있는 정보가 있을까?

헐다가 땅에 박힌 돌 하나를 두드렸다. 사일러스는 더러운 것을 싫어했다. 굉장히 청결한 사람이라 고스 엔드에 둔 몇 안 되는 직원은 대부분 하녀였다. 헐다가 의심하기 시작했을 때도 집이 너무 깨끗해 그의 미래를 점칠 수 없었다. 이 은신처는 눈에 띄지 않는 것을 최우선으로 했겠지만 그렇다 해도 더러움을 최소화하기를 원했을 것이다. 지하의 흙을 막으려면 사방을 돌과 나무로 단단히 덮어야 했다. 그렇다면 규모가 크지는 않을 터였다. 사일러스는 육체노동도 싫어했으니까. 정확히는 마법을 쓰든 쓰지 않든 본인이 직접 일을 하는 것을 싫어했다. 마법사이자 살인범이지만 그는 귀족이기도 했다.

사일러스는 어디를 가든 거지처럼 살지 못한다. 그곳이 감옥이라 해도. 헐다는 이 집이 대충 윔브렐 하우스의 절반 크기가 아닐까 추측했다.

'아니면…' 고스 엔드의 기억을 빠르게 훑어보았다. 아! 사일러

스는 그곳이 어디든 입구에서 가장 멀리 떨어져 있는 공간을 거
실과 침실로 사용했다. 그만큼 사생활을 중시했다. 집사 외의 사
람은 그 공간에 잘 들이지 않았고 사전에 연락하지 않고 오는 손
님들을 혐오했다.

'그러면 문은 어디 있을까?' 헐다는 랜턴을 들고 불빛을 최대한
낮춘 뒤 지하실 출구로 살금살금 다가가 문을 조심스럽게 열었
다. 천장이 낮지만 길게 뻗은 복도에 옅은 불빛이 드리워졌다. 바
로 오른쪽에는 연결된 복도가 있었고 왼쪽 계단 끝에는 문이 하
나 있었다.

'이 집 현관문이로군.' 헐다는 판단했다. 개가 또 짖어 준다면
주의를 분산시킬 수 있을 텐데.

헐다는 지하실에서 나오던 순간, 임시로 깔아놓은 자갈 바닥
위에 복도를 따라 진흙 묻은 발자국이 찍혀 있는 것을 발견했다.
아직 축축했다. 얼마 되지 않은 흔적이었다. 사일러스가 이곳에
진흙 발자국을 남겼다면 서둘러 움직였다는 뜻이었다. 메릿을 저
쪽…, 아마도 북쪽으로 끌고 갔을 것이다.

두려움으로 가슴이 쿵쿵 뛰었다. 헐다가 침을 삼켰다.

'궁지에 몰리는 상황을 피하고 싶을 거야. 자유를 잃은 전적이
있으니까.' 분명 비밀 출구가 있을 것이다. 하수도일 수도 있지만
사일러스 정도의 덩치는 지나가기가 쉽지 않을 것이다. 다른 길이
있을지도 몰랐다.

헐다는 랜턴을 들어 올리고 오른쪽에 있는 짧은 복도를 들여다
보았다. 그곳은 칠흑같이 캄캄했다. 불을 비추니 사람의 발자국
에 섞인 개 발자국이 보였다. 크기로 봐서 중형견 같았다. 헐다가
과연 중형견을 제압할 수 있을까?

'방해되는 치마도 없는데 당연하지.'

헐다는 얼굴을 붉히며 지하실에서 나와 문을 닫았다. 복도로 발을 디뎠다. 걸음을 멈추고 진흙 자국을 돌아보았다.

진흙을 한 움큼 집어서 던지자 모래가 흩뿌려졌다.

메릿의 머릿속에 공중으로 날아가 돌바닥에 쿵 떨어지는 장면이 떠올랐다.

헐다가 몸을 떨며 뒤로 물러나 코르셋에 손바닥을 닦고 이 장면을 잊지 않게 집중했다. 미래를 바꿀 수는 없었다. 헐다의 예견은 미래를 바꾸려는 시도를 포함한 모든 변수를 고려해서 보여줬다. 지금 보는 장면은 앞으로 겪어야 할 일이었다. 그래도 서둘러야 했다.

북쪽으로 가는 긴 복도에서 발소리가 들렸다. 헐다는 재빨리 동쪽으로 움직여 길이 꺾이는 구간에서 그림자에 몸을 숨겼다. 그리고 얼어붙은 채 발소리가 다가오기를 기다렸다. 하지만 아니었다.

복도 끝에서 개가 깽깽거리는 소리가 들렸다.

헐다는 한 번에 관절을 하나씩만 움직이며 돌바닥을 천천히 걸었다. 조금 있으니 방이 하나 더 나왔다. 문 대신 천이 걸려 있어 방이라기보다 큰 벽장에 가까웠다.

천을 옆으로 민 헐다가 숨을 헉 들이마셨다. "메릿."

안은 사람이 겨우 누울 수 있는 크기였고 높이도 메릿의 키보다 낮았다. 메릿은 황소도 꼼짝 못 할 만큼 꽁꽁 묶인 밧줄에 결박당한 채 한가운데 누워 있었다. 사일러스가 왜 주문을 두고 밧줄을 썼는지는 이해할 수 있었다. 주문은 힘을 소진하기 때문이다. 하지만 왜 기다리고 있었지?

힐다가 몸을 털며 안으로 들어가자 메릿이 몸을 굴리고 눈을 깜박이며 올려다보았다. 한쪽 눈이 퉁퉁 부어 있었다. 구석 놓인 물병 하나 말고는 방 안에 아무것도 없었다.

"힐다?" 메릿이 쉰 목소리로 말했다.

"쉿." 힐다가 밧줄의 끝을 찾아 손으로 더듬었다. 가방에 든 갖가지 유용한 도구들 속에는 하필 칼이 없었다.

메릿이 혼란스러운 표정으로 눈을 깜박이며 쳐다보았다. "놈이 당신도 납치한 거예요?"

"아니에요. 목소리 낮춰요." 감출 수 없는 두려운 마음에 손가락이 떨렸다. 힐다는 손목이 드러나게 메릿의 몸을 굴렸다. 손목을 묶은 매듭이 느슨해지자 메릿이 안도의 한숨을 쉬었다.

"나 어떻게 찾았어요?" 메릿이 속삭였다.

"점조 마법으로요." 틀린 말은 아니었다.

메릿이 순간 멈칫했다. "놈도 그걸 갖고 있지 않아요?"

힐다도 순간 주춤했다. "모르겠어요." 혹시 그렇다면 힐다가 도착할 것을 예견했을까? 힐다를 기다리고 있을까? 심장이 더 빠르게 뛰며 손가락이 한층 심하게 떨렸다. 어쨌든 힐다는 첫 번째 매듭을 푸는 데 성공했다. 메릿이 손을 쥐었다 펴며 잇새로 신음을 흘렸다.

손으로 밧줄을 따라가니 두 번째 매듭이 나왔다. 메릿은 힐다가 매듭을 풀 수 있도록 움직이지 않았지만 입을 다무는 건 그의 특기가 아니었다. "내가 사과해야…."

"나중에요, 메릿." 힐다가 밧줄 일부분을 추가로 풀고 배에 있는 매듭을 공략하려 메릿을 똑바로 굴렸다.

몇 초가 지났다. "속옷만 입고 있네요."

헐다가 험악한 눈빛으로 메릿을 쏘아보았다.

메릿이 머리를 다시 내렸다. "나…, 아야!"

헐다의 손이 멈췄다. "왜요?"

"놈이 걷어찬 부분이에요."

안쓰러움에 짜증이 가라앉았다. 아까보다는 조금 더 부드럽게 매듭을 당겼다.

"사과하고 싶어요."

헐다가 고개를 저었다. "떼죽음을 당할 위험에서 벗어나면 그때 얘기해요."

"하지만 내 말 들어 봐요. 우리 중 한 사람이라도 여기서 죽으면 다시는 기회가 없잖아요?"

헐다가 세 번째 매듭을 풀었다. 메릿이 작게 앓는 소리를 내며 일어나 앉아 팔을 흔들고, 헐다를 도와 발과 다리의 밧줄을 제거했다.

"내가 참… 못되게 굴었죠…. 집에서." 메릿이 헐다를 보지 않고 말했다. "이해를 못 해서 그랬어요. 설명해 달라고 했어야 하는데."

헐다는 그 얘기를 지금 해야 한다는 사실이 싫었다. "상관없어요, 메릿. 우리 서둘러야 해요."

"서두르고 있어요." 메릿이 허벅지의 밧줄을 잡아당겼다. "이제 알았는데 우리 아버지가 나를 유혹하라고 에바에게 돈을 줬대요. 그래야 상속권을 박탈할 수 있으니까…."

헐다의 손이 멈췄다. "네?" 목소리를 내지 않고 고함을 지른다면 지금 같은 소리가 날 것이다.

"정말 극적인 이야기죠." 웃으라고 한 말이었지만 말투에 웃음기는 전혀 없었다. "우리가 살아남았을 때 할 이야기는 이런 게 아닐까요." 헐다가 발을 풀어 주는 동안 메릿이 말을 이었다. 그리고 나머지 밧줄을 몸에서 다 털어냈다. "하지만 미안해요. 당신이 떠나는 걸 보고… 에바가 그랬던 것처럼 말 한마디, 편지 한 장 남기지 않고 떠난다고 생각해서…."

화끈거리는 얼굴을 어둠에 숨긴 채 헐다가 말했다. "내가 떠났던 건 당신이 다른 여자와 돌아왔을 때 그 자리에 있고 싶지 않았기 때문이에요." 고통과 진실. 지금까지 헐다가 한 것 중에 가장 의미 있고 한편으로는 가장 쓸모없는 예언이었다.

메릿이 헐다를 빤히 보았다. "에바를 데려올 생각 같은 건 없었어요. 나는… 당신을 좋아하는걸요, 헐다."

피가 쏠려 목과 가슴이 빨개졌지만 헐다는 이 말밖에 할 수 없었다. "오."

메릿이 무릎을 떨며 일어나려 하자 헐다가 팔로 부축하고 일으켜 주었다. 헐다는 랜턴을 달라고 하고서 말했다. "메릿, 윔브렐 하우스에 있는 두 번째 마법의 원천은 당신이에요."

메릿이 손목을 문질렀다. "나도 그렇겠구나 했어요. 사람 죽이는 마법사에 납치된 이유를 생각하다가."

"네, 맞아요. 그리고… 당신 아버지가 누구인지도 알 것 같아요. 생물학적 아버지 말이에요."

메릿이 멈칫했다. "그거야말로 나중에 얘기해 줘요. 지금은 납치 문제를 해결할 방법을 생각하고 있으니까."

헐다가 그의 손을 잡고 속삭였다. "저쪽에 수로가 있어요. 그걸 터뜨리려고요. 조용히…."

메릿이 천을 걷고 나가려는 헐다를 잡아당겼다. "오웨인을 두고

402

떠날 수 없어요."

숨이 막혔다. "뭐라고요?"

"오웨인. 놈이 오웨인을 데리고 있어요."

어안이 벙벙해진 헐다가 메릿을 쳐다보았다.

"어떻게인지… 데리고 나왔어요." 메릿이 급히 설명했다. "집에서 오웨인의 영혼을 꺼내 개에 넣어서요."

헐다의 입이 벌어졌다. '개 짖는 소리. 발자국.' 그러고 보니 집이 헐다의 말에 반응하지 않았었다. 영혼을 움직일 수 있을 만큼 사일러스의 강령 마법이 강력하단 말인가? 에드워드 3세 시절 이후로 그런 일은….

조금 전 개의 울음소리가 들렸다. 사일러스가 오웨인을 해치고 있는 걸까? 벌써 시작했나?

"우리 서둘러야 해요." 메릿이 헐다의 손에서 랜턴을 받아 들었다. "베스와 바티스트가…"

"무사해요. 지금쯤 의사가 도착했을 거예요." 희망에 찬 메릿의 표정에 헐다가 고개를 저었다. "그 얘기는 나중에 하고요. 오웨인은 어디 있어요?"

메릿이 북쪽을 가리켰다. "저기 어디 있을 거예요." 그러다 말을 멈추고 고개를 갸웃했다. "거기에… 다른 사람들도 있어요. 목소리가 들려요." 인상을 쓰며 고개를 저었다. "이해가 안 돼요. 나는…"

입을 열었지만 목소리가 나오지 않았다.

헐다가 엄지로 그의 입술을 지그시 눌렀다. 다른 때 같으면 이런 행동으로 온몸이 붉게 달아올랐겠지만 지금은 다른 문제에 신경이 집중되어 있었다. "지금 교감 마법을 사용하고 있어서 그래요." 헐나가 소리를 거의 내지 않으며 속삭였다. 목소리가 나오지 않는 것은 교감 마법의 부작용이었다. 메릿은 자기도 모르게 주문을 세게 발동시키고 있었다. 그래서 부작용이 나타났지만 몇 초면 증상이 사라질 것이다.

메릿은 미간을 찌푸렸지만 일단 신발을 벗고 몸으로 랜턴 불빛을 가리며 아무 소리도 내지 않고 복도를 걸었다. 헐다는 그 빈틈없는 행동에 놀랐지만 생각해 보면 당연한 일이었다. 지금 이 상황은 메릿의 소설에 나올 법한 장면이었으니까. 해피 엔딩을 맞게 될지는 아직 알 수 없지만.

헐다는 볼 안쪽 살을 깨물고서 두려움에 흔들리지 않도록 단단히 몸을 감싸 안고 메릿의 뒤를 따랐다.

복도 끝에 다가가자 아까 헐다가 봤던 불빛이 눈에 들어왔다. 뒤통수에서 맥박이 빠르게 뛰며 경고했다. 헐다가 사일러스와 대적한다면…, 누가 됐든 사일러스와 대적한다면… 패배하고 만다.

메릿이 헐다에게 다시 랜턴을 건네고 옆방에 머리를 집어넣었다. 헐다는 숨을 참고 메릿의 팔 아래를 엿봤다.

제법 넓은 방으로 윔브렐 하우스 거실의 1.5배 정도 되었다. 벽을 전부 차지한 선반에 밧줄, 쇠사슬, 각종 약물, 붕대들이 쌓여 있었다. 구석에는 거대한 통이 두 개 있었고, 쇠창살 근처에는….

'맙소사.' 헐다의 뱃속이 뒤틀렸다. 그 뒤에 있는 것은 쪼그라들고 변형된 피해자들이었다…. 하지만 오래 보고 있지는 못했다. 방 중앙에 있는 긴 벤치가 눈에 들어왔기 때문이다. 검은색 테리어가 벤치에 묶여 소리 없이 경련하고 있었다. 사일러스는 녀석의 몸을 두 손으로 누르고 그 개의, 오웨인의 마법을 천천히 빨아들이는 주문을 걸고 있었다. 오웨인을 11년 동안 헐다의 악몽을 지배했던 쪼글쪼글한 인형들처럼 만들 작정이었다.

다행히 사일러스는 아직 두 사람을 발견하지 못했다.

헐다가 메릿의 팔을 붙잡았다. 어떻게 하지? 하지만 메릿은 꿈쩍도 하지 않았다. 화강암처럼 단단히 굳은 몸으로 서서 사일러스도 아니고 오웨인도 아닌, 쇠창살 뒤의 쪼그라든 괴물들을 보고 있었다.

그러면서 몸을 떨었다.

✦

신음. 울음. 비명.

그 소리들이 겨울의 미풍처럼 메릿의 머리로 흘러들어 왔다. 멀리 떨어져 있는 듯하면서도 바로 옆에 있는 듯한 고통도 함께 느껴졌다. 소리는 쇠창살 뒤 선반에 놓인, 오래되어 말라붙은 선인장 같은 덩어리로부터 나왔다. 맙소사, 아직 살아 있는 건가? 살아서 고통을 느끼면서 죽여 달라고….

오웨인이 칭얼거렸다.

마법이 뚝 끊기며 메릿은 황홀한 침묵에 빠졌다. 눈을 깜박이고 정신을 차리려 하는데….

그와 헐다 뒤에서 불길이 화르륵 솟아올랐다.

사일러스 호그우드가 섬뜩한 주문을 외우다 말고 일어났다. 그는 분노에 찬 검은 눈으로 메릿과 헐다를 노려보았다. 사일러스는 그들에게 손을 뻗고 손가락으로…. '손가락이 서리로 덮여 있어?' 오웨인이 낑낑대며 고개를 기울여 쳐다보았다. 오웨인은 무사했다. 아직 살아 있었다.

하지만 메릿은 자신과 헐다는 오웨인과 다른 운명을 맞게 될 거라는 강한 예감을 느꼈다.

"네가 나를 막을 수 있다고 생각하나?" 사일러스의 검은 눈이 메릿에서 헐다에게로 향했다. 뒤쪽의 불길이 더 뜨겁게 타오르는 바람에 두 사람은 역겨운 실험실로 다가가야 했다. "아무도 나를 힘으로 지배하지 못한다. 제아무리 가족, 바이커, 마법사 연맹이라 해도."

헐다를 위아래로 훑으며 비웃은 사일러스가 손을 확 내밀어 그녀를 날려 보냈다. 메릿이 뛰어나갔지만 헐다를 잡기에는 너무 느렸다. 헐다는 뒤틀린 인형들과 마주 보는 벽의 선반과 충돌했고 나무 선반이 무너졌다. 메릿이 헐다의 옆에 무릎을 꿇고서 헐다를 안아 올렸다. 깊지 않은 상처 여러 곳에서 흐른 피가 그의 손가락을 적셨다.

메릿 안에서 분노와 공포가 전쟁을 벌였다. "우리는 당신을 힘으로 지배할 생각 따위 없어." 메릿이 거칠게 말했다. "당신과 엮이고 싶지 않으니까 그냥 보내 줘."

사일러스가 입을 쭉 찢어 기분 나쁜 미소를 짓더니 쿡쿡 웃었다. "보내 달라고? 안 되지. 혼돈 마법은 실로 아름다운 능력이야. 나는 오래도록 그걸 갈망해 왔어. 나를 진정 무적으로 만들어 줄 유일한 마법을." 그의 입꼬리가 말려 올라갔다. "왕족도 나를 건드리지 못하게 말이야. 너희 둘 안에는 그게 가득해."

메릿이 창백해졌다. 둘? 오웨인과…. '내가? 혼돈 마법?' "미쳤어." 메릿은 자신이 마법을 가지고 있다는 증거를 보고 들었음에도 여전히 믿을 수 없었다. 그런데 혼돈 마법까지?

헐다가 몸을 똑바로 일으켰다. 그러고는 인형들을 힐끗 쳐다보았다.

메릿의 시선도 그곳을 향했지만 오래 머물지는 않았다. 인형들. 중요한 존재다. 헐다가 말하지 않았던가. 사일러스가 저렇게 만든 사람들로부터 마법을 얻었다고. 그들을 파괴할 수 있다면….

헐다가 일어났다. 메릿도 옆에 섰다. 오웨인이 몸부림쳤다. 목줄이 서서히 유리구슬로 변해가는 중이었다…. 줄에서 풀려나려고 오웨인이 혼돈 주문을 쓰고 있었다. 메릿은 사일러스가 개를 신경 쓰지 않도록 그를 똑바로 바라보며 말했다.

"사일러스 씨, 제발요." 헐다가 애원했다. "이성적인 분이라는 거 알아요. 저와 거래를 해요. 마이라와 그랬던 것처럼…."

"정신 나간 소린 집어치워." 사일러스가 손을 확 내밀었다.

헐다가 메릿에게로 뒷걸음질 치고는 몸을 떨며 허리를 굽혔다. 메릿의 손에 닿은 피부가 차갑고 끈적거렸다. "헐다!"

이게 뭐지? 또 다른 주문인가? 광란 마법?

메릿이 헐다의 어깨를 쥐고 주문에서 풀려나도록 흔들자….

구슬들이 바닥에 떨어지는 소리가 들림과 동시에 사납게 으르렁거리는 소리가 울려 퍼졌다. 주문에서 해방된 오웨인이 달려가 사일러스를 덮치고 그의 팔에 이빨을 박았다. 헐다가 헉하고 숨을 들이마셨다. 사일러스가 오웨인을 땅에서 들어 올려 불길 쪽으로 던졌기 때문이다.

"안 돼!" 메릿이 개를 향해 손을 뻗었다.

오웨인은 불길 앞에 솟은 보이지 않는 벽과 부딪혔다. 그러고는 낑 소리를 내며 돌바닥으로 떨어졌다.

메릿은 스스로 세운 보호막에 잠시 감탄하는 시간을 가졌다. 그러고는 몸을 돌려 영국에서 온 그 남자에게 달려들었다.

헐다는 공포 주문을 떨쳐내려 애쓰며 유리 조각을 집어 들고 인형들에게로 달려갔다. 메릿이 소리를 질렀다. 헐다는 얼굴을 찡그린 채 달리다 쇠창살에 부딪혔다.

헐다는 제일 가까이 있는 인형의 중심을 유리 조각으로 찔렀다.

사일러스가 포효했다. 그러고는 막 생명을 얻은 가고일이 꿈틀대듯 몸을 휘며 등에 붙은 메릿을 던져 버렸다. 불이 꺼졌다. 하지만 주문의 통제력을 잃어서인지, 그 주문을 준 인형을 헐다가 찔렀기 때문인지는 확신할 수 없었다.

헐다가 팔을 들고 다음 인형을 찔렀다….

예상하지 못했던 강한 힘이 헐다를 때리며 벽으로 밀어붙였다. 숨이 턱 막히고 손에 들고 있던 유리 조각이 날아갔다. 구부정한 자세의 사일러스가 역동 주문의 부작용으로 뻣뻣하게 움직이며 메릿을 돌아보았다. 그러고는 같은 주문으로 메릿을 들어 올린 뒤 가죽끈을 못으로 박아 놓은 나무판자를 향해 던졌다. 나무에 어깨뼈를 부딪친 메릿이 말했다. "소리가 들리는군."

사일러스는 멈칫했다.

"당신의 인형들 말이야." 다음 순간 사일러스가 주먹으로 목을 찍어 눌렀고 메릿은 쉰 목소리로 말했다. "그것들이 지르는 비명이 나에겐 들린다고."

돌 하나가 날아와 사일러스의 목 바로 아래를 때리자 메릿이 바닥으로 떨어졌다.

오웨인이 컹컹 짖고는 마법으로 바닥에서 또 다른 돌을 뜯어내 사일러스에게 던졌다. 사일러스가 바람 주문으로 돌의 방향을 바꿨고, 연이어 하나, 또 하나를 쳐냈다. 주문을 사용하느라 힘에 부친 그는 숨을 헐떡이며 손을 구부렸다. 그러자 퍽 하는 소리가 공기 중에 울려 퍼지더니 천장에서 번개가 떨어져 개를 때렸다.

"오웨인!" 헐다가 몸을 일으키며 외쳤다. 하지만 기운을 회복한 메릿이 더 빠르게 개가 있는 곳으로 뛰어갔다.

사일러스가 늑대로 변신해 뒤쫓았다. 헐다의 팔다리가 공포로 굳어졌다. 그래도 벌떡 일어섰다. 늑대가 메릿의 바지 뒤를 물어 돌이 뜯긴 바닥으로 찍어 눌렀다. 그러나 다시 사일러스가 덮쳐왔을 때 메릿은 일어나 수호 마법을 날렸다. 늑대가 또 다른 보이지 않는 벽으로 날아가 부딪쳤다.

메릿이 얼굴을 찌푸리며 잇새로 신음을 뱉었다. 수호 마법의 부작용은 몸이 쇠약해지는 것이다. 지금 그는 몸에 입은 타박상의 통증을 극심하게 느끼고 있는 중이리라.

헐다가 무기를 찾아 두리번거리다 또 유리 조각을 발견했다.

그때 헐다의 피가 돌과 흙 위로 떨어지며 불규칙한 패턴을 그렸다. 그 패턴은 헐다의 머리에 어떤 이미지를 집어넣었다. 바로 헐다 자신이었다. 그녀가 인형 우리로 달려가는 모습. 그때 사일러스가 헐다의 몸을 으스러뜨릴 충격파를 날렸다….

이것이 헐다가 본 미래였다.

헐다는 유리 조각을 내버려 두고 뒤로 돌아 인형들이 있는 곳으로 질주했다.

펑 하고 터지는 소리가 들리고 사일러스가 다시 인간의 모습으로 돌아왔다. 주문이 날아오고 있었다. 조금만 더 가면 인형들이…

헐다가 바닥에 엎어졌다. 그러면서 무릎과 골반에 멍이 들었고 하마터면 코뼈가 부러질 뻔했다. 예견했던 사일러스의 충격파는 넘어진 헐다를 지나 인형 우리를 때렸다. 얼마나 강력한지 쇠창살이 마찰음을 내며 부러졌다. 인형 두 개가 바닥으로 굴러떨어졌다.

"안 돼!" 사일러스가 외쳤다. 그는 바닥을 기어 그녀에게 가려 했다. 마법을 더 잃는다는 충격에 몸을 가누기조차 힘든 상태였다.

오웨인이 컹컹 짖었고 헐다는 공포에 질렸다. 인형들이 선반에서 뛰어 내려와 납작하게 변형된 팔다리를 흔들며 탈출하려는 듯한 행동을 취했다. 헐다가 비명을 지르며 그것들이 몸에 닿을세라 뒤로 물러났다.

오웨인이 낑낑대며 머리를 흔들었다. '그렇구나!' 오웨인이 주문을 쓴 것이었다. 윔브렐 하우스 서재에서 책을 날아다니게 했을 때처럼. 혼돈 마법은 머리를 혼란스럽게 한다. 200년 동안 대가 없이 마법을 쓸 수 있었던 오웨인이 고통스러운 부작용에 익숙할 리 없었다.

사일러스는 사방으로 흩어진 인형들을 전부 지켜 내지 못했다.

"인형들이요, 메릿!" 헐다가 앉은 상태에서 몸을 틀고 작은 인형 하나를 발로 차 벽으로 날렸다.

"죽여 버릴 테다!" 사일러스가 벌떡 일어났다. 그러고는 손을 뻗었지만 아무 일도 일어나지 않았다.

어떤 주문을 쓰려고 했는지 몰라도 이제는 사라지고 없었다.

이 작전이 통하고 있다는 얘기다.

사일러스가 다른 팔을 뻗었다. 변이 마법으로 사이즈가 줄어든 코르셋이 헐다의 갈비뼈를 부러뜨릴 기세로 조여들기 시작했다.

메릿이 사일러스의 등에 올라탔다. 코르셋은 느슨해졌지만 사일러스의 몸에서 물결치며 흘러나온 충격파가 셋을 동시에 공격했다. 가장 큰 피해를 입은 건 메릿이었다. 메릿은 뒤편의 좁은 벽감(옮긴이 주-장식을 위해 벽면을 오목하게 파서 만든 공간. 등잔이나 조각품 따위를 세워 둔다.)으로 날아갔다. 그러고는 움직이지 않았다.

"메릿!" 맙소사, 여기서 탈출하지 못하면 어쩌지?

오웨인이 절뚝거리며 섬뜩한 인형 하나를 입에 물고 뚝 부러지는 소리가 날 때까지 흔들었다.

사일러스가 주춤했다. 다시 오웨인의 뒷다리에 번개가 내리쳤다. 개는 낑 소리를 내며 쓰러졌다.

돌아선 사일러스가 이글이글 타오르는 표정으로 헐다를 바라보았다. 그는 뻣뻣해진 다리로 헐다에게 다가왔다. 역동 마법이 무릎과 골반의 운동 능력을 빨아들인 탓이었다. 역시나 뻣뻣해진 팔을 들고 그가 헐다에게 손을 뻗었다. 더 크고 보이지 않는 손이 헐다를 일으켜 세워 양쪽 무릎을 단단히 묶고 두 팔을 옆구리에 고정시켰다. 가느다란 번개가 헐다의 목덜미를 꿰뚫고 발목까지 파고들었다. 헐다의 온몸이 고통스럽게 뒤틀렸다. 두 번째 주문은 헐다의 팔다리를 불타오르게 했고, 그러는 동안 사일러스의 머리카락 끝에는 서리가 맺혔다.

"내 작은 카나리아, 네가 괴로워하는 걸 보고 싶지만 해야 할 일이 있어 아쉽군." 사일러스가 헐다를 더 꽉 움켜쥐었다. 더 이상 춤을 추지 않고 바닥에 흩어져 있는 인형들을 쏘아보면서 그는 발을 끌며 헐다에게 다가왔다. "저승에 도착하면 그 꼬마 하녀에게 안부 인사나 전해 달라고."

사일러스가 손가락을 그러모아 헐다의 목을 졸랐다. 피가 얼굴로 쏠렸다. 머리가 터질 듯 부푼 풍선으로 변한 느낌이었다. 뼈가 꺾이고….

무언가가 얻어맞는 둔탁한 소리가 울려 퍼졌다. 사일러스의 얼굴이 멍해졌다. 헐다는 바닥으로 떨어졌다. 발로 바닥을 디디려 했지만 앞으로 고꾸라져 무릎을 꿇고 말았다. 그녀는 쿨럭대며 기침을 하고 숨을 몰아쉬었다. 그러다 고개를 든 순간, 사일러스의 몸이 한쪽으로 기울어지더니 돌바닥에 털썩 쓰러졌다.

바로 뒤에 메릿이 어깨를 들썩이며 서 있었다. 엉망으로 헝클어진 머리카락이 얼굴을 가렸다. 그의 손에는 쇠 지렛대가 들려 있었다.

모두 몇 초간 얼어붙어 움직이지 않았다. 사일러스가 꿈쩍도 하지 않자 메릿이 천천히 몸을 폈다. 그는 얼굴로 쏟아진 머리카락을 후 불어 날리고는 손에 들린 무기를 내려다보았다.

"이거 유용한데요." 메릿이 쇠 지렛대를 돌렸다.

고통 섞인 웃음이 헐다의 목구멍을 타고 올라왔지만 입 밖으로 나오지는 못했다. "오웨인은…."

메릿이 쇠 지렛대를 버리고 개를 향해 달려갔다. 그러고는 옆에 무릎을 꿇고 앉았다. "무사해요. 숨 쉬고 있어요." 그가 녀석의 털을 쓰다듬었다. "어이, 꼬맹이, 내 말 들려?"

헐다는 깨진 병을 집어 들고 다리를 떨며 일어나 사일러스에게 다가갔다. 기형이 된 인형을 밟고 지나갔다. 사일러스의 가슴이 숨을 쉴 때마다 미세하게 들썩거렸다. 헐다는 그의 머리 옆에 무릎을 꿇고 그가 깨어날 경우를 대비해 깨진 병을 그의 뺨에 댔다.

사일러스 호그우드가 떨리는 숨을 들이마시더니 다시 내쉬었다.

그리고 그의 몸은 그대로 굳어버렸다.

헐다가 놀라서 숨을 삼켰다. 죽었다. '죽었어.' 스스로 치유하지 못할 정도로 큰 부상을 입고…. 실감이 나지 않았다. 뇌가 몸에서 분리되어 저기 선반에 놓인 유리병에 들어가 있는 기분이었다.

헐다를 괴롭히던 그 사람이… 떠났다. 모든 마법과 함께.

머리 위에서 소리가 들렸다. 발소리, 마룻바닥이 삐걱거리는 소리, 몇 명이 외치는 소리.

메릿이 오웨인을 품에 안고 일어나 고개를 들었다. "제발 놈과 한패라는 말은 하지 말아 줘요."

헐다가 고개를 기울이고 소리를 들었다. "지역 경비대 같아요."

"아." 메릿이 쓰러진 사일러스 호그우드를 보다가 다시 헐다를 바라보았다. 그가 개를 내밀었다. "안고 있을래요?"

헐다가 의아하다는 표정을 지어 보였다.

메릿은 헐다 쪽으로 고개를 까딱할 뿐이었다. 내려다보니… 속옷 바람인 몸이 보였다.

헐다가 한숨을 쉬며 팔을 내밀었다. "네, 주세요."

그래, 동물을 안고 있으면 경비대가 계단을 내려올 때 이 꼴을 좀 가릴 수 있겠지.

32

1846년 10월 16일, 로드아일랜드주 블라우던섬

바이커는 메릿의 생각보다 훨씬 힘 있는 단체였다.

사일러스가 진짜 악당답게 자신만을 위해 꾸민 기이한 지하 소굴로 경비대가 쏟아져 들어왔고, 곧이어 40대 후반의 매력적인 여성인 마이라 헤이그가 나타났다. 헐다(여전히 오웨인을 겉옷처럼 두르고 있었다.)와 메릿은 떨어져 각각 질문 세례를 받았지만 문제가 될 일은 아니었다. 어차피 거짓말할 것도 없었으니. 결국은 마이라 국장이 나서서 상황을 정리했다. 경찰의 업무를 돕고 난장판이 된 내부를 치우고 그… 시체를 내보냈다. 인생에서 가장 기묘하고 위험한 밤을 보내고 동이 틀 무렵, 메릿과 헐다는 자유의 몸이 되었다.

메릿이 이른 아침에 하품을 참으며 바이커가 은밀히 입주해 있는 브라이트베이 호텔의 하얀 벽돌 벽에 기대어 서 있기까지의 상황은 그러했다. 메릿은 사일러스의 번개로 화상을 입은 팔에 감긴 붕대를 무심히 잡아 뜯었다. 오웨인은 메릿의 발 주변에서 안절부절못하며 도시의 풍경을 보고, 지나가는 사람들의 냄새를 쿵쿵 맡았다. 메릿은 이 녀석의 정신 중 몇 퍼센트가 개이고, 몇 퍼센트가 어린아이인지 궁금했다. 사람과 발맞춰 걷는 건 확실히 잘했다.

오웨인이 고개를 들고 귀를 쫑긋 세웠다. 메릿이 돌아보자 익숙한 가방을 어깨에 메고 뒷문으로 나오는 헐다가 보였다. 헐다의 붕대는 옷깃이 턱까지 올라오는 얌전한 옷이 전부 가리고 있었다. 길고 고된 밤을 보낸 사람치고는 지쳐 보이지 않았다. 머리카락만 침대에서 열정적인 시간을 보낸 사람처럼 보일 뿐이지. 메릿은 새어 나오는 웃음을 참고 그 비유를 속으로만 삼켰다.

그에게 다가온 헐다가 파일을 내밀었다. "여기요."

메릿이 허리를 펴고 파일을 받아 첫 번째 문서를 넘겨 보았다. "이게 뭔데요?"

헐다가 입을 오므렸다. "아버님에 관한 정보예요. 정확히는 제가 당신의 친아버지라고 생각하는 분이요."

메릿이 읽지 않고 문서를 내렸다. "그렇군요."

"마음의 준비가 되면 보세요." 헐다가 잘못된 사이즈의 장갑을 낀 것처럼 손을 비볐다. "제 짐작이 맞다면 오웨인은 당신의 왕왕왕왕왕왕왕삼촌이에요. 대충 따져서요."

손에 든 종이들이 철판 같이 느껴졌다. 메릿이 쳐다보자 개는 꼬리를 흔들며 옆을 향해 컹컹 짖었다.

"고마워요." 메릿은 어떻게 해야 할지 몰라 파일을 옆구리에 꼈다. 머뭇거렸다. 얼굴을 찌푸렸다.

"괜찮은 거예요?" 힐다가 물었다.

메릿이 고개를 저었다. "우리 중 괜찮은 사람이 있나요?" 그러고는 어깨를 으쓱하는 힐다에게 덧붙였다. "괴로워야 정상이죠?"

힐다가 그의 얼굴을 뜯어보았다. "뭐가요?"

"살인을 한 거요." 메릿이 더 부드러워진 말투로 말했다. "난 어젯밤에 사람을 죽였어요. 그런데 내 마음은… 괴롭지가 않아요. 괴로운 마음이 들어야 하지 않나요? 죄책감이나?"

힐다가 떨리는 숨을 들이마셨다. "사일러스는 좋은 사람이 아니었잖아요. 당신은 해야 할 일을 했을 뿐이에요." 어깨의 긴장이 풀렸다. 힐다는 메릿에게 손을 내밀었다가 다시 내렸다. "제 목숨을 구했잖아요. 누가 그 일로 책임을 묻겠어요."

"당신이 내 목숨을 구해 준 걸로 아는데요."

힐다의 입술이 실룩였다. "어쨌거나요."

메릿은 자신에게 내려진 사면의 말을 받아들이며 천천히 고개를 끄덕였다. "됐어요, 그럼. 우리 이만 갈까요?"

그리고 거리로 향했지만 힐다가 따라오지 않자 멈춰 섰다.

힐다가 한숨을 쉬었다. "모르겠어요, 메릿. 바이커에서 제 입지는… 위태로워요." 경찰차 뒷좌석에 앉아 이곳으로 오는 동안 힐다는 마이라 국장이 이번 일에 어떻게 연루되었는지 작은 목소리로 설명해 주었다. "아직 잘리지 않았는지도 확실치 않고…. 제 짐은 다 여기 있어요. 하지만 여기 계속 있고 싶지는 않아요."

메릿이 어깨를 으쓱했다. 가슴에서 희망이 부풀었다. "가방 하나만 싸서 가요. 나머지는 사람을 시켜서 가져오라고 하고요."

힐다의 입가에 옅은 미소가 떠올랐다. "글쎄요…. 그건 부적절한 행동 같기도 하네요. 상황이 상황이니만큼요."

416

메릿이 시무룩해졌다. "그렇죠." 그가 뒤에 있는 호텔을 쳐다보았다. "그럼 어디로 가게요?"

헐다가 목덜미를 문지르며 말했다. "동생네로 가야겠죠. 여기서 그리 멀지 않은 곳에 살거든요. 일이… 마무리될 때까지는요."

메릿이 다른 발로 무게 중심을 옮겼다. "언제 마무리할 거래요?"

헐다가 옷자락을 만지작거렸다. "모르겠어요."

지붕 없는 마차가 옆을 지났다.

"교감석 지금도 가지고 있어요?" 메릿이 물었다.

헐다가 가방을 두드렸다. "당연하죠."

메릿은 무슨 말을 할지, 손을 어디에 둬야 할지 몰라 고개만 끄덕였다. "좋아요."

헐다가 자세를 고쳤다. "저는 그만… 마이라가 돌아오기 전에 짐을 챙겨야겠어요."

"좋은 생각 같아요."

"하지만 편지는 남기려고요."

메릿이 미소를 지었다. "그것도 좋은 생각이네요."

그러고서 잠시 어색하게 서 있다가 메릿은 뒤로 돌아 부두 방향으로 걸어갔다. 한 번은 뒤를 힐끗 돌아보았다. 헐다가 아직도 그를 보고 있었다.

'안 돌아온대?' 머릿속에서 어린아이가 웅얼거리며 묻는 소리가 들렸다.

메릿이 화들짝 놀랐지만, 말을 탄 남자가 이쪽으로 다가오고 있어 얼른 길을 건넜고 오웨인도 발을 맞춰 걸었다. 방금 들은 것이 개의 목소리라는 사실을 깨닫는 데는 몇 초가 걸렸다. "음." 이 마법 관련 문제를 어떻게 해야 할지 알 수 없었다. 사실 믿어야 할지 확신도 서지 않았다. 이 파일의 내용을 보면 설득이 될까…. 하지만 파일을 읽을 마음은 들지 않았다. 아직은. 머리에 다른 목소리가 또렷하게 들리는 게 이상했지만 놀라움을 가라앉히고 나니 마음이 무거워졌다. 메릿이 다시 뒤를 돌아보았지만 힐다는 보이지 않았다.

"모르겠다, 오웨인." 메릿이 인정했다. "나도 모르겠어."

✦

메릿은 사흘이 지난 후에야 힐다가 넘겨준 파일을 펼쳤다. 첫 번째 문서는 가계도였고 넬슨 서트클리프의 이름 아래 밑줄이 있었다.

그 이름을 한참 쳐다보았다. 캐틀콘은 작은 마을이 아니었다. 모르는 남자일 거라 생각했다. 하지만 메릿은 서트클리프를 알았다. 서트클리프 순경. 그에게는 아내와 메릿보다 어린 아들이 셋 있었다. 그의… 형제들이려나?

아래에 적힌 메모를 보았다. 처음에는 무슨 의미인지 몰랐지만 자세히 보니 마법 표지였다. 마법 발전을 위한 계보 학회에서 가져온 자료라면 마법 표지가 있는 것도 이해가 됐다. 가계도를 훑으니 'Ch'와 'W'가 곳곳에 보였다. 한쪽에는 'Co'라고도 적혀 있었다. 교감 마법. 그게 가계도에서 가장 많이 보이는 듯했다. 메릿을 오웨인의 묘비로 이끈 것도 교감 마법이었다. 그게… 무슨 뜻일까? 풀잎과 갈대가 그에게 말을 건다고? 어둠 속에서 힐다를 찾을 때도 같은 경험을 했다. 그리고 사일러스의 실험실에 변형된 채로 있던 그….

메릿은 몸을 부르르 떨고 소름 끼치는 기억에서 애써 빠져나온 뒤 다시 가계도에 집중했다. 역시나 넬슨 서트클리프는 아버지를 통해 선대의 맨슬 가족과 이어졌지만 이 문서에 오웨인의 이름은 없었다. 그는 옆에 오웨인의 이름을 적어 넣었다.

다시 넬슨 서트클리프의 이름을 보았다. "그러니까 정리를 한번 해봅시다." 메릿이 종이에 대고 말했다. "당신과 우리 어머니가 외도를 저질러 나를 가졌고 아버지는 그 사실을 알게 된 거지. 아버지가 평생 날 개차반으로 취급한 것도 그래서였고. 하지만 사회적 압력 때문인지 아니면 양심의 가책 비슷한 것 때문인지 그래도 열여덟 살이 될 때까지는 기다려 줬어. 그 뒤엔 내 여자 친구를 매수해서 나를 유혹해 임신한 척 연기하게 했고. 날 쫓아내기 위한 구실이었지. 그러는 동안 당신은, 음, 우리 할머니를 찾아가서 보상이랍시고 이 집을 내놓은 건가?"

메릿이 종이를 던지고 의자에 기대앉았다. 작업실 문이 살짝 열리더니 쿵쿵거리는 소리가 들렸다. 오웨인이었다. 오웨인이 아니라면 바티스트가 생각보다 머리를 더 심하게 다친 걸 테고.

"아무래도 나 회고록을 써야겠다." 메릿이 개에게 말했다. "물론 아무도 사실로 믿어 주지 않겠지만."

[회고록이 뭐야?]

아직은 머릿속의 목소리에 익숙지 않았다. 이 현상은 점점 더 자주 일어나고 있었다. 그 말은 메릿이 어떻게인지 몰라도 그의 핏줄에 있는 교감 마법에 적응하고 있다는 의미였다. "자서전인데 더 화끈한 거야." 메릿이 대답해 주었다.

메릿이 이해한 바에 따르면 오웨인은 영원히 개로 남을 것이

다…. 그러다 죽으면 다시 집에 들어와 살 수 있었다. 사망 장소
가 블라우던섬일 경우에는 말이다. 그런데 오웨인도 딱히 집으로
돌아가고 싶은 마음이 없어 보였다. 다시 몸을 얻어 나무와 벽돌
에 갇혀서는 느끼지 못했던 청각, 촉각, 미각을 자유자재로 사용
하는 삶이 즐거운 듯했다. 그리고 메릿의 교감 마법은 식물과 동
물에만 통했다. 오웨인이 집으로 돌아간다면 소통 수단이 사라질
것이다.

메릿이 눈을 문질렀다. 서른한 살에 자신이 마법사라는 사실을
알게 된 것도 혼란스러운데 뉴욕으로 돌아가야 했다. 넬슨 서트
클리프와 피터 펀스비를 만나야 한다. 적어도 한 사람은 그를 반
갑게 맞아 주지 않겠지만.

메릿이 책상 가장자리에 얌전히 놓인 교감석을 쳐다보았다. "한
번에 하나씩만 하자." 서랍을 열고 점점 두꺼워지는 원고를 꺼냈
다.

지금은 이 책을 완성하는 일이 제일 중요했다.

✦

헐다가 동생 집에 지내러 온 지도 이제 막 일주일이 지났다. 사
전에 연락하지 않았는데도 동생은 기꺼이 헐다를 받아 주었다.
대니엘 라킨 태너는 보스턴 북서쪽에 있는 케임브리지에서 변호
사이자 변호사 집안 출신인 남편과 10년째 결혼 생활을 이어가며
근사한 집에서 두 아이를 키우며 살았다. 그래서 헐다가 머물면서
짐을 보관할 방은 물론이고, 서글픈 한숨과 함께 자신의 인생 전
반을 후회하며 이리저리 돌아다닐 공간도 충분했다.

마이라 소식은 듣지 못했다. 메릿도 소식이 없었다. 고맙게도 베스가 한 번 교감석으로 연락을 해 주기는 했다. 그쪽에선 연락했지만 헐다가 못 받았을 가능성도 물론 있었다. 교감석이 옆에 있으면 침울해질 뿐이라 돌을 들고 다니지 말자고 홀로 결심했기 때문이다. 그래도 솔직히 인정하자면 빤히 들여다보고 있는 시간이 적지는 않았다. 용기 내어 주문을 활성화해 보려고도 했다. 대화의 물꼬를 틀 문장들도 몇 개 적어 두기까지 했다. 하지만 매번 용기가 꺾였다. 아니, 애초에 용기가 존재했는지도 모르겠다. 솔직히 말하면 매일 밤 메릿에게 연락할 다양한 아이디어를 떠올렸지만, 아침이 되면 엄격한 훈련을 받은 이성이 마지막 하나까지 다 물리쳐 버렸다.

헐다는 남이 차려 준 점심 식사로 포식을 하고 창문 앞 의자에 앉아 조카들과 매제가 밖에서 뛰노는 모습을 지켜보았다. 발밑에는 선명한 주황색과 빨간색으로 물든 잎사귀들이 날렸다. 날이 추워져 모자와 스카프, 장갑으로 무장해야 했고 나무들도 반쯤 헐벗었지만 햇살은 여전히 환했다. 헐다는 안경을 밀어 올리고 바깥의 풍경을 보며 미소를 지었다. 그러다 다시 후회가 찾아왔고 조금은 서글퍼졌다. 하지만 이런 감정도 이제는 일상이 되고 있었다.

"헐다 양?" 동생 집의 유일한 직원인 캔터베리가 빗자루를 옆구리에 끼고 갈색 소포를 손에 든 채 다가왔다. "방금 이게 도착했어요."

헐다가 눈을 깜박였다. "나한테요?" 이곳 주소를 아는 사람은 마이라뿐이었다. 사과의 의미인가? "고마워요."

헐다는 소포를 받아(왠지 책 같았다.) 무릎에 놓았고 캔터베리는 그녀에게 혼자만의 시간을 주었다.

소포를 뜯자 그 안에 있는 것은 책이 아니라 익숙한 손글씨가 적힌 종이 뭉치였다. 맨 위에는 이런 편지가 붙어 있었다.

헐다에게,
결말을 알고 싶어 하지 않을까 하는 생각이 들었어요.

친애하는
메릿 펀스비

추신: 새디 스티버러스는 아주 친절하고, 당신의 지인 중에서는 입이 가벼운 편에 속하더라고요.

헐다가 미소를 지었다. 하지만 내심 더 길었으면 하는 아쉬움을 느꼈다. 천천히 곱씹으며 편지를 다시 읽고 창가 자리에 앉았다. 손에 들린 종이는 사일러스 호그우드의 첫 번째 공격에서 헐다가 회복하는 동안 메릿이 읽어 주었던 대목 바로 다음에서 시작했다. 어디까지 읽었는지 이토록 정확하게 기억하고 있다니 놀라웠다.

"바로 이거예요." 루비가 박힌 십자가를 돌려 보며 엘리스가 말했다. 촛불의 불빛에 금박이 반짝거렸다. "붉은 구원."

신부는 걸치고 있는 큼직한 로브 안에서 몸을 웅크려 좀 더 편안한 자세를 취했다. 얼굴에 떠오른 따스한 미소를 보니 엘리스는 아버지가 생각났다. "그 이름 참으로 오랜만에 들어보는군."

워렌이 몸을 숙이고 돋보기를 들었다. "하지만 뭔지는 아시죠?"

신부의 표정은 흔들리지 않았다. "아, 그럼. 내가 많은 것들을 잊었어도 그건 알지."

"값이 어마어마하게 나갈 것 같아요." 워렌이 손을 내밀자 엘리스가 갓 태어난 아기라도 되는 듯 십자가를 건넸다. "이게 어떻게 행복을 가져다줄 수 있는지 딱 봐도 알겠어요."

"모르는 소리." 처밍스 신부가 혀를 찼다. "라틴어 할 줄 아나?"

"저 알아요." 엘리스가 대답했다.

신부가 고개를 숙였다. "그렇다면 뒷면의 글을 읽어 봐라, 얘야. 네 짝도 들리게 소리 내서."

헐다는 다음 내용이 궁금해 페이지를 넘겼다. 하지만 여기서부터는 아예 다른 이야기가 나왔다.

옛날 옛날에, 뉴욕의 지저분한(솔직히 그렇게 지저분하지는 않아요.) 아파트에 사는 외롭고 나이 많은(그 정도로 나이가 많지는 않지만) 놈팽이가 있었습니다. 놈팽이는 어느 날 아주 정중한 변호사의 연락을 받았어요. 어디 외딴곳에 있는 집이 그의 집이라는 겁니다. 그런데 이 집에는 유령이 산대요. 다행히 그때만 해도 놈팽이는 유령의 존재를 믿지 않았고 선뜻 그곳으로 갔죠.

헐다가 미소를 지었다. 가슴에서 따스하고 기묘한 감각이 풍선처럼 부풀었다.

유령의 집이 으레 그렇듯 그 집은 정말 끔찍했습니다. 하지만 남자에겐 행운이 따라 줬어요. 어떤 능력자가 찾아온 거죠. 능력자는 진짜 황당한 약어로 불리는 특수 단체가 보내서 왔다고 주장했지만 사실 그녀의 방문은 신이 주선한 것이었습니다.

그 집(나중에는 말하는 개가 됐지만 그 이야기는 다음에 하죠.)은 능력자의 지휘 아래 조금씩 안정을 찾았고 놈팽이도 그랬어요. 아니, 놈팽이는 더 이상 늦잠을 자지도 않고 대낮에 파이를 만들기까지 했습니다. (비교적) 제시간에 일어나 능력자가 책에 코를 박고 무심결에 입술을 잘근잘근 깨무는 모습을 봤어요. 직원과 수다를 떨거나, 보는 사람이 없다고 생각할 때 석양을 보며 감탄하는 모습도요.

풍선이 더 크게 부풀었다. 헐다의 눈 주위가 뜨거워졌다. 페이지를 넘기고 아래쪽 반을 손으로 가렸다. 미리 읽어 기대감을 망치고 싶지 않았기 때문이다.

능력자는 놈팽이가 형편없는 소설을 쓰게 도왔고 그와 친구가 되어 줄 사람들도 직원으로 뽑았습니다. 그리고 늘 재미있으면서도 심오한 대화 상대가 되어 주었어요. 얼마 지나지 않아 놈팽이는 그녀와 영원히 그 집에서 함께 살고 싶다는 마음을 품게 되었죠. 능력자가 그를 편하게 이름만으로 부르는 걸 거부하는 까다로운 문제가 있었지만요.

헐다가 웃음을 터뜨렸다. 눈가에 눈물이 맺혔다.

물론 놈팽이가 놈팽이인 이유가 있었죠. 그에게는 유쾌하지 않은 과거가 있었습니다. 오만불손한(어려운 단어를 썼네요. 능력자가 좋아하겠군요.) 아버지와 잔머리를 굴리는 여자가 있었는데 그 덕에 놈팽이는 복잡한 문제에 빠져 (가장 중요하게는) 빈털터리가 되었습니다.

424

게다가 하필이면 놈팽이와 능력자 아가씨는 중요하고 불편한 문제가 닥치면 의사소통이 매우 어려워진다는 공통점이 있었어요.

두 번째 눈물이 맺혔다. 헐다는 엄지로 눈물을 닦아 냈다. 안경에 얼룩이 묻었지만 굳이 닦지는 않았다.

그래서 놈팽이는 미궁(이 단어도 좋아하겠죠.)에 빠진 과거의 진실을 밝히는 임무를 지고 떠났습니다. 능력자에게 당신을 미친 듯이 사랑한다고 말하려고 계획했던 순간에요.

목에서 흐느낌이 터져 나왔다. 헐다는 캔터베리에게 들릴까 손으로 입을 틀어막고 점점 뿌옇게 변하고 있는 안경 너머로 글을 계속 읽었다.

그러자 능력자는 당장 집에서 나가기로 결심했습니다. 놈팽이는 능력자가 마음의 상처를 다스리기 위해 그런 선택을 한 것이길 간절히 바랐어요. 그건 능력자도 그를 사랑하게 되었다는, 혹여 사랑까지는 아니어도 그에게 강한 내성이 생겼다는 의미니까요.

헐다가 웃음을 터뜨렸다. 눈물방울이 종이에 떨어지자 펜으로 쓴 글씨가 번졌다. 신기할 정도로 갈비뼈가 벌어지는 느낌을 받았다. 심장은 줄넘기를 하듯 빠르게 뛰었고, 기분 좋은 전율이 두피를 타고 춤추는 듯했다.

그래서, 이야기와는 별로 상관없는 대왕강령술사와 같잖은 소동을 벌인 후 놈팽이는 언젠가 능력자가 그에게 돌아오기를 기도하며 그의 감정을 이야기하기로 마음먹었어요. 운 좋게도 그 고백을 아주 희한하게 쓴 편지를 통해 전할 수 있게 되었습니다. 놈팽이는 언제나 말보다 글에 강한 남자였기 때문이죠.

서두르지 않아도 돼요, 헐다. 교감석은 늘 주머니에 보관하고 있으니까.

언제나 당신만의 메릿.

말문이 막힌 헐다가 편지를 다음 페이지로 넘겼지만 그 뒤로는 엘리스와 워렌의 이야기가 계속될 뿐이었다. 하지만 도저히 읽을 수 없었다. 지금은 불가능했다.

헐다는 종이를 모아 가슴에 꼭 껴안고 창가에서 일어나 서둘러 복도로 나갔다. 동생은 거실에서 피아노를 연주하고 있었다. 헐다는 눈이 빨갛든 말든 신경 쓰지 않고 동생에게 달려갔다.

"대니엘!" 헐다가 외치자 피아노를 치던 동생은 의자에서 몸을 돌려 그녀를 바라보았다. "대니엘, 나 당장 떠나야 해. 역까지 데려다줄 수 있어?"

✦

섬을 떠난 지 보름도 되지 않았지만, 뱃사공이 소형 보트를 기슭에 대고 내려 주었을 때 헐다는 전과 달라진 느낌을 받았다. 온 세상이 노란색, 주황색, 붉은색, 갈색으로 물들어 있었다. 겨울이 다가오며 갈대와 풀잎의 초록색은 서서히 흐릿해졌다. 도요새들은 여전히 헐벗은 나무에서 노래를 불렀다. 나뭇가지가 그늘을

426

드리운 곳에서는 서리가 반짝였다.

헐다는 심호흡을 하고 숄을 더 단단히 두른 후 윔브렐 하우스로 향했다. 빨랫줄에는 아무것도 걸려 있지 않았다. 하지만 날이 너무 추워서 빨래를 말리지 못했을지도 모른다. 장작을 패는 사람도 없었지만 마당의 그루터기에 도끼가 꽂혀 있기는 했다. 주방 창문에서 희미하게 로즈메리와 세이지 향기가 흘러나와 헐다의 기운을 북돋우고 초조한 마음을 가라앉혀 주었다. 그녀는 설명할 수 없는 방식으로 전해진 느낌 덕에 집이 달라진 것을 바로 알 수 있었다. 오감 외의 감각(육감일까?)이 그렇게 속삭이는 듯했다. 하지만 여전히 윔브렐 하우스는 고향처럼 포근했다.

현관문 앞에 서서 노크를 해야 하나 망설였다. 오랫동안 기다려 온 대화를 둘만 있는 방이 아니라 문가에서 시작해도 괜찮은 걸까. 그러다 계약이 아직 끝나지 않았다는 사실이 떠올랐다. 현관문을 열고 들어가도 될 것 같았다. 벽에 걸린 초상화가 헐다를 알아보았지만 그림 속의 여자는 마법을 잃고 원래 창조된 대로 앞만 바라보고 있었다.

위에서 개 짖는 소리가 들렸다. 잠시 후, 테리어 믹스견 한 마리가 나타나 계단을 달려 내려오다 광을 낸 나무에 발바닥이 미끄러졌다. 개가 엉덩방아를 찧는 모습을 보고 헐다가 웃음을 터뜨렸다. 하지만 녀석은 금방 회복하고 헐다에게 달려와 무릎에 앞발을 올렸다.

"잘 회복하고 있구나." 헐다가 오웨인의 귀를 문지르며 턱을 핥게 허락했다. "다시 보니 좋다. 네 주인님은 어디 계시니?"

"헐다 부인!" 베스가 식당에서 황급히 나와 몹시도 다정하게 헐다를 껴안았다. "돌아오셨군요!"

"몸은 좀 괜찮아요?" 힐다가 몸을 떼고 부상당한 친구의 몸을 살폈다.

"매일 나아지고 있어요." 베스가 힐다를 안심시켰다. "무거운 걸 들거나 높은 데 손을 뻗는 것만 못 할 뿐이죠. 먼지 털기는 바티스트 씨가 맡기로 했어요."

무슨 소리인지 확인하러 오는 바티스트의 묵직한 발소리가 들렸다. 바티스트는 힐다를 보고도 손을 내밀거나 하는 대신 언제나처럼 우뚝 서 있었다. "좋아 보이네요." 그가 말했다.

"네, 고마워요. 바티스트 씨는요?"

바티스트가 어깨를 으쓱했다. "닭 요리를 준비하고 있어요."

"두말할 것도 없이 맛있겠죠." 메릿이 나타나지 않을까 기대하며 힐다가 계단을 힐끗 쳐다보았다. "그분은 작업 중이에요?"

"메릿 씨는 30분 전쯤 산책을 나가셨어요." 설명하는 베스의 얼굴에 미소가 번졌다. "서쪽으로요. 가면 만나실 수 있을 거예요. 이미 길이 나기 시작했거든요."

힐다가 고개를 끄덕였다. 다시 초조해지기 시작했다. "그러려면 여기에 짐을 좀 놓아야 하는데."

"얼마든지요. 힐다 부인 방에 가져다 둘게요."

그녀의 방이라고 했다. 힐다는 고맙다고 인사하고 밖으로 나왔다. 오웨인이 따라가겠다고 나섰지만, 베스가 불러들이고는 뭐라 알아들을 수 없는 말을 속삭였다. 생각해 보면 안 듣는 편이 나을 듯했다.

아닌 게 아니라 잔디와 명아주가 밟혀서 만들어진 좁은 길이 집 뒤편에서 서쪽으로 이어져 있었다. 힐다가 떠난 후로 메릿은 이 길을 얼마나 자주 걸었을까? 날씨가 추웠고, 힐다는 언 손을 비비며 그 길을 따라갔다. 태양이 응원하듯 옆 머리를 따스하게 비추었다. 근처에서 도요새 한 마리가 울었다.

15분쯤 걸었을까, 수양벚나무 근처에서 메릿을 발견했다. 그는 팔짱을 끼고 언제나처럼 머리카락을 늘어뜨린 채 코네티컷 방향을 바라보고 있었다. 단추를 채우지 않았는지 입고 있는 코트가 펄럭였다. 잔디 밟는 소리 때문에 조용히 다가가기는 힘들었지만, 메릿은 깊은 생각에 잠겼는지 헐다가 겨우 대여섯 발자국 떨어진 곳까지 오고 나서야 뒤를 돌아보았다. 바닷물이 출렁이는 만의 가장 깊은 곳처럼 푸른 눈이 살짝 커지고 입은 벌어졌다. "헐다. 나는… 올 줄 몰랐어요."

헐다가 네 발자국 거리에 멈춰 서서 콧대를 세웠다. "돌아오라고 사람을 불러 놓고는 올 줄 몰랐다고요?"

메릿의 입꼬리가 실룩였다. "그러게 말이에요." 그가 조끼 주머니에서 시계를 꺼내 보았다. "편지가 내 예상보다 훨씬 더 시기적절하게 갔네요. 당신이 초대에 응하려면 이틀은 더 기다려야 할 줄 알았는데."

헐다가 어깨를 으쓱했다. "난 프랑스가 아니고 매사추세츠에 있었잖아요."

"전에 수상할 정도로 프랑스처럼 생긴 사과를 먹은 적 있었죠." 메릿이 시계를 도로 넣고 두 걸음 앞까지 다가왔다. 심장 뛰는 소리가 헐다의 귀에 메아리쳤다. "책… 재미있었어요?"

헐다는 손을 꼭 쥐었다. "솔직히 말하면 아직 다 못 읽었어요."

"그래요?"

"이야기의 흐름과 전혀 맞지 않는 장면 하나가 집중을 흐트러뜨려서요."

메릿이 아래를 보며 시곗줄을 손가락으로 꼭 잡았다. "그 장면에 대한 감상은 어땠어요?"

"능력자라는 이름이 마음에 들었어요. 나도 어렸을 때라면 헐다보다 그 이름을 더 선호했을 거예요."

메릿이 다시 헐다의 눈을 바라보았다. "정말로요?"

헐다가 고개를 한쪽으로 기울였다. "그랬다면 열렬히 바라는 목표가 생겼을 테니까요."

메릿은 살짝 미소지었고 그 얼굴은 환상적이었다. "당신은 딱히 그런 응원이 없어도 되지 않나요."

헐다가 숨을 크게 들이마셨다. "안타깝지만 나는 그런 응원이 자주 필요한 사람이에요."

메릿이 한 걸음 더 다가왔다. 두 사람 사이는 이제 한 걸음밖에 남지 않았다. "그래요?"

헐다가 고개를 끄덕였다. 그러고는 침을 삼키고 그의 입술을 힐끗 보았다.

메릿이 한 걸음 더 다가왔을 때, 헐다는 심장 뛰는 소리가 무릎까지 울려 퍼지는 것을 느꼈다. 메릿이 손을 잡자 차가웠던 손이 따뜻해졌다. "그것 말고 나머지는 어땠어요?" 메릿이 속삭이듯 목소리를 낮췄다.

헐다의 뺨이 달아오른 건 조금도 놀라운 일이 아니었다. "아주 마음에 들었어요."

메릿이 몸을 숙여 헐다와 이마를 맞댔다. 헐다는 눈을 감고 그 느낌을 만끽했다. 메릿에게서 전해져 오는 온기가 겨울 속에 있던 몸을 봄으로 감쌌다.

메릿이 헐다의 손을 꼭 쥐었다. 웃으며 이렇게 묻는 소리가 들렸다. "응원이 더 필요한가요?"

헐다는 눈을 뜨고 꿰뚫어 보는 듯한 그의 시선과 마주했다. 그 대로 몇 초가 흘렀다. "아니요."

고개를 기울이고 그와 입술이 스칠 때까지 앞으로 다가갔다. 수많은 참새떼가 동시에 날아오르듯 신경들이 일시에 폭발하는 것을 그녀는 느낄 수 있었다. 메릿이 한 손으로 헐다의 턱을 감싸 고 더 가까이 끌어당겼다. 이 세상 가장 부드럽고 황홀한 키스를 할 수 있도록.

그 순간, 눈꺼풀 뒤에서 춤을 추는 빛의 패턴을 보고도 헐다는 점조 마법을 무시해 버렸다.

두 사람의 앞에 펼쳐진 밝고 행복한 미래를 보는 데는 마법이 필요하지 않았기 때문이다.

옮긴이 유혜인

경희대학교 사회과학부를 졸업했다. 글밥아카데미 출판번역 과정을 수료하고 현재 바른번역에서 영어 번역가로 활동 중이다. 옮긴 책으로는 《봉제인형 살인사건》, 《꼭두각시 살인사건》, 《엔드게임 살인사건》, 《인 어 다크, 다크 우드》, 《위선자들》, 《악연》 등이 있다.

마법에 걸린 집을 길들이는 법.

초판 2024년 11월 15일 1쇄
저자 찰리 N. 홈버그 Charlie N. Holmberg
옮긴이 유혜인
편집 나다연 **디자인** 배석현
ISBN 979-11-93324-27-1   03840

출판사 북플라자
주소 서울시 강남구 논현동 118-13 5층
홈페이지 www.bookplaza.co.kr

영화 판권, 오탈자 제보 등 기타 문의사항은 book.plaza@hanmail.net으로 보내주세요.
잘못된 책은 구입하신 서점에서 교환해 드립니다.